陳三立诗歌选注

常立霓 杨剑锋 选注

上海社会科学院出版社

前 言

陈三立(1853—1937),字伯严,号散原,江西义宁人(今修水县),近代诗人、文学家、维新派政治家。光绪十五年(1889年)进士,授吏部主事。早年襄助其父陈宝箴在湖南巡抚任上推行新政,变法失败后退居南京,以诗自娱。其长子陈衡恪为近代著名画家,三子陈寅恪为著名历史学家。在近代政治史、文学史和艺术史上,陈氏一门三代都做出了重要贡献。

一

1853年10月23日(农历癸丑年九月二十一日),陈三立出生于江西省义宁州竹塅里(今江西省修水县义宁镇桃李片区竹塅村)。这一年是清朝咸丰帝登基后的第三年。十一年前,清政府在英国炮舰的威胁下被迫签订了《南京条约》,昔日雄居东方的老大帝国从此结束了闭关锁国的历史,也开始了中国历史上最为屈辱的时代。陈三立出生的时候,清朝的统治已岌岌可危,太平天国的武装席卷了包括江西在内的南方大地,尚在襁褓中的陈三立幸运地躲过了战乱。仅仅七年之后,英法联军攻陷了北京,咸丰皇帝仓皇逃往热河。此时,陈三立的父亲陈宝箴正在北京应试,看到圆明园的冲霄大火,不禁失声痛哭,从此萌生了变法救国的思想。

义宁州位于江西的西北部,与湖南、湖北接界,古称"吴头楚尾",历来是人文荟萃之地,宋代大诗人黄庭坚就出生在这里。离义宁不远的九江则是东晋大诗人陶渊明的故乡。这两位诗人,尤其是黄庭坚,对陈三立的诗歌艺术产生了极大的影响。陈三立的祖上原居福建上杭,属于客家系统,自高祖陈腾远始迁至义宁。后来陈三立之子陈寅恪曾说,"吾家素寒贱,先祖始入邑庠",并非完全都是实情。陈家虽非富家大户,但陈腾远之子、陈三立曾祖父陈克绳,学者称韶亭先生,已经是读书人家了。祖父陈伟琳,字琢如,生于嘉庆三年十一月九日,国子监生,以侍母疾精中医之学,知名于乡村间,后来陈宝箴、陈三立父子都精于中医之学。

陈氏虽以诗书传家,但直到陈三立的父亲陈宝箴,才开始显赫起来。陈宝箴,谱名观善,字右铭,号四觉老人,陈伟琳三子,生于道光十一年正月十八日(公元1831年3月2日)。七岁始入塾,少负志节,诗文皆有法度。陈宝箴二十一岁,以附生举辛亥恩科乡试。时逢太平天国之乱,陈宝箴从父治乡团,义宁团练名称一时。有记载称,陈宝箴此时已颇为曾国藩所器重,数次邀请进入自己幕府,并送他一副对联,以表仰慕,其中下联云:"半杯旨酒待君温"。八国联军攻陷北京之时,陈宝箴正在北京应试,亲睹圆明园大火,痛哭南归。不久,抵湖南,参加好友易佩绅、罗亨奎的"果健营",击拒石达开军。此后,入席宝田幕府治军。清军攻克天京,陈宝箴献计擒获太平天国洪仁玕、幼王洪福瑱,积军功保知府,发湖南候补。

陈三立六岁时即与伯父陈树年的长女德龄入邻塾读书。后又与弟三畏同学于四觉草堂,打下了深厚的国学基础。他读书常常废寝忘食,伯父树年爱逾己出,对他关怀备至。陈宝箴曾经写道:"吾长子三立,自其少时颇好读书,或时不措意服食,伯兄则目注神萦,旦暮凉燠之变必亟时其衣襦,饮啖必预谋适其所嗜。孩提至壮,跬步动止,无一息不以萦其虑。"同治六、七年间,陈宝箴因席宝田之荐举,以知府发湖南候补。不久,陈三立随全家迁往长沙。此后数年,他在长沙继续研习经史,二十多岁已经以文才初露头角。

同治十二年(1873年)秋,陈三立至南昌应试,同年入赘陈宝箴的好友罗亨奎酉阳知州官所。这一年,陈三立刚刚二十一岁,其妻罗氏年方十九岁。

光绪八年(1882年),陈三立赴南昌应试。他没有按照规定用八股文答卷,而是使用了自己平素所擅长的古文。据说他的这份卷子,在初选时曾遭摒弃,后被主考官陈宝琛发现,大加赞赏,这才破格予以录取。以散文应试科举,这在当时是惊世骇俗之举,陈三立之叛逆精神可见一斑。而陈宝琛敢于打破常规录取陈三立,也需要卓识和勇气。陈三立的这一段经历后来成为近代文坛佳话。直到晚年,陈三立仍对陈宝琛极为尊重,陈宝琛的知遇之恩是主要原因。

二

第二次鸦片战争后,清廷在恭亲王奕䜣、曾国藩和李鸿章等人的领导下开始了洋务运动,中国出现了二三十年相对较为安定的局面,史称"同治中兴"。这一时期对于寓住长沙的陈三立来说,也是生活最为安定的时期。除了光绪六年夫人罗氏病卒外,他没有遇到太大的挫折。他与毛庆藩、廖树蘅、文廷式、罗顺循、王闿运、瞿鸿禨、释敬安等诗友交游,互相诗酒文会,切磋学问,砥砺气节。光绪十二年丙戌(1886年),三十四岁的陈三立会试中式。不过,由于他的"楷法不中律",因而未应殿试,三年后始应殿试,成进士,授吏部主事。

在这一时期,陈三立遇到了他一生的精神导师——郭嵩焘。

郭嵩焘(1818—1891),字伯琛,号筠仙、云仙、筠轩,别号玉池山农、玉池老人。湖南湘阴人,道光二十七年(1847年)进士。早年就读于湖南岳麓书院,并与曾国藩、刘蓉等相识。湖湘文化经世致用的学风使他产生了关心时务国事、深究天下利病的经世救国思想。光绪元年(1875年)被诏为钦差大臣、驻英公使。光绪二年(1876年)12月,郭嵩焘从上海登船赴英,并于1877年1月下旬抵达伦敦,成为中国历史上第一位驻外公使。光绪四年(1878年)兼领驻法公使。在驻英、法公使任上,除了处理正常的外交事务外,郭嵩焘还认真考察英、法等国政治、经济、文化、军事,尤其对欧洲民主政治、科学技术、工业文明赞叹不已。然而,由于副职刘锡鸿的诋毁陷害,郭嵩焘在驻英公使任上未满两年,就被清政府调回。此后郭嵩焘心灰意冷,绝意仕进。光绪十七年(1891年)7月18日病逝,终年七十三岁。

郭嵩焘是同治、光绪时期思想最先进的人物,他对西方文明和现代性的深刻认识,对中国政治、文化、经济落后的清醒认识和痛苦反思,都远远超出同时代守旧官僚士大夫的思想水平,因而不能见容于时代,甚至他的好友都对他不以为然。他被诏命为赴英使节处理马嘉理事件,他的湖南同乡为他此行感到羞耻，企图毁掉他的老宅。好友王闿运还给他送了一副对联讽刺道："出乎其类，拔乎其萃，不容于尧舜之世；未能事人，焉能事鬼，何必去父母之邦。"赴英途中，郭嵩焘将沿途见闻记入日记，以《使西纪程》的书名寄回总理衙门。书中他盛赞西方的民主政治制度，主张中国应研究、学习西方制度，不料遭到顽固派的攻击、谩骂，结果此书被清廷申斥毁版，严禁流行。直到郭嵩焘去世，该书仍未能公开发行。终郭嵩焘之世，他都被时人目为"汉奸""贰臣"。

然而，就是这位"谤满天下"的郭嵩焘，却受到陈宝箴、陈三立父子的推崇与尊重。陈寅恪曾说："（先祖）后交湘阴郭筠仙侍郎嵩焘，极相倾服，许为孤忠闳识。先君亦从郭公论文论学，而郭公者，亦颂美西法，当时士大夫目为汉奸国贼，群欲得杀之而甘心者也。"陈三立在《先府君行状》中写道："郭公方言洋务负海内重谤，独府君推为孤忠闳识，殆无其比。"他多次在诗文中盛赞"嵩焘始使海外，还负天下重谤，而意气议论不衰"（《罗正谊传》），"郭侍郎嵩焘……学通中外，用九流收后进"（《湘乡陈子峻墓志铭》），"绮岁游湖湘，郭公牖我最。其学洞中外，孤愤屏一世。先觉昭群伦，肫怀领后辈"（《留别墅遣怀》），并对郭氏"不得行其志而归，而谤议讪讥，举世同辞，久而不解"的不幸遭遇表示由衷的同情和惋惜（《郭侍郎〈荔湾话别图〉跋》）。

由于陈宝箴的关系，陈三立很早便得以从郭嵩焘游学。郭氏已对陈三立的才识赞赏不已。光绪八年（1882年）正月，陈三立将自己所撰诗文五种寄示郭嵩焘。郭氏读后，在日记中写道："又接陈伯严寄示所著《杂记》及《七竹居诗存》、《耦思室文存》，并所刻《老子注》、《龙壁山房文集》五种。……伯严年甫及冠，而所诣如此，真可畏。"此后，陈氏父子与郭嵩焘交往频频，时相往来。总之，陈三立在湖南与郭氏讲学论文，砥砺学术，不仅在文学上受益良多，在维新思想上也深度郭嵩焘的影响。陈氏父子后来在湖南实行的新政在很大程度上就是郭嵩焘思想的实践。

光绪十二年（1886年），陈三立会试中式，十五年成进士，授吏部主事。但陈三立从没有真正当过一天的官。授吏部主事不久，他就修然引去，到父亲的任所随侍。

光绪二十二年（1896年），陈宝箴被清政府诏命为湖南巡抚，父子二人的抱负与才能终于有了全面施展的机会。这时的中国已陷入更深的民族危机，甲午战争中国北洋海军覆没，清政府被迫与日本签订了丧权辱国的《马关条约》。昔日中国人根本瞧不上眼的"蕞尔小国"——日本，现在竟然用武力迫使庞大的大清帝国签订了城下之盟，这奇耻大辱深深地震动了爱国官吏和士人。比较先进的知识分子更加痛切地感到，不变革中国就没有出路，而日本明治维新给了他们一个变革成功的样板。陈氏父子的湖南新政，就是要效法明治维新，按照郭嵩焘等人的改革方案，将湖南建设成日本幕府时期的萨摩和长门，创立富强根基，使国家有所凭恃。这一年，陈宝箴六十五岁，陈三立四十三岁。

湖南新政实际上是陈氏父子二人合作的结果。钱基博曾说，陈三立在长沙襄助其父，兴利除弊，"三立一言，其父固信之坚也"。甚至有人认为湖南"一省政事，隐然握诸三立手中"，陈三立后来的知交好友、佛学大师欧阳竟无（渐）更是认为"改革发源于湘，散原实主之"。其说当然有夸张的成分，但陈宝箴对其子确实极为信赖，这是无可置疑的。他甚至将采矿、兴学、创办南学会等重要改革事务交由陈三立主持。

陈三立对湖南新政的一大贡献，是替其父网罗了一批维新人才。陈三立一生交友极广，除了向其父推荐梁启超外，他还结识了文廷式、黄遵宪、皮锡瑞、熊希龄、谭嗣同等人。这些一时俊彦分属洋务派、康梁派和稳健渐进派，尽管思想阵营不尽相同，但都与陈三立志同道合。他们讲学论文，议论风发，"相与剖析世界形势，抨击腐败吏治，贡献新猷，切磋诗文，乐则啸歌，愤则痛哭，声闻里巷，时人称之为'义宁陈氏开名士行'"。在这些人中，陈三立与谭嗣同、丁惠康、吴保初并称"维新四公子"，名动一时。

陈氏父子奉行的是稳健的变法思路，这与主张激进变法的康有为截然不同。但是，出于种种原因，变法运动最终越来越激进，这是陈氏父子所不愿意看到的。尤其是时务学堂部分学生离经叛道之举，引起了叶德辉、王先谦等保守派的不满。尽管陈宝箴向保守派做了最大让步，努力调和激进、保守两派，试图挽回危局，但大局已经失控。1998年，慈禧太后发动戊戌政变，逮捕康梁党人，谭嗣同等"六君子"遇难。陈宝箴因保荐杨锐、刘光第,以"滥保匪人"的罪名被罢免湖南巡抚职,永不叙用,陈三立也一同被革职,湖南新政功亏一篑。"既去官,言者中伤周内犹不绝,于是府君所立法次第寝罢,凡累年所腐心焦思、废眠忘餐、艰苦曲折经营缔造者,荡然俱尽"(《先府君行状》),父子二人的政治抱负遂尽于此。

陈三立与父亲陈宝箴被革职后,罢归江西南昌,在西山筑室而居,名之曰"崝庐"。父子二人虽自放山水间,但仍然无法掩饰政治理想破灭、祖国富强无望的痛苦,"往往深灯孤影,父子相语,仰屋欷歔而已"(《先府君行状》)。

光绪二十六年(1900年),陈三立挈家移居江宁,寓南京头条巷,筑散原精舍。陈宝箴暂留西山崝庐。陈三立原拟秋后迎父迁居。不料是年六月二十六日,陈宝箴在家中"以微疾卒"(近年来,有研究者认为陈宝箴是被慈禧密旨赐死的,但学界多对此论持怀疑态度)。怀着巨大家国隐痛的陈三立此后不再参与政治,以诗歌自娱,完成了从昔日意气风发的"义宁公子"到深夜孤灯、幽忧郁愤的"散原老人",从历史风口浪尖的弄潮儿到执诗坛之牛耳的"同光体"诗人的转变。这一年,陈三立四十八岁。

三

陈三立是中国近代诗歌史上一位举足轻重的人物。梁启超对陈三立极为推崇:"其诗不用新异之语,而境界自与时流异。浓深俊微,吾谓于唐宋人集中,罕见伦比。"陈衍认为:"五十年来,惟吾友陈散原称雄海内。"给予极高评价。胡先骕评陈三立诗:"如长江下游,烟波浩渺,一望无际,非管窥蠡酌所能测其涯涘者矣。"汪辟疆《光宣诗坛点将录》将陈三立以"天魁星及时雨宋江"当之。张慧剑《辰子说林》甚至说"故诗人陈散原先生,为中国诗坛近五百年来之第一人"。这些说法未免有夸张之处,但也可见当时人视陈三立为执诗坛之牛耳者。1917年1月,胡适发表了新文学的宣言《文学改良刍议》,文中把陈三立作为复古的旧文学的代表加以批判,这也从反面说明了陈三立在清末民初诗坛的地位。据郑逸梅《艺林散记》记载,1936年,英国伦敦举行国际笔会,邀请中国代表参加。当时派了两位代表:一位是胡适之,代表新文学,另一位便是陈三立,代表旧文学。但当时陈三立已经八十四岁高龄,最终没有成行。

清末诗坛,主要有以黄遵宪为代表的"诗歌革命"派、以王闿运为代表的"湖湘派"和以陈三立、沈曾植、郑孝胥为代表的"同光体"等流派。"同光体"是指"同(同治)、光(光绪)以来诗人不墨守盛唐者"(陈衍语),是清代道光、咸丰年间"宋诗运动"的发展和余绪。他们作诗师法以黄庭坚为代表的宋体诗,喜用僻典冷字、险韵拗句,风格枯涩瘦硬。

陈三立的诗,初学韩愈,后师黄庭坚,好用僻字拗句,自成"生涩奥衍"一派,是同光体中的"赣派"。郑孝胥在为《散原精舍诗集》所撰的序中写道:"大抵伯严之作,至辛丑以后,尤有不可一世之概。源虽出于鲁直,而莽苍排奡之意态,卓然大家,未可列之江西社里也。"陈衍认为:"散原为诗,不肯作一习见语,于当代能诗巨公,尝云:某也纱帽气,某也馆阁气。盖其恶俗恶熟者至矣。少时学昌黎,学山谷,后则直逼薛浪语,并与其乡高伯足极相似。然其佳处,可以泣鬼神,诉真宰者,未尝不在文从字顺中也。而荒寒萧索之景,人所不道,写之独觉逼肖。"陈衍不愧为"同光体"的理论家,他用"荒寒萧索"四字准确地道出了陈三立诗歌的总体艺术特征。在陈三立的诗中,如血的残阳、晚归的暮鸦、凄冷的风雨、狰狞的怪柳,无不营造出直逼人心的苍凉萧索的氛围。当然,陈三立诗歌的艺术风貌颇为多样,既有生涩奥衍的风格,也有自然清新之作。

"家国之痛"是陈三立诗歌的最重要主题,部分作品甚至可以看作"诗史"。对列强入侵的愤怒、对昏聩清廷的无奈失望、对父亲的深沉思念、对战乱中流离失所的人民的同情,都从陈三立的笔端流出。八国联军入侵给中国人民带来了深重的灾难,陈三立诗集中有多首诗涉及,《十月十四日夜饮秦淮酒楼,闻陈梅生侍御、袁叔舆户部述出都遇乱事,感赋》是其中的代表作:

  狼嗥豕突哭千门,溅血车茵处处村。
  敢幸生还携客共,不辞烂漫听歌喧。
  九州人物灯前泪,一舸风波劫外魂。
  霜月阑干照头白,天涯为念旧恩存。

诗中展现出外国侵略者的残暴和北方人民的鲜血,特别是"九州人物灯前泪,一舸风波劫外魂"两句,给人印象尤其深刻。庚子事件,固然是殖民主义者惯用的以武力征服弱小民族的侵略行径,而以慈禧为首的顽固派,利用义和团的愚昧无知和盲目排外心理攻打外国使馆,则是酿成庚子事变的导火线。陈三立在诗中将矛头直指慈禧:"早知指鹿为灾祸,转见攀龙尽研娴。"(《孟乐大令出示纪愤旧句和答二首》)此外,更多诗作抒写了诗人的忧愤心情:"转恸江湖容死后,独飘残鬓看中原。"(《哭孟乐大令》)"阽危国势遂至此,浩荡心源焉所穷。"(《次韵答季祠见赠二首》)

1901年,清政府与列强签订了丧权辱国的《辛丑条约》。年底,满腔激愤的诗人乘舟由南昌至九江,夜不能寐,写下了他的名作《晓抵九江作》:

藏舟夜半负之去,摇兀江湖便可怜。

合眼风涛移枕上,抚膺家国逼灯前。

鼾声临榻添雷吼,曙色孤篷漏日妍。

咫尺琵琶亭畔客,起看啼鸦万峰巅。

诗人独自一人,思绪联翩,难以入睡,眼前风涛四起,国恨家仇,一起涌上心头。"合眼风涛移枕上,抚膺家国逼灯前"一联极为生动传神,凝练地表达了作者的爱国情怀,给人以深刻印象。

自陈宝箴死后,陈三立几乎每年都要赴南昌崝庐扫墓,并记之以诗。在陈三立诗歌作品中,崝庐扫墓诗不仅数量极多,而且有很高的艺术水平,特别是情感的沉痛,具有极强的感染力。王赓在《今传是楼诗话》中揭示了这些诗作的情感深度:"散原诗中,凡涉崝庐诸作,皆真挚沉痛,字字如迸血泪。苍茫家国之感悉寓于诗,洵宇宙之至文也。"

"陈三立诗中最引人注目的,是一种个人被外部环境所包围和压迫而无从逃遁的感觉。"(章培恒、骆玉明《中国文学史》)甚至这种感觉在纯粹描写自然景物的诗中,也同样强烈,如《十一月十四夜发南昌月江舟行》:

露气如微虫,波势如卧牛。

明月如茧素,裹我江上舟。

露气和水波幻化成活的生命,向诗人逼过来,而向来作为柔静的意象出现在传统诗歌中的月光,在这里却像无数茧丝要把诗人捆缚起来。还有像"江声推不去,携客满山堂"(《霭园夜集》),"挂眼青冥移雁惊,撑肠秘怪斗蛟螭"(《九江江楼别益斋》),大自然的种种事物,都逼向诗人,向他覆盖、挤压过来,震颤着他的神经。"现实成为无可逃遁的、具有强大压迫力的存在,而诗人的痛苦无法借语言的虚构获得消解。……处于文化变异中的中国,士大夫再难以退回到旧式隐士的情怀。……这种感觉在后来的新文学中继续以不同形式表现出来,实际已包含了现代文化的因素。"(章培恒、骆玉明《中国文学史》)

四

1911年的辛亥革命标志着清王朝的穷途末路。与其他旧派人物一样,陈三立选择了"遗老"的身份。但与其他"遗老"诗人不同的是,他并不以"遗老"自居。陈三立对社会政治与思想文化的变化很敏感,并不排斥新事物。尽管在作品中抒写对旧王朝的眷恋,对辛亥革命的进步意义也难以理解,但对民国政府,陈三立也并不像其他"遗老"那样持仇视的态度。他与遗老文人以诗文相会,但却拒不参加清朝遗老的复辟活动。他是社会名流,各种政治势力都想拉拢他,他更是一概拒绝。他对民国初年以袁世凯为代表的窃踞政权的投机政客,以及后来混战不休的各派军阀均极为不满,拒不参加当时政界的任何活动。1932年,陈三立在庐山过八十大寿,当时蒋介石也在庐山,向他献巨额寿金,陈三立却不买蒋介石的账,严拒未受。

实际上,陈三立内心深处的热情始终存在。1906年,他与江西士绅李有棻等创办江西第一条铁路——南浔铁路,并先后任协理、总理、名誉总理等职,很想有所贡献。翻开他的诗集,会发现集中有不少关于九江铁路局的作品。如在《九江铁路局楼遣兴》一诗中,他写道:"博望贪凿空,长房专缩地。幻想托鬼工,纷营极鬼碎。"光绪三十四年(1908年),又与汤寿潜共同发起组织中国商办铁路公司。可惜最终出于人事上的原因,都没有成功。

20世纪初的中国,战乱频仍,苦难深重。尽管已不问政治,但陈三立仍然时刻关心着祖国的命运。1933年,陈三立的好友、同光体另一位代表人物郑孝胥投靠日本，辅佐溥仪建立伪满政权，陈三立痛骂郑"背叛中华，自图功利"。在再版《散原精舍诗》时，忿然删去郑序，与之断交。

近人吴宗慈《陈三立传略》记载了这样一件事情："民国二十一年壬申（1932年），日寇侵占上海闸北，沪战遂作。先生居牯岭，日夕不宁，于邮局定阅航空沪报，每日望报至，至则读，读竟则愀然若有深忧。一夕忽梦中狂呼杀日本人，全家惊醒，于是宿疾大作。其爱国热情类如此。"

1937年7月7日，卢沟桥事变发生，北平沦陷。这时，居住在北平的陈三立已经八十五岁了，他表示："我决不逃难！"日军占领北平后，陈三立终日忧愤，绝食抗争，身患重病却拒不服药。9月14日，绝食五天的诗人在忧愤交集中离开了人世。据记载，日军占领北平后，"欲招致先生，游说百端皆不许，说者环伺其门，先生怒，呼佣妇操帚逐之"。又云："寝疾时，辄以战讯为问。有谓中国非日本敌，必被征服者，先生愤然斥之曰：中国人岂狗彘不若，将终贴然任人屠割耶？背不与语。"（吴宗慈《陈三立传略》）

五

1909年，《散原精舍诗》两卷由商务印书馆出版，收集了陈三立1901—1908年诗作共769首。1922年，《散原精舍诗续集》两卷出版，收录1909—1921年的诗作1035首。1931年，《散原精舍诗别集》一卷出版，收录1922—1931年诗作311首。今人李开军收集《散原精舍诗》《散原精舍诗续集》《别集》及《散原精舍文》等进行点校，合编为《散原精舍诗文集》二册，2003年由上海古籍出版社出版。2006年，潘益民在南京图书馆陈方恪遗稿中发现了陈三立早年诗作《诗录》四卷。《诗录》收录了光绪六年（1880年）至光绪二十二年（1896年）的诗作265题，弥补了《散原精舍诗文集》的不足。2014年，增补后的《散原精舍诗文集》由上海古籍出版社出版，这是迄今为止最为全面的陈三立作品集。

不过，以上陈三立的著作均无注释，加上陈三立诗作本来就属生涩奥衍一派，普通读者难以读懂，这对陈三立诗歌的普及和传播是很不利的。为使更多的普通读者了解这位杰出的诗人和他的作品，本书从《散原精舍诗》《散原精舍诗续集》《散原精舍诗别集》及《诗录》中精选了部分陈三立诗歌的优秀作品,并进行注解。为便于读者对陈三立生平及诗作的理解,附录"陈三立年谱简编"。当然,对陈三立更全面深入的了解,可进一步阅读李开军的《散原精舍诗文集(增订本)》《陈三立年谱长编》,马卫中、董俊珏的《陈三立年谱》,胡迎建的《一代宗师陈三立》及杨剑锋的《现代性视野中的陈三立》。

由于我们水平有限,本书难免错误之处,请读者不吝指出。

常立霓、杨剑锋

二〇二一年五月　于上海

目 录

前言 ·· 1

由荆口次龙屿遂至嘉鱼 ·· 1
悼亡诗 ·· 3
早发颍桥次襄城 ··· 12
月夜听邻家擘阮 ··· 15
行平江道上六首（选三） ·· 16
长沙还义宁杂诗（二十四首选四） ···································· 20
高观亭春望（二首选一） ·· 22
琴志楼杂诗（六首选三） ·· 23
书感 ··· 27
人日 ··· 29
园居三首（选二） ·· 30
孟乐大令出示纪愤旧句和答二首 ······································· 31
次韵答义门题近稿 ·· 33
次韵再答义门 ·· 35
次韵和义门感近闻一首 ·· 37
得熊季廉海上寄书言俄约警报用前韵 ································· 38
夜舟泊吴城 ·· 39
崝庐述哀诗五首 ··· 40
登楼望西山二首 ··· 45

夜雨	47
次韵黄知县苦雨二首(选一)	48
闵灾	49
宿涨未消酷热复炽彻夜不寐有作	51
哭孟乐大令	52
十月十四夜饮秦淮酒楼闻陈梅生侍御袁叔舆户部述出都遇乱事感赋	53
江行杂感五首(选三)	55
长至抵崝庐上冢	59
崝庐书所见	60
晓抵九江作	67
舟夜口号(二首选一)	69
黄公度京卿由海南人境庐寄书并附近诗感赋	70
肯堂为我录其甲午客天津中秋玩月之作诵之叹绝苏黄而下无此奇矣用前韵奉报	72
徐先生宗亮萧先生穆偕过寓庐作	73
壬寅长至抵崝庐谒墓	74
芰潭枉过崝庐赋赠二首(选一)	76
正月十九日园望	77
近阅邸钞易顺鼎授右江兵备道冯煦授四川按察使沈曾植授广信知府皆平生雅故而当世之文人也诗以纪之	78
月夜江行抵南昌	80
雨夜携客就小舫取酒尽醉作	81
园居对雨	82
长至墓下作	83
十一月十四夜发南昌月江舟行	84
舟夜感赋	86

吴城作	87
江上杂诗(六首选一)	88
和肯堂雪夜之作	89
阅邸钞前安徽青阳知县汤寿潜着赏道衔署理两淮盐运使汤本故人也惊喜有作	91
立春夕对月	92
次韵答季祠见赠二首(选一)	93
近感六次前韵	94
感春五首	96
雨霁	107
短歌寄杨叔玫时杨为江西巡抚令入红十字会观日俄战局	108
姑塘雨夜	109
园居漫兴	110
寄调伯彀高邮榷舍(二首选一)	111
寄姚叔节	112
纳兰容若小像题词	114
漫题豫章四贤像拓本	117
月夜	120
秋雨初凉病起作	121
文芸阁学士同年挽词六首	122
侵晨登江船雨望	129
王家渡	130
送饶石顽监督出游大西洋诸国	131
十月二十七日江南派送日本留学生百二十人登海舶隆寅两儿附焉遂送至吴淞而别其时派送泰西留学生四十人亦联舟并发怅望有作(二首选一)	132
腊月二日到崝庐作	133

二十三夜向晨睡中闻雷起感而有述	136
庐夜漫兴	138
雨中去西山二十里至望城冈	139
泊鸡笼山听雷雨	140
雪夜感逝	141
园居看微雪	143
月夜独步	144
正月二十二日通州南郭外会送肯堂葬	145
由九江之武昌夜半羁邮亭待船不至	146
九日从抱冰宫保至洪山宝通寺饯送梁节庵兵备	147
霨园夜集	151
由武昌渡江还汉馆	152
沪上赋呈羿庵阁学师	153
月夜楼望	156
百花洲湖榭对雪书感	157
夜发南昌城	158
江夜	159
哭次申	160
庐夜	162
别西山于途中作	163
月夜别南昌与黄益斋同宿城畔舟中	164
九江江楼别益斋	166
还金陵走视次申雨花台殡宫	167
秋夜	170
建昌兵备道蔡伯浩重来白下感时抚事题以贻之	172
枕上	174
秋夜感怀和剑丞	175

过陈善余编译局	177
夜出下关候船赴九江	179
墓上	180
国粹学报毕三年纪念征题	185
端午淮舫集	187
北极阁访悟阳道长	188
立秋后五夕暑烈不寐	189
纪哀答剑丞见寄时将还西山展墓	190
夜附汽车赴下关宿大观楼候船	192
微雨中抵墓所	193
崝庐楼望	194
晓发吴城渡湖	195
西山道中杂述	196
庐夜雷雨遣闷	197
八月廿一日夜宿九江铁路局楼感赋	198
凉讯依韵答樊山	201
抵上海别儿游学柏灵还诵樊山布政午彝翰林见忆之作次韵奉酬	203
雨夜过安庆有怀沈子培方伦叔马通伯姚叔节诸子	206
别墓还城道上	207
墓上	208
崝庐写触目	209
由崝庐还城二首	210
集沪上酒楼	211
酬真长	213
酬节庵	215
正月十七日坐雨	216
车栈旁隙地步月	217

清明	219
十月朔雪望	220
由沪还金陵散原别墅杂诗（五首选四）	221
楼夜	227
雨望	228
步庐侧遣兴	229
夜坐	230
泛舟青溪	231
过邻居梁公约不遇	234
癸丑五月十三日至焦山，同游为陈仁先、黄同武、胡瘦唐、俞恪士、寿丞兄弟。越二日，王伯沆亦自金陵来会，凡三宿而去，纪以此诗	236
后湖观荷	245
雨后湖楼晓坐	247
刘庄杂咏（六首选五）	248
夜不寐枕上听雨	251
留别散原别墅杂诗	252
乙庵太夷有唱和鬼趣诗三章语皆奇诡兹来别墅怆抚兵乱亦继咏之	264
独坐觚庵茅亭看月	268
夜眺遣怀	269
崝庐三首（选二）	270
别南昌晚泊吴城望湖亭下（二首选一）	273
渡湖抵湖口	274
诵樊山涛园落花诗讫戏题一绝	276
雨霁楼望	278
徐园晚眺	279
月上楼坐	280

留别墅遣怀(九首选六)	282
十四夜云暗风起有雪意	291
晨兴对雪	292
雪夜读范肯堂诗集	293
雨霁崝庐楼坐寓兴	295
余过南昌,留一日渡江,来山中。适闻胡御史亦至,有任刊《豫章丛书》之议,赋此寄怀	298
雨霁楼望	300
晴楼遣兴	302
雨中倚楼作	304
江行	305
喜雨	309
苦雨	311
哭于晦若侍郎三首	312
夜坐	318
初度日写愤示亲朋	319
上赏	321
丙辰元旦阴雨逢日食	322
雨夜写怀	323
春晴携家泛舟秦淮	324
崝庐楼居五首(选四)	326
雪中楼望	328
雪后溪上晴眺	330
咏小松	332
开岁二日地震后晨起楼望	333
为高颖生题环翠楼	335
胡琴初寄示除日述怀四首次韵酬之	337

病山南归旋失其子过沪相对黯然无语既还敝庐念吾友生趣尽矣欲招
　　为莫愁湖之游收悲欢忻聊寄此诗 ·················· 342

次韵宗武寓园即兴 ······································· 344

中秋夕看月 ··· 345

溪园 ··· 347

除日雪中书感 ··· 348

清道人卜葬金陵哭以此诗 ································· 349

任公讲学白下及北还索句赠别 ····························· 352

挽陈石遗翁长男公荆 ····································· 354

更生翁既相过不遇复馈盆菊池鱼滕以三绝句率和报谢（三首选一） ··· 356

阅报义宁平江之交有战事取道恐当先茔邻近愁思写此 ········· 357

林蔚文乞题虎口余生图 ··································· 358

丙寅除夕 ··· 360

己巳十月别沪就江舟入牯岭新居 ··························· 361

枕上醒暴雨 ··· 363

首夏移居松对林新宅 ····································· 364

十六夜月步松林 ··· 366

中秋夕山居看月 ··· 367

王家坡观瀑 ··· 368

附录：陈三立年谱简编 ··································· 371

由荆口次龙屿遂至嘉鱼[1]

沅湘绝重湖，江势故西来[2]。奔湍浩千里，骋望信悠哉[3]。佳人期木末，弭楫正徘徊[4]。肃肃洞庭野，阴阴云梦隈[5]。冲飙起山川，孤屿媚楼台[6]。霄直来帆举，江清鸣雁哀。方城郁嵯峨，唯楚故有才[7]。不见英雄人，高歌奋云雷[8]。于今争战交，四顾但蒿莱。拊膺激颓景，荡漾千载怀[9]。何如远行游，翩然凌九陔[10]。

[1] 光绪六年（1880年）四月，陈三立父亲陈宝箴被授命河南河北道，治所在河北武陟。七月，诗人携家人随父从湖南长沙赴武陟上任，此诗即在途中所写。这首诗是诗人早年的作品，《散原精舍诗集》等未收。陈三立《诗录》四卷，手抄本，今存于陈三立四子陈方恪遗稿中，现藏南京图书馆，起自光绪六年（1880年），止于光绪二十二年（1896年），收录了诗人二十八岁至四十四岁的作品，共265题，375首。今人潘益民、李开军辑注《散原精舍诗文集补编》（江西人民出版社2007年版）收入《诗录》，使诗人早年诗作首次公开面世。荆口、龙屿在湖南境内，嘉鱼在湖北境内。

[2] 沅湘，沅江和湘江。绝重湖，指沅江和湘江注入洞庭湖。江，指长江。

[3] 奔湍，奔腾的江水。骋望，放眼远望。屈原《九歌·湘夫人》："登白蘋兮骋望，与佳期兮夕张。"

[4] 此处用屈原《九歌·湘君》《九歌·湘夫人》诗意。《九歌·湘君》："采薜荔兮水中，搴芙蓉兮木末。"《九歌·湘夫人》："闻佳人兮召予，将腾驾兮偕逝。"木末，树梢。弭楫，停船。楫，同"楫"，划船用具。《楚辞·离骚》："吾令羲和弭节兮，望崦嵫而勿迫。"洪兴祖补注："弭，止也。"马茂元

注:"弭节,犹言停车不进。"

〔5〕云梦,古地域名,今湖北省云梦县。《周礼·夏官·职方氏》:"正南曰荆州,其山镇曰衡山,其泽薮曰云梦。"隈,山水等弯曲的地方。

〔6〕冲飙,急风、暴风。葛洪《抱朴子·博喻》:"冲飙倾山,而不能效力于秋毫。"孤屿,孤立的岛屿。谢灵运《登江中孤屿》诗:"乱流趋正绝,孤屿媚中川。"

〔7〕方城,春秋时楚北的长城,这里指嘉鱼。嵯峨,山高峻貌。唯楚故有才,岳麓书院门联:"惟楚有才,于斯为盛。"上联出自《左传·襄公二十六年》"虽楚有材,晋实用之",下联出自《论语·泰伯》"唐虞之际,于斯为盛"。湖南、湖北,均属于春秋战国楚地。

〔8〕云雷,《易·屯》:"象曰:云雷,屯,君子以经纶。"按,屯之卦象为坎上震下,坎之象为云,震之象为雷。屯之卦象是为云雷聚,云行于上,雷动于下。谓君子观此卦象和卦名,则善于兼用恩泽与刑罚,以经纬国家。故"云雷"常指经纬治理国家的人。陈师道《后山谈丛》卷三:"廊庙仁徵于旧德,云雷始洽于新恩。"故此处上句言英雄,下句言云雷。诗人于此感叹楚地人才辈出,但当今四方多难,却不见英雄人物横空出世,力挽狂澜。

〔9〕拊膺,捶胸,表示哀痛或悲愤。这四句承上文而来,是说处于内忧外患的多事之秋,由于缺少杰出人才,国家无人可用,令人心痛不已。陈三立写作此诗时,年才二十八岁,但已表现出忧国忧民、心系天下的抱负。

〔10〕九陔,亦作"九畡""九垓",指中央至八极之地。《国语·郑语》:"王者居九畡之田,收经入以食兆民。"韦昭注:"九畡,九州之极数也。"

悼亡诗[1]

时淹怨已沉,岁改哀仍长[2]。人生眷绸缪,哀怨自相将[3]。忆昔与子偕,悠悠酉之阳[4]。其时春雪满,崎岖以前行。穹林故参天,重峦带回冈[5]。丈人守岩州,凤昔垂令名[6]。仓皇走迎我,忻昌结中情[7]。佳期日维吉,牛女正相望[8]。鼓吹沸衙阁,宾从罗壶觞[9]。雁奠礼已谐,鸳栖誓无忘[10]。良愧射屏选,颇宜齐案庄[11]。蔼蔼兰房中,依依绮阃旁[12]。昏星连晓漏,言笑随风飏[13]。莺花四月和,窈窕理归艘[14]。牵愁辞弟妹,陨泪诀高堂[15]。宁知生别时,翻为死别场[16]。去去日已晚,乘流压轻装[17]。惊飙阨绝壑,激浪斗飞泷[18]。行迷磊石高,子提我于床[19]。相看沙水浑,一笑烘衣裳[20]。赓吟眺乡县,揩眼凌湖湘[21]。入门各自亲,一一承尊嫜[22]。为妇义初起,娴仪事能详。余妹弱而娇,与子互相倾[23]。疏窗映耳语,往往达五更。子德实柔嘉,良以答平生[24]。无何子出腹,随官在边城[25]。家人大欢喜,庆者填门墙。时子遘疾厉,汤药日屏营[26]。萧条岁运乖,哀乐为亏盈[27]。子独抱幽忧,日夕以煎烹[28]。思亲蜀道难,归妹只自伤[29]。其年正月吉,太岁次于庚。呱呱复产子,血气亦俱戕[30]。孟秋指河洛,因依事长征[31]。舟楫阻程期,二竖缠膏肓[32]。徘徊淮颍滨,奄忽以沦亡[33]。维时十月朔,空天下雨霜[34]。北风为之鸣,群鸟俱飞翔。抚子仰天号,血泪猛交并。两儿怀抱间,辗转自摧藏[35]。阿姑抱之去,痴立而旁皇[36]。大儿垂五龄,仿佛知母僵。乳儿但索母,长大徒思量[37]。长为无母儿,恨恨那可平[38]。旷野色惨憺,寒流咽哀声[39]。岁暮雪澌澌,迎子与子盟[40]。生人死而安,子死犹奔忙[41]。殡子荒城侧,大河浩前横[42]。晨昏走视子,涕泪盈眸眶。虚帷挂蛛网,缅邈生空精[43]。嗟子我良匹,十载自相双[44]。婉恋托忠诚,阙遗多所匡[45]。今子瞑不视,万世同凄凉[46]。历步仁仪形,含悲睇巾箱[47]。手迹犹自新,何由梦容光[48]。玄阴袭重闱,落月凄以黄[49]。被酒辄尽醉,颓然返空房[50]。醉时忽复醒,百哀搅尔肠[51]。已矣何其辞,吞声咏斯章[52]。

[1] 光绪六年(1880年)十月初五,陈三立原配罗氏病逝于从陈宝箴赴河南、河北道途中,得年二十六岁。罗氏是陈宝箴友人罗亨奎长女。同治十二年(1873年)春,陈三立入赘罗亨奎酉阳知州官所,与罗氏成婚,时陈三立二十一岁,罗氏十九岁。杜俞《罗孺人墓志铭》:"惺四先生(罗亨奎)为人沉毅深窈,绝等夷外,特谨抑,似无能。咸丰辛亥与陈公同为乡试举人,交善,后益相敬,爱无间,遂结婚姻之好。"罗氏与诗人婚后恩爱甚笃,生子衡恪、同亮。陈三立《故妻罗孺人状》记载了罗氏逝世经过:"七月,余父由湖南往官河北,余偕孺人从焉。次颍上之溜犊湾,而孺人病笃死矣,得年二十六,为光绪六年十月五日也。"罗氏的不幸早逝,使诗人精神备受打击,撰《寓无竟室悼亡草》一卷,取《庄子·齐物论》"忘年忘义,振于无竟,故寓诸无竟"之意,今收入潘益民、李开军编《散原精舍诗文集补编》。此诗在《寓无竟室悼亡草》中题为《哭亡室罗孺人诗》,有异文。题下有诗人自注"庚辰"二字,庚辰年即光绪六年(1880年)。李开军认为:"题目下虽有庚辰二字,从首句'时淹怨已沉,岁改哀仍长'来看,当为七年岁首之作。"本诗记载了罗氏与诗人结婚、生子、去世的经过,情深意切,感人至深。悼亡诗始于西晋诗人潘岳。陈三立此诗是散原诗集中第一长诗,对潘岳作品也多有借鉴。

[2] 篇首以时间节候的变化,对比诗人悲痛哀怨的不变。"怨""哀"二字,总领全篇。淹,淹留、停滞。亲人去世,给诗人带来巨大痛苦,因此感觉时间过得很慢,仿佛时间停滞了。怨已沉,对上天不公的怨怼之情愈发深沉。岁改,新的一年。李开军依此句判断本诗作于同治七年(1874年)初。

[3]绸缪,紧密缠绕貌,引申为情意殷切。《诗经·国风·绸缪》:"绸缪束薪,三星在天。"毛传:"绸缪,犹缠绵也。"李陵《与苏武诗》之二:"独有盈觞酒,与子结绸缪。"也用以比喻男女情爱,唐元稹《莺莺传》:"绸缪缱绻,暂若寻常,幽会未终,惊魂已断。"相将,相随、相伴。将,扶持、跟随、顺从。杜甫《新婚别》:"生女有所归,鸡狗亦得将。"以上四句为全诗第一部分,抒发罗氏去世后的悲哀之情。

[4]与子偕,《诗经·国风·击鼓》:"执子之手,与子偕老。"酉之阳,今重庆市酉阳土家族苗族自治县,因位于酉水之阳而得名,清雍正十三年(1735年)置酉阳直隶州。

[5]这四句叙述诗人赴酉阳迎娶罗氏时的情景。春雪满,说明二人成婚的时间是冬末初春。酉阳属武陵山区,山路崎岖难行,雪后更甚。穹林,幽深的树林。

[6]丈人,指诗人岳父罗亨奎。岩州,这里指酉阳,因酉阳多山,故云。夙昔,昔时、往日。令名,美名。二句《寓无竟室悼亡草》作"丈人宰岩邑,夙昔垂令名"。

[7]二句《寓无竟室悼亡草》作"仓皇喜我至,忻昌结中情"。仓皇,匆忙之间。忻昌,欣喜。忻,同"欣"。

[8]佳期,婚期。日维吉,选定一个吉祥的日子。牛女,牛郎、织女二星的合称。两句谓诗人与罗氏成婚的吉日,牛郎、织女正隔河汉而相望。元稹《新秋》:"殷勤寄牛女,河汉正相望。"

[9]两句描写衙署的婚庆场面。鼓吹,鸣鼓吹乐,指演奏音乐。宾从,宾客和随从。《左传·襄公三十一年》:"车马有所,宾从有代。"罗,罗列、摆放。壶觞,酒壶、酒杯等酒具。陶潜《归去来辞》:"引壶觞以自酌,眄庭柯以怡颜。"

[10]雁奠,古时婚礼有六个步骤:纳采、问名、纳吉、纳征、请期、亲迎,称为"六礼"。六礼中,礼物主要用雁,故称结婚为"雁奠"。《仪礼·士昏礼第二》:"昏礼,下达纳采,用雁。"注云:"用雁为挚者,取其顺阴阳往来。"班固《白虎通·嫁娶》谓:"取其随时而南北,不失其节,明不夺女子之时也;又是随阳之鸟,妻从夫之义也;又取飞成行,止成列也。明嫁娶之礼,长

幼有序,不相踰越也。又昏礼贽不用死雉,故用雁也。"鸳栖,犹"双宿双飞"。誓,白头偕老的誓言。

[11] 以下写婚后的美满生活。射屏,《旧唐书·后妃传上》:"(窦)毅闻之,谓长公主曰:'此女才貌如此,不可妄以许人,当为求贤夫。'乃于门屏画二孔雀,诸公子有求婚者,辄与两箭射之,潜约中目者许之。前后数十辈莫能中,高祖后至,两发各中一目。毅大悦,遂归于我帝。"后因以"射屏"喻择佳婿。齐案,《后汉书·逸民传》:"(梁鸿)每归,妻为具食,不敢于鸿前仰视,举案齐眉。"王先谦《集解》引沈钦韩曰:"举案高至眉,敬之至。"后指夫妻相敬爱。

[12] 兰房,闺房。潘岳《哀永逝文》:"委兰房兮繁华,袭穷泉兮朽壤。"吕延济注:"兰房,妻尝所居室也。"绮闼,犹绣闼,装饰华丽的门。

[13] 晓漏,拂晓的钟漏。漏,古时滴水计时的用具。《说文》:"漏,以铜受水,刻节,昼夜百刻。"杜审言《秋夜宴郑明府宅》:"露白宵钟彻,风清晓漏闻。"

[14] 以下写罗氏辞别亲人,随陈三立赴湖南陈府。莺花,黄莺鸣叫,花儿盛开,说明春天来临。四月和,农历四月,天气和暖。归艎,归舟。

[15] 罗氏为罗亨奎长女,下有两个弟弟。陨泪,堕泪、含泪。诀,诀别、告别。高堂,父母。

[16] 《孔雀东南飞》:"生人作死别,恨恨那可论。"罗氏辞别父母,嫁到陈家,哪里知道此后再无缘相见,当时别离,竟是永诀。

[17] 去去,去了又去,越走越远。苏武《古诗》之三:"参辰皆已没,去去从此辞。"乘流,顺着水流,乘舟。枚乘《七发》:"汩乘流而下降兮,或不知其所止。"

[18] 陈三立与夫人罗氏婚后沿长江乘船下湖湘,经过三峡险滩。这两句即写船经三峡的惊险景象。豗(huī),撞击。绝壑,绝壁。泷,急流。后句《寓无竟室悼亡草》作"激浪斗飞湍"。

[19] 行迷,走入迷途。《楚辞·离骚》:"回朕车以复路兮,及行迷之未远。"

[20] 谓三峡滩险浪急,衣服都被水打湿。船驶过三峡,险境已过,怀

着轻松的心情烘烤衣物。

[21] 上句《寓无竟室悼亡草》作"赓吟眺郊邑"。赓吟,犹"赓和""赓韵""赓酬",唱和、酬唱。赓,连续。

[22] 以下写罗氏随诗人到长沙拜见公婆,与家人相处甚洽,举止行为合乎妇德。尊嫜,也作"尊章",舅姑,古时对公婆的敬称。陈三立《故妻罗孺人状》:"及来归,余祖母爱之逾诸孙女,余母爱之逾其女也。"杜俞《罗孺人墓志铭》:"年十九,归余友三立伯严,舅姑及诸母姊妹之属,莫不讶叹。"可知陈三立家人对罗氏非常满意。

[23] 陈宝箴育有二女,长女于光绪六年(1880年)春嫁席宝田之子、候选道台席曜衡,次女金龄三岁早殇。这里说的应该是长女、诗人的大妹。《散原精舍诗集》中光绪二十八年(1902年)有《和肯堂雪夜之作》一诗,诗人自注:"由南昌返金陵,便得席氏女弟凶问。"可知诗人大妹卒于1902年。罗氏与陈三立大妹关系极好,杜俞《罗孺人墓志铭》:"孺人于是呜咽谓伯严曰:'……吾于妹亲厚,妹未嫁时,絮絮私对,坐床头语,恒不欲休'"。

[24] 柔嘉,温柔和善。《诗经·大雅·烝民》:"仲山甫之德,柔嘉维则。"孔颖达疏:"柔和而美善。"

[25] 光绪二年(1876年)二月十七日,陈三立长子衡恪生,乳名师曾,后以为字。边城,边地之城。光绪元年,陈宝箴署湘西辰沅永靖兵备道事,治凤凰厅(今湖南凤凰县),陈三立携家从至任所。

[26] 以下写罗氏遘疾、产子,以致身体虚弱,语句基调转为哀伤。这两句《寓无竟室悼亡草》作"时子颇多病,汤药事屏营"。遘疾,生病。屏营,惶恐。

[27] 时运,命运。古人认为人一生的吉凶遭际均由命运决定,并通过时间的运转表现出来。时运乖,时运不顺。哀乐为亏盈,谓一哀一乐,犹如月满月亏,循环变化。

[28] 幽忧,忧劳、忧伤。《庄子·让王》:"我适有幽忧之病,方且治之,未暇治天下也。"成玄英疏:"幽,深也;忧,劳也。"罗氏性格沉静忧郁,陈三立《故妻罗孺人状》:"孺人色愿而貌恭,与物无忤而中严介,黑白井然。平居好沉思极虑,怨悱幽忧发于天性,抑而制之,不形言动。余家之人皆曰阿

嫂平易可怜人也。"杜俞《罗孺人墓志铭》："孺人于是呜咽谓伯严曰：'吾生平多郁郁，尝无故悲感，自以为不祥。'"

[29] 归妹，六十四卦之一。兑为少女，故谓妹，以嫁震男，故称"归妹"。《易》："归妹，征凶，无攸利。"王弼注："妹者，少女之称也。兑为少阴，震为长阳；少阴而承长阳，说以动，嫁妹之象也。"孔颖达疏："妇人谓嫁曰归，归妹犹言嫁妹也。"

[30] 光绪五年（1879年）正月，罗氏生子不育。陈三立《故妻罗孺人状》："既归余，四年生子师曾，是年余祖母卒。又三年，生子不育。"可知其年为光绪五年（1879年）。太岁，古代虚拟星名。《续文献通考·郊社考卷一百九》："太岁者，十二辰之神。……木星一岁行一次，历十二辰而一周天，若步然也。自子至巳为阳，自午至亥为阴，所谓太岁十二神也。"古人将一周天分成十二段，每段对应一个地支。这里说明罗氏产子时间。呱呱（gū），婴儿啼哭声。《诗经·大雅·生民》："鸟乃去矣，后稷呱矣。"罗氏再次生产，损耗了本来就虚弱的身体，而婴儿未能成活，又受到精神打击，加重了病情，因此血气俱戕。

[31] 以下叙述罗氏逝世经过。孟秋，秋天的第一个月，即农历七月。河洛，黄河和洛水的并称，今河南洛阳一带。两句《寓无竟室悼亡草》作"孟秋宦河洛，相依事长征"。长征，长途旅行。

[32] 二竖，两个孩子，指长子师曾、幼子同亮。自光绪五年（1879年）生子不育后，罗氏又于次年（1880年）生幼子同亮，后夭。本年七月末，陈三立夫妇携二子随陈宝箴离湘赴任，时师曾五岁，同亮一岁。膏肓，中医以心尖脂肪为膏，心脏与膈膜之间为肓。《左传·成公十年》："疾不可为也，在肓之上，膏之下，攻之不可，达之不及，药不至焉，不可为也。"杜预注："肓，鬲也。心下为膏。"病入膏肓，则无药可治。这里指罗氏。陈三立《再哭罗孺人绝句十六首》之九："再索宜男已自奇，大儿跳舞小儿痴。年来病骨支离甚，犹说男昏女嫁时。"自注："庚辰正月次男生，而卿已病肺，不复能支。"根据诗人诗中所述，罗氏的病症可能是肺结核。杜俞《罗孺人墓志铭》："岁庚辰，陈公以巡守道奉简命即河北任，去湖南。孺人方病，公留令养疾，孺人毅然曰：'讵有舅姑远去而妇不从者！'"

[33] 淮颍，指安徽颍上，地处淮河、颍河交汇处。陈三立《故妻罗孺人状》："今年正月幼子同亮生，七月，余父由湖南往官河北，余偕孺人从焉。次颍上之溜犊湾而孺人病笃死矣，得年二十六，为光绪六年十月五日也。"奄忽，迅疾、突然。

[34] 朔，农历每月初一。《说文》："朔，月一日始苏也。"又《释名》："朔，月初之名也。"这里指十月初。根据陈三立《故妻罗孺人状》记载，罗氏是本年十月初五（公历1880年11月6日）逝世的，正值冬季。

[35] 摧藏，五脏俱摧。藏同"脏"。《孔雀东南飞》："未至二三里，摧藏马悲哀。"

[36] 阿姑，这里指陈三立的母亲、陈宝箴的妻子黄夫人。旁皇，同"彷徨"。

[37] 乳儿，还在吃奶的孩子，指幼子同亮。思量，相信、怀念。《寓无竟室悼亡草》作"乳儿诞数月，长大空思量"。

[38] 恨恨，抱恨不已。恨，憾也。《孔雀东南飞》："生人作死别，恨恨那可论。"杜俞《罗孺人墓志铭》："先是，孺人疾，五岁儿日击小鼓跳跃榻下，然见母卧，亦知为病。孺人稍起坐，辄喜告祖母；或不起坐，则问母何久卧耶。孺人不忍见，辄麾婢抱去。及疾笃，令婢抱两儿前，抚之曰：'长为无母儿矣。'大儿嗷然哭，小儿謦而泣，若知母之将死者然，然究不知何谓死也。……久之，又曰：'善事亲。两儿太稚，长大不识母，可痛也。'"

[39] 《寓无竟室悼亡草》作"旷野色惨澹，寒流咽哀声"。惨憺，同"惨澹"，惨淡。

[40] 澌澌，下雪的声音。王建《宫词》："月冷江清近猎时，玉阶金瓦雪澌澌。""迎子"句，是诗人回忆与迎娶罗氏、夫妻俩海誓山盟时的情形。

[41] 别人死了，一了百了，但你死后还要随我们奔波。罗氏逝于陈宝箴赴河北任途中，故云。

[42] 荒城，指武陟，在今河南焦作。清时属河南怀庆府，为河北河务兵备道驻所。罗氏死后，陈三立扶其灵柩于十一月二十二日抵武陟，十二月十五日殡于武陟县东门外的法云寺，后葬于湖南平江陈氏祖坟。《重祭罗孺人文》："光绪六年十二月十五日戊申，夫婿三立谨以羊一豕一，告祭亡

9

室罗孺人于河北武陟法云寺之殡宫。"《行平江道上六首》之五:"殇儿百步外,妻也在其间。"大河,指黄河。

[43]缅邈,遥远。潘岳《寡妇赋》:"遥逝兮逾远,缅邈兮长乖。"吕延济注:"缅邈,长远貌。"

[44]以下是诗人对罗氏的怀念。良匹,佳偶。陈三立与罗氏成婚于同治十三年(1873年),罗氏去世于光绪六年(1880年),二人厮守八年。此处云"十载自相双",取其大数。

[45]这两句称赞罗氏为人忠诚纯一,并能够纠正诗人过错。阙遗,缺失、过错。匡,匡正、纠正。《故妻罗孺人状》:"孺人沉笃寡言如其父,于余容顺而已,然务规余过,言皆恳切。余尝醉后感时事,讥议得失辄自负,抵诸公贵人,自以才识当出诸公贵人上,入辄与孺人言之,孺人愀然曰:'有务为大言对妻子者邪?'余为面惭不能答。"杜俞《罗孺人墓志铭》:"伯严又谓余:'吾之痛非仅儿女情也,其于吾用情幽深绵邈,务曲规吾过于无形,虽临诀,犹扶头问吾父母劳矣,已卧否。是非独吾良友已也!'"

[46]瞑不视,死亡。《战国策·楚策一》:"有断胫绝腹,一瞑而万世不视,不知所益,以忧社稷者。"鲍彪注:"瞑,不视也,谓死。"

[47]伫,伫立。仪形,仪容、形体,大概是指罗氏遗像。睇,看。巾箱,古时放置头巾的小箱子,后亦用以存放书卷、文件等物品。这里是指罗氏遗物,有睹物伤怀之意。

[48]容光,仪容风采。徐幹《室思》之一:"端坐而无为,髣髴君容光。"看着妻子的手迹,何时能够与你梦中相会,再睇你的仪容?潘岳《悼亡诗》:"望庐思其人,入室想所历。帏屏无仿佛,翰墨有余迹。"

[49]以下描写罗氏去世以后,诗人于空房中独自思念逝者的凄凉景象。玄阴,冬季的阴气。司马相如《美人赋》:"时日西夕,玄阴晦冥,流风惨冽,素雪飘零。"重闺,深闺。

[50]被酒,犹"中酒",醉酒。《史记·高祖本纪》:"高祖被酒,夜径泽中,令一人行前。"张守节正义:"被,加也。"欧阳修《醉翁亭记》:"太守与客来饮于此,饮少辄醉。"

[51]陈三立好酒,此时以酒浇愁,但醉后又醒,痛苦更深,所谓"以酒

浇愁愁更愁"。

　　[52]已矣,罢了,算了。《庄子·人间世》:"已矣,勿言之矣!"贾谊《吊屈原赋》:"已矣!国其莫我知兮,子独壹郁其谁语?"吞声,无声的哭泣。杜甫《哀江头》诗:"少陵野老吞声哭,春日潜行曲江曲。"上文"仰天号"是罗氏刚刚弃世时放声大哭,此时的"吞声"变为无声悲泣,在时间上有两三个月的跨度。而父母在堂,为人子者不得不压抑自己的情绪。吞声而哭,又有"泪尽,继之以血"之意,因此愈加感人心肺。斯章,本文,这首诗。阮籍《咏怀》:"岂惜终憔悴,咏言著斯章。"

早发颍桥次襄城[1]

晨光满户牖,客子瞿然惊[2]。头垢不暇盥,载驰委严程[3]。猛驾骇奔雷,环辀撼悬旌[4]。沙尘冥四合,去韌同一声[5]。披襟灼寒素,含眸荡虚明[6]。场苗翳繁霜,枯条谢时荣[7]。暧暧辨暝色,岩岩眺增城[8]。涓流宛东回,崇山忽前横[9]。云霞曳归飞,林峦蔼余晴[10]。抚化谁为言,蓄虑已无成[11]。既为逝者叹,复此念平生[12]。黾勉风中酌,犹夷羁旅情[13]。

[1] 光绪八年（1882年）正月,陈三立离开武陟,返回江西参加乡试,途中创作诗歌多首,这是其中一首。李开军注云:"颍桥在河南许昌之西的襄城县境内,清代豫中至襄阳官道经此。"陈三立早年诗歌取径汉魏六朝,与后期"避熟避俗,力求生涩"（陈衍语）颇有不同。张慧剑《辰子说林》记载:"先生不喜人称以'西江派',尝与其门人故胡翔冬教授谈:'人皆言我诗为西江派诗,其实我四十岁前,于涪翁、后山诗且未尝有一日之雅,而众论如此,岂不冤哉?'翔冬乃曰:'世犹有称吾诗为学先生之诗者,若以此例之,岂不也是冤哉?'先生亦大笑。"光绪十七年（1891年）左右,陈三立诗风发生一次明显转变,由学习汉魏六朝转向晚唐、山谷,奠定了后期生涩奥衍的风格。

[2] 首句应诗题"早发"二字。早晨醒来,发现阳光入户,时候已经不早了,恐误行程,故瞿然而惊,匆忙起床。户牖,窗户。客子,客居在外的游子。瞿（qú）然,惊视貌。《礼记·檀弓上》:"童子曰:'华而睆,大夫之箦与!'子春曰:'止。'曾子闻之,瞿然曰:'呼!'"

[3] 匆忙之间,来不及盥洗就起床赶路了。《诗经·国风·载驰》:"载驰载驱,归唁卫侯。"又《诗经·国风·山有枢》:"子有车马,弗驰弗驱。"孔

颖达疏:"走马谓之驰,策马谓之驱。"严程,期限紧迫的路程。

[4] 辀(zhōu),车辕。用于大车上的称辕,用于兵车、田车、乘车上的称辀。辀为曲木,一端为方形,置于轴中央,从车底伸出,渐渐隆起,又渐成圆木。悬旌,悬挂在空中的旌旗。《战国策·楚策一》:"寡人卧不安席,食不甘味,心摇摇如悬旌,而无所终薄。"悬旌(或悬旗、悬斾)是六朝羁旅诗中的常见意象,如张协《杂诗》:"羁旅无定心,翩翩如悬旌。"曹植《东征赋》:"嗟我愁其何为兮,心遥思而悬旌。"谢朓《后斋迴望》:"巩洛常眷然,摇心似悬斾。"何逊《与崔录事别兼叙携手》:"我本倦游客,心念似悬旌。"等等。

[5] 四合,四向。轫,阻止车轮转动的木头,车开动时,则将其抽走。去轫,犹"发轫",出发。

[6] 披襟,敞开衣襟。宋玉《风赋》:"有风飒然而至,王乃披襟而当之曰:'快哉此风!'"寒素,清苦俭朴。孔融《杂诗》之一:"高明曜云门,远景灼寒素。"虚明,空明。陶渊明《辛丑岁七月赴假还江陵夜行涂口》:"凉风起将夕,夜景湛虚明。"

[7] 禾苗上笼上一层白霜,树上曾经繁茂的树叶纷纷落下。《诗经·小雅·白驹》:"皎皎白驹,食我场苗。"

[8] 暧暧(ài ài),屈原《楚辞·离骚》:"时暧暧其将罢兮,结幽兰而延伫。"王逸注:"暧暧,昏昧貌。"洪兴祖补注:"暧,日不明也。"陶渊明《归园田居》:"暧暧远人村,依依墟里烟。"暝色,暮色。谢灵运《石壁精舍还湖中作》:"林壑敛暝色,云霞收夕霏。"岩岩,高大貌。《诗经·鲁颂·閟宫》:"泰山岩岩,鲁邦所詹。"孔颖达疏:"言泰山之高岩岩然,鲁之邦境所至也。"眺,远望。增城,传说中的地名。《楚辞·天问》:"增城九重,其高几里?"《淮南子·坠形训》:"掘昆仑虚以下地,中有增城九重,其高万一千里百一十四步二尺六寸。"这里指襄城。诗人经过一天行程,暮色降临时终于抵达襄城。

[9] 涓流,细流。宛,曲折。崇山,高山。转过一条曲折东流的小河,一座高山横在眼前。许昌市襄城县位于伏牛山东段,最高处海拔462.7米。

[10] 归飞,鸟飞回巢。《诗经·小雅·小弁》:"弁彼鸒斯,归飞提提。"

郑玄注:"乐乎彼雅乌,出食在野,甚饱,群飞而归提提然。"陆机《赴洛》之二:"仰瞻陵霄鸟,羡尔归飞翼。"余晴,夕阳。

[11] 抚化,随物变化。谢灵运《于南山往北山经湖中瞻眺》:"抚化心无厌,览物眷弥重。"蓄虑,思虑。

[12] 逝者,指夫人罗氏。

[13] 黾勉,勉励、尽力。《诗经·国风·谷风》:"黾勉同心,不宜有怒。"毛传:"言黾勉者,思与君子同心也。"犹夷,犹豫。

月夜听邻家擘阮[1]

入破初闻三两声[2],凄凄哀怨不分明。婵娟千里人何处[3],使我乡心一夜生[4]。

[1] 此诗作于光绪九年(1883年)夏,时居长沙。光绪八年(1882年)秋,陈三立还南昌乡试中举,还至长沙,娶绍兴望族俞文葆女俞明诗为续弦。擘阮,弹琴。阮是一种乐器,四弦有柱,形似月琴。相传魏晋时期"竹林七贤"之一的阮咸善弹此乐器,因而得名。

[2] 入破,唐宋大曲的专用语。《新唐书·五行志二》:"至其曲遍繁声,皆谓之'入破'……破者,盖破碎云。"张端义《贵耳集》:"天宝后,曲遍繁声,皆名入破。破者,破碎之义也。"大曲分为散序、歌、破三大段。入破以后节奏加快,转为快拍。

[3] 婵娟,明月。苏轼《水调歌头》:"但愿人长久,千里共婵娟。"

[4] 乡心,思乡之心。

行平江道上六首（选三）[1]

惊霜蔽高原，淫潦涸平陆[2]。我行未永久，昏旦向寒谷[3]。劲翮掩萧条，列树尽如秃[4]。众峰晴亦佳，迤逦烂盈目[5]。云岚荡泱漭，冈陂恣腾伏[6]。清辉澹娱人，气与山川淑[7]。骋游日靡靡，村醪幸冬熟[8]。

披衣遵修衢，枉驾迎朝日[9]。浮云去不已，思心共奔逸[10]。穹陵势参天，层巘望仍失[11]。周原何膴膴，陇亩纵横出[12]。宿莽以燔焚，缘溪眇萧瑟[13]。生民信长勤，赋敛亦云毕[14]。羊牛肆吪寝，鸡犬闻若一[15]。保兹屡丰年，妇子欢入室[16]。黄农去我久，醇风见真率[17]。顾瞻动中怀，终焉息蓬荜[18]。

去郭十五里，谷深水盘环。借问冢垒垒，乃见金屏山[19]。趑趄泣涟洏，魂气黯邱峦[20]。青松磊石堆，王母之所安[21]。迤东郁相望，厥为伯父阡[22]。殇儿百步外，妻也在其间[23]。哀此一抔土，四世下轻棺[24]。荏苒岁纪流，骨肉蔽不完[25]。俯仰内崩裂，愤愠满山川。还过衡庐下，血泪何能干[26]。

[1] 这一组诗，马卫中《陈三立年谱》系于光绪九年（1883年），李开军《散原精舍诗文集补编》认为作于光绪十年（1884年）。总之，这组诗是诗人由长沙还江西义宁故里时所作。平江（今属岳阳）位于湖南东北部，与诗人故乡江西义宁（今修水县）相邻，从长沙到义宁经此县境。原作共六首，这里选介其中三首。

〔2〕此为组诗第一首,描绘赴平江道上的冬日景色。首句说明此次旅行的节气特征。黄濬(秋岳)《花随人圣庵摭忆》载陈三立《与陈伯弢书》云:"仲冬之月,适有鄙事,言归故山。"李开军认为陈三立此次平江之行正与致陈锐(伯弢)函所言相符。淫潦,因久雨而积水为灾。平陆,平原、陆地。陶渊明《停云》:"八表同昏,平陆成江。"

〔3〕昏旦,傍晚与凌晨。陆倕《新刻漏铭》:"夫自天观象,昏旦之刻未分;治历明时,盈缩之度无准。"李善注引《五经要义》:"昏,暗也;旦,明也。日入后漏三刻为昏,日出前漏三刻为明。"谢灵运《石壁精舍还湖中作》:"昏旦变气候,山水含清晖。"寒谷,荒寒的山谷。平江地处山区,故云。

〔4〕劲翮,张协《七命》:"剪刚豪,落劲翮。"六臣注:"刚豪,兽也;劲翮,鸟也。"列树,成列的树,树林。《国语·周语中》:"道无列树。"韦昭注:"列树以表道。"古时官道两旁种植树木。清朝人尚秉和《历代社会风俗事物考》:"清时官道,宽数十丈,两旁树柳,中杂以槐。官道六百余里,两旁古柳参天,绿荫幂地,策骞而行,可数里不见烈日。"平江道旁树叶落尽,说明已是寒冬季节。

〔5〕迤逦,曲折连绵的样子。烂盈,《诗经·大雅·韩奕》:"韩侯顾之,烂其盈门。"郑玄笺:"粲然鲜明且众多之貌。"

〔6〕云岚,山中云雾之气。泱漭,广大貌。木玄虚《海赋》:"泱漭澹泞。"李善注:"泱漭,广大也。"又,张衡《西京赋》:"山谷原湿,泱漭无疆。"李善注:"泱漭,无限域之貌。言其多,无境限也。"冈陂(bēi),冈峦。

〔7〕清辉,阳光。葛洪《抱朴子·博喻》:"否终则承之以泰,晦极则清辉晨耀。"淑,美善。刘大櫆《海日楼诗集序》:"登岳阳楼以望君山,则所谓山川淑灵之气,尽寓之于目而得之于心矣。"

〔8〕骋游,驰骋游览,游目骋怀。王羲之《兰亭集序》:"所以游目骋怀,足以极视听之娱,信可乐也。"日靡靡,犹"日迟迟"。《诗经·国风·黍离》:"行迈靡靡,心中摇摇。"毛传:"靡靡,犹迟迟也。"村醪,村酒。醪(láo),酒酿、浊酒。司空图《柏东》:"免教世路人相忌,逢著村醪亦不憎。"

〔9〕这是组诗第二首,写途中所见所闻。遵修衢,沿着大道。班昭《东征赋》:"遵通衢之大道兮,求捷径欲从谁。"枉驾,屈尊。《古诗十九首·凛

17

凛岁云暮》:"良人惟昔欢,枉驾惠前绥。"迎朝日,平江在长沙东北,因此诗人一路迎着朝阳赶路。

[10]浮云,飘动的云。宋玉《九辩》:"块独守此无泽兮,仰浮云而永叹。"奔逸,奔走,快速前进。诗人仰望前方的浮云去去不已,恨不得能与浮云一样迅速地奔驰前进。

[11]穹陵,山峰。穹,隆起。层巘,重峦,重叠的山峰。望仍失,看不到边。山峰高耸入云,而远处重峦,望之不尽。平江县地处山区,南有连云,北有幕阜,两山耸立。

[12]《诗经·大雅·绵》:"周原膴膴,堇荼如饴。"毛传:"膴膴,美也。"这是说平江的原野田地肥美如周原。以下描写平江百姓的生活场景。

[13]雚,同"鹳",一种水鸟,形似鹭。燔焚,焚烧。眇(miǎo),同"渺"。萧瑟,萧条凋零貌。宋玉《九辩》:"萧瑟兮草木摇落而变衰。"杜甫《北征》:"靡靡踰阡陌,人烟眇萧瑟。"仇兆鳌注:"眇,少也。"

[14]百姓辛勤劳作,收获之后,给官府交了田赋,便可安心过冬。生民,人民。长勤,辛勤。

[15]吪(é)寝,指牛羊的卧息活动。《说文》:"吪,动也。"《诗经·小雅·无羊》:"尔羊来思,其角濈濈;尔牛来思,其耳湿湿。或降于阿,或饮于池,或寝或吪。"鸡犬句,《老子》:"邻国相望,鸡犬之声相闻。"

[16]希望每年都能像今年这样获得丰收,农民及其全家衣食无忧地过冬度岁。《诗经·国风·七月》:"嗟我妇子,曰为改岁,入此室处。"

[17]黄农,黄帝、神农的合称。此谓平江民风淳朴,仍保留着黄帝、神农时代的上古遗风。

[18]看到此处民风淳朴,风景优美,不由得动了归隐之心。顾瞻,四面环视。《诗经·国风·匪风》:"顾瞻周道,中心怛兮。"动中怀,心动。陶渊明《游斜川》:"念之动中怀,及辰为兹游。"蓬荜,用树枝、草等做成的简陋房子。

[19]这是组诗的第五首,记述诗人在金坪里扫墓的情形。此处有陈家墓茔,葬有陈三立祖母李太孺人、伯父陈树年、前妻罗孺人及罗孺人所生幼子同亮。首四句说明金坪里所在位置及地理特征。金坪里在今平江县

木金乡金坪村。垒垒，张载《七哀诗》："北芒何垒垒，高陵有四五。"李善注："垒垒，冢相次之貌。"

[20] 趑趄（zī jū），行走困难的样子。《周易·夬》："臀无肤，其行趑趄。"王肃云："趑趄，行止之碍也。"涟洏（lián ér），泪流貌。王粲《赠蔡子笃》："中心孔悼，涕泪涟洏。"

[21] 王母，祖母。《礼记·曲礼下》："祭王父，曰皇祖考，王母曰皇祖妣。"陈三立的祖母李太夫人于光绪二年（1876年）九月七日卒于长沙，享年七十八岁，次年卜葬金坪里。

[22] 迤东，迤逦向东。伯父阡，伯父的坟墓。诗人伯父陈树年卒于光绪七年（1881年）十一月二十日，年五十九。他对陈三立爱逾己出，关怀备至。陈宝箴《诰封奉政大夫陈公滋圃墓表》："吾长子三立，自其少时颇好读书，或时不措意服食，伯兄则目注神营，旦暮凉燠之变必亟时其衣襦，饮啖必预谋适其所嗜。孩提至壮，跬步动止，无一息不以萦其虑。"

[23] 殇儿，指罗孺人所生幼子同亮，生于光绪六年（1880年）正月，后夭折，卒年不详。罗孺人卒后，灵柩暂厝于武陟法云寺，后葬于金坪里。

[24] 从李太夫人、陈树年，到罗孺人、幼子同亮，正好四世葬于金坪里。一抔（póu），一捧。

[25] 荏苒（rěn rǎn），时间渐渐流逝。岁纪，指时间。潘岳《悼亡诗》："荏苒冬春谢，寒暑忽流易。"

[26] 衡庐，衡木为门的简陋小屋。《诗经·国风·衡门》："衡门之下，可以栖迟。"朱熹集传："衡门，横木为门也。"《汉书·韦玄成传》："圣王贵以礼让为国，宜优养玄成，勿枉其志，使得自安衡门之下。"颜师古注："衡门，谓横一木于门上，贫者之所居也。"后常用"衡庐"指隐者之居。

长沙还义宁杂诗(二十四首选四)[1]

初出塘西路,林荫绿映村[2]。荒烟扶野色,乱石尽溪源。日薄牛羊下,风归乌鹊喧[3]。承平犹在眼,惆怅向柴门[4]。

梦醒荒郊析,心清驿路霜[5]。嫩芦随露白,晚稻曝云黄[6]。飘泊知何补,崎岖适自伤[7]。回头为山色,百里见苍苍。

游龙腾日起,奔马自天来[8]。始觉江山壮,依然墓道开[9]。儿童成故旧,涕泪长蒿莱。烟外乌啼冷,悲风日几回。

入境因风俗,云山幽兴长[10]。负薪儿向市,析苎妇依廊[11]。蕨粉常时馔,薯丝卒岁粮[12]。土音惊问讯,始信果还乡[13]。

[1] 这一组诗作于光绪十五年(1889年)诗人中进士后的回乡途中。陈宝箴《为陈三立蒙旨送部引见谢恩片》:"臣子陈三立以光绪八年壬午科举人,会试中光绪十二年丙戌科贡士,于光绪十九年己丑科恭应殿试,以主事用。"按,陈三立于光绪十二年(1886年)会试中式,然以楷法不合,未应殿试。本年四月,在京补应殿试,以三甲第四十五名赐同进士出身,时诗人三十七岁。陈隆恪等《散原精舍文集识语》:"先君于光绪八年壬午乡举后,丙戌会试中式。是年未应殿试。己丑成进士,以主事分吏部行走。"七月中旬,诗人请假回籍侍亲,这组诗当作于途中。原作共有五律二十四首,这里选录四首。

[2] 这是组诗第二首,描述刚出长沙的途中之景。塘西,地名。

[3] 日薄,太阳下山,傍晚。牛羊下,牛羊进栏。《诗经·国风·君子于役》:"鸡栖于埘,日之夕矣,羊牛下来。"杜甫《日暮》:"牛羊下来久,各已闭柴门。"

[4] 承平,太平,国家安定无事。《汉书·食货志上》:"今累世承平,豪富吏民訾数巨万,而贫弱俞困。"

[5] 这是组诗的第十二首,描绘诗人晨起赶路之所见。柝,打更用的梆子。驿路,驿道、大路。

[6] 嫩嫩的芦苇笼上一层白霜,晚稻将熟,映着太阳一片金黄。

[7] 知何补,不知有何补益。诗人三十七岁成进士,授吏部主事。但此时"部吏弄权,势成积重,吏部犹甚"。诗人不甘浮沉郎署,却又无可奈何,这两句诗真实地反映了诗人当时的心情。

[8] 这是组诗第十七首,结尾自注:"抵金坪谒墓。"首二句说明选择金坪里为家族墓地的原因。"奔马"句下,诗人自注:"《葬经》:'势如奔马,自天而下。'"《葬经》,原名《葬书》,东晋郭璞撰。按,诗人此处所引出自《葬书·杂篇》:"势如万马,自天而下,其葬王者。势如巨浪,丛岭叠嶂,千乘之葬。势如降龙,水绕云从,爵禄三公。"《葬书·内篇》又云:"上地之山,若伏若连,其原自天。若水之波,若马之驰,其来若奔,……若龙若鸾,或腾或盘,禽伏兽蹲,若万乘之尊也。"可见在陈家看来,金坪属"上地之山",即上好的葬山、风水宝地。

[9] 墓道,墓前或墓室前的甬道。

[10] 这是组诗第二十一首,叙述诗人经过跋涉终于回到义宁故里。颔、颈二联描写诗人沿途所见义宁风土民俗。

[11] 向市,到市场(卖柴)。苎(zhù),苎麻,可制布。

[12] 蕨,蕨类根茎含淀粉称蕨粉,制取之可制粉条、粉皮,配制糕饼点心等。《本草纲目》卷二十七:"其根紫色,皮内有白粉,捣烂,再三洗澄,取粉作粔籹,荡皮作线食之,色淡紫而甚滑美也。"《福建通志》卷七十六引明人黄裳《采蕨行》诗云:"皇天养民山有蕨,蕨根有粉民争掘。"常时馔,平时的食物。薯丝,番薯做成的丝。卒岁粮,岁末时的食物。因番薯种植简易,不争地,产量高,晒干后又可长期储存,农村常用作过冬口粮。

[13] 土音,乡音。听到人们那熟悉的乡音,才相信真的回到家乡了。

高观亭春望(二首选一)[1]

脚底花明江汉春,楼船去尽水鳞鳞[2]。凭栏一片风云气,来作神州袖手人[3]。

[1] 此诗作于光绪十九年(1893年)初春,时陈宝箴在湖北按察使任上,陈三立居武昌侍父。高观亭,在今武昌高观山(今蛇山)上。原作两首,这里选第一首。

[2] 从高观亭可俯瞰武昌全城,江汉胜景,尽收眼底。江汉,长江和汉水的并称。高观山在长江南岸,汉水在此汇入长江。

[3] 风云气,变幻无常之气,常指政治局势。这两句影响极大。梁启超《广诗中八贤歌》:"义宁公子壮且醇,每翻陈语逾清新,啮墨咽泪常苦辛,竟作神州袖手人。"并注:"义宁陈三立伯严。君昔赠余诗有'凭栏一片风云气,来作神州袖手人'之句。"因陈三立早年诗作并未公开刊行,这两句诗常被人错误地理解为戊戌变法失败后的消沉情绪。如释敬安《寄义宁公子陈伯严》:"俗子纷纷据要津,怜君寂寞卧松筠。流枯沧海哀时泪,只作神州袖手人。"《次陈吏部寄赠元韵》:"谁知袖手看云客,不尽攀天蹈海悲。"陈锐《题伯严近集》:"湘湖联翩擅妙才,几人酱瓿委尘埃?文章流离天留汝,袖手神州一酒杯。"蔡公湛《散原丈哀诗》:"不堪荆天棘地里,老去神州袖手人。"邵祖平《寄散原先生庐山》:"飘然绝塞疑翁往,愁涕神州久闭关。(自注:戊戌政变后先生自号神州袖手人)"钱仲联《论近代诗四十家》陈三立条:"当年党人儿,老作袖手人。缚魂闭荒山,吟与木石亲。万古五老峰,骨立同嶙峋。'凭栏一片风云气,来作神州袖手人。'此陈散原于戊戌变法时所吟句也。"

琴志楼杂诗(六首选三)[1]

壑阴托林栖,峡长洞云穴[2]。既夕纷投止,仰见青松列[3]。湔此泥雨痕,悠然腾嘲说[4]。烧烛炳岚绮,岩气亦来灭[5]。辛苦竞盘蔬,皇天鉴饕餮[6]。怪汝在山泉,雷音剧呜咽[7]。

俄顷大月上,辉我山中屋[8]。乘醉步危亭,始识栖贤谷[9]。三峡静相穿,窈冥万石续[10]。云涛怒而飞,然后控地伏[11]。出险凌虹桥,中窥造化蓄[12]。吾友信狡狯,位置称岑麓[13]。

天风在我旁,云涛莽无界[14]。山中馨草木,灵境淑襟带[15]。居士睠猿鹤,招邀为此会[16]。出入混茫间,筇屐皆可绘[17]。氤氲同一庐,徐抚大块噫[18]。跂彼石室藏,笙竽蓄元籁[19]。不接希寥音,焉识天地泰[20]。金膏日销微,旁窥傲顽怪[21]。至人绝町畦,九海置菰稗[22]。更纵汗漫游,二分趾垂外[23]。

[1]光绪十九年(1893年)四月,陈三立与易顺鼎、范钟、罗运崃游庐山,各人诗作后来刊为《庐山诗录》。琴志楼在庐山三峡泉旁,是易顺鼎于光绪十六年(1890年)隐居庐山时所建,1930年圮毁,遗址在今庐山蒋介石别墅。易顺鼎(1858—1920),字仲实,一字实甫,号眉孙,又号琴志,别号哭庵。湖南龙阳人,幼有神童之目,工诗。官至广西右江道,为岑春煊劾罢。袁氏称帝,命代理印铸局长。有《琴志楼诗集》传世。本次庐山之游,是陈三立第二次游庐山。光绪十八年(1892年)闰六月,陈三立曾应易顺鼎之邀,与梁鼎芬等人共游庐山,并宿琴志楼。今庐山开先寺旁石壁有石

刻云:"光绪十八年闰六月朔陈三立易顺鼎易顺豫梁节庵同游",应为当时所镌。这组诗题下诗人自注:"楼在三峡泉,易仲实昔年筑读书处。"应为后来所增。组诗造语生涩奥衍,有明显的宋诗派特征,与此前诗作宗法汉魏六朝的风格大异其趣,清晰地体现了陈三立诗风的转变。原诗共六首,选三首。

[2] 这是组诗第一首,叙写诗人初抵琴志楼。林栖,在山林中栖隐。峡,指庐山东南麓栖贤谷的三峡涧。因三峡涧石角立,气势不凡,古人比之为长江三峡之险。苏轼《栖贤三峡桥》:"吾闻太山石,积日穿线溜。况此百雷霆,万世与石斗。深行九地底,险出三峡右。"琴志楼位于三峡涧的三峡泉附近。

[3] 既夕,黄昏、傍晚。投止,投宿。诗人到达琴志楼时,天色已晚。

[4] 湔(jiān),用水洗。说,同"悦"。

[5] 岚绮,山间的云雾在夕阳的照耀下非常美丽。岩气,山中岩石的气息。

[6] 由于诗人抵达琴志楼时天色已晚,各人饥肠辘辘,于是饱餐一顿。盘蔬,蔬菜、菜肴。饕餮,传说中的一种贪婪的怪物。《神异经》:"西南方有人焉,身多毛,头上戴豕,贪如狼恶,好自积财,而不食人穀,强者夺老弱者,畏群而击单,名曰饕餮。"

[7] 雷音,指琴志楼不远处三峡泉流水的声音。呜咽,形容泉水低流的声音。蔡琰《胡笳十八拍》之六:"夜闻陇水兮声呜咽,朝见长城兮路杳漫。"

[8] 此为组诗的第二首,描写诗人乘着月色观赏琴志楼周围山谷的美景。俄顷,片刻。

[9] 栖贤谷,位于庐山汉阳峰与五老峰之间,高山深谷,清幽险峻,因栖贤寺而得名。

[10] 三峡,指栖贤谷中的三峡桥。苏辙《庐山栖贤寺新修僧堂记》:"入栖贤谷。谷中多大石,岌嶪相倚。水行石间,其声如雷霆,如千乘车行者,震掉不能自持,虽三峡之险不过也。故其桥曰三峡。"窈冥,阴暗不清。因诗人是黄昏之后乘着月色游览栖贤谷,故远处幽暗不明。

[11]怒而飞,《庄子·逍遥游》:"怒而飞,其翼若垂天之云。"控地,落地、着地。《庄子·逍遥游》:"时则不至而控于地而已矣。"这里都是形容庐山云涛上垂于天,下控于地,极言其壮观。

[12]虹桥,这里指三峡桥,宋大中祥符七年(1014年)建。造化,指大自然。《庄子·大宗师》:"今一以天地为大炉,以造化为大冶,恶乎往而不可哉?"

[13]吾友,指易顺鼎。狡狯,这里指机灵、聪明。岑麓,险峻的山麓。

[14]此为组诗第六首,诗人面对栖贤谷壮观景色,感慨大自然的造化神功,表达了诗人出世之想。天风,风行天空,故称天风。蔡邕《饮马长城窟行》:"枯桑知天风,海水知天寒。"

[15]灵境,胜境。襟带,衣襟和腰带,此谓山川屏障环绕,如襟似带。

[16]居士,隐士。这里指易顺鼎。睠,同"眷"。

[17]混茫,混沌、蒙昧,尚未开化时。筇屐(qióng jī),手杖和木屐,都是登高揽胜的穿戴用具。

[18]氤氲,也作"絪缊",天地阴阳二气交会和合之状。《周易·系辞下》:"天地絪缊,万物化醇;男女构精,万物化生。"孔颖达疏:"絪缊,相附著之义,言天地无心,自然得一,唯二气絪缊,共相和会,万物感之,变化而精醇也。"高亨注:"絪缊借为氤氲,阴阳二气交融也……天之阳气与地之阴气交融,则万物之化均徧。"徐抚,慢慢感受、领会。大块,大自然。《庄子·齐物论》:"夫大块噫气,其名为风。"成玄英疏:"大块者,造物之名,亦自然之称也。"陈鼓应今注:"噫气,吐气出声。"

[19]跂,通"企",踮着脚尖。石室,岩洞。笙竽,笙和竽,古代两种乐器。元籁,天籁,原始状态的天然声响。

[20]不接近大自然的希寥之音,怎能理解天地之安泰。希寥音,大自然的寂静寥廓之音。《老子》第四十一章:"大音希声,大象无形。"王弼注:"听之不闻名曰希,不可得闻之音也。"又第二十五章:"寂兮寥兮,独立而不改。"王弼注:"寂寥,无形体也。"

[21]金膏,传说中的仙药。《穆天子传》:"示汝黄金之膏。"郭璞注:"金膏,其精沆也。"江淹《杂体诗》:"水碧验未黩,金膏灵讵缁。"李周翰注:

"水碧,水玉也。与金膏并仙药。"销微,衰微。傲顽,傲慢顽固。此谓服食仙药得长生是不可能的,不如登山揽胜,与天地为一。

[22] 至人,道家指超凡脱俗,达到无我境界的人。《庄子·逍遥游》:"至人无己,神人无功,圣人无名。"又《庄子·齐物论》:"至人神矣！大泽焚而不能热,河汉沍而不能寒,疾雷破山、风振海而不能惊。"町畦(tīng qí),农田间的界限。杜甫《到村》:"蓄积思江汉,疏顽惑町畦。"仇兆鳌注:"町畦,田畔之界也。"菰稗,菰和稗草。菰,一种多年生草本植物,其嫩茎肥厚,称为"茭白",可食用,其籽称为菰米,即古诗文中的"雕胡饭",是六谷之一。杜甫《秋兴八首》之七:"波漂菰米沉云黑,露冷莲房坠粉红。"明李时珍《本草纲目》"菰米"条,《集解》引苏颂曰:"菰生水中……至秋结实,乃雕胡米也,古人以为美馔。今饥岁,人犹采以当粮。"稗,是一种有害的杂草。对普通人来说,菰与稗,一是可食用的有益植物,一为有害的杂草;但对于"至人"来说,两者并生世间,没有什么差别。这种思想出自庄子"齐物",庄子认为世界万物,看起来千差万别,归根结底却又是齐一的,所谓"齐彭殇,一死生""天地与我并生,万物与我为一"。

[23] 汗漫游,《淮南子·道应训》:"吾与汗漫期于九垓之外。"高诱注:"汗漫,不可知之也。九垓,九天之外。"后遂以"汗漫游"指世外之游。趾垂外,脚趾露在外面。袁枚《游黄山记》:"峰高且险,下临无底之溪。余立其巅,垂趾二分在外。"

书　感[1]

八骏西游问劫灰[2]，关河中断有余哀[3]。更闻谢敌诛晁错[4]，尽觉求贤始郭隗[5]。补衮经纶留草昧[6]，干霄芽蘖满蒿莱[7]。飘零旧日巢堂燕，犹盼花时啄蕊回[8]。

[1] 以下诗作，选自李开军校点《散原精舍诗文集》（上海古籍出版社2003年版）。此诗为《散原精舍诗》卷首，作于光绪二十七年（1901年），诗人时年四十九岁，居金陵（今南京）。1900年，慈禧太后利用义和拳向西方列强挑起战端，八国联军攻入北京，慈禧带着光绪帝仓皇逃往西安。1901年农历七月，清政府被迫与俄、英、美、日、德、法、意、奥、比、西、荷十一国公使签订了丧权辱国的《辛丑条约》。对于列强在北京犯下的罪行和慈禧的擅权误国，诗人感到莫大的愤慨，写下了这首诗。

[2] 八骏西游，用的是周穆王驾八骏西游的故事。《穆天子传》："乃命正公郊父受敕宪，用伸八骏之乘，以饮于枝涛之中，积石之南河。天子之骏：赤骥、盗骊、白义、踰轮、山子、渠黄、华骝、绿耳。"这里指北京沦陷后，慈禧、光绪被迫逃往西安。劫灰，劫余之灰。《初学记》卷七引晋曹毗《志怪》云："汉武凿昆明池，极深，悉得灰墨，无复土，举朝不解。以问东方朔，朔曰：'臣愚不足以知之，可试问西域胡人。'帝以朔不知，难以移问。至后汉明帝时，外国道人入来洛阳，时有忆方朔言者，乃试以武帝时灰墨问之。胡人云：'经云，天地大劫将尽，则劫烧，此劫烧之余。'乃知朔言有旨。"后常用来表示战乱后的遗迹。

[3] 关河，关塞、河防，指边疆。

[4] 晁错（前200—前154），西汉政治家、散文家。颖川（今河南禹县）人。汉文帝时任太常掌故，景帝即位以后，迁为内史，后升任御史大夫，

位列三公。他因向景帝进《削藩策》而被藩王怨恨,七国借口"诛晁错,清君侧",发动叛乱。在内外压力下,景帝将晁错斩于长安东市。这里反用其意,指慈禧在庚子之乱后为了讨好西方列强,将支持义和拳的英年、赵舒翘、刚毅、徐桐、毓贤、李秉衡、载澜、载勋、徐桐、启秀、徐承煜等人或斩或褫职戍边,实际上肇乱首祸正是慈禧本人。

[5] 郭隗(wěi),战国时纵横家。燕昭王即位之初,燕国处于被齐国侵略后的残破局面。郭隗谏昭王"卑辞厚币,俱招贤士",并提出:"王必欲致士,先从隗始"。昭王于是"为隗筑宫而师之"。乐毅、邹衍等贤才相继而至,终使燕国强盛起来。见《史记·燕昭公世家》。这里指为了实现富国强兵,必须重用维新贤才,变法革新。陈三立早年襄助其父陈宝箴在湖南创办新政,提倡新学,推行变法维新。1898年变法失败,父子同被革职,永不叙用。

[6] 衮,皇帝的龙袍。补衮,比喻补救规谏帝王的过失。草昧,《周易》:"天造草昧,宜建侯而不宁。"指天地初开时的混沌状态,后借指混乱时代。诗人有经纶天下之才,在湖南襄助其父实施改革,使湖南风气为之一变,成为全国维新变法的中心之一,现在却被朝廷革职,"永不叙用",看到国事日非,只能徒增感慨。

[7] 干霄,冲霄。芽蘖(niè),比喻事物之始。蘖,指植物的芽。这句诗意为真正有用的人才,却困处草野,不能为国效力。

[8] 巢堂燕,指慈禧、光绪。花时,花开之时。这两句意思是说,经过庚子国难,臣民百姓仍然盼望皇帝能早日从西安回京,励精图治,重整河山。据吴永《庚子西狩丛谈》记载,慈禧与光绪于1902年1月7日才回到北京。

人 日[1]

寻常节物已心惊[2],渐乱春愁不可名。煮茗焚香数人日,断笳哀角满江城。江湖意绪兼衰病,墙壁公卿问死生[3]。倦触屏风梦乡国,逢迎千里鹧鸪声。

[1] 人日,中国传统节日,农历正月初七。古人相信天人感应,以岁后第七日为人日。西汉东方朔《占书》载,正月一日为鸡,二日为狗,三日为猪,四日为羊,五日为牛,六日为马,七日为人,八日为谷。

[2] 节物,节日。

[3] 墙壁公卿,陈寿《三国志》卷六:"尚书郎以下,自出樵采,或饥死墙壁间。"这里指乱时在京为官的友人。

园居三首（选二）

秃柳狰狞在，疏梅次第垂[1]。飞虫晴照水，啅雀晚移枝[2]。意兴随年尽，风光入座悲。淹留一搔首，物色付童儿[3]。

先公所豢鹤[4]，将入亦羁孤。霄汉何曾近，山邱如可呼。回廊新月艳，丛竹冷烟枯。独坐空朝暮，啼残返哺乌。

[1] 次第，一个挨一个地。杜牧《过华清宫绝句》："长安回望绣成堆，山顶千门次第开。"

[2] 啅，同"啄"。

[3] 物色，《文选》卷十三有"物色"之类，李善注云："四时所观之物色，而为之赋。又云：有物有文曰色。"刘勰《文心雕龙·物色》："春秋代序，阴阳惨舒，物色之动，心亦摇焉。"用现在的话解释，"物"即自然景物，"色"则是借用了佛学的概念，指现象界，即事物的外在现象。

[4] 先公，指诗人的父亲陈宝箴（1831—1900），谱名观善，号右铭，晚年自号"四觉老人"。咸丰元年（1851年）考中举人。先后入席宝田、曾国藩幕，后因军功发湖南候补，擢道员、湖北按察使等职，1895年诏授湖南巡抚，在陈三立的襄助下推行维新变法，效法明治维新，创设南学会、时务学堂、湘报馆，"湖南风气为之一变"。光绪二十四年（1898年）秋，慈禧发动戊戌政变，囚光绪，废新政，诛六君子。陈宝箴由于曾经推荐杨锐、刘光第，被加以"滥保匪人"罪名，"即行革职，永不叙用"。陈宝箴父子罢归南昌，在南昌西山筑崝庐，养了两只仙鹤。后来其一死亡，陈宝箴将它埋在庐前，并题石碣"鹤冢"。

孟乐大令出示纪愤旧句和答二首[1]

九门白日照铜驼[2]，烽火秦关惨淡过。庙社英灵应未泯[3]，亲贤夹辅定如何。早知指鹿为灾祸[4]，转见攀龙尽婥婳。恍惚道旁求豆粥，遗黎犹自泣恩波[5]。

八海兵戈仍禹甸[6]，四凶诛殛出虞廷[7]。匹夫匹妇雠谁复[8]，倾国倾城事已经[9]。蚁穴河山他日泪，龙楼钟鼓在天灵[10]。愚儒那有苞桑计[11]，白发疏灯一梦醒。

[1]孟乐大令,黄彝凯(?—1902),字蓉瑞,号孟乐,长沙人。光绪五年(1879年)举人,曾任桃源漳江书院山长。工诗画,素与陈宝箴、陈三立父子相契。积极参与变法维新,敕发江宁任知县。卒于江宁任上,时人多认为是因涉戊戌政变而被慈禧遣人毒杀而死。著有《铁笛词》《香严室遗稿》。

[2]九门,旧时北京共有九个城门,称为"都城九门",即正阳门、崇文门、宣武门、安定门、德胜门、东直门、西直门、朝阳门、阜成门,俗称"内九城"。铜驼,指铜铸的骆驼,多置于宫门寝殿之前。《晋书·索靖传》："靖有先识远量,知天下将乱,指洛阳宫门铜驼,叹曰：'会见汝在荆棘中耳！'"后人以"铜驼荆棘"指山河残破、世族败落或人事衰颓。李商隐《曲江》："死忆华亭闻唳鹤,老忧王室泣铜驼。"

[3]庙社,指清历代皇帝宗庙。意为如果清廷历代皇帝地下有知,看到大好江山在后代子孙手中变得虚弱不堪、山河破碎,不知作何感想。

[4]指鹿,《史记·李斯列传》："(赵)高自知权重,乃献鹿,谓之马。二世问左右：'此乃鹿也？'左右皆曰'马也'。二世惊,自以为惑。"后人用"指鹿为马"比喻故意颠倒是非,混淆黑白。这里指慈禧重用刚毅、英年、赵舒

翘等人,擅权误国。

[5]"恍惚"二句,是说慈禧、光绪等人逃往西安,一路极其狼狈,竟至向百姓讨要粥饭的地步。这是诗人的想象,但又极符合事实。当时在怀来任知县的吴永曾迎接慈禧一行,后来在《庚子西狩丛谈》中记载了当时的情况:"太后哭罢,复自诉沿途苦况,谓:'连日奔走,又不得饮食,即冷且饿。途中口渴,命太监取水,有井矣而无汲器,或井内浮有人头,不得已,采秫秸秆与皇帝共嚼,略得浆汁,即以解渴。昨夜我与皇帝仅得一板凳,相与贴背共坐,仰望达旦。晓间寒气凛冽,森森入毛发,殊不可耐。尔试看我已完全成一乡姥姥,即皇帝亦甚辛苦。今至此已两日不得食,腹馁殊甚,此间曾否备有食物?'"

[6]八海兵戈,指八国联军入侵。仍,连续。禹甸,大禹所垦辟之地。《诗经·大雅·韩奕》:"奕奕梁山,惟禹甸之。"毛传:"甸,治也。"朱熹《诗集传》:"言信乎此南山者,本禹之所治,故其原隰垦辟,而我得田之。"后用以代指中国。

[7]四凶,即共工、三苗、伯鲧及驩兜,皆尧舜之同姓。《史记·五帝本纪》:"于是舜归而言于帝,请流共工于幽陵,以变北狄;放驩兜于崇山,以变南蛮;迁三苗于三危,以变西戎;殛鲧于羽山,以变东夷。四罪而天下咸服。"虞廷,亦作"虞庭",舜的朝廷。相传舜为古代明主,故常以"虞廷"作"圣朝"的代称。苏轼《送家安国教授归成都》:"呜呼应嶰律,飞舞集虞廷。"此指慈禧太后处死盲目排外、支持义和拳的英年、赵舒翘、刚毅、徐桐、毓贤、启秀、徐承煜等大臣。

[8]匹夫匹妇,指光绪与慈禧。诗人顾不得君臣之礼,忍不住直斥给国家带来巨大灾难的光绪与慈禧,可见激愤已极。雠,同"仇"。

[9]倾国倾城,《汉书·外戚传上》载李延年诗:"北方有佳人,绝世而独立,一顾倾人城,再顾倾人国。"形容女子美貌。这里使用字面含义,指八国联军攻陷北京,清朝几乎因此灭亡。

[10]蚁穴河山,《韩非子·喻老》:"千丈之堤以蝼蚁之穴溃,百尺之室以突隙之烟焚。"

[11]愚儒,诗人自谦之辞。苞桑计,巩固国家的策略。《周易》:"其亡其亡,系于苞桑。"孔颖达《疏》:"系于苞桑者,苞,本也。凡物系于桑之苞本则牢固也。"黄庭坚《初至叶县》:"浮云不作苞桑计,只有荒山意绪长。"

次韵答义门题近稿[1]

蹈海攀天百不辞[2],茫茫只替后人悲。遑论宿疾三年艾[3],剩诵繁霜十月诗[4]。号壁蛰虫聊复尔[5],负辕牛马待怜谁[6]。湘累尚解酬渔父,醒醉何曾到此时[7]。

[1] 次韵,亦称步韵,即依次用原韵、原字按原次序相和。义门,指王景沂,号无饱,后更名存,义门是他的字,江苏扬州人。光绪十五年(1889年)举人,纳款为内阁中书,考取军机章京,极力赞助维新变法。戊戌政变前外放地方官,历任福建省长乐、广东省顺德知县。民国后任北洋政府国务院秘书。据冒广生《小三吾亭词话》,王义门"病口吃,而天才骏发,倚马万言"。著有《瀿碧词》一卷。陈三立次韵王义门的这几首诗(见下),写的都是对清廷利用义和团盲目排外,终于引起八国联军攻占北京的激愤情绪。

[2] 蹈海,跳海自杀。《史记·鲁仲连邹阳列传》:"鲁仲连曰:……彼秦者,弃礼义而上首功之国也,权使其士,虏使其民。彼即肆然而为帝,过而为政于天下,则连有蹈东海而死耳,吾不忍为之民也。"攀天,王逸《九思·遭厄》:"攀天阶兮下视,见鄢郢兮旧宇。"注云:"言上天所求不得。"

[3] 遑论,谈不上,不必论及。三年艾,艾有治病功效,指医药。苏轼《端午帖子词·太皇太后阁六首》:"愿储医国三年艾,不作沉湘九辩文。"陈三立这句话是说,近年来自己染疾多病,不必再提了。

[4] 十月诗,指王景沂的"近稿"。

[5] 蛰虫,虫声。

[6] 负辕,驾辕,拉车。《战国策·楚策四》:"夫骥之齿至矣,服盐车而上太行。蹄申膝折,尾湛胕溃,漉汁洒地,白汗交流,中阪迁延,负辕不

能上。"

〔7〕湘累,指屈原投湘水而死。《汉书·扬雄传》:"钦吊楚之湘累。"颜师古注引李奇曰:"诸不以罪死曰累,荀、息、仇、牧皆是也。屈原赴湘死,故曰湘累也。"醉醒,屈原《楚辞·渔父》:"屈原既放,游于江潭,行吟泽畔,颜色憔悴,形容枯槁。渔父见而问之曰:'子非三闾大夫与?何故至于斯!'屈原曰:'举世皆浊我独清,众人皆醉我独醒,是以见放!'"

次韵再答义门

陆沈几椠更何辞[1],賸有人间澈骨悲[2]。闻说泥涂初悔祸[3],可堪谣俗与陈诗[4]。书传圯上此人去[5],锥处囊中相士谁[6]?苦拨死灰话怀抱[7],新亭雨泣恐多时[8]。

[1] 陆沈几椠,比喻国土沦陷。陆沈,同"陆沉",陆地无水而沉。《庄子·则阳》:"方且与世违而心不屑与之俱,是陆沉者也。"郭象注:"人中隐者,譬无水而沉也。"后常用以比喻国土沦陷。刘义庆《世说新语·轻诋》:"桓公入洛,过淮泗,践北境,与诸僚属登平乘楼,眺瞩中原,慨然曰:'遂使神州陆沉,百年丘墟,王夷甫诸人,不得不任其责!'"椠(qiàn),书板。古代削木为牍,没有书写过的素牍叫椠。

[2] 賸,同剩。

[3] 涂,同途。

[4] 谣俗,指风俗习惯。

[5] 书传圯上,这里用的是圯上老人授书张良的故事。《史记·留侯世家》:"良尝闲从容步游下邳圯上,有一老父,衣褐,至良所,直堕其履圯下,顾谓良曰:'孺子,下取履!'良愕然,欲殴之,为其老,强忍,下取履。父曰:'履我!'良业为取履,因长跪履之。父以足受,笑而去。良殊大惊,随目之。父去里所,复还,曰:'孺子可教矣。后五日平明,与我会此。'良因怪之,跪曰:'诺。'五日平明,良往。父已先在,怒曰:'与老人期,后,何也?'去,曰:'后五日早会。'五日鸡鸣,良往。父又先在,复怒曰:'后,何也?'去,曰:'后五日复早来。'五日,良夜未半往。有顷,父亦来,喜曰:'当如是。'出一编书,曰:'读此则为王者师矣。后十年兴,十三年孺子见我济北,谷城山下黄石即我矣。'遂去,无他言,不复见。旦日视其书,乃《太公

兵法》也。良因异之,常习诵读之。"圯,当作坯。

〔6〕锥子放在口袋里,锥尖就会露出来。《史记·平原君虞卿列传》:"夫贤士之处世也,譬若锥之处囊中,其末立见。"这里意思是,有才能的人虽然终能显露头角,但也需要伯乐的慧眼,可是现在伯乐在哪里呢?

〔7〕苦拨死灰,用"死灰复燃"意,希望国家有重生之机。

〔8〕新亭,古地名,故址在今南京市南。刘义庆《世说新语·言语》:"过江诸人,每至美日,辄相邀新亭,藉卉饮宴。周侯中坐而叹曰:'风景不殊,正自有山河之异。'皆相视流泪。"后来用"新亭对泣"形容国家沦陷的不堪回首。

次韵和义门感近闻一首

谁云荼苦食梅酸[1],谁觉唇亡觉齿寒[2]。累卵之危今至此[3],两言而决恐皆难。连鸡形势朝昏见[4],搏兔工夫汗血干[5]。元圃瑶池何处所[6],月明知恋鹊巢安。

[1] 谁云荼苦,《诗经·国风·谷风》:"谁谓荼苦?其甘如荠。"

[2] 唇亡觉齿寒,《左传·僖公五年》:"谚所谓'辅车相依,唇亡齿寒'者,其虞、虢之谓也。"比喻利害密切相关。

[3] 累卵之危,《史记·范雎蔡泽列传》:"秦王之国,危于累卵,得臣则安。"比喻情况极危险。

[4] 连鸡,将鸡拴在一起。陈寿《三国志·吕布传》:"比之连鸡,势不俱栖,可解离也。"司马光《资治通鉴》卷一百二十一:"譬如连鸡,不得俱飞。"比喻清廷内部混乱,内部不能统一,使八国联军有机可乘。

[5] 搏兔,"狮子搏兔"的省语,意为中国军队积弱如此,八国联军有如狮子搏兔,轻易占领北京。

[6] 元圃,又名悬圃,传说在昆仑山中,是黄帝在下界的园林。瑶池,由元圃下的泉水汇流而成,是传说中西王母居住的地方。这里比喻慈禧和光绪的行宫,意为战乱之中,不知慈禧和光绪在何处逃难。

得熊季廉海上寄书言俄约警报用前韵[1]

满纸如闻呜咽辞[2],看看无语坐衔悲[3]。黄云大海初来梦,白月高天自写诗。已向蒿莱成后死,拼供刀俎尚逃谁。痴儿只有伤春泪[4],日洒瀛寰十二时[5]。

[1] 熊季廉(1879—1906),江西南昌人,名元锷,因慕严复之名,改名师复,字季廉。他是陈三立的忘年交,后又拜严复为师。近代教育家。1901年,他与族兄、教育家熊育锡共同在南昌刊印出版了国内最早一本严复文集——《侯官严氏丛刊》。后曾与严复一起参与震旦学院改建吴淞复旦公学(复旦大学前身)事宜。俄约警报,指清政府与俄国谈判不平等条约的危机。同年正月二十二日,清廷与俄国谈判。俄方要求中国"应与俄国政府商定在满洲兵数及驻扎地方",中国在东北之"各将军及他项大员,倘办事不合两国友谊,一经俄国声请,准予调离",提出"中国政府在满洲全境内,如未与俄国政府先行商明,不允许他国或他国人造路开矿及一切工商利益"等苛刻条件,并限清政府在十五天内签字。消息传出,引起全国舆论大哗,各方要求力拒俄约,以保危局。这首诗就是在这一背景下写成的。

[2] 满纸,指熊季廉书信。

[3] 看看,看了又看,反复看。衔悲,含悲。

[4] 痴儿,诗人自称。《晋书·傅玄传》:"生子痴,了官事,官事未易了也。"宋黄庭坚诗《登快阁》:"痴儿了却公家事,快阁东西倚晚晴。"

[5] 瀛寰,地球水陆的总称,指全世界。《玉篇》:"瀛,海也。""寰,王者封畿内县也。"

夜舟泊吴城[1]

夜气冥冥白,烟丝窈窈青[2]。孤篷寒上月,微浪稳移星[3]。灯火喧渔港,沧桑换独醒[4]。犹怀中兴略[5],听角望湖亭[6]。

[1] 1900年6月,陈宝箴忽然"以微疾卒",葬于南昌西山。1901年春,诗人回南昌西山扫墓。这是陈宝箴卒后诗人第一次回江西扫墓,此诗即作于赴南昌的途中。吴城,在今江西永修县东北三十公里处,临近鄱阳湖。三国时东吴大将太史慈于此筑城驻军,故而得名"吴城"。吴城是江西著名的四大商镇之一,清末为华东主要商埠和水路交通枢纽。

[2] 这两句描写吴城的夜色之下,江面水气升腾、雾气弥漫的景色。夜气,指水上的雾气。冥冥,昏暗不明。窈窈,即杳杳,深冥幽暗的样子。《史记·屈原贾生列传》引屈原《楚辞·九章·怀沙》:"眴分窈窈,孔静幽墨。"《楚辞·九章·怀沙》作"杳杳"。王逸注:"杳杳,深冥貌也。"

[3] 篷,船的篷盖。

[4] 此句意为世事难料,沧海桑田,变化无常,令人难以入睡。

[5] 中兴略,使国家复兴的韬略。

[6] 角,号角。望湖亭,在吴城镇北江湖交流的鄱阳湖岸边,始建于晋代。

崝庐述哀诗五首[1]

昏昏取旧途,悯悯穿荒径。扶服[2]崝庐中,气结泪已凝。岁时辟踊[3]地,空棺了不剩。犹疑梦恍惚,父卧辞视听[4]。儿来撼父床,万唤不一应。起视读书帷,蛛网灯相映。庭除迹荒芜[5],颠倒盆与甑[6]。呜呼父何之,儿罪等枭獍[7]。终天作孤儿[8],鬼神下为证。

架屋为层楼,可以望西山[9]。咫尺吾母墓[10],山势与回环。龙鸾自天翔,象豹列班班[11]。灵气散光采,机牙森九关。其上萧仙峰[12],形态高且娴。雨如戴笠翁,妍晴立妖鬟[13]。云霞缭绕之,光翠回面颜。父顾而乐此,日夕哦其间[14]。渺然遗万物,浩荡遂不还。今来倚阑干,惟有泪点斑。

墙竹十数竿,杂桃李杏梅。牡丹红踯躅,胥父所手栽[15]。池莲夏可花,棠梨烂漫开。父在琉璃窗,颔唾[16]自徘徊。有时群松影,倒翠连古槐。二鹤毿毵舞[17],鸣雉漫惊猜。其一羽化去,瘗之黄土堆[18]。父为书冢碣,为诗吊蒿莱[19]。天乎兆不祥,微鸟生祸胎[20]。怆恨[21]昨日事,万恨谁能裁。

哀哉祭扫时,上吾父母冢。儿拜携酒浆,但有血泪涌。去岁逢寒食[22],诸孙到邱垄。父尚健视履,扶携迭抱拥。山花为插头,野径逐汹汹。墓门骑石狮,幼者尤捷勇。吾父睨之笑,谓若小鸡𪃶[23]。惊飙吹几何,宿草同蓊茸[24]。有儿亦赘耳,来去不旋踵[25]。

忆从葬母辰,父为落一齿。包裹置圹左,预示同穴指。埋石镌短章,洞豁生死理。孰意饱看山,隔岁长已矣[26]。平生报国心,祇以来訾毁[27]。称量遂一施,堂堂待惇史[28]。维彼夸夺徒,浸淫坏天纪[29]。唐突蛟蛇宫,陆沈不移晷[30]。朝夕履霜占,九幽益痛此[31]。儿今迫祸变,苟活蒙愧耻[32]。颠倒明发情[33],踯躅山川美。百哀咽松声,魂气迷尺咫[34]。

[1] 这组诗是陈三立回南昌西山为父亲扫墓时所作。陈三立《先府君行状》记载,陈宝箴于光绪二十六年(1900年)"六月廿六日,忽以微疾卒,享年七十"。有学者研究后认为,陈宝箴实为被慈禧密旨赐死。据宗九奇《陈三立传略》引戴远传《晋之文录》:"光绪二十六年(庚子)六月二十六日,先严千总公(名闳炯)率兵弁从巡抚松寿往西山崝庐,宣太后密旨,赐陈宝箴自尽。宝箴北面匍匐受诏,即自缢,巡抚令取其喉骨,奏报太后。"因系孤证,学者多不采纳,聊备一说。崝(zhēng)庐,为陈宝箴退居南昌后所筑房屋。崝,同"峥",取青山字相并属之义。这一组诗,吴宓认为"真挚悲壮,为集中上上之作。……忧心世变,寓公于私,尤可得知先生之抱负与此时代之历史精神也。"

[2] 扶服,连绵词,同"匍匐"。

[3] 辟踊,《礼记·檀弓》:"辟踊,哀之至也。"疏云:"拊心为辟,跳跃为踊。"

[4] 辞视听,眼看不见,耳听不到。韩愈《东都遇春》:"得闲无所作,贵欲辞视听。"

[5] 庭除,庭院。除,台阶。

[6] 甑(zèng),古代蒸饭的一种瓦器。

[7] 枭獍(jìng),《说文》:"枭,不孝鸟也。日至捕枭磔之,从枭头在木上。"《述异记》:"獍之为兽,状如虎豹而小。始生,还食其母,故曰枭獍。"比喻凶恶忘恩的人。

[8] 孤儿,幼年丧父,称为孤儿。旧时父丧称孤子,母丧称哀子,父母俱丧称孤哀子。《史记·赵世家》:"天乎,天乎!赵氏孤儿何罪?"

[9] 西山,在南昌市西南三十公里处,古称散原山。陈三立号散原,即源于此山。

[10] 陈三立母亲黄氏卒于光绪二十三年十二月十八日(1898年1月),1899年葬于南昌西山。陈宝箴在黄氏墓穴旁预留了自己生圹。

[11] 回环起伏的山岗,像翱翔天空的龙凤,又像排列整齐的豹子和大象。

[12] 萧仙峰,西山最高峰名萧峰,又称紫霄峰、萧史峰,传说为萧史与秦穆公女弄玉吹箫引凤仙去之处。

[13] 这两句是说,阴雨连绵时西山萧峰望去像个戴着斗笠的老翁,晴天则宛然一身材妖娆的美丽少女。

[14] 哦,吟哦,吟诗。

[15] 胥,全,都。陈三立《崝庐记》:"光绪二十五年之四月也,吾父既大乐其山水云物,岁时常留崝庐不忍去,益环屋为女墙,杂植梅、竹、桃、杏、菊、牡丹、芍药、鸡冠红、踯躅之属,又辟小坎,种荷蓄鯈鱼。"

[16] 颏唾,咳嗽。颏同"咳"。刘勰《文心雕龙·辩骚》:"顾盼可以驱辞力,颏唾可以穷文致。"

[17] 毰毸(péi sāi),形容羽毛披散。刘禹锡《养鸷词》:"翅重飞不得,毰毸止林表。"

[18] 羽化,道教认为仙人能飞升变化,把成仙称为羽化。苏轼《前赤壁赋》:"飘飘乎如遗世独立,羽化而登仙。"这里指死亡。瘗(yì),埋葬。

[19] 碣(jié),圆顶的石碑。陈三立《崝庐记》:"二鹤死其一,吾父埋之庐前寻丈许,亲题碣曰'鹤冢'"。又,《先府君行状》:"卒前数日,尚为《鹤冢诗》二章。"陈宝箴《鹤冢诗》今已不存。

[20] 鹤的突然死亡似乎是一个不祥之兆。祸胎,白居易《闲卧有所思二首》之二:"权门要路是身灾,散地闲居少祸胎。"一说陈宝箴是在江西巡抚与兵丁们的监视下,接了慈禧懿旨后,服新鲜白鹤血而死。此据陈宝箴夫妇墓地看墓人朱海生的儿子朱炳已所说。见《崝庐与陈宝箴之死》,参见

陶江《创作评谭》2007年第6期。

[21]伧恨,悲愤忧伤。班彪《北征赋》:"游子悲其故乡,心伧恨以伤怀。"

[22]寒食,节令名,清明前一天(一说清明前两天)。相传起于晋文公悼念介子推事。介子推,又名介之推、介之绥,春秋时人。他追随公子重耳(后为晋文公)流亡诸国。《荆楚岁时记》:"去冬节一百五日,即有疾风甚雨,谓之寒食,禁火三日。""按历合在清明前二日,亦有去冬至一百六日者。介子推三月五日为火所焚,国人哀之,每岁暮春为不举火,谓之禁烟,犯之则雨雹伤田。"又,同书引《琴操》:"晋文公与介子绥俱亡,子绥割股以啖文公。文公复国,子绥独无所得,子绥作《龙蛇之歌》而隐。文公求之,不肯出,乃燔左右木,子绥抱木而死。文公哀之,令人五月五日不得举火。"

[23]睨,斜着眼睛看。竦(sǒng),伸长脖子,提起脚跟站着。

[24]飙,暴风。《说文》:"飙,扶摇风也。"宿草,指墓地。《礼记·檀弓》:"朋友之墓,有宿草而不哭焉。"蓊茸(wěng róng),草木茂盛的样子。张衡《南都赋》:"阿那蓊茸,风靡云披。"

[25]赘,多余,多而无用的。不旋踵,来不及转身,比喻时间极短。陈三立于光绪二十六年(1900年)四月挈家移居南京,原拟秋后迎父迁居,不料六月陈宝箴即遇不测。这两句意为,我这样的不孝之子真是没有用,刚刚离开,转眼之间父亲就遭难而死。这是诗人的痛心之语,后悔当时不应抛开老父前往南京。

[26]饱看山,饱览山水。黄庭坚《次韵子瞻题郭熙画山》:"黄州逐客未赐环,江南江北饱看山。"关于陈宝箴葬齿一事,《颇庵丛话》中记载:(陈宝箴)"自湖南落职归江西,营葬其妻黄夫人,启梓之日,适落一齿,遂投其中埋之,赋一绝云:一齿先予同穴去,顽躯犹自在人间。青山埋骨他年事,未死还应饱看山。"黄遵宪光绪二十七年(1901年)《与陈伯严书》:(陈宝箴)"有《葬齿诗》传诵人口。"陈三立次子陈隆恪民国十四年诗《中元日偕闺人婉芬青山展墓宿崝庐》:"媵诗封蜕齿,瘗鹤依柴荆。"

[27]訾(zǐ)毁,毁谤,非议。陈宝箴在湖南推行新政,使湖南风气为之一变,但也引来不满新政之人的谣诼中伤。陈三立《先府君行状》:"既去

官,言者中伤周内犹不绝。"陈寅恪《寒柳堂记梦未定稿(补)》:"戊戌时,湘人反对新政者,谣诼百端,谓先祖将起兵,以烧贡院为号,自称湘南王。"

[28] 惇(dūn)史,《礼记·内则》:"有善则记之为惇史。"疏云:"惇史者,惇厚也。"这两句意为,不管世人如何评价,我相信历史是公正的。

[29] 夸夸徒,浮华而不切实际的人,这里可能是指康有为等主张激进变法的人。浸淫,逐渐。坏天纪,破坏天纲朝纪,指儒家的道德伦理。戊戌变法期间,康有为、梁启超等人在光绪帝的支持下推行激进变法策略,引起慈禧的不满,帝、后矛盾激化,最终导致变法失败。

[30] "蛟蛇",古代传说中一种似龙犹蛇的动物。任昉《述异记》载:"夏桀之末,宫中有女子化为龙,不可近,俄而复为妇人,甚丽而食人。桀命为蛟妾,告桀吉凶之事。"此处暗指慈禧,意为康有为的激进变革得罪了慈禧太后。陆沉,这里指变法失败。不移晷,意为时间短暂。晷(guǐ),古时按照日影测定时刻的仪器。

[31] 履霜,《周易》:"履霜,坚冰至。"这里指对变法前途的预测。胡思敬就把记载戊戌政变的书取名为《戊戌履霜录》。两句意为,父亲对此(指激进变革导致变法失败)早有警惕,九泉之下他也会为此而悲痛不已。

[32] 苟活蒙愧耻,《先府君行状》:"不孝既为天地神鬼所当诛灭,忍死苟活,盖有所待。"

[33] 明发,破晓,天色发亮。《诗经·小雅·小宛》:"明发不寐,有怀二人。"

[34] 咫,古时长度单位,周制八寸,合今市尺六寸二分二厘;尺咫,比喻距离很近。

登楼望西山二首

天西南插大屏障[1],落翠飞青入酒杯[2]。此日登楼有余思,牛鸣鸡呴[3]一徘徊。苍苍云雾梦魂处,了了山川生死哀[4]。风光万花乱人眼,独听鹃声松柏堆。

往者范生宿此楼[5],日日面山如有求。朝看万马自天下,暮觉双凤骞云浮[6]。感时叹逝[7]出文字,搜幽揽怪谁匹俦[8]。至今风雨阑干上,使我凭之双泪流。

[1] 大屏障,指西山。
[2] 谓西山的倒影映入酒杯。
[3] 呴(gòu),鸣叫。《史记·殷本纪》:"有飞雉登鼎耳而呴。"王逸《九思》:"云蒙蒙兮雷儵烁,孤雏惊兮鸣呴呴。"
[4] 两句谓西山缭绕的苍苍烟雾是父亲长眠之处,连绵曲折的山川寄托着我的不尽哀伤。
[5] 范生,指范当世。范当世(1854—1905),初名铸,字无错,号肯堂、伯子。江苏通州(今南通市)人。早年与弟钟、铠齐名,号"通州三范"。九试秋闱而未售,三十五岁后遂绝意科举。一生布衣,漂泊南北,贫病交加,吟咏不废。曾任直隶总督李鸿章西席;晚年任江宁三江师范学堂总教席,终以肺疾病逝上海。范当世为近代诗坛大家,所作兀傲雄健,清峻悲壮,在同光体诗人中独树一帜。汪国垣《光宣诗坛点将录》以马军五虎上将之一"天猛星霹雳火秦明"属之,钱仲联《近百年诗坛点将录》则以"天雄星豹子头林冲"属之。其散文亦佳,是桐城派在江苏的主要代表。有《范伯子诗文集》共三十一卷传世。范当世还是陈三立的姻亲(其女孝嫦嫁陈三立子衡

恪)。在诗歌取径上,二人为同光体学黄(庭坚)而能别开生面的大家。梁启超《巢经巢诗抄跋》云:"范伯子、陈散原皆其(按指郑珍)传衣。"因此二人互相引为知己,常有酬唱。

[6] 骞(xiān),(鸟)向上飞的样子。

[7] 感时叹逝,感慨时事,怀念那些已经逝去的事与人。

[8] 匹俦,伴侣,同一类的人物。

夜　雨

　　四山春漠漠,一榻雨翻翻。草暗蛙鸣槛,灯寒鼠啮垣[1]。深恩犹几杖[2],孤恨自朝昏。月出墓门石,应多蜗篆痕[3]。

　　[1]垣,矮墙。两句谓,门槛外,青蛙在黑暗的草丛中鸣叫;墙角下,老鼠在寒灯下啮咬着什么。
　　[2]几杖,供老人倚靠的小桌子和支撑用的手杖。古代赐几杖,表示敬老的礼节。《白虎通义·致仕》:"几杖,所以扶助衰也。"
　　[3]篆,篆书,汉字的一种书体,通常包括大篆、小篆,一般指小篆。篆痕,旧时篆刻多用篆文,因此有时把篆刻称为篆痕。古人香炉所燃香烟,在空中形成曲折之形,有时也称篆痕。宋人王安中《安阳好》词:"咽咽清泉岩溜细,弯弯碧甃篆痕深。"这里指雨后蜗牛在墓石爬行后留下的曲折痕迹。

次韵黄知县苦雨二首(选一)[1]

据床瞠目忧天下,如此沉沉朝暮何[2]。八表同昏拚中酒[3],余黎待尽况无禾。空怜麟凤为时出[4],稍觉鱼虾乱眼多[5]。行念浮生任漂泊,瓦盆尘案日蹉跎[6]。

[1] 这首诗及下面《闵灾》三首作于诗人从南昌扫墓回到南京之后。当时连日暴雨不断,百姓青黄不接,加上国难当头,诗人有感而发。黄知县,即黄孟乐。

[2] 据床瞠目,呆坐在床上,瞪着眼睛,形容忧心忡忡的样子。

[3] 八表,八方,指天地间。陶渊明《停云》:"八表同昏,平路伊阻。"中酒,醉酒。《史记·樊哙列传》:"项羽既飨军士,中酒。"裴骃《集解》:"酒酣也。"《汉书》颜师古注:"饮酒之中也,不醉不醒,故谓之中。"岑参《与独孤渐道别长句兼呈严八侍御》:"中酒朝眠日色高,弹棋夜半灯花落。"

[4] 指光绪、慈禧出逃西安。

[5] 鱼虾乱眼,这里比喻那些扰乱纲常的无知悖谬之徒和鱼肉百姓的贪官污吏。韩愈《奉和虢州刘给事使君三堂新题二十一咏》:"鱼虾不用避,只是照蛟龙。"

[6] 蹉跎(cuō tuó),虚度光阴。阮籍《咏怀诗》:"白日忽蹉跎,驱马复来归。"

闵 灾

十日阴阴雨,初知池涨喧。杳冥陵地轴,浩荡没天根[1]。石穴鱼儿上,藤梢蝼蚁尊[2]。阑干寄微命,聊得一椽存[3]。

妖氛缠禹域,洚水警尧年[4]。瞬息无干土,啼号救薄饘[5]。阶除晨觅骑,城阙晚呼船[6]。寂寞扬云宅,深杯谁与传[7]。

飞电动山川[8],楼台坐渺然。疮痍消息外[9],寇盗梦魂边。势欲亡无日[10],灾仍降自天[11]。残生余血泪,沾洒祇青毡[12]。

[1] 杳冥,幽暗不清,昏暗深远。地轴、天根,道家用以解释天象和宇宙的术语。地轴,大地之轴。天根,指二十八星宿中的氐宿。《尔雅·释天》:"天根,氐也。"邵雍《击壤集·观物吟》:"因探月窟方知物,未蹑天根岂识人。"这里用来表示暴雨连绵引起滔天洪水,足以翻天覆地。

[2] 此两句谓鱼儿随着漫天的洪水游到石穴上,蝼蚁爬上没有被水淹没的藤梢,盘踞其上。

[3] 阑干,同"栏杆"。椽(chuán),承屋瓦的圆木。一椽,一间屋子。

[4] 妖氛,不祥的云气。禹域,传说大禹平水土,划分九州,指定名山、大川为各州疆界,后世因称中国为禹域。洚水,洪水。《孟子·告子下》:"水逆行谓之洚水。洚水者,洪水也。"

[5] 饘(zhān),稠粥。《礼记·檀弓·饘粥疏》:"厚曰饘,希曰粥。"

[6] 阶除,台阶。城阙,城门两边的瞭望台,代指京城或宫殿。

[7] 扬云,即西汉文学家扬雄(前53—18),字子云,蜀郡成都(今四川成都)人。汉代四大赋家之一,著有《甘泉赋》《羽猎赋》等赋和《法言》《太

玄》《方言》等哲学、语言学著作。扬雄故宅在今四川成都,民国《乐山县志》引《名胜志》《屏山县志》《方舆考略》《蜀水经》:"子云,江原人。初迁沐川;继迁健为,居子云山,在键为东南十五里,扬雄故宅在焉;再迁成都金花寺。"并按:"当云:再迁乐山,四迁成都。"《太平寰宇记》卷七十二:"子云宅在少城西南角,一名草玄堂。"后人常用"扬云宅"来表示文人的宅第。宋人孔平仲《杨子直以一诗送小儿归省又一绝及平园花本校文苑英华并次韵一笑》:"但思载酒杨云宅,细问三州二部家。"

[8] 飞电,闪电。

[9] 这句是说,外面传来祖国遭到灾难、满目疮痍的消息。

[10] 亡无日,马上就要灭亡,指国家危机重重,已经到了最危险的边缘。《左传·僖公三十三年》:"武夫力而拘诸原,妇人暂而免诸国,堕军实而长寇仇,亡无日矣。"

[11] 降自天,《诗经·大雅·瞻卬》:"乱匪降自天,生自妇人。"我国自古有天人感应之说,诗人将天灾与人祸联系起来。这两句都暗指慈禧才是导致清朝面临亡国灭种危机的罪魁祸首。

[12] 青毡,《太平御览》引《语林》:"王子敬在斋中卧,偷人取物,一室之内略尽。子敬卧而不动,偷遂登榻,欲有所觅。子敬因呼曰:'偷儿,石染青毡是我家旧物,可特置否?'于是群偷置物惊走。"后用"青毡故物"指旧物。杜甫《与任城许主簿游南池》:"晨朝降白露,遥忆旧青毡。"

宿涨未消酷热复炽彻夜不寐有作[1]

水宿疑单舸,炎宵忝短檠[2]。打窗惊鹭影,到枕乱鸡声[3]。冥想魂微细,忧端酒浊清。强支皮骨起[4],茄角散江城[5]。

[1] 连续十天暴雨之后,南京终于放晴了,但酷暑随即而来。这首诗抒发了诗人对于洪水未退、酷热难当的烦闷之情。

[2] 舸(gě),大船,也泛指船。炎宵,炎热的夜晚。忝(tiǎn),辱,有愧于,常用作谦辞。檠(qíng),灯架,烛台,借指灯。

[3] 头刚挨上枕头,已听到鸡声鸣叫,说明"彻夜不寐"。

[4] 皮骨,皮包骨头,指瘦弱的身躯。

[5] 江城,指南京城。

哭孟乐大令[1]

壁灯犹暗旧啼痕,脱叶惊风一款门[2]。几日觅君如有约,行吟和我已成冤[3]。依依寡母孤儿梦[4],莽莽攀天蹈海魂[5]。转倒江湖容后死,独飘残鬓看中原。

[1] 这首诗是悼念友人黄彝凯之死而写的。1901年秋,黄彝凯卒于江宁任上,时人多认为是因涉戊戌政变而被慈禧遣人毒杀而死。黄彝凯为官清廉,诗人对他多有援救。其曾外孙李源旧《心朋六代续禅缘》(《书屋》2012年第5期)一文引八指头陀(释敬安)《闻陈考功穷居江南尚能周恤死友黄蓉瑞大令感其风义作此寄之》"谪宦栖迟淮水边,故人贫病尚相怜。兴来共蜡游山屐,窘极犹分买药钱"诗句云:"诗僧所说的陈考功即陈三立,其革职后于光绪二十六年移居南京清溪,时经济拮据,我曾外祖父患病及去世后之丧事皆承蒙其援救,的确分了许多买药钱呢。"

[2] 脱叶,落叶,指秋天。款门,敲门,指来人报信。

[3] 这两句是对黄彝凯的怀念,谓整日寻找你,仿佛与你有个约定;往日与我诗酒唱和,谁能想到现在已经成为冤魂。

[4] 依依,依稀、隐约。这是想象黄彝凯死后亲人对他的思念。

[5] 攀天蹈海,见《次韵答义门题近稿》注[2]。这一句赞赏黄彝凯忧虑时局的爱国之情。

十月十四夜饮秦淮酒楼闻陈梅生侍御袁叔舆户部述出都遇乱事感赋[1]

狼嗥豕突哭千门[2],溅血车茵处处村[3]。敢幸生还携客共[4],不辞烂漫听歌喧。九州人物灯前泪[5],一舸风波劫外魂。霜月阑干照头白,天涯为念旧恩存。

[1] 陈梅生(1851—1935),名嘉言,字梅生,为光绪己丑(1889年)进士,曾任翰林院编修、京畿道监察御史、福建漳州知府,辛亥革命后任国会议员、参议院议长。晚年在湖南主持船山学社;善诗文,工书法。袁叔舆,字绪钦,晚号幔亭,湖南长沙人,光绪乙未年(1895年)进士,官户部主事。亦能诗,为清末碧湖诗社中坚,有《涵鉴斋文录》传世。二人在八国联军攻陷北京后逃出,诗人听到他们讲述北京乱中之事,写下这首诗。

[2] 狼嗥豕突,喻人奔逃时的惊慌状态,像被追赶的狼和猪那样奔突乱窜,形容八国联军攻入北京城,公卿百官四下逃散的惨状。千门,指宫中的门户,这里用千门代指宫殿。

[3] 此句描写联军在京烧杀、中国百姓遭到荼毒的惨状。史载,北京沦陷后,各国司令官"特许军队公开抢劫三日"。时人报导说,各国洋兵"俱以捕拿义和团、搜查军械为名,三五成群,身挎洋枪,手持利刃,在各街巷挨户踹门而入。卧房密室,无处不至,翻箱倒柜,无处不搜。凡银钱钟表细软值钱之物,劫掳一空,谓之扰城。稍有拦阻,即被戕害"。英国《当代评论》1901年1月号文章《中国狼和欧洲羊》评论道:"这里的景象与其说是战争,毋宁说是一场大屠杀。"联军统帅瓦德西向德皇报告时承认:"抢劫时所发生之强奸妇女,残忍行为,随意杀人,无故放火等事,为数极属不少。"车茵,车上的垫褥、垫毯。处处村,指到处,遍地皆是。

〔4〕这一句是"敢幸携客共生还"的倒装,意思是庆幸能够与朋友一起从战乱中生还。

〔5〕九州人物,这里指爱国人士,他们无不为国难而痛心落泪。

江行杂感五首(选三)[1]

　　暮出北郭门[2],蹴踏万柳影[3]。载此岁晏悲,往泝大江永[4]。涛澜翻星芒,龙鱼戛然警[5]。峨舠掀天飙[6],万怪伺俄顷[7]。中宵灯火辉,有涕如縻绠[8]。胶漆平生心[9],撼碎那复整。人国所仇耻,曾不一訾省[10]。猥就羁散俦,唧啾引吭颈[11]。低屋杂瓮盎[12],日月留耿耿。睨之云水间,吾生固飘梗[13]。

　　天有所不覆,地有所不亲[14]。汝不自定命,天地矧不仁[15]。猛虎捽汝头,熊豹縻汝身[16]。蹴裂汝肠胃,咋喉及腭唇。长鲸掉尾来,啖肠齿鳞峋。汝骨为灰埃,汝血波天津。吁嗟汝何有,道在起因循。大哉生人器[17],千圣挈其真[18]。尽气赴取之,活汝颦与呻[19]。媛媛而睢睢,永即万鬼邻[20]。踯躅荒江上,泣涕以沾巾[21]。

　　往者江湖灾,欻极东南陬[22]。泛滥百郡国,鼋鼍撞天浮[23]。席卷其井闾,耆弱葬洪流[24]。牛犬枕藉下[25],骸骼撑不收。至今寒潦清,尪呻散汀洲[26]。司牧颇仰屋[27],四出烦追搜。取以实强邻,金缯结绸缪[28]。天王狩安归[29],谁复为汝忧。茫茫抚时屯,扰扰荧道谋[30]。民义湮大原,儒服尸琐猷[31]。奄忽元气败,造物悬决疣[32]。

[1] 1901年冬,陈三立再赴南昌崝庐上冢,写下这一组诗。诗中抒发了对国难家仇的忧愤之情,也体现了陈三立诗歌生涩奥衍的风格。原作共

五首,这里选其中的第一、三、四首。

[2] 郭,外城,也泛指城市。阮瑀《驾出北郭门行》:"驾出北郭门,马樊不肯驰。"

[3] 蹴踏(cù tà),践踏。

[4] 岁晏,岁末。白居易《观刈麦》:"吏禄三百石,岁晏有余粮。"泝,同"溯",逆流而上。

[5] 龙鱼,《山海经》:"龙鱼陵居在其北,状如狸,一曰鰕,即有神圣乘此以行九野。"《太平御览》卷七十五引《郡国志》:"夏曰浦有龙鱼,昔禹南济黄龙夹舟之处。"戛(jiá)然,象声词。

[6] 艑(biàn),大船。

[7] 俄顷,片刻,一会儿。杜甫《茅屋为秋风所破歌》:"俄顷风定云墨色,秋天漠漠向昏黑。"

[8] 縻(mí)绠,绳索。贾岛《戏赠友人》:"笔砚为辘轳,吟咏作縻绠。"

[9] 胶漆,胶和漆凝聚在一起,坚不可摧,比喻爱国之心极为深切。

[10] 訾省,原义为计算、查核财物。《史记·王耑列传》:"耑心愠,遂为无訾省。"颜师古《正义》:"訾,财也。省,视也。言不能视录资财。"

[11] 猥(wěi),谦辞,犹言辱,用于他人对自己的行动。诸葛亮《出师表》:"先帝不以臣卑鄙,猥自枉屈,三顾臣于草庐之中。"啁啾(zhōu jiū),形容鸟叫声。吭(háng),喉咙。这两句意义不详。刘梦溪认为是暗示陈宝箴被害经过:"猥就羁散俦"意为陈宝箴被不成章法的散乱不堪之辈所捆绑,"啁啾引吭颈"意为拉着父亲的咽喉脖颈行刑。可列一说。

[12] 瓮(wèng),陶制盛器,小口大腹。盎(àng),瓦盆。

[13] 飘梗,随水流飘浮的土梗。《战国策·赵策一》:"土梗与木梗斗曰:汝不如我,我者乃土也。使我逢疾风淋雨,坏阻,乃复归土。今汝非木之根,则木之枝耳。汝逢疾风淋雨,漂入漳、河,东流至海,氾滥无所止。"刘长卿《罢摄官后将还旧居留辞李侍御》:"旅食伤飘梗,岩栖忆采薇。"

[14] "天有所不覆"句,《庄子·德充符》:"夫天无不覆,地无不载,吾以夫子为天地,安知夫子之犹若是也!"《淮南子·览冥训》:"天不兼覆,地不周载。"

[15]定命，《诗经·大雅·抑》："吁谟定命，远犹辰告。"矧（shěn），亦，况且。不仁，《老子》："天地不仁，以万物为刍狗。"这里是说如果国家不进行变法自强，自己都无法掌握自己的命运，那么上天也不会保佑，只能自取灭亡。

[16]猛虎、熊豹，以及下文的长鲸等，比喻西方列强。捽（zuó），揪、抓。《说文》："捽，持头发也。"糜，粉碎，捣烂。

[17]大哉，表示赞叹的感叹语。《周易》："大哉乾元！万物资始，乃统天。"生人器，这里指自然界。

[18]千圣，原为佛教术语，指前所出世之诸佛列祖。挈（qiè），《广雅》："挈，提也。"这里是说自然界有一个总的规律在冥冥之中运行，指严复所介译的"物竞天择，适者生存"理论。

[19]颦（pín），皱眉。颦呻，忧愁叹息。两句谓如果能够掌握这一自然规律，就可以在危难中求得生存。

[20]媛媛，这里有牵连、相连的意思。睢睢，仰视的样子。两句谓如果不能掌握这一自然规律，贻误了改革良机，那就只能坐等灭亡，与万鬼为邻了。

[21]沾，湿。

[22]江湖灾，指当年发生在南京一带的洪灾。欻（xū），迅速。陬（zōu），角落。

[23]鼋鼍（yuán tuó），大鼋与鼍龙。鼋，大鳖。鼍即扬子鳄。天浮，指（惊涛骇浪）连天涌浮。杜甫《江涨》："大声吹地转，高浪蹴天浮。"

[24]耇弱，老弱。耇（gǒu），长寿，年老。

[25]枕藉（zhěn jiè），纵横交错地躺在一起。

[26]潦（lǎo），雨后的积水。王勃《滕王阁序》："潦水尽而寒潭清。"尪（wāng），孱弱。汀洲，水中的平地。

[27]司牧，指官府。仰屋，"仰屋兴叹"的省语，指毫无办法，一筹莫展。范晔《后汉书·寒朗传》："口虽不言，而仰屋窃叹。"

[28]缯（zēng），丝织品的总称。

[29]天王，天子。《春秋·僖公二十八年》："天王狩于河阳。"《左传：

"是会也,晋侯召王,以诸侯见,且使王狩。仲尼曰:以臣召君,不可以训。故书曰'天王狩于河阳',言非其地也,且明德也。"这里指光绪帝逃往西安。

[30] 屯(zhūn),艰难,困顿。《说文》:"屯,难也。象草木之初生。"《周易·序卦》:"屯者,物之始生也。"荧,微弱的光亮。这两句义含双关,既指时局艰难,又表明如果措施得当,及时改革,也蕴含着新的生机。

[31] 民义,百姓的义愤情绪,指义和团运动。湮,湮没。大原,大道,指普遍的理性法则。《汉书·董仲舒传》:"道之大原出于天,天不变,道亦不变。"尸,尸居,执掌,主持。猷(yóu),计划,谋划。琐猷,卑劣的计划。两句谓老百姓的义愤情绪湮没了理性,朝中百官的书生之见主持了激怒西方列强的计划,最终给国家带来了巨大灾难。

[32] 造物,造物主,万物的创造者,指天。悬决疣,《庄子·大宗师》:"彼以生为附赘县疣,以死为决疣溃痈。"赘与疣都是指皮肤上生的瘊子,比喻多余的、无用、病变的东西。苏轼《次韵王都尉偶得耳疾》:"君知六凿皆为赘,我有一言能决疣。"

长至抵崝庐上冢[1]

已扫层岚入,初惊宿草长[2]。亲颜支寤寐,儿气冷山冈[3]。飞雉衔松色,黏蜗湿藓香[4]。纸灰扬泪尽,天照一杯浆[5]。

翠华终自返,碧血更谁邻[6]。万恨成残岁,余生看负薪[7]。子孙身外物,今古墓旁人。为解冥冥意,乌啼霜露晨。

[1] 这首诗是诗人1901年到南昌扫墓时所作。长至,一般指夏至。夏至白昼最长,故称。《礼记·月令》:"〔仲夏之月〕是月也,日长至。阴阳争,死生分。"孔颖达疏:"长至者,谓此月之时日长之至极。"一说指冬至。自夏至后日渐短,自冬至后日又渐长,故称。此处当指冬至。

[2] 层岚(lán),山间的雾气。宿草,指墓上隔年的杂草。

[3] 这两句是倒装,正常语序是"亲颜寤寐支,儿气山冈冷"。寤寐,指醒时和睡时。《诗经·国风·关雎》:"窈窕淑女,寤寐求之。"

[4] "飞雉"两句写墓旁景色。雉,野鸡。藓(xiǎn),青苔。

[5] "纸灰"两句写墓前祭奠。浆,古代一种微酸的饮品。《说文》:"浆,酢浆也。"这里指酒。

[6] 以下几句写祭扫结束,回来路上郁勃不平的心情。碧血,为正义死难而流的血。

[7] 负薪,背着砍下的木柴,指田园生活。陶渊明《自祭文》:"含欢谷汲,行歌负薪。"陈三立曾有诗云:"凭栏一片风云气,来作神州袖手人。"此亦"袖手神州"之意,暗示将敛手江湖,不再参与政治。但这并非表示诗人不再关心时事,而是与清政府保持一定距离和不合作的态度,静观时局变幻。

崝庐书所见[1]

西山江之滨[2]，包裹四百里。冈峦支脉分，错出斗傲诡[3]。高者插天霄，腾翼鹏鸾似。稍伏奔虎象，忽蠖蛇龙起[4]。吾家所结庐，厥卜萧峰趾[5]。徐迤为平原，陇陌映锦绮[6]。村舍可相望，烟火略栉比[7]。奈何托膏腴，而不自经纪[8]。山有濯濯姿，刪涸涓涓水[9]。杳莽畴亩间，豺兽迹填委[10]。博塞以嬉游[11]，盖多惰农矣[12]。妇躯弃纺织，不握丝与枲[13]。衣襦决臂肘，垢虱冒愧耻[14]。小儿益无艺，颠倒蹋泥滓[15]。朝探雏鹊觳，暮拾猪牛矢[16]。日缚一束薪，那救中肠馁[17]。闲窥其室间，圈厕偪床第[18]。甕瓷倒瓦盆，羹糁冷甑锜[19]。膻风煽涸浊，嗟汝毕老死[20]。先公滋悯焉，日有说于此[21]。墂地垦榛芜，尽付勤耒耜[22]。杂植桑竹茶，薯芋杉楩梓[23]。禁约彼盗采，稠选奖生理[24]。科条稍区列，一瞑悼天只[25]。至今连嗝呻，未遂脱疮痏[26]。瞫暮邻翁来，感叹既有以[27]。指画松楸间，首颅口亦哆[28]。低撝纵语翁，营魄犹寻跂[29]。尔昔所施设，盍不究本始[30]。况当圣政初，万情费量揣[31]。拨乱加绸缪，孤踔摆訾毁[32]。造次省民艰，若疾痛在体[33]。引绳喻仁术，鳞爪一毛耳[34]。翁复扶杖言，此乡竟何恃[35]。昨岁备枯旱，今岁困渺弥[36]。昨旦急箠敛，今旦刮骨髓[37]。侧闻苛告身，输缙颣有沘[38]。又闻款议成，纠取充赇贿[39]。官家至是邪，琐屑挂牙齿。翁退背灯坐，泪堕不可止[40]。民有智力德，昊穹锡厥美[41]。振厉披进之，所由奠基址[42]。列邦用图存，群治抉症痏[43]。雄强非偶然，富教耀历史[44]。敦尸化育权，坐令侪犬豕[45]。一沤知滔天,一尘测嵬嵬[46]。抚一蚁蛭区,以验俗根柢[47]。卤莽极陵夷,种族且敦坦[48]。天道劣者败,中夜起捫髀[49]。体国始经野,歌以俟君子[50]。

[1] 这首诗作于诗人扫墓后居住在西山的所见所闻。作者在诗中用写实的笔法描绘了自己所居之地南昌西山脚下一个破败的村庄。这里土地肥沃,盛产桑竹,只要辛勤耕作,加上风调雨顺,便可衣食无忧。但是实际的情况却是农废于野,妇弃纺织,肥沃的田野上荆榛丛生,兽迹填委,人民生活困苦不堪。那么,是什么原因造成这种情况的呢?诗人通过实地考察,对这一问题作了认真的思考。

[2] 江,这里指赣江。

[3] 俶(chù)诡,奇异、怪异。

[4] "稍伏"句描写西山岗峦奇峰的形状,有的像奔跑的虎象,有的又如伏起的龙蛇。

[5] 厥,乃,于是。卜,选择。杜甫《秋野》:"系舟蛮井路,卜宅楚村墟。"趾,这里指山脚。陇陌,田垄间的小径。陇,同垄。锦绮,华美的丝织品,这里比喻美丽的晚霞。

[6] 徐迤,缓缓地延伸。

[7] 栉比,密集排列。栉(zhì),梳子和篦子的总称。以上为全诗第一层,描写西山脚下一个村庄的秀丽景色。

[8] 膏腴,肥沃的土地。经纪,经营,料理。西山土地肥沃,但村民却不自经纪。

[9] 濯濯,清新,明净。甽,同"圳",田间水沟。涸(hé),水干。两句说明西山水量充足。

[10] 杳莽,深幽苍茫。畴亩,田亩。田亩之间都是野兽的踪迹,既说明西山物产丰富,又暗示农田已经撂荒。

[11] 博塞,古代掷采的局戏,赌博。塞,通"簺",古代的一种赌博游戏。《庄子·骈拇》:"问臧奚事,则博塞以游。"

[12] 惰,懒惰。西山风景秀丽,资源丰富,但村民性情懒惰,整日游手

好闲,只顾赌博嬉戏。这是诗人对村民的批评。

[13] 枲(xǐ),麻类植物的纤维,这里指麻布。西山的妇女因懒惰而不事纺织。

[14] "衣襦"句,意谓人们衣服破烂,露出了臂肘,身上都是污垢和虱子,令人羞愧难当。

[15] "小儿"句,意谓年轻人不学习手艺,整日游手好闲,混迹于社会。泥滓,泥渣,比喻尘世。潘岳《西征赋》:"或被发左衽,奋迅泥滓。"

[16] 鷇(kòu),初生的小鸟。矢,同"屎"。在农村,猪牛等家畜的排泄物是自然肥料。此言西山的小儿只做一些简单的生产劳动。

[17] 薪,木柴,旧时农村的主要燃料。馁(něi),饥饿。一天只砍一担柴,这样的劳动量显然不够,只能挨饿。

[18] "闲窥"句,谓看到他们所居房屋,畜圈和茅厕紧挨在人的床边,说明居住及卫生条件极为简陋。圈(juàn),养家畜的棚栏。偪,同"逼"。笫(zǐ),床上竹编的席,这里是床的代称。

[19] 虀(jī),古同"齑",捣碎的姜、蒜或韭菜碎末。糁(sǎn),米粒。甗(yǎn),一种炊器,下部是鬲,上部是透底的甑,上下部之间隔一层有孔的箅(bì)。锜(qí),有足的釜。这四句写村民的贫困生活。

[20] "膻风"句,意谓牲畜的腥膻之气随着风吹来,人们就在这样的生存环境中一直到死。溷浊,猪圈、厕所等的污浊之气。以上为全诗第二层,诗人没有一味对农民表示同情,而是不客气地直言是西山村民的懒惰导致了困顿的生活。

[21] 先公,指诗人之父陈宝箴。陈宝箴在变法失败后,退居住西山,目睹民风如此,故云。日,每天。此,指上文描写的这些情况。

[22] 堧(ruán),俗作壖,河边的空地或田地。榛芜,杂草丛生的荒地。耒耜(lěi sì),农具。此谓陈宝箴带领西山村民垦荒种粮,解决农民生计问题。

[23] 薯芋,红薯和山芋。楩(pián),楩树。

[24] 两句谓父亲与村民相约,禁止盗窃,对辛苦劳作的人进行奖励。稠迭,稠密重叠,指种植的各种作物、树木。生理,生计。

［25］一切规划刚有起色，父亲就突然去世了。科条，科目、条目，指规章制度。区列，完备。瞑，闭眼，指死。天只，《诗经·国风》："母也天只，不谅人只。"只，语助词。

［26］嚬呻，脸上痛苦的样子。疮痏(wěi)，疮伤，比喻生活困苦。此云因父亲猝然辞世，计划未及实行，西山的农民仍生活在极度的困苦之中。以上为全诗第三层，写陈宝箴意欲带领西山村民垦荒种粮，改变贫困面貌，不幸突然去世，计划未能实现。

［27］曛，昏暗。有以，有因，有原因。李白《春夜宴桃李园序》："古人秉烛夜游，良有以也。"

［28］指画，指手画脚地说。邻家老翁见到诗人很激动，因此连说带比向诗人诉说。松楸，松树和楸树。顑(kǎn)，面黄肌瘦的样子。屈原《楚辞·离骚》："苟余情其信姱以练要兮，长顑颔亦何伤。"洪兴祖注："顑颔，食不饱面黄貌。"哆，哆嗦。老翁年迈，未免口齿不太清楚。

［29］低摧，低首摧眉，形容难过的样子。营魄，《道德经》："载营魄抱一，能无离乎？"河上公注："营魄，魂魄也。"寻、咫，都是中国古时的长度单位。《说文》："中妇人手长八寸谓之咫，周尺也。"又："度人之两臂为寻，八尺也。"

［30］夙昔，以往。所施设，指陈宝箴往昔为改变西山面貌而采取的诸般措施。蔑，《小尔雅·广诂》："蔑，无也。"究本始，治本的措施。以上为全诗第四层，通过一个邻家老翁之口，表达对陈宝箴未及改变西山面貌就溘然长逝的痛惜。

［31］圣政，指清政府的变法。量揣，估量。

［32］这两句回顾陈宝箴在戊戌变法中不顾毁誉、勇于任事的所作所为。拨乱，平定祸乱。绸缪，提前准备，采取措施。《诗经·国风》："迨天之未阴雨，彻彼桑土，绸缪牖户。"

［33］即使公务繁忙，但陈宝箴了解民生疾苦，如同自己身上的病痛一般，感同身受。造次，仓促之间。《论语·里仁》："君子无终食之间违仁，造次必于是，颠沛必于是。"

［34］引绳，木匠拉直绳墨。《史记·老子韩非列传》："韩子引绳墨，切

事情,明是非。"这里指陈宝箴制定各种规章制度,其实为治国之道,乃仁者之术。鳞爪,凤毛鳞爪的省语。一毛,九牛一毛的省语。以上为全诗第五层。

[35] 恃,依靠。此句到"琐屑挂牙齿"是老翁的话。

[36] 渺瀰,亦作"渺瀰",西晋辞赋家木华的《海赋》云:"冲瀜沉瀁,渺瀰淡漫。"李善注:"渺瀰淡漫,旷远之貌。"指水涝。两句是天灾。

[37] 箕敛,以箕收取,谓苛敛民财。箕,簸箕。《史记·张耳陈余列传》:"外内骚动,百姓罢敝,头会箕敛,以供军费,财匮力尽,民不聊生。"裴骃集解引《汉书音义》:"家家人头数出谷,以箕敛之。"刮骨髓,意同"敲骨吸髓"。这两句写人祸。清政府的横征暴敛,使西山人民的生活雪上加霜。

[38] 侧闻,听说。输缗,纳税。缗,穿铜钱的绳子,指代成串的铜钱。颡有泚,《孟子·滕文公上》:"其颡有泚,睨而不视。"赵岐注:"颡,额也。泚,汗出泚泚然也。"后因以表示心中惭愧、惶恐。

[39] 款议,即"庚子赔款"。1901年9月,清政府与西方列强达成《解决1900年动乱最后议定书》,即《辛丑条约》。条约规定,中国从海关银等关税中拿出45 000万两白银赔偿各国,并以各国货币汇率结算,按4%的年息,分39年还清。这笔赔款最终转嫁到百姓身上,给中国人民带来了深重的灾难。赇贿,谓用财物买通别人。这里指官员借征敛赔款,收受贿赂,中饱私囊。

[40] 官家,官府。邪,同"耶",感叹词。以上为全诗第六层,通过老翁之口,说明西山之困,不仅是由于天灾,亦是人祸。清政府的横征暴敛、西方列强的野蛮侵略,是造成西山人民生活贫困的罪魁祸首。

[41] 智力德,这是近代启蒙思想家严复的概念。严复《原强》:"今日要政,统于三端:一曰鼓民力,二曰开民智,三曰新民德。……使三者诚进,则其治标而标立,三者不进,则其标虽治,终亦无功。"严复最重要的译著《天演论》中,"智力德"一语也是重要的概念,如《乌托邦》:"故欲郅治之隆,必于民力、民智、民德三者之中,求其本也。"《导言十五·最旨》:"人欲图存,必用其才力心思,以与是妨生者为斗。负者日退,而胜者日昌,胜者非他,智、力、德三者皆大是耳。"大概从1901年开始,陈三立陆续阅读了严

复的《天演论》《群己权界论》《社会通诠》等译著,接受了他的启蒙思想。(参见杨剑锋著《现代性视野中的陈三立》第一章。)昊穹,苍天,上苍。锡,同"赐"。厥,语助词。

[42] 振厉,迅猛。阮籍《东平赋》:"长风振厉,萧条太原。"掖进,扶持、推进。之,指民智、民国、民德。基址,基础。

[43] 列邦,指英、美、法等西方各国。用,以。群治,对各种社会问题的治理和处置。抉,剔出。症痞,中医用语,症瘕痞块的省称,指身体的病症。西方各国因扶持民智、民力、民行而致富强,各种社会问题得到了解决。

[44] 西方各国的富强不是偶然的,而是有历史的必然性。

[45] 孰,谁。尸,古代祭祀时代表死者受祭的人,引申为执掌、主持。化育,教化、培养。坐令,犹言致使、空使。侪(chái),等辈、等同。什么人执掌、管理着这个国家,致使老百姓过着狗和猪一样的生活。这是诗人对当政者的严厉批判、质问。

[46] 沤,水泡。滔天,指大水。嵼巂,山貌。

[47] 蚁蛭,泛指微不足道的生物,这里指西山。根柢,事物的根基。此四句犹谓见微而知著,由小小的西山而知天下之风俗得失。

[48] 卤莽,这里不是粗鲁、冒失的意思,而是指荒芜。陵夷,衰落、萧条。种族,民族。斁(dù),败坏。刘基《卖柑者言》:"法斁而不知理。"如果照此下去,整个民族将堕落、衰败下去。

[49] 想到这里,夜不能寐。天道劣者败,即严复《天演论》中"物竞天择,适者生存"的进化论观点。在作于1920年的《光裕堂老序》中,陈三立认为:"方今世变之大,匪徒士游于校,务通万方之略以成其材者,即为农为商工,亦有赖于捐故技,受要道。否则,资生狭隘,智穷能索,将无以争存于物竞之世。"可与此句互参。髀,大腿。抚髀,以手拍股,表示感叹。周斐《汝南先贤传》:"虞恒抚髀称劭,自以为不及也。"高启《荆门壮士歌》:"三抚髀,壮士起,剑风骚劳发上指。"

[50] 体国经野,指治理国家。《周礼·天官冢宰第一》:"惟王建国,辨方正位,体国经野,设官分职,以为民极。"郑玄注:"体,犹分也。经,谓为

之里数。"后泛指治理国家。《清史稿·金福曾传》:"李鸿章尤赏之,尝疏荐称有物与民胞之量,体国经野之才。"俟,等候。君子,这里指有治国才能的贤人。以上为全诗第七层。诗人由进化论的观点出发,指出当政者需要不断培养、鼓励民智、民力、民德等人类美好本质,才能奠定国家富强的基础,否则就会导致民族生存的危机,但显然,当时的清政府没有能够尽到这一重大的责任。想到此处,诗人夜不能寐,拳拳忧国之心,跃然纸上。

晓抵九江作[1]

藏舟夜半负之去[2],摇兀江湖便可怜。合眼风涛移枕上,抚膺家国逼灯前[3]。鼾声邻榻添雷吼[4],曙色孤篷漏日妍。咫尺琵琶亭畔客[5],起看啼雁万峰巅。

[1] 这首诗是诗人赴南昌谒墓时所做。九江,在江西北部,是诗人由南京赴南昌谒墓必经之地。

[2] 藏舟夜半,《庄子·大宗师》:"夫藏舟于壑,藏山于泽,谓之固矣。然而夜半有力者负之而走,昧者不知也。"王先谦《庄子集解》:"舟可负,山可移。宣云:'造化默运,而藏者犹谓在其故处。'"后用以比喻大清江山在内忧外患之中,风雨飘摇,难以固守。

[3] 抚膺,抚摩或捶拍胸口,表示惋惜、哀叹、悲愤等。《列子·说符》:"昔人言有知不死之道者,燕君使人受之,不捷,而言者死……有齐子亦欲学其道,闻言者之死,乃抚膺而恨。"家国,家仇国恨。我国古代是家国同构的社会格局,家庭、家族与国家在组织结构方面有共同性,因此古人常常家、国并举。

[4] 鼾声邻榻,《类说》卷五三引杨亿《谈苑》:"开宝中,王师围金陵,李后主遣徐铉入朝,对于便殿,恳述江南事大之礼甚恭,徒以被病,未任朝谒,非敢拒诏。太祖曰:'不须多言,江南有何罪,但天下一家,卧榻之侧,岂可许他人鼾睡。'"此句既是写实,又比喻西方列强瓜分中国的阴谋。

[5] 琵琶亭,始建于唐代。白居易《琵琶行序》:"元和十年,余左迁九江郡司马。明年秋,送客湓浦口,闻舟中夜弹琵琶者。听其音,铮铮然有京都声,问其人,本长安倡女,尝学琵琶于穆曹二善才。年长色衰,委身为贾人妇。遂命酒,使快弹数曲,曲罢悯然。自叙少小时欢乐事。今漂沦憔悴,

转徙于江湖间。余出官二年,恬然自安,感斯人言,是夕始觉有迁谪意,因为长句,歌以赠之,凡六百一十二言,命曰《琵琶行》。"亭名由此而来。原在九江城西长江之滨,即白居易送客之处。历代屡经兴废,多次移址。清代乾隆年间(1736—1795)重建,至咸丰年间(1851—1861)又遭兵毁。1988年重建,在今九江市长江大桥东侧,面临长江,背倚琵琶湖,为当地名胜。

舟夜口号[1]（二首选一）

风邪潮邪断续声，山邪云邪天外横[2]。电火满船大江白，中有一人涕交缨[3]。

[1] 口号，口占，随口作诗。
[2] 邪，通"耶"，疑问词。不知是风声还是潮声，断断续续连绵不绝；大雨之中，分不清远山与白云，横在天边。
[3] 缨，帽带。

黄公度京卿由海南人境庐寄书并附近诗感赋[1]

天荒地变吾仍在[2],花冷山深汝奈何[3]。万里书疑随雁鹜[4],几年梦欲饱蛟鼍[5]。孤吟自媚空阶夜[6],残泪犹翻大海波。谁信钟声隔人境,还分新月到岩阿[7]。

[1] 此诗作于光绪二十八年(1902年),原有附记云:"此为夏间得第一次寄书所偶题,聊附录之。"黄公度,指陈三立友人、诗人、外交家黄遵宪。黄遵宪(1848—1905),字公度,别号人境庐主人,广东嘉应州(今梅县)人。道光二十八年(1848年)生。举人出身。光绪三年(1877年)以参赞出使日本,后历任驻美国旧金山总领事、英使馆二等参赞、新加坡总领事等。1894年回国,任江宁洋务局总办,后官湖南长宝盐法道,署按察使。1895年维新运动兴起后,参加上海强学会。次年参与创办《时务报》。1897年到湖南任上,积极协助巡抚陈宝箴推行新政。又延聘梁启超主讲时务学堂,支持谭嗣同等组织南学会。1898年受命为出使日本大臣,遇戊戌政变,以热心变法遭人弹劾,罢归乡里。著有《日本国志》《人境庐诗草》等。论诗主张"我手写吾口",是诗界革命的代表人物。黄氏罢归后,闻知陈宝箴死讯,曾于光绪二十七年(1901年)寄书陈三立问讯(详钱仲联辑《人境庐杂文钞(下)》)。京卿,对京堂的尊称。明清时称各衙门长官为京堂,意为堂上之官。清代对都察院、通政司、詹事府、大理、太常、大仆、光禄、鸿胪等寺及国子监的堂官,概称京堂;负责文书、草拟者称京卿。人境庐,黄遵宪书斋名,取陶渊明"结庐在人境,而无车马喧"句,故名,在今广东梅州市东郊周溪之畔。

[2] 天荒地变,比喻时局与个人际遇的巨大变化,指戊戌政变、庚子事

变等。

〔3〕花冷山深,指隐居生活。

〔4〕"万里"句 万里之外的书信令人疑是鸿雁衔来。鹜,古代泛指野鸭。

〔5〕蛟鼍(tuó),水中猛兽。蛟,蛟龙,古代传说一种能发水的龙;鼍,鼍龙,鳄鱼的一种。这里暗喻黄氏政治环境的险恶。杜甫《梦李白》:"水深波浪阔,无使蛟龙得。"可与此互参。

〔6〕自媚,自娱,自我亲近。汉乐府《饮马长城窟行》:"入门各自媚,谁肯相为言?"

〔7〕"谁信"二句,是说收到黄遵宪寄来的诗和信。宋代龙衮《江南野史》卷一:"忽夜半寺僧撞钟,满城皆惊。逮旦召问,将斩之。云:'夜来偶得月诗。'先主令曰,乃曰:'徐徐东海出,渐渐入天衢。此夕一轮满,清光何处无。'先主闻之,私喜而释之。"此处用其事,以"钟声""新月"喻黄氏诗、信及其情意。岩阿,山之深曲处,隐者所居,这里指作者的寓所。

肯堂为我录其甲午客天津中秋玩月之作诵之叹绝苏黄而下无此奇矣用前韵奉报[1]

吾生恨晚生千岁,不与苏黄数子游[2]。得有斯人力复古,公然高咏气横秋[3]。深杯犹惜长谈地,大月难窥彻骨忧[4]。旷望心期对江水,为君洒涕忆南楼[5]。

[1] 范当世,见《登楼望西山二首》注[5]。
[2] "吾生"句,表示对宋代诗人苏轼与黄庭坚的无限向往之情。吾生,吾辈。恨,憾,遗憾。苏黄,苏轼与黄庭坚。苏轼(1037—1101),字子瞻,号东坡居士,眉州眉山(今属四川)人。嘉祐进士,因反对王安石新法而求外职,任杭州通判,知密州、徐州、湖州。后以作诗"谤讪朝廷"罪贬黄州。哲宗时任翰林学士,曾出知杭州、颖州等,官至礼部尚书。后又贬谪惠州、儋州。北还后第二年病死常州。与父洵、弟辙,合称"三苏"。其文汪洋恣肆,明白畅达,为"唐宋八大家"之一。其诗清新豪健,笔力纵横,为宋诗发展开辟了新的道路。黄庭坚(1045—1105),字鲁直,自号山谷道人,晚号涪翁,洪州分宁(今江西修水)人。宋英宗治平进士。曾任地方官和国史编修官。以修《神宗实录》不实罪名被贬。最后死于西南贬所。黄庭坚以诗文受知于苏轼,为"苏门四学士"之一。其诗宗法杜甫,风格奇硬拗涩,开创了江西诗派,对后世诗坛影响很大。
[3] 斯人,指范当世。复古,同光体诗人作诗师法苏黄,崇尚复古。高咏,吟咏,作诗。气横秋,比喻范当世诗歌笔力雄健。
[4] 彻骨忧,陈三立与范当世心忧国事,又悲传统文化的日益沦丧,满腔忧愤,彻骨锥心,却难以为世人所知。
[5] 旷望,极目眺望,远望。心期,深交,神交。陶渊明《酬丁柴桑》:"实欣心期,方从我游。"王勃《山亭兴序》:"百年奇表,开壮志于高明;千里心期,得神交于下走。"

徐先生宗亮萧先生穆偕过寓庐作[1]

桐城二老古须眉,安步扶鸠任所之[2]。漫就我谈排闼入,更无人解过江谁[3]。天云闲澹明残唾,文字声香散古悲。世乱为儒贱尘土,眼高四海命如丝[4]。

[1] 徐宗亮(1828—1904),字晦甫,晚号菽岑。清桐城派作家。少袭骑都尉世职,守志不仕,历参胡林翼、李续宜、李鸿章诸人幕府,以文章交游公卿间。其文章雄健有法度,得桐城派宗传。撰有《黑龙江述略》《善思斋诗文钞》《归庐谈往录》等。萧穆(1835—1904),字敬甫,一字敬孚,今枞阳横埠乡人。清末文献收藏名家。先后游于文汉光、刘宅俊、方宗诚、吴汝纶、徐宗亮等文人学者门下,后问业于江浙诸老学者有江宁汪士铎(梅村)、嘉定钱秦吉(警石)、遵义莫友芝等。为学不专主一门,综览多书,精于校勘,遗著有《敬孚类稿》16卷。

[2] 安步,缓步徐行。《史记·淮阴侯列传》:"骐骥之跼躅,不如驽马之安步。"扶鸠,扶杖。鸠,鸠杖,刻有鸠鸟的拐杖。鸠鸟象征着长生不老,《周礼》:"罗氏献鸠养老,汉无罗氏,故作鸠杖以扶老。"《后汉书·礼仪志》:"民年始七十者,授之以玉杖,哺之糜粥;八十九十,礼有加,赐玉杖长尺,端以鸠鸟为饰。鸠者,不噎之鸟也,欲老人不噎。"任所之,随意漫步。

[3] 排闼(tà),推开门。《汉书·樊哙传》:"哙乃排闼直入。""更无"句,意谓主客相谈,为世人浑然不知国家危亡而深感痛心。过江,刘义庆《世说新说·言语》:"过江诸人,每至美日,辄相邀新亭,藉卉饮宴。周侯中坐而叹曰:'风景不殊,正自有山河之异!'皆相视流泪。"

[4] "世乱"句,意谓在清末这样的千年乱世,身为士大夫却贱如尘土,虽然有治世安邦的良好愿望,却无法掌握自己的命运。

壬寅长至抵崝庐谒墓[1]

天乎有此庐[2],我拂苍松入。壁色满斜阳,照照孤儿泣[3]。

登楼望高坟[4],微醉草木气[5]。一片好山川,冥然接寤寐[6]。

几日醉春风,儿归又长至[7]。荒茫五洲间,余此呼吁地[8]。

国家许大事,长跽难具陈[9]。端伤幽独怀,千山与嶙岣[10]。

贫是吾家物,宁敢失坠之[11]。江南可怜月,遂为儿所私[12]。

大孙羁东溟,诸孙解西史[13]。三龄稚曾孙,伊嚘学兄语[14]。

小立风满山,默祷泪如泻。万古落心头,仍卧崝庐夜。

[1] 这一组诗是 1902 年夏诗人赴南昌扫墓时所作。壬寅,天干地支纪年,即 1902 年。

[2] 此庐,指崝庐。见《崝庐述哀诗五首》注[1]。

[3] 照照,明亮貌。孤儿,诗人自指。

[4] 高坟,指陈宝箴墓。

[5] 谓山中草木的气息令人身心舒畅。

[6] 冥然,恍惚不可捉摸貌。《淮南子·道应训》:"冥然忽忽,视之不

见其形,听之不闻其声。"寤寐,醒与睡。常用以指日夜。《诗经·国风·关雎》:"窈窕淑女,寤寐求之。"毛传:"寤,觉;寐,寝也。"

[7] 诗人在前一年(1901年)长至曾到南昌扫墓,离此整整一年,故言"又长至"。

[8] 呼吁,呼天吁地,因痛苦而大声呼号。徐陵《檄周文》:"吁地呼天,望伫哀救。"

[9] 许,几许,几多。柳宗元《至小丘西小石潭记》:"潭中鱼可百许头。"长跽,长跪,长时间双膝着地,上身挺直。两句是说,一年来国家发生许多大事,我长跪在父亲墓前,难以具体述说。

[10] 嶙峋,形容山石峻峭、重叠。

[11] 陈三立祖上虽诗书传家,陈宝箴又任封疆大吏,但为官清廉,家境并不富裕。曾有《送厨工》诗:"嚼来确是菜根甜,不是官家食性偏。淡泊生涯吾习惯,并非有意钓清廉。"据胡思敬《陈宝箴传》记载:"(陈宝箴)为湖北按察使,俸廉所入,不足以自赡,张之洞叹其廉,尝欲助之。"范当世撰《故湖南巡抚义宁陈公墓志铭》云:"公(指陈宝箴)绝贫,在官不能请贷于婚友,则时时典其衣裘。"陈寅恪在《寒柳堂记梦》一文中回忆:"一日忽见佣工携鱼翅一榼,酒一瓮并一纸封,启先祖母曰,此礼物皆谭抚台所赠者。纸封内有银票五百两,请查收。先祖母曰:银票万不敢收,鱼翅与酒可以敬领也。谭抚台者,谭复生嗣同丈之父继洵,时任湖北巡抚。曾患疾甚剧,服用先祖所处方药,病遂痊愈。谭公夙知吾家境不丰,先祖又远任保定,恐有必需,特馈重金。"

[12] 可怜,可爱。私,独自拥有。此句言独自赏月,却有无限凄凉。

[13] 大孙,指陈三立长子陈衡恪(师曾),陈三立夫人罗氏所生,时在日本留学。

[14] 三龄稚曾孙,陈衡恪次子封怀生于1900年,当年虚岁三岁。兄,指衡恪长子封可。伊嚘(yōu),象声词,人语声。

芰潭枉过崝庐赋赠二首（选一）[1]

百里松楸晚，摇摇看汝来[2]。一官皮骨在，万念死生哀[3]。往事乌啼了，行歌牛背才[4]。西山好颜色，吹翠照衔杯[5]。

[1] 芰潭，指陈凤翔，名芰潭，广东澄海人。曾为陈宝箴幕僚，后任江西泰和县令、新建县令，与诗人交情颇深。著有《东皋老人遗稿》《陈芰潭翁遗诗》。生平事迹见陈三立《陈芰潭翁遗诗序》（《散原精舍文集》卷八）。

[2] 松楸，松树与楸树，因墓地多植，故常以代称坟墓，有时也特指父母坟茔。屈原《哀郢》："望长楸而太息兮。"

[3] 皮骨，形容躯体瘦瘠。杜甫《将赴成都草堂途中有作先寄严郑公》诗之四："三年奔走空皮骨，信有人间行路难。"

[4] 了(liǎo)，结束。才，方始。意谓在乌啼声中，往年旧事化为烟云，现在方始能够归隐田园，行吟牛背。

[5] 颜色，景色。衔杯，饮酒。

正月十九日园望[1]

秃柳城边风散鸦,嫩晴闲护短丛芽[2]。窥襟了了半池水,挂鬓腾腾一角霞[3]。久客情怀依破甑,新年云物入悲笳[4]。春光端与游蜂共[5],欲缚茅亭听煮茶。

[1] 正月十九日,指癸卯(光绪二十九年,即1903年)正月。园望,园中眺望。

[2] 秃柳,冬日柳枝干秃,故称。风散鸦,寒风吹得鸦鹊四散而飞。嫩晴,指冬日的阳光。

[3] 这两句是倒装,正常语序是"了了半池水窥襟,腾腾一角霞挂鬓"。

[4] 久客,长期客居外地,时诗人客居南京业已三载。破甑,谓破碎。宁调元《八月十五夜漫书一律》:"身世飘蓬眼中涕,山河破甑劫余灰。"这里指家国之变。云物,景物。谢朓《高松赋》:"尔乃青春受谢,云物含明,江皋绿草,暧然已平。"

[5] "春光"句,倒装,正常语序是"端与游蜂共春光"。端,正。

近阅邸钞易顺鼎授右江兵备道冯煦授四川按察使沈曾植授广信知府皆平生雅故而当世之文人也诗以纪之[1]

三子才名世所奇,回翔笑附斗鸡儿[2]。中原正苦输孤注,儒术由来渐四夷[3]。敢信安排备粗使,已怜老大负明时。春风旍纛纷乘传,可有边愁散柳丝[4]。

[1] 此诗作于1903年初,易顺鼎、冯煦、沈曾植都是诗人知交好友。邸,战国时诸侯或朝见皇帝时在京城的住所,泛指官员办事或居住的处所。邸钞,又称邸抄、邸报、京报,是中国古代抄发皇帝谕旨、臣僚奏议和有关政治情报的抄本。宋代起发展成一种手抄的类似报纸的出版物,明末开始发行活字版本。冯煦(1843—1927),字梦华,号蒿庵,江苏金坛人,光绪十二年(1886年)进士,官至安徽巡抚。有《蒿庵类稿》三十二卷,《续稿》三卷。沈曾植(1850—1922),字子培,号乙庵,晚号寐叟,浙江嘉兴人。博古通今,学贯中西,早年通汉宋儒学、文字音韵,中年治刑律,治辽金元史、西北南洋地理,并研究佛学,以"硕学通儒"蜚振中外,誉称"中国大儒"。余事为诗,其诗生涩奥衍,与陈三立、郑孝胥并称"同光体三魁杰"。

[2] 回翔,盘旋飞翔,屈原《九歌·大司命》:"君回翔兮以下,逾空桑兮从女。"这里指任职或施展才干。斗鸡儿,古代清明盛行斗鸡游戏,《月令辑要》卷七引《东城父老传》云:"唐明皇乐民间清明斗鸡戏,及即位,治鸡坊,索长安雄鸡,金尾铁距,高冠昂尾,千数养于鸡坊,选六军小儿五百,使教饲之。"后来常用以指京城玩物丧志的贵族子弟。

[3] 孤注,孤注一掷,把所有的钱并作一次赌注。这里指清廷1900年向西方列强率意宣战,致庚子之变事。"儒术"句,这里不是指儒学向西方

传播之意,而是指儒家思想在西学冲击下走向分崩离析。渐,是"东渐于海"(《尚书·禹贡》)之意,流入,汇入。此时庚子之变已经三年,清廷危机四伏。陈三立认为易顺鼎等三都是当世大儒,应致力于弘扬儒学,对他们宦场沉浮感到可惜。

[4]旍纛,官员的旗子。旍,同"旌"。乘传,乘坐驿车,指新官奉命上任。

月夜江行抵南昌[1]

初了一春雨,晴江上夜舟[2]。岸回花气接,网卧月痕秋[3]。梦枕年年浪,乡音处处讴[4]。飘灯静城堞,残吹已飞愁[5]。

[1] 这首诗是诗人1903年赴南昌西山扫墓时所作。

[2] 一场春雨过后,天气转晴,月亮照着江中的船只。此二句点题。"晴江""夜舟"与"月夜江行"呼应。了(liǎo),结束,完结。

[3] 此二句写周边环境,江岸飘来野花的气息,秋月照在蛛网之上。

[4] 这两句写诗人所见所闻。"梦枕"句是所见,"乡音"句是所闻。诗人自父亲死后,每年都乘船赴南昌上冢,故曰"年年"。讴(ōu),歌唱。

[5] 末二句点明抵达南昌及诗人惆怅郁结的心情。城堞(dié),城上如齿状的矮墙。

雨夜携客就小舫取酒尽醉作[1]

溪涨飘歌尽,船灯听雨来[2]。秋吟满堤叶,坐拥半城雷[3]。时节鱼初美,江湖意可哀[4]。残钟一看客,始觉负深杯。

[1] 此诗是诗人与客人雨夜小酌后所写。舫(fǎng),船。
[2] "溪涨"二句说明周围的环境和事由。溪涨,点明诗题中"雨夜"。
[3] 在落满秋叶的河堤吟咏赋诗,半座城都笼罩在雷声之中。此二句承接首联而来,写景而境界不俗,确是大家手笔。
[4] 雨夜饮酒,鱼肉鲜美,但却难忘家国之哀。此两句由乐景生哀情。

园居对雨[1]

独酌不成醉,翛然轩馆凉[2]。池荷洗朝雨,檐叶动秋香[3]。意起无穷世[4],笑寻何有乡[5]。啼螀堪恼我,切切近胡床[6]。

[1] 此诗写作时间与上一首相近。

[2] 翛(xiāo)然,无拘无束、自由自在的样子。轩,有窗槛的小室,这是指居室或书房。

[3] 此两句是"朝雨洗池荷,秋香动檐叶"之倒装,但正常语序显得呆板滞涩,故用倒装,所谓"文如看山不喜平"。

[4] 无穷世,佛教用语,指无限的时间。古人三十年为一世。《摄大乘论释》卷十三:"从今时乃至无穷世。"刘学箕《沁园春》(叹世):"有限精神,无穷世路,劫劫忙忙谁肯休。"

[5] 何有乡,即无何有乡,比喻绝对自由的虚幻世界。《庄子·逍遥游》:"今子有大树,患其无用,何不树之于无何有之乡。"

[6] 这两句是说秋虫的鸣叫声声入耳,仿佛就在旁边不远,令人心烦意乱。胡床,亦称"交床""交椅""绳床",古时一种可以折叠的轻便坐具,类似今天的马扎。《太平御览·风俗通》:"灵帝好胡床。"《格致镜原》卷五十三引《演繁露》:"今之交床,制本自虏来,始名胡床,桓伊下马据胡床取笛三弄是也。隋以谶有胡,改名交床。"

长至墓下作[1]

衰草延晴照,深松蓄乱飙[2]。千山寒自献,孤鬖瞑相摇[3]。惊耗排天入[4],奇哀逆酒浇。沈泉定张目[5],云叶答萧萧。

[1] 此诗作于1903年冬至,诗人抵南昌为父亲扫墓。

[2] 这两句谓衰草引来冬日的阳光,深山的松林狂风四起,这是描写墓边景色。"延""蓄"二字奇警,充分体现了陈三立炼字之奇。延,请。飙,暴风,有时泛指风。《说文》:"飙,扶摇风也。"

[3] 孤鬖,孤独一人,鬖发苍苍,这是诗人的自我写照。

[4] 惊耗,令人震惊的消息。诗人自注:"时得各国协议警报。"当时俄当局向清廷提出改约,妄图长期控制东北三省,建立所谓"黄色俄罗斯"。英当局进犯西藏,攻占亚东、帕里等地。各国纷纷提出订约,意欲瓜分中国。此句即指此事。

[5] 沈泉,深渊。沈,同"沉"。曹植《吁嗟篇》:"自谓终天路,忽然下沉泉。"

十一月十四夜发南昌月江舟行[1]

晨席张大谈,夜城曳微醉[2]。负手江茫茫,一片雕凫地[3]。

露气如微虫[4],波势如卧牛[5]。明月如茧素[6],裹我江上舟。

子安乘兴处[7],牧之怀旧情[8]。西山压梦破,微怜篙橹声[9]。

一笑对千涡[10],细鳞衔月去[11]。指点白沙湾[12],梦痕所挂树。

[1] 这组诗写作时间与上一首诗相同,是在南昌扫墓后乘船返回南京时所写。其中第二首尤为人所称道,是陈三立诗歌的代表作之一。

[2] 曳,拉,牵引。

[3] 雕凫,猛雕和野鸭,这里指水鸟。

[4] 此句谓江面的露气,微微有点凉意,仿佛小虫子附着于皮肤上一样。

[5] 江面波浪起伏,就像一排排横卧江面的水牛。波势,波浪起伏的气势。

[6] 茧素,蚕茧抽出的白丝。

[7] 王勃(649—675),字子安,唐代绛州龙门(今山西河津)人,以诗赋闻名,与杨炯、卢照邻、骆宾王并称"初唐四杰"。唐高宗上元三年(676年),王勃赴交趾探父,途经南昌,适逢洪都府知府阎公重修滕王阁,莅临其宴,即席作《滕王阁序》,有"遥襟甫畅,逸兴遄飞"之句。滕王阁位于南昌市赣江东岸,与湖南岳阳楼、湖北黄鹤楼并称为"江南三大名楼"。

[8] 牧之,指唐代诗人杜牧(802—约852),字牧之,号樊川居士,京兆

万年(今陕西西安)人。唐文宗大和二年(828年)进士,授宏文馆校书郎。后赴江西观察使幕,转淮南节度使幕,又入观察使幕,官至中书舍人。晚年居长安樊川别墅,后人称他"樊川先生"。此处指杜牧与江西名伎张好好事。杜牧《张好好诗序》云:"牧太和三年佐故吏部沈公江西幕,好好年十三,始以善歌来乐籍中。后一岁,公移镇宣城,复置好好于宣城籍中。后二岁,为沈著作述师,以双鬟纳之。后二岁,于洛阳东城重睹好好,感旧伤怀,故题诗赠之。"《历代诗话》卷五十二:"张好好年十三,杜牧以善歌置乐籍中,吟一绝云:'娉娉嫋嫋十三余,豆蔻梢头二月枝。春风十里扬州路,卷上珠帘总不如。'"

[9] 此两句谓从西山的梦境中醒来,只听到耳边篙橹击水划船的声音。篙,用竹竿或杉木等制成的撑船工具。橹,拨水使船前进的工具,置于船边,比桨长。

[10] 涡,旋涡。

[11] 月亮的倒影落在江面上,仿佛被水中的鱼儿衔走。细鳞,指鱼。

[12] 白沙湾,地名。南昌至南京水路有数处名白沙,诗人由水路经鄱阳湖入长江归南京,此应指安庆市白沙湾。

舟夜感赋[1]

吼浪风犹满,移檠意有初[2]。将携十年泪,狼藉半船书。众醉为何世[3],天亡欲到余。飘魂乱呼雁,江色夜吹嘘[4]。

[1]诗人南昌西山扫墓后乘舟回南京,途中因风阻于鸡笼山(在今和县西北约二十公里处),深夜难寐,写下此诗。

[2]移檠,举着灯烛照明。檠(qíng),灯架,这里指灯。有初,好的开始。《诗经·大雅·荡》:"靡不有初,鲜克有终。"诗人因风阻于鸡笼山,舟夜风大浪巨,回想起当年自己在湖南意气风发,意欲维新以改革天下,不料风云骤变,最终却与父亲一起被革职还乡,永不叙用,正应了"靡不有初,鲜克有终"之语,故有此叹。

[3]屈原《楚辞·渔父》:"举世皆浊我独清,众人皆醉我独醒。"

[4]吹嘘,指风吹拂。

吴城作[1]

千摇万兀落吴城[2],把酒呼鱼转自惊[3]。聊信风痕飘独梦,不成雪意放微晴[4]。一隅都市沿衰耗[5],百战戈船送老成[6]。曾写望湖亭上语,只今哀雁暮纵横[7]。

[1] 此诗写于诗人乘舟泊于吴城之时。吴城,见《夜舟泊吴城》注[1]。

[2] 千摇万兀,摇摇晃晃,形容所乘小船随波荡漾。苏轼《与子由同游寒溪西山》:"千摇万兀到樊口,一箭放溜先凫鹥。"

[3] "把酒"句,谓品尝吴城美酒和鲜鱼的美味,但看到吴城破败如此,令人惊讶。

[4] "聊信"二句,谓朔风劲吹,似有降雪之意,不料竟放微晴。

[5] "一隅"句,是说偏安一隅的小城吴城近年来已显破败。按吴城位处鄱阳湖、赣江、修水交汇点,自古为江西水运、商贸集散的辐射之地,繁华一时。民谚云:"嘉庆到道光,家家喝蜜糖,十八年洪水没上坂,狗都不吃红米饭。"乾隆年间,叶一栋在《重修望湖亭记》记载了吴城的全盛面貌:"商贾辐辏,烟火繁而闉闽丛。市厘紫叠,几无隙地。"此后随着大庾岭商道的逐渐衰落,吴城镇在商运上的重要性不断下降。自南浔、浙赣铁路通车后,吴城乃由盛而衰,繁华不再。

[6] 戈船,战舰。《汉书·武帝本纪》:"遣伏波将军路博德出桂阳,下湟水;楼船将军杨仆出豫章,下浈水;归义越侯严为戈船将军,出零陵,下离水。"颜师古注引臣瓒曰:"《伍子胥书》有戈船,以载干戈,因谓之戈船也。"

[7] 这两句谓自己曾对中兴抱有期望,但看吴城衰败如此,已不复怀有信心。"望湖亭上语",陈三立1900年曾路过吴城,有《夜舟泊吴城》诗,末句云:"犹怀中兴略,听角望湖亭。"

江上杂诗[1]（六首选一）

残年饱饭了无惭，叨许嵇康七不堪[2]。留得神州歌哭地[3]，一竿吾欲老江南[4]。

[1] 原作共六首，此选其一。

[2] 叨许，赞同。嵇康（223—263），字叔夜，谯国铚县（今安徽宿县）人，三国时期文学家、思想家、音乐家。曾任中散大夫，故后世称为"嵇中散"。因不满司马氏专权，隐居不仕，与阮籍、向秀、山涛、刘伶、阮咸、王戎并称"竹林七贤"。友人山涛荐其为官，愤然作《与山巨源绝交书》云："人伦有礼，朝廷有法。自惟至熟，有必不堪者七，甚不可者二：卧喜晚起，而当关呼之不置，一不堪也；抱琴行吟，弋钓草野，而吏卒守之，不得妄动，二不堪也；危坐一时，痹不得摇，性复多虱，把搔无已，而当裹以章服，揖拜上官，三不堪也；素不便书，又不喜作书，而人间多事，堆案盈几，不相酬答，则犯教伤义，欲自勉强，则不能久，四不堪也；不喜吊丧，而人道以此为重，已为未见恕者所怨，至欲见中伤者，虽瞿然自责，然性不可化，欲一心顺俗，则诡故不情，亦终不能获无咎无誉。如此，五不堪也；不喜俗人，而当与之共事，或宾客盈坐，鸣声聒耳，嚣尘臭处，千变百伎，在人目前，六不堪也；心不耐烦，而官事鞅掌，机务缠其心，世故繁其虑，七不堪也。"后被害，年三十九岁。

[3] 歌哭，长歌当哭。

[4] 一竿，一竿垂钓，比喻隐居。老江南，栖居江南以尽残年。

和肯堂雪夜之作[1]

偪仄江南无可语[2],只余残泪洒残年[3]。况当夜雪园亭畔,更觅吟魂几榻前[4]。万古酒杯犹照世,两人鬓影自摇天[5]。痴儿未解寒灯事,任咤尖叉合比肩[6]。

[1] 此诗作于由南昌扫墓返回金陵之后。题中"肯堂雪夜之作",指范当世《与刘聚卿晤谈后归而大雪为诗记之》一诗,陈三立阅后以此诗相和,随后范当世以《雪夜叠韵伯严见和伯严谓我来岁当垦西山》再和。

[2] 偪仄,同逼仄,狭窄阴暗,极说江南地势狭小潮湿。杜甫《逼仄行》:"偪仄何偪仄,我居巷南子巷北。"

[3] 此句后自注:"由南昌返金陵,便得席氏女弟凶问。"按,"席氏女弟"指陈宝箴长女、陈三立大妹,适席宝田之子、候选道台席曜衡,育有三子,光绪二十八年(1902年)冬病殁。

[4] "况当"二句,这里是想象范当世雪夜吟诗时的情形。吟魂,诗魂。

[5] "万古"二句,是说自己与范当世引为知己,心意相通,故能常衔杯抵掌,谈话交心。徐一士《一士类稿·谈陈三立》:"综览散原精舍诗,所最推许者,当属通州范当世肯堂,集中投赠独繁而挚。一作云:'公知吾意亦何有,道在人群更不喧。'又曰:'万古酒杯犹照世,两人鬓影自摇天。'此'使君与操'之胜慨也。"

[6] 任咤,任咤叱的简语。尖叉,器具或武器尖细突出部分,范当世认为此句"谓我来岁当垦西山"之意,则尖叉指农具。但"尖""叉"均旧诗中之险韵。苏轼《雪后书北台壁》诗其一末韵为"试扫北台看马耳,未随埋没有双尖",其二末韵为"老病自嗟诗力退,空吟冰柱忆刘叉"。故后世常用以代称作诗用险韵。细玩范氏原作与三立和诗,二首皆落在"吟"字之上,有

89

互为诗友知己之意,即徐一士所谓"此'使君与操'之胜概"。又,此诗颔联有"更觅吟魂几榻前"之语,故此处尖叉当指吟诗之意。范氏再作之后,三立却无再和之作,或与范氏误解诗意有关,亦为旁证。

附:

与刘聚卿晤谈后归而大雪为诗记之

范当世

刘郎胆略直堪美,直向欢场券一年。
嗟我百忧消雪后,也知生事艳春前。
宫中待衍鱼龙戏,巷曲相呼羊酒天。
倚遍熏笼忘瑟缩,小儒亦自负吟肩。

雪夜叠韵伯严见和伯严谓我来岁当垦西山

范当世

百国洋洋尽东作,嗟余蹇蹇未除年。
曾无寸土关生事,亦自安心到眼前。
见说蝗蝻深入地,思量螽蟊岂由天。
西山来日春如海,君看陈良锸荷肩。

阅邸钞前安徽青阳知县汤寿潜着赏道衔署理两淮盐运使汤本故人也惊喜有作[1]

汤子声名久,为儒肯自怜[2]。飞书万行泪,却聘五湖船[3]。岁晚看人怯,时危觉汝贤。稍关朝野事,瞠视转茫然[4]。

[1] 汤寿潜(1856—1917),原名震,字蛰先,萧山城山大汤坞村人。光绪十八年(1892年)中进士,逾两年,授安徽青阳知县,数月即辞,后受聘当幕僚,游历各省。八国联军入侵,曾游说两江总督刘坤一、湖广总督张之洞实行"东南五保"。光绪三十一年(1905年),发动旅沪浙江同乡抵制英美侵夺苏杭甬铁路修筑权,倡议集股自办全浙铁路。翌年,与张謇、郑孝胥等人,联合江、浙、闽绅商200余人,成立"预备立宪公会",任副会长,敦促清廷早日立宪。辛亥革命爆发,杭州新军起义,被推举为浙江军政府都督。中华民国临时政府成立,被选为交通部部长,未任。1917年6月病逝。有《危言》等著作传世。

[2] 自怜,自惜,珍惜自己的名誉。

[3] 五湖,太湖,这里指江淮地区。

[4] "稍关"二句,谓想到当下朝野时局,不禁茫然。瞠目,瞠目无语,这里有无奈、失望的意思。

立春夕对月[1]

鸦衔缺月在檐端[2]，丑石疏枝负手看。漫向今宵数城柝[3]，微风吹酒是春寒。

[1] 这首诗作于1904年2月。立春，二十四节气之一，春季开始的节气。每年2月4日或5日太阳到达黄经315度时为立春。

[2] 一只乌鸦落在屋檐，似将天空的缺月衔在口中。

[3] 漫，随意。柝，打更用的梆子。

次韵答季祠见赠二首(选一)[1]

西方彼美人如玉[2],环海群雄像铸铜[3]。古事今情满孤抱[4],天涯岁暮共悲风。阽危国势遂至此,浩荡心源焉所穷[5]。枯几秃豪君莫笑,梦回负尽蜡灯红[6]。

[1] 季祠,魏鬷(?—1921),字复初,又字季词、季祠,湖南邵阳人,魏源孙,捐授中书衔,能诗。著有《泳经堂丛书》《文斤山民集》等,后合刊为《邵阳魏先生遗集》。李柏荣《日涛杂著》:"季词居大江南北,数十年灵气所钟,不堕家誉,故能以诗名。且集中所录,有非乃祖所可及者,盖乃祖为经济家,而非骚客,季词则专于诗词中用工夫。"1904年立春后,陈三立接到魏鬷赠诗,有感于时局,先后六次唱和,语颇沉痛。这里所选是第一首。按,魏鬷原诗题为《立春寄伯严二首》,其一云:"闭关三日逢春节,思子洛钟声应铜。蝼蚁知微探穴雨,鹡鸰翼薄信林风。可怜蜃蛤当身化,漫拟麒麟怨道穷。岁晏感怀招酒伴,新醅泼乳鲤糟红。"

[2]《诗经·国风·简兮》:"彼美人兮,西方之人兮。"

[3] 环海,四海。群雄,指西方列强。

[4] 孤抱,孤独寂寞的情怀。

[5] "阽危"二句,谓国势危急至此,即使有出尘之念,却因心情抑郁悲愤而无法忘怀。阽(diàn)危,危险。《汉书·食货志第四》:"安有为天下阽危者若是而上不惊者。"心源,佛教用语,犹心性。佛教视心为万法之源,故称。元稹《度门寺》诗:"心源虽了了,尘世苦憧憧。"邵雍《暮春吟》:"自问心源无所有,答云疏懒味偏长。"按,魏鬷好佛,故此用佛家语。

[6] "枯几"二句,谓自己的秃笔写不出自己的一腔孤愤及对魏源的友情。几,案几。秃豪,秃笔。这是谦词。豪,同毫。

近感六次前韵[1]

逐臣吟付汕头舶[2],归使魂依足尾铜[3]。抑塞襟期问杯酒,萧疏鬓影散檐风[4]。恩仇新旧仍千变,合从连衡已两穷[5]。孤注不成成局外[6],可怜犹睨掷卢红[7]。

[1] 1904年2月8日,日俄为各自在中国的侵略利益,在中国东北开战,日俄战争爆发。12日,清政府宣布守局外中立,划出辽河以东地区为日俄战场。这首诗是诗人有感于此,对魏䂮诗作的第六次唱和。

[2] 诗人原注:"黄公度京卿由汕头转寄近诗。"黄公度即黄遵宪,见《黄公度京卿由海南人境庐寄书并附近诗感赋》注[1]。黄遵宪1898年受命为出使日本大臣,戊戌政变中遭人弹劾,罢归乡里,故称"逐臣"。

[3] 诗人原注:"朱鞠尊观察奉使日本阅操,归述足尾铜矿甚悉。"朱鞠尊,原名朱恩绂(生卒年不详),字鞠尊,湖南长沙人。实业家、慈善家朱昌琳之子。光绪戊子(1888年)举人,以候补三四品京堂任。陈宝箴湖南新政时,朱恩绂曾与其父应宝箴之邀主持湖南官钱局,不受薪水。后以三品卿衔考察各省制造军械局厂,对近代军工业多有贡献。足尾铜矿在日本枥木县日光市足尾地区。明治维新后,成为日本最大的矿山,年生产量达数千吨,成为东亚第一铜产地。产出的铜输出到世界各地,为日本经济带来丰厚的利润。

[4] 抑塞,抑郁,郁闷。杜甫《短歌行赠王郎司直》:"王郎酒酣拔剑斫地歌莫哀,我能拔尔抑塞磊落之奇才。"襟期,襟怀、志趣。高澄《与侯景书》:"缱绻襟期,绸缪素分。"高启《临顿里》之七:"澹泊心情在,萧疏鬓影残。"

[5] "恩仇"二句,谓中、日两国一衣带水,历史上有和平交往的时期,

也有过仇恨和战争。但如今两国形势与以往已大不相同,传统的外交方法已经过时。合从连衡,战国时苏秦说六国诸侯联合拒秦,称合从;张仪说诸侯共事秦,称连衡。《史记·孟子荀卿列传》:"天下方务于合从连衡,以攻伐为贤。"《汉书·游侠传》:"陵夷至于战国,合从连衡,力政争强。"这里指清廷企图利用西方列强制衡日本。

[6]诗人原注:"朝议俄日战事,中国为局外中立。"孤注,把所有的钱并作一次赌注。司马光《涑水记闻》卷六:"(王钦若)数乘间言于上曰:'澶渊之役,准以陛下为孤注与敌博耳。'"

[7]睨,斜着眼睛看。掷卢,古时赌博的一种。以骰五枚,上黑下白,掷之全黑为卢。王建《宫词》:"避暑昭阳不掷卢,井边含水喷鸦雏。"

感春五首[1]

蛰居环四维,桡桃袭春气[2]。帷榻瞥幽幽,万象狡焉肆[3]。好鸟低昂鸣,秃条引柔翠[4]。暄寒坼穹极,警哉造化意[5]。龌龊不訾躯,皮骨此焉置[6]。驾鳌眩地折,煮龙骇海沸。丁子鸡三足,何者为吾类[7]。一纵无翼飞,点滴牛山泪[8]。十日射九垓,震荡以失次[9]。反钥塞其扃,拘拘觊文字[10]。得丧炉捶间,嗟尔挈瓶智[11]。

[1] 这一组诗作于1904年2月,农历甲辰年正月。此时日俄战争爆发,战场在中国东北,清政府竟宣布严守局外中立,一时国内外舆论哗然。联想到1894年甲午战争的惨败,诗人益感日本的强势崛起成为中国最大的危胁,而清政府的无能使人看不到祖国强盛的任何希望,愤而写下了这一组诗。吴宓《读散原精舍诗笔记》云:"甲辰《感春五首》说理精湛。类顾亭林《述古》三首,亦可见先生之志事。尤以二、三两首最为重要。四首论日本富强之因。时日俄战争,日方击败俄海军也。"

[2] 蛰居,隐居不出。《说文》:"蛰,藏也。"四维,四方。桡桃,犹宛转,辗转。《说文》:"桡,曲木。"袭春气,"春气袭"的倒装,春天已经到来。

[3] 帷榻,帷帘和床榻。瞥,瞥一眼。幽幽,幽暗不明。万象,宇宙间一切事物或景象。杜甫《宿白沙驿》诗:"万象皆春气,孤槎自客星。"狡,凶暴,健壮。肆,陈列。《说文》:"肆,极陈也。"

[4] 初春时节,光秃秃的枝条上已经发出嫩芽。

[5] 暄寒,犹寒暑。《梁书·王僧孺传》:"近别之后,将隔暄寒。"坼,裂开。穹极,天空。警(áo),高,高超。《庄子·德充符》:"警乎大哉!独成其天。"造化,指自然界。杜甫《望岳》:"造化钟神秀,阴阳割昏晓。"

[6]龌龊,肮脏,污秽。訾(zǐ),考虑,希求。《说文》:"不思称意也。"皮骨,指身躯。

[7]"驾鳌"四句,皆不寻常事件,比喻晚清遇到三千年未有之变局。鳌,传说中海里的大龟或大鳌。林则徐《己卯以后诗稿》:"穆王驾鳌不汝役,武皇斩蛟不汝瞋。"煮龙,龙为中国之象征,因此有国破之意。龙又是皇权的象征,故又暗指庚子之役光绪帝被迫出京之事。骇,马受惊。《说文》:"骇,惊也。"丁子鸡三足,《庄子·天下》:"惠施以此为大观于天下而晓辩者,天下之辩者相与乐之。卵有毛,鸡三足,郢有天下,犬可以为羊,马有卵,丁子有尾。……辩者以此与惠施相应,终始无穷。"王先谦《集解》:"楚人呼蛤蟆为丁子。"

[8]曹植《名都篇》:"左挽因右发,一纵两禽连。"又《临观赋》:"俯无鳞以游遁,仰无翼以翻飞。"牛山泪,《晏子春秋·谏上》:"景公游于牛山,北临其国城而流涕曰:'若何滂滂去此而死乎?'"后指对事物迭代感到悲哀,又作"牛山悲""牛山叹"。李白《君子有所思行》:"无作牛山悲,恻怆泪沾臆。"

[9]《淮南子·本经训》:"至尧之时,十日并出,焦禾稼,杀草木,而民无所食。猰貐、凿齿、九婴、大风、封豨、修蛇皆为民害。尧乃使羿诛凿齿于畴华之野,杀九婴于凶水之上,缴大风于青丘之泽,上射十日而下杀猰貐,断修蛇于洞庭,擒封希于桑林。万民皆喜。置尧以为天子"。垓(gāi),荒远之地。九垓,九天。《淮南子·道应训》:"吾与汗漫期于九垓之外,吾不可以久驻。"李白《庐山谣寄卢侍御虚舟》:"先期汗漫九垓上,愿接卢敖游太清。"失次,指星辰运行不在应处的躔次上。《史记·天官书》:"单阏岁:岁阴在卯,星居子……其失次,有应见张,名曰降入,其岁大水。"

[10]钥,上穿横闩下插地上的直木,锁匙。扃(jiōng),从外面关门的闩、钩等。《说文》:"扃,外闭之关也。"按,扃又有门户之意。反钥塞其扃,反执钥匙开启门户,其扃自不得开,比喻措施失当,南辕北辙。拘拘,拘泥。觊(jì),希望得到。这里是说面对列强侵略,清政府虽有富国强兵之意,但举措失当,无力应对,只能寄希望于外交手段。

[11]炉捶,亦作"炉锤",冶炼,这里用以比喻处境艰难。挈瓶,汲水用

的小瓶,比喻才智浅小。《左传·昭公七年》:"虽有挈瓶之知,守不假器,礼也。"陆机《文赋》:"患挈瓶之屡空,病昌言之难属。"吕延济注:"挈瓶,小器也,谓小智之人才思屡空也。"

杂置王霸书,其言综治乱[1]。慷慨一时画,指列亦璀璨[2]。世运疾雷风,幻转无数算[3]。冥冥千岁事,孰敢恣臆断。况当所遭值,文野互持半[4]。垂示不过物,道若就羁绊[5]。又若行执烛,迎距光影判[6]。倍谲势使然,安能久把玩[7]。巍巍孔尼圣,人类信弗叛。劫为万世师,名实反乖谩[8]。起孔在今兹,旧说且点窜[9]。摭彼体合论,差协时中赞[10]。吾欲衷百家,一以公例贯[11]。与之无町畦,万派益输灌[12]。

[1] 王霸书,一般指儒家经典著作。这里指严复所译《天演论》等西方名著。赫胥黎著、严复译《天演论》:"天演之学,将为言治者不祧之宗。"陈三立认真研读了严复的名著《天演论》,有感于心,写下此诗。《天演论》译成于1895年,1898年出版,其后又多次出版。书中"物竞天择,适者生存"的现代西方进化论思想深深地影响了几代中国士人,成为近代以来第一部影响整个中国思想界的西方学术著作。治乱,社会安定和混乱。

[2] 指列,指点列举。

[3] "世运"二句,谓随着时代的变迁,人类社会也风云变幻。《天演论·教源》:"世运之说,岂不然哉?"又,《天演论·忧患》:"夫转移世运,非圣人之所能为也。圣人亦世运中之一物也,世运至而后圣人生。世运铸圣人,非圣人铸世运也。使圣人而能为世运,则无所谓天演者矣。"又云:"宇宙一大年也,自京垓亿载以还,世运方趋上行之轨,日中则昃,终当造其极而下迤。然则言化者,谓世运必日亨,人道必止至善,亦有不必尽然者矣。"按,世运也作运会,是中国自古以来解释社会现象的学说,其说似五德始终论。晚清以来,运会说含有接受西学和调和中西学术的倾向,也渗透了西方进化论思想。严复《论世变之亟》:"观今日之世变,盖自秦以来未有若斯

之呕也。夫世之变也,莫知其所由然,强而名之曰运会。运会既成,虽圣人无所为力,盖圣人亦运会中之一物。既为其中之一物,谓能取运会而转移之,无是理也。"又云:"自递嬗之变迁,而得当境之适遇,其来无始,其去无终,曼衍连延,层见迭代,此之谓世变,此之谓运会。运者以明其迁流,会者以指所遭值。"世运、运会之说,为陈三立所采用。《挽程雏庵京卿》诗云:"木肠山骨并嶙岣,行药诛茅埶结邻。滪酒巾余支运会,弄毫窗不到埃尘。"《奉诵更生沪园守岁达元旦之作走笔和酬》:"一亭望作海三山,采不死药于其间。运会迁流自喧寂,神仙游戏已飞还。"

[4]遭值,遭遇,遭逢。东方朔《七谏》:"愿悉心之所闻兮,遭值君之不聪。"文野,文明与野蛮。意谓当今世界变迁,有好的一面,也有坏的一面,文明与野蛮并存。

[5]垂示,留传以示后人。蔡邕《琅邪王傅蔡朗碑》:"身没称显,永遗令勋。表行扬名,垂示后昆。"过物,越乎寻常,过分。《周易·序卦》:"有过物者必济。"羁绊,束缚牵制。《汉书·叙传上》:"今吾子已贯仁谊之羁绊,系名声之缰锁。"

[6]"又若"二句,谓世运变化,如持烛而行,光明与黑暗判然而辨。

[7]倍谲,相对立异,互相分歧。《庄子·天下》:"相里勤之弟子,五侯之徒,南方之墨者苦获、已齿、邓陵子之属,俱诵《墨经》,而倍谲不同,相谓别墨。"郭庆藩《集释》:"庄子盖喻各泥一见,二人相背耳。"安能,怎能。

[8]"巍巍"四句,谓孔子思想对全人类都具有永恒价值,不会随着时代的变迁而改变,但封建统治者罢黜百家,独尊儒术,将孔子封为至圣先师,反使孔子名实不符。孔尼,指孔子。孔子名丘,字仲尼,故云。劫,有强制、劫持之意,指封建王朝将儒学定为官方学说。陈三立认为,官方独尊儒术,却使儒学名实乖谩(不符),后世儒学(主要指宋明理学)已将孔子思想加以改造,此孔子非彼孔子,孔子学说的精神本质发生了变化。因此他主张恢复孔子原始学说,故下句云"起孔在今兹,旧说且点窜"。

[9]旧说,指宋明理学。点窜,润饰,这里指对理学反人性思想的修正。按:陈三立认为孔子思想不违人性,而对宋明理学颇有不满,一再批判程朱理学对人的心灵的毒害,曾自言"意向阳明王氏,微不满朱子"。

[10] 摭(zhí),拾取,摘取。体合,原指主体(人)对客体(自然)的参悟、接受,后来被用作宗教、哲学用语,意为本位与功用的统一。潘徽《〈江都集礼〉序》:"大与天地同节,明与日月齐照,源开三本,体合四端。"按,此处体合论,当本严复《天演论·导言》:"于此见天演之所以陶钧民生,与民生之自为体合(物自变其形,能以合所遇之境,天演家谓之体合)。体合者,进化之秘机也。"又《天演论·演恶》:"然于物竞、天择二义之外,最重体合。体合者,物自致于宜也。彼以为生既以天演而进,则群亦当以天演而进无疑。而所谓物竞、天择、体合三者,其在群亦与在生无以异,故曰任天演自然,则郅治自至也。"指世间万物依靠自身的演变,适应新的环境,免于被自然淘汰,从而达到进化的目的。

[11] "吾欲"二句,谓应折中百家,以孔子思想为核心,广泛吸收各家思想,以发展儒学。《史记·孔子世家》:"中国言六艺者,折衷于孔子。"折衷,意谓取其中正。

[12] 意谓学说不分中西新旧,有价值的学说就可以吸收。町畦(tíng qí),界域,界限。万派,指古今中外各派学说。陈三立认为孔子学说代表人类基本价值,中国应当以孔子学说为本位,折中吸收百家万派学说,而不分中西,不分新旧。

国民如散沙,披离数千岁[1]。近儒合群说,哓哓强置喙[2]。日责爱国心,反唇笑以鼻[3]。疴痒本非我,我爱焉所寄[4]。生今探道本,亦可决向避[5]。天地有与立,绸缪非细事[6]。吾尤痛民德,繁然滋朋伪[7]。东披趹于西,宁独窒厥智[8]。环球悬宗教,始赖缮万类[9]。厮养炀灶间,上帝临无贰[10]。俗化得基础,然后图明备[11]。嗟我号传孔,梓潼杂儿戏[12]。回释既浮剽,耶和益相恀[13]。向见龙川翁,组织别树帜[14]。谬欲昌其说,用广师儒治[15]。惜哉畏弹射,又倚厌世义[16]。徒党散四方,杳茫竟谁嗣[17]。

[1] 这首诗表示应以孔子学说为基础,纠正社会风气,匡扶人心,说的是社会道德问题。披离,分散貌、散乱貌。宋玉《风赋》:"至其将衰也,被丽披离,冲孔动楗。"李善注云:"被丽披离,四散之貌也。"

[2] 合群说,尤言人云亦云。哓哓(xiāo xiāo),吵嚷,争辩。韩愈《重答张籍书》:"择其可语者诲之,犹时与吾悖,其声哓哓。"置喙(huì),插嘴,议论。

[3] 反唇,反唇相讥,讥笑。笑以鼻,用鼻子冷笑。

[4] "疴痒"二句,谓病源不在我身,因此可身外置之。这是讽刺近儒知责人而不知罪己之语。疴痒,疾病痛痒。苏轼《决壅蔽策》:"疾痛疴痒动于百体之中,虽其甚微,不足以为患,而手随至。"

[5] 探道本,探问"道"之根本,以理清现实积弊的根本原因。

[6] "天地"二句,谓世间万事万物,均按大自然所定规律运行,但亦须未雨绸缪,自强不息。绸缪(chóu móu),紧密缠缚貌。《诗经·国风·绸缪》:"绸缪束薪,三星在天。"《毛传》:"绸缪,犹缠绵也。"后用以比喻事前做好准备工作。钱谦益《南京户部江西清吏司主事李士高授承德郎制》:"非强兵无以备豫,非广蓄无以养兵,此根本绸缪之至计。"细事,小事。

[7] "吾尤"二句,意指国人道德败坏,朋伪滋生。民德,指现代国民的道德修养,尤言公德。《崝庐书所见》:"民有智力德,昊穹锡厥美朋。""智力德"本自严复《天演论·乌托邦》:"故欲郅治之隆,必于民力、民智、民德三者之中,求其本也。"按,所谓德、智、体,是严复直译斯宾塞(Herber Spencer,1820—1903)所谓的 moral、intellectual、physical 三字。民智,指人民受教育、知识和思想精神,与愚昧相对;民力,指人民的肉体体质之强健;民德,指伦理道德修养。严氏此说影响甚大,梁启超 1902 年所著《新民说》以为"新民为中国第一急务":"若以今日之民德、民智、民力,吾知虽有贤君相,而亦无以善其后也。"又云:"不知民德、民智、民力,实为政治、学术、技艺之大原。"此说亦为陈三立所取。滋,滋生。朋,结党。伪,诈也。

[8] "东掖"二句,意谓如果民德不立,即使民智已开,亦必难以顺利前行。掖,扶持。踬,被东西绊倒,比喻挫折,不顺利。

[9] "环球"二句,谓世界各国均有宗教信仰,不同种族因之维系社会

运转。缮(shàn),保持,整治。《说文》:"缮,补也。"

[10]"厮养"二句,谓无论是普通百姓还是奸佞小人,上帝均一视同仁。厮养,犹厮役。《战国策·齐策五》:"士大夫之所匿,厮养士之所窃,十年之田而不偿也。"鲍彪注:"厮,析薪养马者。"《史记·张耳陈馀列传》:"有厮养卒谢其舍中曰:'吾为公说燕,与赵王载归。'"裴骃《集解》引韦昭曰:"析薪为厮,炊烹为养。"炀,烤火。炀灶,《战国策·赵策三》:"卫灵公近雍疽、弥子瑕。二人者,专君之势以蔽左右。复涂侦谓君曰:'昔日臣梦见君。'君曰:'子何梦?'曰:'梦见灶君。'君忿然作色曰:'吾闻梦见人君者,梦见日。今子曰梦见灶君而言君也,有说则可,无说则死。'对曰:'日,并烛天下者也,一物不能蔽也。若灶则不然,前之人炀,则后之人无从见也。今臣疑人之有炀于君者也,是以梦见灶君。'君曰:'善。'"后因以"炀灶"喻佞幸专权,蒙蔽国君。

[11]"俗化"二句,谓各国通过宗教教化人心,打下人心风俗的基础,然后可图富强,应对社会挑战。明备,明确完备。

[12]嗟,感叹声。传孔,传播孔子学说,光大儒学。梓潼,郡县名,在四川。《明史·稽志》:"梓潼帝君,姓张,名亚子,居蜀七曲山,仕晋战殁,人为立庙,唐宗屡封至英显王,道家谓梓潼掌文昌府,事及人间禄籍,元加号为帝君,而天下学校亦有祠祀者。"

[13]回释,指回教和佛教。浮飘,虚浮。耶和,耶和华的省称,这里指基督教。怼,怨恨。陈三立批评回、释、耶三教,是借以强调儒学的现代价值,并不是对宗教的全面客观评价。他在晚年,一度生向佛之志,不仅与佛学大师欧阳竟无相善,而且还资助建立南那内学院。

[14]龙川翁,指李光炘(1808—1884),字龙川,又字晴峰,江苏仪征人,太谷学派南宗第二代掌门人。他在泰州讲学,人又称"新泰州学派"。有《龙川诗钞》《李氏遗书》传世。太谷学派是近代流行于民间的学术团体,也是近代最后一个儒学流派,广泛传布于江苏仪征、扬州、泰州、苏州一带,百余年间,盛行于江湖,全盛时徒众达万余人。这一学派以儒家学说为主,但又吸收了道、佛两家的一些思想,对儒家学说作了很多新的解释,可以说是传统儒家学派的总结,现代新儒学的开端。参见刘蕙孙《太谷学派遗书序》。

[15] 我希望将李龙川的太谷学派思想发扬光大,以促进儒学在现代的发展。太谷学派的思想渊源与宋代理学并无关系,而直承《周易》《论语》等儒家经典,主张变通、以人为本、实学实用等新思想,这与陈三立"起孔在今兹,旧说且点窜"之说不谋而合。谬,错误的、不合情理的,这里用作谦词。

[16] 弹射,指责,抨击。张衡《西京赋》:"街谈巷议,弹射臧否。"《宋书·五行志一》:"故吴之风俗,相驱以急,言论弹射,以刻薄相尚。"

[17] 周太谷之后,太谷学派分为北宗、南宗。北宗掌门人张积中授徒山东黄崖。清同治五年(1866年),山东巡视阎敬铭的部下因贪功而污蔑张积中为教匪,发兵围剿。张积中及门弟子不屈,举山自焚而死,死者多达两千多人。1884年李龙川逝后,太谷学派群龙无首,故此处说"党徒散四方"。1902年,黄葆年、蒋文田等在苏州创办"归群草堂",星散在四面八方的龙川弟子又渐渐回到苏州,太谷学派至此南北合宗,极一时之盛,至1925年方告衰歇。

咄嗟渤海战,楼橹涌山岳[1]。长鲸掉巨蛟,咋死落牙角[2]。腾挟三岛锐,其势疾飞霅[3]。立国何小大,呼吸见强弱[4]。稍震邦人魂,酣梦徐徐觉[5]。方今鏖群雄,万钧操牡钥[6]。之死而之生,妙巧讵苟托[7]。醉饱视息地,一唤飙扫籜[8]。奋起刀俎间,大勇藏民瘼[9]。兹事动鬼神,跃与泪血薄[10]。一士沧瀛归,苍黄发装橐[11]。携取太和魂,佐以万金药[12]。日举国皆兵,日无人不学[13]。

[1] 咄嗟,叹息语。葛洪《抱朴子·勤求》:"令人怛然心热,不觉咄嗟。"渤海战,指1894年中日甲午海战,李鸿章苦心经营的北洋水师全军覆没,次年清政府被迫与日本签订《马关条约》,引起国内外舆论哗然。《马关条约》签订之后,陈宝箴、陈三立父子对李鸿章极为不满。时在武昌侍母的陈三立致电张之洞,请诛李鸿章。电云:"读铣电愈出愈奇,国无可为矣,犹欲明公联合各督抚数人,力请先诛合肥,再图补救,以伸中国之愤,以尽一

日之心。局外哀鸣,伏维赐察。三立。"陈宝箴认为李"猥塞责望谤议,举中国之大、宗社之重,悬孤注,戏付一掷",甚至表示决不与李共事为臣:"李公朝抵任,吾夕挂冠去矣"(陈三立《先府君行状》)。

[2] 长鲸、巨鲛,比喻中、日两国。牙角,兽牙、兽角。这里比喻中、日两国战舰如长鲸与巨鲛在大海中鏖战,各自损失惨重。

[3] 三岛,蓬莱、方丈、瀛洲,古代传说中的海中仙山。《史记·封禅书》:"自威、宣、燕昭使人入海求蓬莱、方丈、瀛洲,此三神山者,其傅在勃海中。"后常用以指称日本。

[4] "立国"二句,谓国家能否自立自强,与国家大小无关,关键之时方显强弱。中国虽是大国,但国力衰弱,处处受人挟制;日本虽是小国,但经过明治维新,实力崛起,可以战胜貌似强大的中国。

[5] "稍震"二句,谓甲午战争的失败,使全国人心震动,促使国人从"天朝大国"的美梦中醒来。

[6] 以下几句,揭示日本崛起的原因。牡钥,门闩、锁钥。

[7] 之死而之生,谓国人众志成城,万众一心。《孙子》:"道者,令民与上同意,可与之死,可与之生,而不畏危也。"讵苟托,岂是一时取巧。谓日本战胜,是因国民万众一心,势属必然,绝非一时取巧。

[8] 咦(xuè),小声。飙,暴风。扫箨(tuò),扫除笋壳,喻消灭敌军。《晋书·苻坚载记》:"今有劲卒百万,文武如林,鼓行而摧遗晋,若商风之陨秋箨。"

[9] 刀俎(zǔ),刀和砧板,原为宰割的工具,比喻宰割者或迫害者。《史记·项羽本纪》:"如今人方为刀俎,我为鱼肉。"瘼(mò),病。《诗经·小雅·四月》:"乱离瘼矣,爰其适归。"毛传:"瘼,病。"引申为疾苦。民瘼,民间疾苦。《后汉书·循吏传序》:"广求民瘼,观纳风谣。"

[10] 薄,喷薄。

[11] 一士沧瀛归,指黄遵宪由日本任上归来。参《黄公度京卿由海南人境庐寄书并附近诗感赋》注释。囊,口袋,行装。

[12] 谓中国欲图富强,必须向日本学习,进行变法改革。太和,即大和,日本的主体民族,这里指日本。

[13] 全民皆兵,具有尚武精神,善于向别人学习,这是对"太和魂"的具体解释。

自我失怙恃,洒血六载间[1]。仲冬妹又逝[2],雪风惊我颜。昔妹临哭母,羸疾见眉端[3]。后屡警祸变[4],冤悲结汝肝。卒卒岁纪流[5],茫茫川路艰。天乎使负汝,魂梦抚汝棺。回念我之穷,裹粮遗我餐[6]。四海老倔强,微怜汝所完。大男羁东溟[7],犹祝汝平安。报书衔龙蛇,烽燧照海山。世难日迫蹙,而我了不干[8]。只有春鸿南,孤恨从飞翻。

[1] 怙恃(hù shì),本义为依仗、凭借,后用以指父母。《诗经·小雅·蓼莪》:"无父何怙,无母何恃!"《正字通》:"怙、恃二字,分言之,父曰怙,母曰恃……合言之,父母通谓之怙。"陈三立父母黄氏卒于光绪二十三年十二月(1898年1月),父陈宝箴卒于光绪二十六年(1900年)六月。自母亲去逝算起,已满六年。

[2] 诗人之妹卒于光绪二十八年(1902年)冬,参见《和肯堂雪夜之作》注释[3]。

[3] 羸疾,衰弱生病。陆游《羸疾》:"羸疾止还作,已过秋暮时。"

[4] 祸变,指戊戌政变,陈宝箴被罢免湖南巡抚职,陈三立侍父退居南昌事。

[5] 卒卒,匆促急迫的样子。《汉书·司马迁传》:"会东从上来,又迫贱事,相见日浅,卒卒无须臾之间得竭指意。"颜师古注:"卒卒,促遽之意也。"岁纪,指时间。刘勰《文心雕龙·史传》:"开辟草昧,岁纪绵邈,居今识古,其载籍乎!"

[6] 穷,窘困。《孟子·尽心上》:"穷则独善其身,达则兼善天下。"遗(wèi),给予。

[7] 大男,指陈三立长子陈衡恪(1876—1923),字师曾,以字行,号槐堂、朽道人,著名画家。时衡恪与寅恪正在日本留学。东溟,犹东洋,指

日本。

[8]谓国事日艰,自己却无能为力。干,关涉。梁启超《广诗中八贤歌》诗云:"义宁公子壮且醇,每翻陈语逾清新。喈墨咽泪常苦辛,竟作神州袖手人。"

雨霁[1]

千林卷宵雨,窅窅弄寒晴[2]。云碎一春影,风含百鸟声[3]。微生安所殉,孤酌暗相惊[4]。屋角挂苍岭,飘鸢纵复横[5]。

[1] 此诗作于1904年农历二月。

[2] "千林"二句,谓一夜之后,雨过天晴,树林深邃,带着初春的寒意。窅窅(yǎo yǎo),深邃貌。韩愈《剥啄行》:"窅窅深堑,其埔甚完。"徐霞客《徐霞客游记·滇游日记五》:"仰眺祇觉崇崇隆隆而不见其顶,下瞰祇觉窅窅冥冥而莫晰其根。"

[3] 风含百鸟声,微风夹杂着众鸟的鸣叫。孟浩然《春晓》:"春眠不觉晓,处处闻啼鸟。"

[4] "微生"二句,谓卑微之躯如我辈,虽欲为国殉身而不可得,思之不由黯然心惊。

[5] 鸢(yuān),老鹰。纵复横,纵横高错。高适《送别》:"揽衣出户一相送,唯见归云纵复横。"

短歌寄杨叔玫时杨为江西巡抚令入红十字会观日俄战局[1]

海涎千斛鼍龙语[2],血浴日月迷处所[3]。吁嗟手执观战旗,红十字会乃虱汝[4]。天帝烧掷坤舆图[5],黄人白人烹一盂[6]。跃骑腥云但自呼,而忘而国中立乎,归来归来好头颅。

[1] 日俄两国在中国东北激战,而清政府却保持"局外中立",令东北同胞深受战争荼毒,于是一批爱国官绅决定建立红十字会,以拯救东北难民于水火之中。1904年3月10日,上海万国红十字会成立,要求在战区设立红十字医院、救护院等机构,以安抚流民,维护社会的稳定。清政府亦予以支持,并派官员随行观战。杨叔玫,指杨概,字叔玫,生平不详。按,此处陈三立所记有误,时任江西巡抚为夏㐭。

[2] 海涎,海水。斛,古代容量单位。一斛为十斗。千斛,极言其多。鼍龙,一种凶猛的爬行动物,吻短,体长两米多,背部、尾部均有鳞甲。穴居江河岸边,皮可以蒙鼓。亦称"扬子鳄""猪婆龙"。这里比喻日、俄两军。

[3] 这句是说日、俄两军在东北激战,硝烟遮天蔽日。

[4] 吁嗟,感叹语。虱,寄生在人、畜身上的一种小虫,吸食血液,能传染疾病。这里用作动词,寄生,有嘲讽之意。这里指杨叔玫混在红十字会之中。

[5] 坤舆,《周易·说卦》:"坤为地……为大舆。"孔颖达疏:"为大舆,取其能载万物也。"后因以"坤舆"为地的代称。

[6] 黄人白人,分别指日本与俄国。烹一盂,指双方军队血战。盂,盛液体的器皿。

姑塘雨夜[1]

灯火浮湖屿,风波接市廛[2]。愁兼一夜雨,梦落九江船[3]。鼓角闲津吏,歌吟答水仙[4]。欲呼寒月上,石影压孤眠[5]。

[1] 此诗作于1904年清明前,诗人赴南昌谒墓路上。姑塘,江西四大古镇之一,位于庐山东麓、鄱湖之滨。

[2] 首联写诗人所见。湖屿,湖中的岛屿。屿,岛屿。风波,湖面因风而起的波涛。市廛(chán),集市。

[3] "愁兼"二句,点题,并抒写自己心情。因雨而生愁,但愁绪却非仅因雨而生。

[4] 津吏,管理码头或渡口的官员。水仙,水中仙子。

[5] 因雨而阻于姑塘,希望雨停而月出,故用"欲呼"二字。夜雨而月不出,心情烦闷,故曰"压孤眠"。"压"字虚写心情之烦闷,力重千钧。

园居漫兴

荷池蛙接砌虫分[1],风满虚廊隐几闻[2]。对酒纵横墙角雨,移凉破碎岭头云[3]。老夫所殉与终古[4],当世犹称善属文[5]。独映紫薇缓襟佩[6],细蜂闲蝶已纷纷。

[1] 砌虫,墙角里的蟋蟀。

[2] 隐几,靠着几案,伏在几案上。《庄子·齐物论》:"南郭子綦隐几而坐,仰天而嘘。"成玄英疏:"隐,凭也。子綦凭几坐忘,凝神遐想。"

[3] "对酒"二句,"对酒墙角雨纵横,移凉岭头云破碎"之倒装。对酒,饮酒。曹操《短歌行》:"对酒当歌,人生几何。"移凉,乘凉。

[4] 老夫所殉,指自己愿以身殉的理想。陈三立坚持儒学的现代价值,以维护中华传统文化为己任。其《感春》诗云:"巍巍孔尼圣,人类信弗叛。"《余过南昌留一日渡江来山中适闻胡御史亦至有任刊豫章丛书之议赋此寄怀》诗云:"已迷灵琐招魂地,余作前儒托命人。"故吴宓认为:"义宁陈氏一门,实握世运之枢轴,含时代之消息,而为中国文化与学术德教所托命者也。"

[5] 善属文,善于写文章。陈三立诗文颇为时人所重,徐一士《谈陈三立》云:"散原老人义宁陈伯严(三立),……诗文所诣均精,亦足俯视群流。……虽忧国之念未泯,而不再与闻政事,惟以文章行谊,为世推重。"陈寅恪《寒柳堂记梦未定稿》曾云:"(先君)后虽复官,迄清之末,未尝一出。然以吏能廉洁及气节文章颇负重名于当代。"这两句谓我虽欲传道统、继绝学、救危亡,惜乎时运不济,徒以诗文知名于当世,岂不痛哉。

[6] 紫薇,一种观赏植物,属落叶灌木或小乔木。产于亚洲南部及澳大利亚北部,我国华东、华中、华南及西南均有分布。襟佩,衣襟前的佩饰。

寄调伯弢高邮榷舍（二首选一）[1]

闻道津亭傍胜区[2]，唱筹挝鼓捋髭须[3]。露筋祠畔千帆尽[4]，税到江头鸥鹭无[5]。

[1] 陈锐（1859—1922），字伯弢，一作伯涛，号袌碧，湖南武陵（今常德）人。光绪十九年（1893年）举人，会试不第，以谒选官江苏知县，充两江营务处提调。三十四年（1908年），任江苏靖江知县。辛亥革命后弃官归，任教于湖南省立第二师范学校等。工诗文，尤善小令慢曲。在诗歌上，他属于清末民初汉魏六朝诗派，后期风格发生变化，汪辟疆《光宣诗坛点将录》点之为地短星出林龙邹渊："惟其性气高强，不拘拘于汉魏，亦不拘拘于三唐。"著有《袌碧斋集》八卷。陈三立《袌碧斋遗集序》："盖伯弢虽若轻世肆志，寄其意于讥诃谐浪，然爱气类笃故旧，与余相保数十年，即所操颇持异同，未尝不互怜微尚，终始厚情，感于冥漠也。"1901—1908年间，陈三立与陈锐多有酬唱。1904年，陈锐赴任高邮榷税之职，主管税收，陈三立寄此诗劝他在榷税关卡对百姓不可过苛。榷（què）舍，指陈锐的榷税官廨。

[2] 津亭，渡口边的亭台。许浑《京口津亭送张崔二侍御》："爱树满西津，津亭堕泪频。"胜区，风景名胜。

[3] 唱筹，高声呼报数字。挝鼓，击鼓。髭须，胡子。唇上曰髭，唇下为须。《陌上桑》："行者见罗敷，下担捋髭须。"这里是形容政府官吏收税时的骄横之态。

[4] 露筋祠：在高邮。王象之《舆地纪胜》："露筋祠去高邮三十里。旧传有女子夜过此，天阴蚊盛，有耕夫田舍在焉。其嫂止宿。姑曰：'吾宁死不失节。'遂以蚊死，其筋见焉。"

[5] 谓朝廷赋税名目繁多，就连江边的水鸟恐怕也难逃被征税的命运。这是讥讽之语。鸥鹭，泛指水鸟。无，句末语气词，表示疑问，相当于"吗"。白居易《问刘十九》："晚来天欲雪，能饮一杯无？"

寄姚叔节[1]

　　荒茫已负三年诺,偃蹇犹淹一纸书[2]。天地精神自来往[3],江湖意兴莽萧疏[4]。盛秋丛菁方遮寇[5],横舍诸生或起予[6]。贫马蹴刍嘶骥枥,昂头任笑伎黔驴[7]。

　　[1] 姚叔节,指姚永概(1866—1923),字叔节,号幸孙,桐城人,桐城派古文家姚莹之孙。光绪十四年(1888年)在江南乡试中居举人第一名(俗称解元)。后屡试不第,乃绝意仕途,师从吴汝伦治学,讲学于保定书院、桐城中学堂,旋又被聘为安徽高等学堂总教习。1906年,被公推为安徽师范学堂监督(校长)。1907年,受命赴日本考察学制,归国后积极提倡教育革新。1912年,民国成立,严复任北京大学校长,受邀任北大文科学长,因与其时任教北大提倡魏晋之学的章太炎发生冲突,章对桐城古文大加攻击,愤而辞职。清史馆馆长赵尔巽闻姚永概之名,聘其为清史馆协修,分任名臣传,"每脱稿,同馆叹服"。1923年卒于故里。赵尔巽闻讯叹道:"今海内学人,求如二姚(永概、永朴)者,岂可得乎?"姚永概诗文兼长。文能传桐城衣钵,叙事平易雅洁。有《慎宜轩诗集》《慎宜轩文集》《慎宜轩笔记》等著作行世。此诗作于1904年初秋,时姚永概任安徽高等学堂总教习,常与陈衍、陈三立、沈曾植、范当世等人互相酬唱。

　　[2] 荒茫,荒芜苍茫。偃蹇,困顿、窘迫。《新唐书·段文昌传》:"宪宗数欲亲用,颇为韦贯之奇诋,偃蹇不得进。"淹,逗留。这两句具体所指何事不详,大意是说未能信守三年的承诺,为你所寄来的一纸书信而逗留。

　　[3] 天地精神,《庄子·天下》:"独与天地精神往来,而不敖倪于万物。"指人的精神在天地万物之间无拘无束地漫游往来。

　　[4] 江湖,与表示精神世界的"天地"相对,指现实世界。在精神世界

中,诗人可无拘无束,自在漫游,但在惨淡的现实生活中,却觉意兴索然。意兴,兴致。萧疏,孤寂、清冷。

[5] 秋天草木茂盛,便于盗寇隐藏。盛秋,指农历八九月,秋季中最当令之时。丛菁,草木茂盛。

[6] 横舍,校舍、学舍。横,通"黉(hóng)",指学校。诸生,清代经考试录取而进入府、州、县各级学校学习的生员,包括增生、附生、廪生、例生等,统称诸生。这里指在校学生。姚永概时任安徽高等学堂总教习,故有此说。

[7] 贫马二句,驽马不吃草料,在马厩不住嘶鸣,意思是要在大路上驰骋,即使被笑为技穷的黔驴,也毫不在意。贫马,驽马。蹴,踏踩。刍,牛马的草料。骥枥,犹"老骥伏枥",喻年老而有壮志。曹操《步出夏门行·龟虽寿》:"老骥伏枥,志在千里。烈士暮年,壮心不已。"技黔驴,犹"黔驴技穷"。柳宗元《三戒·黔之驴》:"黔无驴,有好事者船载以入。至则无可用,放之山下。虎见之,庞然大物也,以为神。蔽林间窥之,稍出近之,慭慭然,莫相知。他日,驴一鸣,虎大骇,远遁,以为且噬已也,甚恐。然往来视之,觉无异能者。益习其声。又近出前后,终不敢搏。稍近,益狎,荡倚冲冒。驴不胜怒,蹄之。虎因喜,计之曰:'技止此耳!'因跳踉大㘎,断其喉,尽其肉,乃去。"

纳兰容若小像题词[1]

拓戟门楣椒幄亲[2],过江风貌照麒麟[3]。微怜开国射雕手[4],唤作词家第一人[5]。

博得吟身绝塞还[6],毡毹杵臼气如山[7]。传经心事无人识,偶列后堂丝竹间[8]。

弱冠才华禁籞知[9],芝兰不数谢家儿[10]。至今琼醑[11]思公子,都唱当年侧帽词[12]。

汉家无复献长杨[13],凤靡鸾吪事事伤[14]。终觉育长影亦好[15],几污煤尾数沧桑[16]。

[1] 纳兰容若,清初著名词人纳兰性德(1655—1685),武英殿大学士明珠长子。原名成德,字容若,号楞伽山人,满洲正黄旗人。康熙十五年(1676年)中进士,官至一等侍卫,多次随康熙出巡。康熙二十四年病卒,年仅三十一岁。著有《通志堂集》《侧帽词》《饮水词》等。纳兰容若文武兼修,尤以词名。其词存世348首,风格哀感顽艳,有南唐后主遗风。容若小像据传有多种,徐干学《皇清通议大夫一等侍卫佐领纳兰君墓志铭》:"读赵松雪自写照诗有感,即绘小像,扮其衣冠。"《饮水词》有《太常引·自题小照》一词。今北京故宫博物院藏有禹之鼎绘《容若侍卫小像》。

[2] 赵彦端《永遇乐》(陪程金溪跃马用其韵):"问少陵,酤歌拓戟,为谁献赋。"椒幄,椒房帏幄,指内庭、后宫。这里指纳兰受到康熙帝恩宠。徐干学《纳兰君墓志铭》:"容若选授三等侍卫,出入扈从,服劳惟谨,上眷注

异于他侍卫。久之,晋二等,寻晋一等。"

［3］"过江"句,指容若相貌翩翩。赵函《惠山忍草庵酒藏纳兰容若画像,并所书贯华阁额,余偕钟士奇访之,额与像俱毁,慨然题壁》有"销魂绝代佳公子,侧帽风流想象中"之句。

［4］射雕手,《史记·李将军列传》:"天子使中贵人从广勒习兵,击匈奴。中贵人将骑数十,纵,见匈奴三人,与战。三人还射,伤中贵人,杀其骑且尽。中贵人走广。广曰:'是必射雕者也。'"指容若精于骑射。盖容若为大清皇族,为八旗子弟,满人以草原民族而入主中原,尤重骑射。徐干学《皇清通议大夫一等侍卫佐领纳兰君墓志铭》:"容若数岁即善骑射,自在环卫益便习,发无不中。"

［5］纳兰容若词名远播,与阳羡派代表陈维崧、浙西派掌门朱彝尊鼎足而立,并称"清词三大家"。王国维《人间词话》:"纳兰容若以自然之眼观物,以自然之舌言情。此由初入中原未染汉人风气,故能真切如此。北宋以来,一人而已。"况周颐在《蕙风词话》中誉其为"国初第一词手"。

［6］绝塞还,指纳兰容若多次随康熙帝巡狩全国。徐干学《纳兰君墓志铭》:"上之幸海子、沙河、西山、汤泉及畿辅、五台、口外、盛京、乌剌及登东岱、幸阙里、省江南,未尝不从。"

［7］毡毹(shū),毡毯。杵臼,原意为捣粮食或药物等的工具,这里指塞外战争用的武器装备。《六韬·农器》:"战攻守御之具尽在于人事:耒耜者,其行马蒺藜也……镢锸斧锯杵臼,其攻城器也。"气如山,壮气如山。陆游《书愤》:"早岁那知世事艰,中原北望气如山。"

［8］传经,传授儒家经典学说。杜甫《秋兴》诗之三:"匡衡抗疏功名薄,刘向传经心事违。"纳兰容若以词名世,但其实也致力于儒学,曾编纂过一部儒学汇编《通志堂经解》,深为康熙帝赏识,但终不为人所知。

［9］弱冠,古时指男子满二十岁。《礼记·曲礼上》:"二十曰弱冠。"孔颖达《正义》:"二十成人,初加冠,体犹未壮,故曰弱也。"左思《咏史》:"弱冠弄柔翰,卓荦观群书。"禁籞,亦作"禁蘌",禁苑周围的藩篱,指宫廷、皇宫。沈约《伤春》:"年芳被禁籞,烟花绕层曲。"

［10］芝兰,芷和兰,两种香草,比喻优秀子弟。《孔子家语·在厄》:

"芝兰生于深林,不以无人而不芳。"谢家儿,东晋门阀世族谢家子弟,如谢安、谢玄等。《世说新语·言语》:"谢太傅(谢安)问诸子侄:'子弟亦何预人事,而正欲使其佳?'诸人莫有言者,车骑(谢玄)答曰:'譬如芝兰玉树,欲使其生于阶庭耳。'"辛弃疾《沁园春》:"似谢家子弟,衣冠磊落,相如庭户,车骑雍容。"这里是说,纳兰容若如同谢安、谢玄等人一样,同属优秀的世家子弟。纳兰容若出身清之望族,其父为康熙朝权倾朝野的一代名臣、武英殿大学士明珠,故有此说。

[11] 琼醑,美酒。醑(xǔ),古代用器物漉酒,去糟取清叫醑。

[12] 侧帽词,纳兰容若词集名。纳兰性德早年曾刻《侧帽词》,康熙十七年(1678年)又委托顾贞观刊成《饮水词》,今统称《纳兰词》。侧帽,语出《北史·独孤信传》:"信在秦州,尝因猎日暮驰马入城,其帽微侧。诘旦而吏人有戴帽者,咸慕信而侧帽焉。其为邻境及士庶所重如此。"纳兰词作当时流传甚广,故曹寅《题楝亭夜话图》有"家家争唱饮水词,纳兰心事几曾知"之句。

[13] 献长杨,指汉扬雄献《长杨赋》事,见《汉书·扬雄列传》。长杨是指长杨宫,汉宫名。原为秦之旧宫,汉时重加修饰,为秦、汉时游猎之处。内有垂杨绵亘数亩,故称为长杨宫。《长杨赋》借主人翰林与客卿子墨之口,述汉高祖刘邦创业之艰,叹文景二帝与民休戚之德,批评汉成帝"淫荒田猎"。

[14] 凤靡鸾吪(é),《禽经》:"凤靡鸾吪,百鸟瘗之。"张华注:"凤死曰靡,鸾死曰吪。"比喻贤人去世。这两句谓慈禧太后荒淫奢丽,更无贤士进谏。

[15] 育长影亦好,《世说新语·纰漏》:"任育长年少时,甚有令名。武帝崩,选百二十挽郎,一时之秀彦,育长亦在其中。王安丰选女婿,从挽郎搜其胜者,且择取四人,任犹在其中。童少时神明可爱,时人谓育长影亦好。"

[16] 煤尾,屋中的烟尘。黄庭坚《答王道济寺丞观许道宁山水图》:"蛛丝煤尾意昏昏,几年风动人家壁。"史容注:"煤尾,屋尘。"

漫题豫章四贤像拓本[1]

陶渊明[2]

此士不在世,饮酒竟谁省。想见咏荆轲[3],了了漉巾影[4]。

欧阳永叔[5]

道丧文亦敝[6],踵韩挺作者[7]。微茫通波澜[8],独饷百代下。

黄山谷[9]

驰坐虫语窗[10],私我涪翁诗[11]。镵刻造化手[12],初不用意为[13]。

姜白石[14]

辞赋丽以淫,如翁安可得[15]。一卷蒉笙[16]前,国风有正色[17]。

[1]豫章,古郡名,汉高帝时设,郡治南昌,与现在的江西省相当。这里指江西。

[2]陶渊明(约365—427),字元亮,一说名潜,字渊明,自号五柳先生,卒后亲友私谥靖节,世称靖节先生,浔阳柴桑(今江西九江)人。他是魏晋南北朝年间最杰出的诗人,也是杰出的辞赋家与散文家。其诗崇尚自然,平淡醇美,开创了田园诗一体。钟嵘《诗品》称陶渊明为"古今隐逸诗人之宗"。陶诗传世者125首、文12篇,梁昭明太子萧统编为《陶渊明集》。

[3]咏荆轲,陶渊明有《咏荆轲》诗,歌颂荆轲侠义精神。

〔4〕漉巾，即漉酒巾、漉囊，滤酒的布巾，泛指葛巾。萧统《陶渊明传》："郡将尝候之，值其酿熟，取头上葛巾漉酒，漉毕，还复著之。"

〔5〕欧阳永叔，指欧阳修（1007—1072），字永叔，自号醉翁，晚号六一居士，吉州永丰（今属江西）人。北宋仁宗天圣八年（1030年）进士，拜枢密副使，继任刑部尚书、兵部尚书等职。卒谥文忠。他是"唐宋八大家"之一，诗、词、散文均为一时之冠。一生著述颇丰，有《欧阳文忠公文集》传世。

〔6〕道丧亦敝，儒道沦丧，文风败坏。苏轼《潮州韩文公庙碑》："自东汉以来，道丧文弊，异端并起。"这里指传统文化的沦丧。陈三立生活的时代正是中西文化剧烈碰撞、传统文化沦丧的时期，故有感于心。

〔7〕踵韩，指欧阳修继承韩愈诗文革新的主张，提倡平实文风，对北宋文风转变有很大影响。挺作者，谓欧阳修喜奖掖后进，苏轼、苏辙兄弟及曾巩、王安石皆出其门下。

〔8〕"微茫"句，在死水微澜中掀起波涛，指韩愈、欧阳修等人领导的古文运动转变魏晋以来绮靡的文风。李白《古风》之一："正声何微茫，哀怨起骚人。扬马激颓波，开流荡无垠。"

〔9〕黄山谷，黄庭坚（1045—1105），字鲁直，自号山谷道人，晚号涪翁，洪州分宁（今江西修水）人。北宋英宗治平四年（1067年）进士，先后任汝州叶县尉、北京（今河北大名）国子监教授等，迁起居舍人。因修《神宗实录》获罪，贬涪州别驾。其诗奇崛瘦硬，开"江西"一派，与苏轼并称"苏黄"。"同光体"是江西诗派的余绪，陈三立诗师法黄庭坚，对这位数百年前的同乡先贤推崇备至，自谓"余忝与山谷同里闬，寤寐相依，亦颇欲沾溉余唾，强附西江派之末"（《培风楼诗存序》）。光绪二十一年（1895年），陈三立曾据日本覆宋古本翻刻《山谷诗注》传于世，对黄庭坚作品的近代传播起到重要作用。

〔10〕驼，同"驼"。驼坐，形容久坐如驼背。黄庭坚《僧景宗相访寄法王航禅师》："倦禅时作橐驼坐。"虫语窗，指窗外虫声。

〔11〕私，私爱。《战国策·齐策》："吾妻之美我者，私我也。"涪翁，黄庭坚的号。他因修《神州实录》获罪，被贬为涪州（今涪陵）别驾，故以涪翁为号。

［12］镌刻，刻画，雕凿。此谓黄庭坚为诗，千锤百炼，仿佛天地创造化育万物的手段。欧阳修《圣俞会饮》："诗工镌刻露天骨，将论纵横轻玉铃。"

［13］初不用意为，韩愈《寄崔二十六立之》："文如翻水成，初不用意为。"《东坡志林》卷五："陶潜诗：'采菊东篱下，悠然见南山。'采菊之次，偶然见山，初不用意，而景与意会，故可喜也。"这里是说山谷诗工于刻画，但似不经意，出于自然。黄庭坚《与王观复书》："文章成就，更无斧凿痕，乃为佳作耳。"

［14］姜白石，姜夔(1155—1221)，字尧章，号白石道人，饶州鄱阳（今属江西）人。他多才多艺，擅书法，精通音律，工诗，词尤有名，每自创词牌，自制新调曲谱。其词清新峻拔，立意幽远，炼字琢句，倚声协律，成为南宋前期婉约派的代表。其诗风格高秀，继承和发展了江西诗派的风韵，有《白石诗集》传世。

［15］辞赋丽以淫，扬雄《法言》："诗人之赋丽以则，辞人之赋丽以淫。""淫"指放纵，表现出过分的铺采摛文。如翁安可得，谓象白石这般丽而有则的词人十分难得。

［16］蓑笙，蓑，指蓑衣；笙，古代一种管乐器。姜夔一生布衣，又精通音律，故云。

［17］国风，《诗经》中的十五国风。宋代郑樵《诗辨妄》："乡土之音曰风，朝廷之音曰雅，宗庙之音曰颂。"陈三立认为姜夔的诗词作品绝非吟风弄月、内容空洞的玩赏之作，而是有着强烈的现实关怀，是对《诗经》现实主义诗歌传统的继承。

月　夜

　　一片柳梢月,还为居士来[1]。砌虫秋自满,园鹊夜相猜[2]。闲坐成滋味[3],残编且阖开[4]。遥怜照烽燧[5],海雁亦飞回。

　　[1]居士,有道而不求仕宦的处士、隐士,也指在家修行的佛教徒。这里是诗人自称。
　　[2]"砌虫"两句谓墙角里的蟋蟀自得地吟唱,花园中的鸟鹊在互相猜妒。这是拟人的用法,极写秋虫与鸟鹊的情态,反衬诗人夜不成寐的凄清。
　　[3]成滋味,当成美味。李商隐《安定城楼》:"不知腐鼠成滋味,猜意鹓雏竟未休。"这里反用其意,在月夜枯坐成为很好的享受。
　　[4]残编,这里指看过一半的书。且阖开,随意翻阅。
　　[5]烽燧,即烽火台,我国古时的战争报警系统。如有敌情,白天燃烟,夜晚放火。后常指代战火,这里指日俄战事。

秋雨初凉病起作

颠风飞雨扫江城[1],并作喧荷坠叶声[2]。起抚亭台知雁去,坐依书册善虫鸣[3]。支离皮骨凉花气[4],勃郁肝肠照酒觥[5]。遮莫怀人数檐滴[6],垣衣初长砌苔平[7]。

[1]颠风飞雨,苏轼《大风留金山两日》:"塔上一铃独自语,明日颠风当断渡。朝来白浪打苍崖,倒射轩窗作飞雨。"

[2]并作句,谓秋雨打在荷叶上,与树木的落叶声一起传入耳中。沈佺期《长门怨》:"玉阶闻坠叶,罗幌见飞萤。"

[3]起抚两句,谓起身扶着亭台,知道秋雁已经南归,坐下翻看诗书,欣赏着秋虫的鸣叫。善,这里有欣赏、享受的意思。

[4]支离皮骨,身体消瘦衰弱的样子。《晋书·郭璞传》:"是以不尘不冥,不骊不驿,支离其神,萧悴其形。"欧阳修《戏书》:"支离多病叹衰颜,赖得群居一笑欢。"

[5]勃郁,茂盛,旺盛。苏轼《南行前集叙》:"山川之有云,草木之有华实,充满勃郁而见于外。"

[6]遮莫,尽管,任凭。苏轼《次韵答宝觉》:"芒鞋竹杖布行缠,遮莫千山更万山。"

[7]垣衣,背阴处所生的苔藓植物,因覆蔽如人之衣,故名。

文芸阁学士同年挽词六首[1]

病起看云过,书来对泪垂[2]。车船初跃去,骨相亦奚为[3]。士有摧伤死,天余惨淡窥[4]。还家浑是客,海色引孤儿[5]。

握槊随乡队,鸣鞭蹴国门[6]。狂言人尽避,大嚼日相存[7]。江海空能返,鱼龙不可扪[8]。当时矜爪觜,两两倒歌尊[9]。

果庆得人盛,声名为帝知[10]。张华陪禁近[11],陆贽职论思[12]。感激维危局,苍黄斩乱丝[13]。独怜颜咫尺[14],沥血摘奸欺[15]。

元礼终亡命,邠卿辱大儒[16]。孰传钟室语,几索酒家胡[17]。祸衅机先伏[18],烟涛梦自孤。光芒接三岛[19],留得口中珠[20]。

流略久湮沦,台喧妒道真[21]。校文向歆后[22],随笔孔洪邻[23]。双树从微喻[24],孤篷更暂亲。枕中宗教记,搜证恐无伦[25]。

陈刘恨俱逝,汝亦蜕江山[26]。乡国数群彦,缁尘悬旧颜[27]。仰天成嚄暗,托世化戎蛮[28]。衰疾吾安适,含凄只闭关[29]。

[1] 文芸阁学士,文廷式(1856—1904),字道希,号芸阁,别号纯常子,江西萍乡人。光绪十六年(1890年)进士,授翰林院编修,为当时清流骨

干。甲午战争时力主抗击,上疏请罢慈禧生日庆典,奏劾李鸿章"丧心误国",反对和议。甲午后,与康有为、陈炽等在北京发起强学会,提倡变法,为后党所不容,于次年被参革职,永不叙用。戊戌政变时,清廷密电访拿,在陈三立的帮助下出走日本。光绪二十六年(1900年)夏回国,参加唐才常在张园召开的"国会"。后往来萍乡与上海、南京、长沙之间,寄情文酒,以佛学自遣,同时从事著述。光绪三十年(1904年)8月,抑郁而卒,年仅49岁。著有《纯常子枝语》《补晋书艺文志》《云起轩词钞》《文道希先生遗诗》《闻尘偶记》等。学士,文廷式曾任侍读学士。同年,唐代同榜进士称"同年",明清乡试、会试同榜登科者皆称"同年"。光绪五年(1879年),陈三立赴南昌应试,与文廷式相识。光绪八年(1882年),陈三立、文廷式一同乡试中举。二人都主张变法,结下了深厚的友谊。陈三立《文学士遗诗序》:"余始逐试南昌,得交君,俱少年耳。越三岁同乡举,同计偕居京师。"关于文氏之死,钱钟联《文廷式年谱》:"八月二十四日子时,先生卒于里第,故无疾也。日晡时,作书与陈伯严、王木斋,已而进粥,粥罢就寝,夜中胸闷上气,姬某按仰定,挥手曰:'止!'遂瞑。"

[2]自注:"八月二十八日得王木斋书,报君噩耗。"按,王木斋,名德楷,号木斋,上元人。文廷式《云起轩词·木兰花慢(寄上元王木斋)》:"木斋,余故交也。"夏敬观《忍古楼词话》:"上元王木斋德楷,与予侄承庆为西同年生,昔年在文芸阁席上见之,遂与订交。"

[3]骨相,指人的骨骼、形体、相貌。

[4]"士有"两句谓文廷式空有报国之心,但郁郁不得志,最后抑郁而死。摧伤,谓伤痛之极。潘岳《寡妇赋》:"思缠绵以瞀乱兮,心摧伤以怆恻。"

[5]自注:"君之子公达方羁上海。"按,文公达(1881—1933),名永誉,字公达,文廷式长子,夙承家学,敏慧逸群,以贫苦终,遗文由友人陈诗结集为《天倪室遗集》付刊。

[6]"握椠"两句谓文廷式饱读诗书,勤于著述,终于考中进士,得以参与国家大事。握椠(qiàn),指勤于写作。椠,木简。葛洪《西京杂记》卷三:"扬子云好事,常怀铅提椠,从诸计吏访殊方绝域四方之语。"曾国藩《孙芝

房侍讲〈刍论〉序》:"以世之多故,握椠之不可以苟,未及事事,而齿发固已衰矣。"鸣鞭,旧时宫廷举行"朝会"(朝廷举行重大典礼时接受群臣朝拜)仪仗的一个环节,挥鞭发出响声,使人肃静,故称"净鞭"或"静鞭"。《清史稿》(卷八十八)志六十三礼七(嘉礼一):"銮仪卫官六人司鸣鞭。……驾出,……銮仪卫官赞鸣鞭。……赐茶毕,复鸣鞭三。"

[7] 这两句是说文廷式倨傲狂放,敢言人之不敢言,因此触怒了后党。陈三立《文学士遗诗序》说他曾"箕踞挥麈、高睨大谈"。

[8] "江海"两句,谓文氏因直言批评慈禧挪用军费,致使甲午战败,深为那拉后所嫉恨,终被"革职永不叙用,并驱逐回籍,不准在京逗留。"江海空能返,指被驱逐回籍。鱼龙,这里指大清皇族。不可扪,谓无法以言语打动慈禧等。

[9] 爪觜(zī),鸟类的爪和嘴,指口才。韩愈《嘲鲁连子》:"田巴兀老苍,怜汝矜爪觜。"苏轼《送任伋通判黄州兼寄其兄孜》:"因君寄声问消息,莫对黄鹂矜爪觜。"歌尊,尤"歌樽",放歌饮酒。

[10] 声名为帝知,文廷式是光绪帝瑾妃、珍妃的老师,故渐获光绪宠任。汪叔子《文廷式年表稿》:"(光绪十六年三月)二十四日,殿试读卷进呈御览,翁氏等拆弥封奏至廷式之名,德宗宣语曰,此人有名,作得好!乃钦定殿试一甲第二名。"光绪二十年(1894年)大考,光绪帝亲拔为一等第一名,升翰林院侍读学士,兼日讲起居注。与汪鸣銮、张謇等被称为"翁(同龢)门六子",是帝党重要人物,故云。

[11] 张华(232—300),字茂先,范阳方城(今河北固安县)人。西晋文学家、政治家。拜黄门侍郎,封关内侯。后拜中书令,加散骑常侍,进封为广武县侯,名重一时,众所推服。《晋书》卷三十六《张华传》:"惠帝即位,以华为太子少傅。""华遂尽忠匡辅,弥缝补阙,虽当暗主虐后之朝,而海内晏然,华之功也。华惧后族之盛,作《女史箴》以为讽。贾后虽凶妒,而知敬重华。"贾后谋废太子,唯张华反对,"后知华等意坚,因表乞免为庶人"。八王之乱中,遭赵王司马伦杀害。禁近,禁中帝王身边。多指翰林院或官署在宫中的文学近侍之臣。元稹《令狐楚衡州刺史制》:"早以文艺,得践班资;宪宗念才,擢居禁近。"按,文廷式为帝党中坚,反对慈禧太后专权,故

此处以张华作比。汪叔子《文廷式年表稿》:"(光绪十五年己丑)瑾、珍嫔受册封礼。光初入宫时,廷式预谓其兄志锐,曰宜书张华《女史箴》教之。嗣两嫔携以入宫,太后、皇后果见而赏识,命再书两份见呈。"

[12] 陆贽(754—805),字敬舆,苏州嘉兴(今属浙江)人。唐大历八年(773年)进士。德宗时,召充翰林学士。贞元八年(792年)任宰相。在当时社会矛盾深化,唐王朝面临崩溃的形势下,他指陈时弊,筹划大计,力挽危局,使摇摇欲坠的唐王朝转危为安。后被贬充忠州(今重庆忠县)别驾,永贞元年卒于任所,谥号宣。有《陆宣公翰苑集》24卷行世。论思,议论、思考。特指皇帝与学士、臣子讨论学问。班固《两都赋序》:"朝夕论思,日月献纳。"这里诗人将文廷式比作有"王佐""帝师"之才的唐代贤相陆贽。

[13] "感激"二句,谓文氏在甲午期间奏劾李鸿章,主战拒约,维持危局。苍黄,本指青色和黄色,比喻事情变化反复。《墨子·所染》:"染于苍则苍,染于黄则黄。所入者变,其色亦变。"斩乱丝,指做事果断,能采取坚决有效的措施解决复杂的问题。

[14] 颜咫尺,谓离皇帝很近。颜,龙颜。咫,古代长度单位,周制八寸,合今市尺六寸二分二厘;咫尺,比喻距离很近。《左传·僖公九年》:"天威不违颜咫尺。"

[15] 沥血,刺破皮肤使滴血以发誓,滴血以示竭诚。赵晔《吴越春秋·勾践入臣外传》:"不灭沥血之仇,不绝怀毒之怨,犹纵毛炉炭之上幸其焦,投卵千钧之下望必全。"摘奸欺,指摘奸佞之臣,这里指李鸿章等。按,文氏奏劾李鸿章"丧心误国",自是出于一片拳拳爱国之心,但李鸿章主持和议,亦是无可如何之举,不能简单地以"卖国"论之。

[16] 元礼,指东汉名士李膺(110—169),字元礼,颍川郡襄城县(今属河南襄城县)人。历任渔阳、蜀郡太守,又转护乌桓校尉、度辽将军等职。李膺为人刚正不阿,声威远播。《后汉书·党锢列传》:"是时朝廷日乱,纲纪颓弛,膺独持风裁,以声名自高。士有被其容接者,名为登龙门。"后因反对宦官专权,在党锢之祸时遭到迫害,死于狱中。邠卿,指东汉末经学家赵岐(?—201),邠卿是他的字,著述颇丰,有《孟子章句》等经学著作传世。大儒,指东汉经学家马融。《后汉书·赵岐传》:"岐少明经,有才艺,娶扶

125

风马融兄女。融外戚豪家,岐常鄙之,不与融相见,仕州郡,以廉直疾恶见惮。"

[17]孰传二句,陈寅恪《寒柳堂记梦未定稿(补)》引此诗,云此联"上句用史记玖贰淮阴侯列传,下句指长沙县搜妓院事。"按,戊戌政变时,清廷捕拿文廷式,陈宝箴、陈三立及时通风报信,使文廷式得以逃脱。陈寅恪《寒柳堂记梦未定稿(补)》:"戊戌政变未发,即先祖、先君尚未革职以前之短时间,军机处电寄两江总督,谓文氏当在上海一带。又寄江西巡抚,谓文式或在江西原籍萍乡,迅速拿解来京。其实文丈既不在上海,又不在江西,而与其夫人同寓长沙。先君既探知密旨,以三百金赠文丈,属其速赴上海。而先祖令发,命长沙县缉捕。长沙县至其家,不见踪迹。复以为文丈在妓院宴席,遂围妓院搜索之,亦不获。文丈后由沪东游日本。"时陈三立之父陈宝箴仍任湖南巡抚,命令地方官用官船把文廷式送至汉口。钟室,《史记·淮阴侯列传》:"后欲召,恐其党不就,乃与萧相国谋,诈令人从上所来,言豨已得死,列侯群臣皆贺。相国绐信曰:'虽疾,强入贺。'信入,吕后使武士缚信,斩之长乐钟室。"刘禹锡《韩信庙》诗:"将略兵机命世雄,苍黄钟室叹良弓。"这里指清廷旨命捉拿文廷式。酒家胡,原指酒家当垆侍酒的胡姬。辛延年《羽林郎》:"依倚将军势,调笑酒家胡。"这里指妓院。

[18]祸衅机先伏,陈寅恪《寒柳堂记梦未定稿(补)》作"祸兴机先伏",系误记。祸衅,祸患,祸事。焦循《孟子正义》:"衅本间隙之名,故杀牲以血涂器物之隙,即名为衅。"阮籍《咏怀》之二三:"萧索人所悲,祸衅不可辞。"机,机兆,根源。有人认为这句是指陈宝箴私放文廷式给自己带来杀身之祸。刘梦溪《陈宝箴死因之谜》:"所谓'祸衅',自然指的是陈宝箴蒙冤被杀戮之事。而招祸之'机',即根由,则是因为救免文廷式('机先伏')而预先种下。"

[19]自注:"君曾游日本。"三岛,指日本。文廷式脱险后,出走日本。

[20]陈寅恪《寒柳堂记梦未定稿(补)》:"指传播同光盛流之学于东瀛也。"

[21]道真,谓道德、学问的真谛。《汉书·刘歆传》:"党同门,妒道真。"颜师古注:"妒道艺之真也。"此两句谓文氏学问渊雅,故招致多人妒

恨。陈寅恪《挽王静安先生》:"吾侪所学关天意,并世相知妒道真。"吴宓《读散原精舍诗笔记》:"寅恪一九二七年挽王静安先生七律'并世相知妒道真'一句,盖本于此。"

[22] 这两句是说文廷式在著述上的贡献。刘向(约前77—前6),字子政,西汉经学家。刘歆(约前50—23),刘向之子。汉成帝河平三年(前26年),刘向、刘歆父子受诏领校"中秘书"(内秘府藏书),协助校理图书。刘向死后,刘歆继承父业。哀帝时,负责总校群书,在刘向撰《别录》的基础上著《七略》传世。吴宓《读散原精舍诗笔记》:"文廷式曾补《晋书·艺文志》,故以刘歆比之。"

[23] 此句谓文氏所著随笔、笔记,可与洪迈比肩。洪,指洪迈(1123—1202),南宋饶州鄱阳(今江西省上饶市鄱阳县)人,字景卢,号容斋。绍兴十五年(1145年)进士,授两浙转运司干办公事。为起居舍人、秘书省校书郎,兼国史馆编修官、吏部员外郎。淳熙十三年(1186年)拜翰林学士。嘉泰二年(1202年)以端明殿学士致仕。著《容斋随笔》74卷,被《四库全书总目提要》推为南宋笔记小说之冠。文廷式著述宏富,撰有《志林》《琴风余谭》《闻尘偶记》《芸阁偶记》《纯常子枝语》《知过轩随录》等笔记多种。孔,不知所指。

[24] 双树,"娑罗双树"之省语,丁福保《佛学大辞典》:"佛入灭处之林也。为沙罗树之并木,故谓之双树。"《魏书·志第二十》:"释迦年三十成佛,导化群生,四十九载,乃于拘尸那城娑罗双树间,以二月十五日而入般涅槃。"《长阿含经》卷四:"尔时,世尊在拘尸那竭城本所生处,娑罗园中双树间,临将灭度。"文廷式晚年笃嗜佛教,曾作《金刚经注解》,故此处以"双树"喻文氏寂灭。

[25] 诗人自注:"今岁四月,与君由南昌同舟抵金陵,得阅所著杂记,中有述宗教数卷,可谓奇作。"按,除《金刚经注解》外,文氏另有《维摩语》等佛学著作。

[26] 诗人自注,陈刘,指陈次亮、刘镐仲。陈次亮,陈炽(1855—1900),原名家瑶,字次亮,晚号瑶林馆主。江西瑞金人。光绪时期举人,历任户部郎中、刑部章京、军机处章京。深研经济学,主张学习西方以求自

强。光绪二十六年(1900年)卒。著有《庸书》《续富国策》等。刘孚京(1856—1898),字镐仲,南丰人。光绪丙戌进士,授刑部主事。光绪二十四年(1898年)卒。著有《求放心斋文集》,徐世昌为之刊行时题名为《南丰刘先生文集》。蜕,蝉、蛇等脱皮。道家认为修道者死后留下形骸,魂魄散去成仙,称为尸解,也叫"蜕"。后因以蜕为死的讳称。

[27] 群彦,诸多英才。缁尘,黑色灰尘。谢朓《酬王晋安》:"谁能久京洛,缁尘染素衣。"

[28] 嚄(huō)暗,大笑,大呼,这里表示感叹。托世,寄迹人世。戎蛮,古族名,西戎的一支,春秋时分布于今河南颍河上游一带,后为楚所灭。此两句谓文廷式等国家英才纷纷去世,将使文化沦丧,西学纷涌,中国将成为蛮夷之国,成为西方文化的附庸,思之令人感叹难过。

[29] 闭关,我国佛教徒的修学方式之一,指在一定期间内,在某一场所所作的闭门修持或研学。

侵晨登江船雨望[1]

扶雨到江江欲迷[2],疏烟薄雾岸东西[3]。一身自逐波涛上,惭愧城头乱晓鸡[4]。

窈窈寒流为照颜,年时皮骨不胜孱[5]。船窗卧对白鸥下,暗数云中千万山。

[1] 侵晨,接近早晨,天快亮了,清晨。
[2] 扶雨,冒雨。
[3] "疏烟"句,清晨的薄霭笼罩在河边两岸。
[4] 乱晓鸡,晨鸡报晓,鸡鸣声此起彼伏。
[5] 孱(chán),瘦弱。

王家渡[1]

犹记一枯树,风波得系船[2]。霞烧山尽赭,沙净月初妍[3]。饥鹭衔鱼过,归乌逐雁悬[4]。闲闲认秋草,只有梦如烟[5]。

[1] 王家渡,地名,在今安庆市枞阳县,是诗人乘船赴南昌扫墓的必经之路。诗人回忆起途经王家渡时的景色,写下了这首诗。全诗纯用白描,与生涩奥衍的风格大相径庭。

[2] "犹记"二句,写的是岸上之景。谓还记得当年经过王家渡时,看到渡口一棵枯树,江上起风浪时,将船系在树上。"犹记"二字表明此诗是对以往经历的回忆,并非真的经过王家渡。

[3] "霞烧"二句,此写天空景色。谓晚霞将远处群山都染成红色,明月初升,映照着江边的沙滩。赭(zhě),红褐色。妍,美丽,这里指明月初升。

[4] "饥鹭"二句,此写江上之景,谓饥饿的白鹭衔着捕获的鱼儿从水面飞过,归巢的鸟儿追逐着大雁,仿佛悬在空中。

[5] 闲闲,从容自得貌。《诗经·国风·十亩之间》:"十亩之间兮,桑者闲闲兮,行与子还兮。"朱熹《诗集传》:"闲闲,往来者自得之貌。"高亨注:"从容不迫貌。"

送饶石顽监督出游大西洋诸国[1]

裹粮莽苍欲何之,手挚儿郎学四夷[2]。拂袂楼船移俯仰,探源星宿极恢奇[3]。蛟鱼岛屿虚三窟,虮虱裈襦又一时[4]。旦晚晶杯添海水,独怜合眼认龙旗[5]。

[1]饶石顽(1862—1914),名智元,字石顽,一字珊叔,长沙人。清光绪间优贡生,官内阁中书,补陕西道员。1903年被湖广总督端方奏派为欧洲留学生监督。著有《十国杂事诗》《明宫杂咏》《湘渌馆诗稿》等。民国三年(1914年),被袁世凯以"乱党"罪名杀害。汪国垣《光宣诗坛点将录》点为地满星玉幡竿孟康,称他"所作风韵独绝,平生尊唐黜宋,持之甚严"。

[2]裹粮,同"裹餱粮",谓携带熟食干粮,以备出征或远行。《诗经·大雅·公刘》:"乃裹餱粮,于橐于囊。"朱熹《诗集传》:"餱,食。粮,糗也。"四夷,指东夷、西戎、南蛮、北狄,我国古代对少数民族的称呼,含蔑视之意。《尚书·毕命》:"四夷左衽,罔不咸赖。"《后汉书·东夷传》:"凡蛮、夷、戎、狄总名四夷者,犹公、侯、伯、子、男皆号诸侯云。"近代多用"四夷"指西方诸国。

[3]"拂袂"二句,想象饶石顽在海上旅行时的所见所闻。拂袂,甩衣袖。袂(mèi),衣袖。星宿(xiù),指天上的星座。《列子·天瑞》:"天果积气,日月星宿,不当坠邪?"颜之推《颜氏家训》:"天地初开,便有星宿。"恢奇,恢廓奇诡,杰出、不寻常。这里指舟行海上满天星斗的壮观景象。

[4]三窟,《战国策·齐策四》:"狡兔有三窟,仅得免其死耳。今君有一窟,未得高枕而卧也。请为君复凿二窟。"虮虱,虱及其卵,比喻卑贱或微小。葛洪《抱朴子》:"笑虮虱之晏安,不觉事异而患等。"裈襦,泛指衣裳。裈(kūn),裤子。襦,短衣,短袄。

[5]龙旗,当时清朝国旗,最初为三角形,黄色。1888年10月3日,慈禧太后批准《北洋海军章程》,规定大清国国旗为长方形黄龙旗。

十月二十七日江南派送日本留学生百二十人登海舶隆寅两儿附焉遂送至吴淞而别其时派送泰西留学生四十人亦联舟并发怅望有作(二首选一)[1]

游队分明杂两儿,扶桑初日照临之[2]。送行余亦自厓返[3],海水浇胸吐与谁[4]。

[1] 1904年,陈三立次子隆恪、三子寅恪考取官费留日生。是年十月,陈三立至上海送行,写下了这首诗。原作共二首,这里选其一。其时陈隆恪十七岁,陈寅恪十五岁。隆恪初入庆应大学,后转帝国大学财商系。寅恪因脚气病于次年(1905年)回国,后辗转德国柏林大学、瑞士苏黎世大学、法国巴黎高等政治学校留学。

[2] 扶桑,神话中的树木名,相传为日出的地方。《山海经·海外东经》:"汤谷上有扶桑,十日所浴。"《说文》:"榑桑,神木,日所出也。"这里指日本。

[3] 厓,同"涯",水边,这里指码头。

[4] 海水浇胸,形容心情激动,如波涛翻腾撞击。

腊月二日到崝庐作[1]

维岁迫节候,几扫墓门石[2]。独负至日觞,梦魂冷程驿[3]。懵昧徇所图,猥矜凿空役[4]。江海弄狡狯,千虑哂一得[5]。引还灌婴城,投间脱偪仄[6]。立渡眷龙沙,攀丛接鸟翩[7]。到山夕阳乱,衰草步历历。嗒然诉重冥,怳讶存皮骨[8]。宿涔侮颓襟,微尚矧敢必[9]。吊影松楸下,旷古付继述[10]。昏灯揽崝庐,惨淡立四壁。初有舍人妇,暴卒就窀穸[11]。嫁婢又死去,孤雏寄之食[12]。平生歌哭地,于汝见颜色[13]。万运互回斡,祇劳中怵惕[14]。宵起缅冈原,茫茫岚霰白[15]。

[1] 这首诗是光绪三十年(1904年)农历十二月诗人赴南昌西山扫墓时所作。

[2] 维,句首语气词,没有实际意义。迫节候,迫近春节了。盖腊月初二日,离正月不足一月,故云。

[3] 至日,冬至。按,光绪三十年腊月初二日,是公历1905年12月27日,冬至已过。程驿,驿站。两句谓我独自携着冬至日的冷酒,一个人回忆着往事。

[4] 懵昧二句,这是诗人回忆父亲陈宝箴在湖南施行新政之事。懵昧徇所图,犹言摸着石头过河。懵昧,不明貌。徇(xùn),顺从,曲从。所图,陈氏父子湖南推行新政,欲效法明治维新,将湖南建设成日本幕府时期的萨摩和长门,"营一隅为天下倡,立富强根基,足备非常之变,亦使国家他日有所凭恃"(《先府君行状》)。猥矜凿空役,指湖南新政是在探索未知领域,犹如张骞之凿空。盖陈宝箴在湖南巡抚任上,不仅"变士习、开民智、赖军政、公官权",还设立矿务局、官钱局、铸钱局、铸洋圆局等,"而时务学

堂、算学堂、湘报馆、南学会、武备学堂、制造公司之属,以次毕设"。这些新政措施,多是中国史上所无,故云。狠,谦辞,犹言辱。凿空,空,谓孔道,引申为道路。古代称对未知领域探险为凿空。《史记·大宛列传》:"然张骞凿空,其后使往者皆称博望侯。"裴骃《集解》:"凿,开;空,通也。"

[5] "江海"二句,谓尽管遇到重重阻力,但父子同心,殚精竭虑,新政取得一定效果。陈三立《先府君行状》:"当是时,江君标为学政,徐君仁铸继之,黄君遵宪来任盐法道、署按察使,皆以变法开新治为己任。其士绅负才有志意者复慷慨奋发,迭起相应和,风气几大变。外人至引日本萨摩、长门诸藩以相比,湖南之治称天下,而谣诼首祸亦始此。"狡狯,诡诈、机灵。这里指推行新政遇到的重重阻力及所谓"谣诼首祸"。《先府君行状》:"府君既锐兴庶务竞自强,类为湘人耳目所未习,不便者遂附会构煽,疑谤渐兴。其士大夫复各挟党挤排,假名义相胜。"哂(shěn),微笑、讥笑。《论语·先进》:"夫子何哂由也?"千虑一得,愚笨人多加考虑也会有可取之处,一般用作谦词。《晏子春秋》:"愚人千虑,必有一得。"这里指湖南新政颇有成果,湖南风气为之一变。

[6] 灌婴(?—前176),睢阳(今河南商丘南)人,西汉开国功臣,以力战骁勇著称。历任汉车骑将军、御史大夫、太尉、丞相,封颍阴侯。汉高帝六年(前201年),灌婴南昌筑土城设防,故俗称南昌城为"灌婴城"或"灌城"。戊戌政变,陈宝箴以"滥保匪人"被罢免湖南巡抚职,陈三立侍父返回南昌。投间,亦作"投闲",谓置身于清闲境地。偪仄,狭窄、窘迫。《先府君行状》:"府君既罢,归南昌,囊箧萧然,颇得从婚友假贷自给。"

[7] 翮(hé),鸟的翅膀。《说文》:"翮,羽茎也。"

[8] "嗒然"两句谓我来墓前祭扫,九泉之下的父亲如见到憔悴枯槁的样子,恐怕也会感到惊讶。嗒(tà)然,懊丧的样子。重冥,犹九泉。悦,怅然自失的样子,这里有意外的意思。《新唐书·太宗诸子列传》:"况荣宠贵盛,悦来物也,可恃以凌人乎。"

[9] 沴(lì),天地四时之气不和而生的灾害。《庄子·大宗师》:"阴阳之气有沴。"《汉书·五行志》:"气相伤谓之沴,沴犹临莅,不和意也。"宿沴,指疾病。宋诗人郑刚中《初春五言》:"积暖浮阳过,轻寒宿沴消。"颓

襟,抑郁的胸怀。微尚,微小的志趣、意愿,这里是谦辞。谢灵运《还旧园作见颜范二中书》:"圣灵昔回眷,微尚不及宣。"

[10]"吊影"二句,谓我孤独地在父母墓前祭扫,但却无以继承亡父的遗志。吊影,对影自怜,比喻孤独寂寞。谢朓《拜中军记室辞隋王笺》:"轻舟反溯,吊影独留。"旷古,自古所无。继述,继承。继,承受,继承。述,遵循。

[11]舍人,犹言公子。窀穸(zhūn xī),亦作"窀夕"。《左传·襄公十三年》:"若以大夫之灵,获保首领以殁于地,唯是春秋窀穸之事。"杜预注:"窀,厚也;穸,夜也。厚夜犹长夜。春秋谓祭祀,长夜谓葬埋。"这里指坟墓、墓穴。此处提到舍人妇暴卒之事,所指不详。

[12]孤雏,未成年的孩子。

[13]歌哭,既歌且哭。《周礼·春官》:"凡邦之大灾,歌哭而请。"郑玄注:"有歌者,有哭者,冀以悲哀感神灵也。"谭嗣同《除夕感怀》诗:"无端歌哭因长夜,婪尾阴阳剩此时。"诗人歌哭,非仅为其父维新理想之无法实现,更为国家富强难期而哭。

[14]万运,这里指自然界的运转。回斡,旋转、变化。杜甫《上水遣怀》:"歌讴互激越,回斡明受授。"仇兆鳌注引赵汸曰:"回斡,回旋斡转其船也。"祇(zhǐ),只。中,内心。怵惕,惊惧。《尚书》:"怵惕惟厉,中夜以兴,思免厥愆。"此两句谓大自然变幻无常,但心中的抑郁忧愤却无法释怀。

[15]缅(miǎn),遥远。岚,山间的雾气。霰,雪珠,高空中的水蒸气遇到冷空气凝结成的小冰粒。《诗经·小雅·颊弁》:"如彼雨雪,先集维霰。"《笺》:"将大雨雪,始必微温,雪自上下,遇温气而搏,谓之霰。"

二十三夜向晨睡中闻雷起感而有述[1]

庐夜了众喧,昏釭引熟寐[2]。山气蒸枕簟,魂暖却魔魅[3]。揭帷窗微明,桂叶影致致[4]。砉然大声起,万辆蟠宵际[5]。鸡号屋瓦摇,雨风挟俱至。涛籁从奔飞,如海浮一蟹[6]。厮役杂惊叫,震撼并失次[7]。隆冬怒潜藏,发乱阴阳气[8]。其兆为杀机,孰云地可避。灾祥吾安稽,颠倒劫天意[9]。日中循楼廊,松竹未改翠[10]。驳解云光亨,变灭亦游戏[11]。至人号不迷,缅岩掔遐思[12]。

[1] 此诗作于光绪三十年十二月二十三日(1905年1月28日),诗人仍在靖庐。冬天出现雷雨天气,俗称"冬打雷"。空气发生剧烈对流时,冰的结晶互相摩擦引起云层带电,形成雷电。夏天地面温度很高,傍晚时大气的对流往往十分激烈,是故夏天打雷下雨比较常见。冬天空气上升比较平稳,不太容易形成激烈的对流云层。但如寒冷的气团遇到了比较温暖的海水或湖水,大量的上升气团形成了积雨云,就会出现"冬打雷"的现象。古代科学不发达,古人认为这种异常天气现象是灾祥的征兆。诗人在靖庐扫墓期间,心情激愤抑郁,适遇"冬打雷",故以诗纪之。向晨,黎明,凌晨,天色将明。

[2] 庐夜,靖庐之夜。了众喧,喧闹声消失,一切安静下来。昏釭,昏暗的灯光。釭(gāng),油灯。晏几道《鹧鸪天》:"今宵剩把银釭照,犹恐相逢是梦中。"

[3] 枕簟,枕席。魔魅,魔鬼。杜光庭《录异记》:"倾天骇地回目驻流,役使鬼神鞭挞魔魅。"

[4] 以上四句,写雷雨之前的寂静夜晚,为下文铺垫蓄势。

[5] 砉(xū)然,象声词。《庄子·养生主》:"砉然向然,奏刀騞然。"这

里形容打雷的声音。万辆蟠宵际,巨大的雷声就像上万辆大车轰隆隆地驶向天际。蟠(pán),屈曲,环绕。

[6]"涛籁"二句,谓狂风暴雨的声音犹如波涛翻滚,又好像一匹马在茫茫大海中挣扎沉浮。

[7]失次,惊慌失措。刘禹锡《谢中书张相公启》:"昨者诏书始下,惊惧失次。"自"焘然"句至此,八句描写雷雨震耳欲聋的逼人气势。

[8]愆(qiān),罪过,过失。此两句谓冬天隐藏着罪愆,阴阳之气不调,从而带来混乱,最终形成了雷雨。

[9]"灾祥"二句,谓隆冬季节出现巨雷暴雨究竟是灾是祥,我难以稽查判断,因为这个世道正邪颠倒过来,违背天意。稽,核查。劫,胁制。《说文》:"劫,人欲去,以力胁止,曰劫。"隆冬句至此,六句谓雷雨实蕴灾祥之意。古人以为天气现象与人间世事变幻有关,所谓"天人感应"。

[10]"日中"二句,谓次日中午,沿着楼廊而行,看到松树、竹子翠绿依旧,夜里的雷雨并未改变什么。循,沿着。

[11]"驳解"二句,谓如果要解释云影光显,则其变化无踪,有如游戏,似无规律可循。驳解,驳斥解答,这里指解释。光亨,光显。范仲淹《金在镕赋》:"昔丽水而隐晦,今跃冶而光亨。"

[12]此二句,谓思想修养高超的贤者虽称不会迷惑,但也恐怕面对岩石陷入沉思。至人,贤者,思想或道德修养最高超的人。《荀子·天论》:"故明于天人之分,则可谓至人矣。"《史记·屈原贾生列传》:"至人遗物兮,独与道俱。"司马贞《索隐》引张机曰:"体尽于圣,德美之极,谓之至人。"缅岩,面对岩石,面壁。最后六句是诗人对冬天发生雷雨现象的思考。

庐夜漫兴

明灭檐牙挂网丝[1],眼花头白一孤儿。行觞据案犬仍熟[2],累夜鼾床鼠不知[3]。手布山川聊自笑[4],躬耕邱陇定何时[5]。长成桂树伤怀抱,起视横窗三两枝。

[1] 檐牙,也作"櫩牙",屋檐翘出如牙的部分,我国古代建筑的一种常见方法。杜牧《阿房宫赋》:"廊腰缦回,檐牙高啄。"

[2] 行觞,谓依次敬酒。熟,熟睡。

[3] 累夜,连夜。鼾床,鼾声满床,谓熟睡。

[4] 自注:"谓近规画南浔铁道事。"按,南浔铁路自九江至南昌,全长128公里,是江西省境内的第一条客运铁路。1904年开始集资兴建,后因经费问题数度停工,直至1917年方始建成通车。陈三立是南浔铁路的主要创办人之一,光绪三十年(1904年)他与江西士绅李有棻共同创办江西铁路公司,先后任协理、总理、名誉总理等职,为修建南浔铁路殚精竭虑,后"格于人事废罢"。

[5] 躬耕邱陇,指隐居,这里有功成身退之意。《三国志·诸葛亮传》:"亮躬耕陇亩,好为《梁父吟》。"

雨中去西山二十里至望城冈[1]

群山遮我更无言,莽莽孤儿一片魂[2]。高下烟霏飘鬓发,送迎负担自溪村[3]。影筅秃柳狰狞出,喧屋攒枫向背翻[4]。越陌度阡同梦寐,望城冈外雨留痕[5]。

[1] 这首诗是诗人离开西山,经过望城冈时所作。望城冈,地名,在今南昌市新建县境内。

[2]"群山"二句,谓回望西山,群山连绵相遮,安静无语,但那里留下了我的一片灵魂。孤儿,诗人自指。

[3] 烟霏,烟霭,或指炊烟。负担,肩扛扁担的人。两句写路上所见,谓烟霭笼罩的村庄中,老人们鬓发苍然,肩扛扁担的农夫自溪村来来往往,挑担远去者目送之而去,迎面而来者似对面相迎。

[4] 筅(biān),竹制的舆床。《说文》:"筅,竹舆也。"影筅,柳荫下的舆床。秃柳,冬天柳树叶落,仅剩枝条,故曰秃柳。狰狞,这里形容秃柳状貌丑怪可怕。按,柳是古代诗人笔下最常见的一种意象,多以柔美的面貌出现。至陈三立,始将丑陋、秃怪、狰狞等令人不安的、富有侵略性和攻击性的字眼赋予柔弱的柳。如《园居三首》之一:"秃柳狰狞在,疏梅次第垂。"《正月十九日园望》:"秃柳城边风散鸦,嫩晴闲护短丛芽。"《春晴携家泛舟秦淮》:"劫余处处迷,秃柳迎如鬼。"等等。攒枫,被风吹得攒聚在一起的枫树。

[5] 越陌度阡,指走了许多路。曹操《短歌行》:"越陌度阡,枉用相存。"阡陌,田界,后指田间小路。《史记·秦本纪》:"(商鞅)为田开阡陌。"司马贞《索隐》引《风俗通》:"南北曰阡,东西曰陌。河东以东西为阡,南北为陌。"同梦寐,谓我无论走到哪里,总是心系西山,梦寐如一。

泊鸡笼山听雷雨

残夜仍雷电,孤舟自笑颦[1]。移来千嶂雨,酿作一江春[2]。阊阖缠淫气,乡关认此身[3]。乌啼指城郭,同是梦中人[4]。

[1] 笑颦,微笑与皱眉,表示欢乐与忧愁两种不同的情绪。颦,皱眉,表示忧愁。此两句谓尽管残夜之中雷电交鸣,我在孤舟之中,一时欢乐,一时忧愁,百感交集。

[2] "移来"二句,谓春雷带来满山风雨,汇入江中,化作一片春意。嶂,高险如屏障一般的山峰。酿,酝酿,酿酒。这里活用,言春意之酝酿有如酿酒,有"春雨醉人"之意。

[3] 阊阖,传说中的天门。屈原《楚辞·离骚》:"吾令帝阍开关兮,倚阊阖而望予。"王逸注:"阊阖,天门也。"《说文》:"楚人名门皆曰阊阖。"这里指天。淫气,指淫雨之气。乡关,故乡。崔颢《黄鹤楼》:"日暮乡关何处是,烟波江上使人愁。"

[4] 乌啼,乌鸦的啼叫声。张继《枫桥夜泊》:"月落乌啼霜满天,江枫渔火对愁眠。"城郭,城墙。城指内城的墙,郭指外城的墙。同是梦中人,谓我与夜啼的乌鸦同是梦中之人,有同病相怜之意。

雪夜感逝[1]

死去亲知并一哀,帷灯檐雪映徘徊[2]。等闲歌笑防追忆[3],重叠文书有此才[4]。万古只余寒澈骨[5],连宵翻教梦成灰[6]。仰天侘傺谁相语,断续江湖白雁来[7]。

[1]光绪三十年十二月十日(1905年1月5日),范当世卒于上海。孙建著、陈国安辑纂《范伯子年谱简编》光绪三十年甲辰:"十二月初,吐血瓯许。初十日寅时,忽大吐血,血尽即绝,享年五十一岁。"陈三立得到范当世去世的消息后,做《哭肯堂》三首,随后又作了此诗悼念。

[2]亲知,亲人和知交好友。谢朓《和王著作八公山》:"浩荡别亲知,连翩戒征轴。"并一哀,共同哀伤。孙应时《挽南安钱知军佖》:"契阔空三叹,凋零并一哀。"此两句谓你的不幸去世令亲人与知交好友十分伤痛,在帷前灯光与檐间白雪的映衬下,我独自徘徊伤悼。

[3]等闲,无端、平白。刘禹锡《竹枝词》:"长恨人心不如水,等闲平地起波澜。"歌笑,歌唱欢笑。王嘉《拾遗记》:"此二人辩口丽词,巧善歌笑。"杜甫《水会渡》诗:"篙师暗理楫,歌笑轻波澜。"

[4]意谓范当世才气过人,著述宏富。重叠,相同的东西层层相积,形容很多。宋玉《高唐赋》:"交加累积,重叠增益。"按,范当世著有《范伯子诗集》19卷、《文集》12卷,故云。

[5]寒澈骨,寒冷透骨,比喻程度极深。这里表达诗人与范当世等士大夫在中国政治与文化变迁时代的极端哀伤与孤独。

[6]梦成灰,美梦成空,指改革天下,富国强兵,复兴传统文化之志。壮志不成,故曰"梦"。

[7]侘傺,失意而神情恍惚。《楚辞·离骚》:"忳郁邑余侘傺兮,吾独

穷困乎此时也。"王逸注:"佗傺,失志貌。"这两句意谓,斯人已逝,仰天长叹,更有何人可与我倾心相语?只看到江湖间断断续续的白雁从天空飞过。

园居看微雪[1]

初岁仍微雪,园亭意飒然[2]。高枝噤鹊语,欹石活蜗涎[3]。冻压千街静,愁明万象前[4]。飘窗接梅蕊,零乱不成妍[5]。

[1]此诗作于光绪三十一年(1905年)初,时诗人居金陵。微雪:小雪。

[2]仍,还,此谓下雪已非一日。飒然,萧索冷落的样子。沈约《齐故安陆昭王碑文》:"城府飒然,庶僚如寡。"吕向注:"飒然,谓空而无人也。"李善注:"飒然,吹木叶落貌。"

[3]"高枝"两句,谓因天气寒冷,鸟鹊栖于树枝上,噤口而不鸣叫,蜗牛在歪斜的石头上爬动,留下一道涎迹。欹,同"攲",倾斜。涎(xián),唾沫、口水,这里指蜗牛的黏液。

[4]"冻压"二句,谓天气寒冷,行人绝少,街头寂静无声,耀眼的白雪照亮了自然界的万事万物,令人心生愁绪。万象,自然界的一切事物、景象。此联向为人所称道,被认为是陈三立善于炼字炼意的代表。郑逸梅《艺林散叶》:"王蘧常于同光诗人中,极推陈散原用字之新奇,如:冷压千家静,此'压'字为人意想不到。"关爱和《同光体诗人的诗学观与创作实践》认为:"陈诗注重苦吟,讲求字与句的锤炼,以达到劲健、陌生、戛戛独造的阅读效果。……诗中'压'字的运用,都极为精妙传神。"按,"压"字入诗词,前人已有。如元稹《西归绝句》:"冻压花枝着水低。"高启《为西城朱氏题梅雪轩》:"冻压寒梢应几树。"但陈三立此诗,似较前人更为传神。

[5]"飘窗"二句,谓寒梅的花蕊从窗前飘过,零落得不成样子,全无梅花的美丽。妍,美丽。

月夜独步[1]

万瓦浮新月,孤城落晚钟[2]。行歌有人在,微醉带春慵[3]。苔色昏昏见,萝阴窈窈重[4]。欲呼霄雁下,影我踏从容[5]。

[1] 独步,独自散步。

[2] 万瓦,指房屋。苏轼《二十七日自阳平至斜谷宿于南山中蟠龙寺》:"起观万瓦郁参差,目乱千岩散红绿。"辛弃疾《水调歌头》(题晋臣真得归、方是闲二堂):"十里深窈窕,万瓦碧参差。"

[3] "行歌"二句,写月下所闻,谓月夜下有人行歌,原来是夜归的醉酒者,歌声中带着慵态。行歌,且行且歌。苏轼《后赤壁赋》:"仰见明月,顾而乐之,行歌相答。"春慵,春天的慵倦情绪。范成大《眼儿媚》:"春慵恰似春塘水,一片縠纹愁。"

[4] "苔色"二句,写月下所见,谓月色之中,隐约可见路边昏暗的青苔和幽昧的薜萝阴影。萝,薜萝、女萝等爬蔓植物。

[5] 意谓我一人在月夜之中独自漫步,尤显萧索寂寞,真想邀请天上孤雁飞下来,与我作伴,共享月色。影,这里用作动词,跟从。

正月二十二日通州南郭外会送肯堂葬[1]

　　重来城郭更寻谁,海气荒荒接所悲[2]。原路一棺寒雨外,衣冠数郡仰天时[3]。斯文将丧吾滋惧[4],微命相依世岂知[5]。惟待千年华表鹤,河山满目识残碑[6]。

　　[1] 这是诗人在参加完范当世葬礼之后所作。《范伯子年谱简编》光绪三十一年(1905年):"正月,葬先生于东门外范氏之阡,乡谥先生曰'教通'。"

　　[2] "重来"二句,是说以往来到通州可与范氏抵掌吟诗,此次故地重游,却是与知己永别,物是人非,人鬼殊途,怎能不令人伤心不已。

　　[3] "原路"二句,写送葬途中所见,谓一路上,寒雨飘落在棺木之上,附近数郡的士子学人都赶来送行。衣冠,指乡绅士子。仰天,仰天长叹,指为范当世的不幸辞世感到惋惜难过。

　　[4] 斯文将丧,《论语·子罕》:"文王既没,文不在兹乎?天之将丧斯文也,后死者不得与于斯文也。"这里指传统文化在西方文明的冲击之下渐呈衰象,危机重重。

　　[5] 微命相依,指诗人与范当世不仅为姻亲,更是志同道合的知己。微命,卑微的生命。《楚辞·天问》:"蠭蛾微命,力何固?"殷仲文《解尚书表》:"伫一戮於微命,申三驱于大信。"

　　[6] "惟待"二句,谓范氏今日驾鹤仙去,千年后归来重回故乡,恐城郭尚在,不见故人,唯有坟冢累累。华表鹤,陶潜《搜神后记》卷一:"丁令威,本辽东人,学道于灵虚山,后化鹤归辽,集城门华表柱。时有少年,举弓欲射之,鹤乃飞,徘徊空中而言曰:'有鸟有鸟丁令威,去家千年今始归。城郭如故人民非,何不学仙冢累累。'遂高上冲天。"这里指范当世仙逝。残碑,残缺的石碑,指荒凉的坟冢。

由九江之武昌夜半羁邮亭待船不至[1]

庐峰长影插江流[2],涛白烟青颔睡秋。强卧邮亭数星斗,孤明灯火聚凫鸥[3]。支离皮骨残宵见,生死亲朋一念收[4]。魂梦十年迷玉笛[5],茫茫开眼此淹留[6]。

[1] 1905年秋,陈三立因与省绅李有棻等创办南浔铁路事赴九江,旋赴武昌发行债券。此诗即作于离九江赴武汉候船时。"邮"原作"候",据《近代诗钞》改。

[2] 庐峰长影,指庐山(在今九江市南)的倒影映在江面。

[3] "强卧"句,是说因要等候客船,不能休息,只好强睁睡眼,无聊地数着天上的星斗。凫鸥,水鸟。

[4] "支离"二句,写候船时的感想,谓残夜之中只见自己憔悴瘦弱的身影,忍不住想起那些业已逝去或健在的亲朋好友。"支离皮骨",见《秋雨初凉病起作》注[4]。生死亲朋,已逝去的亲朋好友。沈佺期《哭苏眉州崔司业二公》:"亲朋云雾拥,生死岁时传。"

[5] 魂梦十年,光绪十六年(1890年),陈宝箴授湖北按察使,后改署布政使,陈三立遂移居武昌侍母。光绪二十一年(1895年),陈宝箴诏授湖南巡抚,诗人始离开武昌赴长沙随侍,距此诗写作之时恰已十年。玉笛,李白《春夜洛城闻笛》:"谁家玉笛暗飞声,散入春风满洛城。此夜曲中闻折柳,何人不起故园情。"此处有将武昌视为故园之意。

[6] 淹留,滞留。

九日从抱冰宫保至洪山宝通寺饯送梁节庵兵备[1]

啸歌亭馆登临地,今日都成隔世寻[2]。半壑松篁藏梵籁,十年心迹照秋阴[3]。飘髯自冷山川气,伤足宁为却曲吟[4]。作健逢辰领元老[5],下窥城郭万鸦沉。

杯酒初深摇落悲,孤标离色见须眉[6]。平生所学终能信[7],功罪旁人未许窥[8]。会起卧龙襄水曲[9],更宜骑马习家池[10]。采薇早晚亦归去[11],相忆白云无尽时。

[1]陈三立抵达武昌后,参加了湖广总督张之洞在洪山宝通寺举行的重阳日雅集,此诗即作于这时。九日,九月初九,重阳节,旧俗此日需登高赏菊饮酒。抱冰宫保,张之洞号抱冰。宫保,明、清两朝官员大臣加衔或死后赠官,如太师、少师、太傅、少傅、太保、少保、太子太师、太子少师、太子太傅、太子少傅、太子太保、太子少保等。咸丰后不再用"师"而多用"保",故又别称宫保。光绪二十七年(1901年),张之洞因倡"东南互保"赏加太子少保。梁节庵,梁鼎芬(1859—1920),字星海,号节庵,广东番禺人。光绪六年(1880年)中进士,授编修。中法战争前后受聘入张之洞幕,张之洞每遇大事必以咨询,习以为常。据《清史稿》载,张之洞锐行新政,学堂林立,"言学事惟鼎芬是任"。其时梁氏即将往任襄阳兵备道,张之洞设宴送行。洪山,古名东山,又名黄鹄山,在今武汉市洪山区内。宝通寺,坐落在武汉市武昌大东门外东端,洪山南麓,南朝刘宋时(420—479)建院,称为东山寺,明成化二十一年(1485年)更名为宝通禅寺。

[2]"啸歌"二句,回忆当年在武昌与友人登临赋诗的情景,屈指算来,

已是十年,思之恍如隔世。光绪十七年(1891年),诗人侍父武昌官署,时张之洞为湖广总督,建两湖书院,三立曾受聘任都讲。陈三立《〈余尧衢诗集〉序》:"当是时,张文襄方督湖广,竞兴学,建两湖书院,选录湖南、湖北高才数百人,设科造士,海内通儒名哲就所专长延为列科都讲,特置提调员,拔君董院事。余以都讲或阙,谬承乏备其一人焉。院中前后凿大池,长廊环之,穹楼复阁临其上,岁时佳日,辄倚君要遮群彦联文酒之会,考道评艺,续以歌吟,文襄亦常率宾僚临宴杂坐,至午夜乃罢,最称一时之盛。"

[3]松篁,松与竹。梵籁,佛唱,佛教乐音。十年心迹,指诗人当年欲通过教育实现强国之梦,故受聘张之洞两湖书院都讲。十年之后,理想成空,一腔热血化作烟云,但苍天可鉴,无愧于心。

[4]《庄子·人间世》:"孔子适楚,楚狂接舆游其门曰:'凤兮凤兮,何德之衰也。……殆乎,殆乎!画地而趋。迷阳迷阳,无伤吾行。吾行却曲,无伤吾足。'"迷阳是棘刺,践之伤足,故却步畏缩。这里反用其意。

[5]作健,振作奋发。逢辰,正当其时。陈师道《九日寄秦观》:"登高怀远心如在,向老逢辰意有加。"领元老,这里是倒装,元老当指张之洞。对这句诗的理解,在近代诗坛形成一段公案。胡先骕尝云:"(散原)先生诗句云:'作健逢辰领元老。'以南皮之元老,而先生竟泰然领之,其胸中浩然之气可想。"胡没有理解"领元老"即是"为元老所领",强作解人。陈衍《石遗室诗话》:"此在伯严最为清切之作,广雅不解其第七句,疑元老不宜见领于人。"又云:"元老自指文襄。文襄批驳'领'字,谓何以反见领于伯严也。余言伯严早以此事告余,笑文襄说诗之固,'领元老'岂吾领之哉?"张之洞对此句的误解,实因二人诗学旨趣不同,盖陈三立为诗生涩奥衍,而张之洞主张清切。钱基博《现代中国文学史》:"诗在三立为最清切之作,而之洞诵之,哂曰:'元老哪能见领于人。'又称'逢辰'二字为不经('逢辰'二字,陈师道、朱熹常用之),盖亦不解之一。"

[6]摇落,指秋天树叶飘落。宋玉《九辩》:"悲哉秋之为气也,萧瑟兮草木摇落而变衰。"杜甫《咏怀古迹》:"摇落深知宋玉悲,风流儒雅亦吾师。"孤标,指山、树之类特出的顶部。郦道元《水经注·涑水》:"东侧磻溪万仞,方岭云迥,奇峰霞举,孤标秀出,罩络群山之表。"李山甫《松》诗:"孤

标百尺雪中见,长啸一声风里闻。"用常用以形容人品行高洁。《旧唐书·杜审权传》:"冲粹孕灵岳之秀,精明涵列宿之光,尘外孤标,云间独步。"离色,佛教用语。佛教认为"色"是指有形质的一切万物。此万物为因缘所生,并非本来实有。《金刚经》认为,要想见到真正的法身如来,必须离一切色、离一切相。

[7]平生所学,指张之洞(同时也是诗人自己)一生所持之"道",即儒家之道,非"学问"之学。清末以来,西学潮涌,儒学受到前所未有的冲击。是年八月四日(1905年9月2日)清廷上谕:"自丙午科为始,所有乡会试一律停止,各省岁、科考试,亦即停止。"科举被废之后,经五四运动等,孔儒之学几成绝学。陈寅恪《丙申六十七岁初度,晓莹置酒为寿,赋此酬谢》:"平生所学供埋骨,晚岁为诗欠砍头。"可与此诗互相参证。

[8]"功罪"句,或指张之洞因《劝学篇》遭到严复等人批评之事。张之洞《劝学篇》提出了"旧学为体,西学为用"的思想,强调"中学为内学,西学为外学;中学治身心,西学应世事;不必尽索之于经文,而必无悖乎经义。如其心圣人之心,行圣人之行,以孝弟忠信为德,以尊主庇民为政,虽朝运汽机,夕驰铁路,无害为圣人之徒也"。该书面世后,立即受到清廷朝野上下的赏识,"挟朝廷之力以行之",迅速遍于全国。但严复在1902年撰文认为"中体西用"论机械地分割体用:"体用者,即一物而言之也。有牛之体,则有负重之用;有马之体,则有致远之用。未闻以牛为体、以马为用者也。……故中学有中学之体用,西学有西学之体用,分之则并立,合之则两亡。"(严复《与〈外交报〉主人书》)陈三立无疑是认同"中体西用"说的,认为严复未能真正理解张氏保存中华文化的良苦用心。

[9]卧龙,用诸葛亮隐居襄阳隆中事,此喻张之洞办教育以培养、发现人才。襄水,水名,出自襄山,注入汉江。襄水经襄阳由东曲折南流,俗称襄水曲。孟浩然《过故人庄》:"我家襄水曲,遥隔楚云端"。《三国志·蜀书·诸葛亮传》裴松之注引习凿齿《汉晋春秋》:"亮家于南阳之邓县,在襄阳城西二十里,号曰隆中。"

[10]习家池,又名高阳池,位于襄阳城南凤凰山南麓,建于东汉建武年间(25—56)。襄阳侯习郁在宅前筑堤修池,引入白马泉水,池中垒起钓

鱼台，列植松竹，后人称之为"习家池"。李颀《送郝判官》："应问襄阳旧风俗，为余骑马习家池。"

［11］采薇，《史记·伯夷列传》："武王已平殷乱，天下宗周周，而伯夷、叔齐耻之，义不食周粟，陷于首阳山，采薇而食之。"后多用"采薇"表示归隐。嵇康《幽愤诗》："采薇山阿，散发岩岫，永啸长吟，颐性养寿。"

霭园夜集[1]

江声推不去,携客满山堂[2]。阶菊围灯瘦,衣尘点酒凉[3]。平生微自许,出处更何方[4]。帘外听归雁,天边亦作行[5]。

[1] 霭园,又名刘园,为刘居士隐居之处,清乾隆癸丑年(1793年)建。坐落在武昌崇府山(俗名崇福山)东麓,右傍凤凰山,左倚黄鹄山,是在明崇阳王府的故基上依山修建而成,面积约10亩。在离开武昌前,陈三立与友人在此宴集,写下了这首诗。全诗明白如话,又含不尽之意,显示了陈三立诗歌与"生涩奥衍"完全不同的另一种风貌。

[2] "江声"二句,谓长江的波涛声传到耳边,推之不去。波涛声中,我与满堂嘉客携手把盏,饮酒赋诗。元郑元祐《寄金山普衲》:"午夜江声推月上,浪花如雪寺门前。"

[3] 阶菊,庭阶前的菊花。因此时正值重阳节前后,故夜集赏菊。烛光照在菊花上,或明或暗,视之有"花瘦"的错觉。李清照《醉花阴》:"莫道不消魂,帘卷西风,人比黄花瘦。"

[4] 微自许,没有值得自夸之处,这里是诗人自谦之语。《晋书·殷浩传》:"温既以雄豪自许,每轻浩,浩不之惮也。"何方,何处。

[5] 作行,排成一行。

由武昌渡江还汉馆

　　一江横匹练,还往费吟身[1]。微浪吹鱼出,孤云接雁新[2]。鬓毛闲阅世,笳笛冷招人[3]。揷眼晴川阁,朋尊忆未真[4]。

　　[1]一江横匹练,长江像一匹展开的白练或彩练。江,指长江。练,指丝绸、绸缎等,后常用以比喻瀑布、江水等。《太平御览》卷八一八引《韩诗外传》:"孔子、颜渊登鲁东山,望吴昌门,渊曰:'见一匹练,前有生蓝。'子曰:'白马,芦刍也。'"苏轼《同柳子玉游鹤林招隐醉归呈景纯》:"巅头匹练兼天净,泉底真珠溅客忙。"陈造《县西》:"坡头嘉树千幢立,烟际长江匹练横。"吟身,吟咏之身,指诗人。鱼玄机《寄国香》:"旦夕醉吟身,相思又此春。"
　　[2]"微浪"二句,江面上的微风吹起层层浅浪,水里的鱼儿也出水觅食,天空中一片孤云,似乎在迎接南飞的大雁。
　　[3]鬓毛,鬓发。贺知章《回乡偶书》:"少小离家老大回,乡音无改鬓毛衰。"笳笛,古代军中用以指挥节度士兵的乐器。《吴子·应变》:"凡战之法,昼以旌旗幡麾为节,夜以金鼓笳笛为节。"
　　[4]揷眼,入眼。晴川阁,又名晴川楼,坐落在长江北岸、龟山东麓的禹功矶上,北临汉水,东濒长江,与武昌黄鹤楼夹江相望。最早为明嘉靖年间(公元1522—1566年)汉阳知府范之箴在修葺禹稷行宫(原为禹王庙)时所增建,取崔颢《黄鹤楼》中的"晴川历历汉阳树"句意命名。现为武汉市重点文物保护单位。朋尊,朋友与尊长。郑刚中《元信昨日惠八桂酒两尊今日惠莲数头实圆而大》:"检点朋尊亦新觊,心在无报且陶然。"忆未真,回忆起来已不真切。

沪上赋呈弢庵阁学师[1]

瘴峤深藏听水楼[2],长成松竹数春秋。自凝道气驯饥鹊[3],偶式游车问喘牛[4]。灯火笙歌千虑逈[5],阴阳儒墨一尊收[6]。海涯重见缘传法,飘落门生亦白头[7]。

[1] 1905年初冬十月,陈三立赴上海谒见座师陈宝琛,写下这首诗。陈宝琛(1848—1935),字伯潜,号弢庵、听水老人,闽县(今福州市区)人。清同治七年(1868年)进士,选庶吉士,授编修。光绪元年(1875年)擢翰林侍读。与学士张佩纶、通政使黄体芳、侍郎宝廷等好论时政,合称"清流四谏"。后因荐人失察降级返闽,筑"沧趣楼",闭门读书。光绪三十一年(1905年),闽、浙、皖、赣四省拟自筑铁路,商部奏派宝琛任福建铁路总办。宣统元年(1909年),奉召入京,任总理礼学馆事宜。民国元年(1912年)2月12日,清帝逊位,宝琛追随溥仪,授"太傅"衔。九一八事变后,溥仪密赴东北。宝琛赶赴旅顺劝阻,被挟持返天津。民国二十一年(1932年),呈密摺劝溥仪迷途当醒。后病逝于天津。著有《奏稿》与《沧趣楼诗文集》行世。光绪八年(1882年),陈三立赴南昌应试,时陈宝琛为主考官。陈三立没有按照科场规定用八股文答卷,而是使用了自己平素所擅长的古文。据陈三立孙女陈小从所述,这份卷子在初选时曾遭摒弃,后被陈宝琛发现,大加赞赏,这才破格予以录取,故陈三立对陈宝琛极为敬重。据张允侨撰《闽县陈公宝琛年谱》,光绪三十一年(1905年),陈宝琛"到上海晤严几道。……又晤陈伯严,自赣中一别已廿四年,亦丰颐瘦损、白发渐生矣"。

[2] 瘴峤,瘴气弥漫的山道。峤(jiào),山道。殷文圭《寄广南刘仆

射》:"画船清宴蛮溪雨,粉阁闲吟瘴峤云。"听水楼,陈宝琛在祖居废园所建书楼,在福州市鼓山灵源洞。其《高颖生妹婿五十诗序》:"予之归,年未四十,尝为'沧趣'、'听水'二楼,以娱吾亲。"

[3]道气,摄气运息,古代的一种养生术,后指佛道修行的功夫。《西王母传》:"在昔道气凝寂,湛体无为,将欲启迪玄功,化生万物。"《天堂游记》第廿三回:"玉咒金经凝道气,逍遥世外驾云车。"驯饥鹊,《拾遗记》:"昔汉武帝时,四夷宾服,有献驯鹊,若有喜乐事,则鼓翼翔鸣。"宋李弥逊《秋居杂咏》:"前除驯鹊乌,近槛游麋鹿。"

[4]式,通轼。轼车,在车上凭轼致敬。刘向《说苑·善说》:"蘧伯玉使至楚,逢公子皙濮水之上,子皙摔草而待曰:'敢闻上客将何之?'蘧伯玉为之轼车。"喘牛,《太平御览》卷四引《风俗通》:"吴牛望见月则喘,使之苦于日,见月怖而喘焉。"《世说新语·言语》:"满奋畏风。在晋武帝坐,北窗作琉璃屏风,实密似疏,奋有难色。帝笑之,奋答曰:'臣犹吴牛,见月而喘。'"

[5]灯火笙歌,指富贵闲适的生活。盖其时陈宝琛仍赋闲在家,故云。白居易《宴散》:"笙歌归院落,灯火下楼台。"千虑进,谓虽生活富贵闲适,但心忧国事,故忧虑交进。

[6]此句谓陈宝琛之学博采阴阳儒墨诸家之长。阴阳儒墨,指战国诸子学说。司马谈《论六家要旨》:"夫阴阳、儒、墨、名、法、道德,此务为治者也,直所从言之异路,有省不省耳。"

[7]传法,佛教用语,谓师徒以佛法相传授。《五灯会元》:"六祖弥遮迦尊者,中印度人也,既传法,已游化至北天竺国。"也指以学问、方法相传授。陈三立为陈宝琛门生,故云。瓠落,《庄子·逍遥游》:"魏王贻我大瓠之种,我树之成而实五石,以盛水浆,其坚不能自举也。剖之以为瓢,则瓠落无所容。"后引申为潦倒失意。归有光《祭方御史文》:"公孙蠖屈于南宫之试,予亦瓠落于东海之滨。"黄景仁《闻龚爱督从河南归》:"我行瓠落无所惜,岁岁年年去乡国。"

附：

次韵和伯严

陈宝琛

瞥眼重重结海楼,别来二十四经秋。
天公从古憎双鸟,大厦无人问万牛。
文酒写忧艰一聚,江山横涕仗谁收?
丰颐瘦损殊非故,不怪新霜也上头。

月夜楼望[1]

好及霜飞月晕时,万山不动一楼奇[2]。松枝影瓦龙留爪,竹籁声窗鼠弄髭[3]。郁郁川原高冢出,绵绵神理浊醪知[4]。闲宵毛发梳风露,输与嗥丛魍魉窥[5]。

[1] 此诗作于1905年岁暮,诗人返回南昌靖庐扫墓,并为筹办南浔铁路而奔走。

[2] 月晕,月亮周围出现的光圈,是一种比较常见的气象。万山不动,但星辰在运行。一楼奇,谓伫立楼上,满眼奇景。

[3] "松枝"二句,月光下松枝的影子映在屋瓦上,像飞龙留下的爪印,窗外清风吹过竹林发出阵阵天籁,老鼠在夜色中偷偷活动。由云龙《定庵诗话》:"散原诗多峭挺奇恣之作,……若'松枝影瓦龙留爪,竹籁声窗鼠弄髭',则过于锤炼,遂近纤涩。"

[4] 郁郁,树木茂盛的样子。高冢,指陈宝箴墓。绵绵,连续不断的样子。神理,天地人生之玄理。《世说新语·伤逝》:"戴公见林法师墓,曰:'德音未远,而拱木已积。冀神理绵绵,不与气运俱尽耳!'"浊醪,浊酒。

[5] 闲宵,寂寞无聊的夜晚。岑参《范公丛竹歌》:"盛夏修修丛色寒,闲宵摵摵叶声乾。"毛发梳风露,"风露梳毛发"之倒装。魍魉(wǎng liǎng),传说中的山川精怪。《孔子家语·辨物》:"木石之怪夔魍魉。"纪昀《阅微草堂笔记》:"鸲鹆岁久能人语,魍魉山深每昼行。"此两句意为,在这寂寞无聊的夜晚,山间的寒风固然令人毛发悚然,但丛林中嗥叫窥伺的魑魅魍魉更加令人心惊。

百花洲湖榭对雪书感[1]

投筇落湖馆,吹雪挟飞涛[2]。坐对江城冻,虚惊乌鹊逃[3]。残芽宁有幸,孤咏一相遭[4]。会见坚冰至[5],回灯向浊醪[6]。

[1] 这首诗是诗人离开西山到达南昌时所作。百花洲位于南昌东湖,共三座小岛,因洲上遍长奇花异草而得名。自唐宋以来,百花洲即为当地名胜,名人学士吟诵东湖作品甚多,李绅、杜牧、黄庭坚、辛弃疾、欧阳修、文天祥等人都曾留下过赞颂百花洲的诗文。

[2] "投筇"二句,意思是拄着手杖落脚于东湖楼馆,看着大雪随着寒风裹挟着湖上的波浪吹来。筇(qióng),手杖。陈师道《以拄杖供仁山主二首》:"洗足投筇只坐禅,厌寻歧路费行缠。"

[3] "坐对"二句,谓坐在东湖楼馆上,看到南昌城笼罩在寒冬之中,乌鹊似乎受到惊吓,纷纷振翅逃走。

[4] 残芽,残留的嫩芽。宁有幸,指绿芽不可能在寒风中幸存。

[5]《周易·坤》:"初六:履霜,坚冰至。象曰:覆霜坚冰,阴始凝也,驯致其道,至坚冰也。"

[6] 浊醪,浊酒。

夜发南昌城[1]

飘忽随寒雁,轰腾动老龙[2]。多惭席未暖,忍数岁将终[3]。风满江声壮,灯迷夜气浓[4]。等闲摩腹地,烟麓隔重重[5]。

[1] 此诗是诗人1905年岁暮离开南昌返回南京时所作。

[2] 汽船开动的巨大轰鸣声惊起了水底潜伏的蛟龙。

[3] "多惭"二句,是心中所感。席未暖,比喻时间短暂,以至席不暇暖就要离开。苏轼《送司勋子才丈赴梓州》:"公来席未暖,去不渐晨炊。"岁将终,一年将尽。诗人到南昌西山扫墓,正是年底,故云。

[4] 此两句写眼前所见。江声壮,这里的江指赣江。诗人沿赣江出南昌,经湖口、九江、安庆,抵南京。

[5] 南昌西山是诗人父亲埋骨之地,也寄托了诗人自己的人生悲欢。夜中离开南昌,回首张望,见烟雾重重,惆怅不已。摩腹,导引功法名,揉摩腹部,有健脾胃、助消化等效用。《理瀹骈文》:"调中者摩腹,寓太和之理。""饭后摩腹,助脾运免积滞也。"烟麓,烟波隐隐的山麓。史浩《喜迁莺(叔父生日)》:"绿绮春浓,青蛇星烂,肯便稳栖烟麓。"释永颐《游何山登道场》:"鹤归烟麓书堂废,虎去寒岩藓石皴。"

江　夜[1]

默默昏昏意,重重窈窈山[2]。余诚不自揆,收取大江还[3]。老雁穿云出,长鱼摆月闲[4]。宵残波浪白,斗柄插华鬘[5]。

［1］这首诗是诗人返回南京在长江夜泊时所作。

［2］窈窈,见《夜舟泊吴城》注［2］。

［3］诚,实在,的确。揆(kuí),揣测。《楚辞·离骚》:"皇览揆予初度兮,肇锡予以嘉名。"不自揆,不自量,常用作谦词。曾巩《移沧州过阙上殿劄子》:"臣诚不自揆,辄冒言其大体。"司马光《进资治通鉴表》:"臣常不自揆,欲删削冗长,举撮机要,专取国家盛衰,系生民休戚,善可为法,恶可以戒者。"

［4］老雁,成年大雁。杜甫《送李校书二十六韵》:"老雁春忍饥,哀号待枯麦。"长鱼,大鱼。摆月闲,指鱼儿在映着月亮倒影的水中悠闲着摆尾而游。

［5］斗柄,北斗七星中玉衡、开阳、摇光三星。华鬘,华美的装饰。况周颐《莺啼序》:"人天几劫,何曾换却华鬘,葬花怕无香土。"

哭次申[1]

锦衣玉貌过江人[2],几踬尘埃剩我亲[3]。万憾都移疽发背[4],九幽更恐债缠身[5]。羽毛自惜谁能识,圭角难砻稍未纯[6]。此后溪桥候明月,一披萧卷一酸辛[7]。

[1] 薛次申(?—1906),四川华阳人,名华培,署两江总督薛觐唐(焕)之子,曾被陈宝箴奏举为湖北候补道。陈三立许幼女陈安醴与其子薛琛锡,因此又是儿女亲家。两家金陵居处相近,故时相与游赏。1906年春,薛次申因疽发背而死,陈三立以此诗哭之,时诗人在崝庐扫墓。俞大纲《寥音阁诗话》:"散原先生笃于风义,集中哭薛次申,哭范伯子诗,具见不负死生之谊,情到笔到。"胡迎建《一代宗师陈三立》:"此首诗写哀逝尤为真切,力透纸背,三四句凝炼,字字挪动不得。"

[2] 锦衣,言其官服,《诗经·国风·终南》:"锦衣狐裘。"玉貌,《战国策·赵策》:"今吾视先生之玉貌,非有求于平原君者。"后常用以形容年轻貌美。杜甫《观公孙大娘弟子舞剑器行并序》:"玉貌锦衣,况余白首。"过江,见《徐先生宗亮萧先生穆偕过寓庐作》注[3]。

[3] 踬,被东西绊倒,比喻事情不顺利,受挫折。几踬尘埃,指薛次申人生经历坎坷,只剩下我两人相亲近。

[4] 疽(jū),也叫痈,俗称"搭背",西医称背痈、背部急性化脓性蜂窝织炎,是一种恶性皮肤病。《刘涓子鬼遗方》:"凡发背,外皮薄为痈,皮坚为疽。"《史记·项羽本纪》:"(范曾)行未至彭城,疽发背死。"夏敬观《学山诗话》:"次申为四川兴文人,署两江总督薛觐唐(焕)之子。光绪间以道员需次江苏。其殁也,以背疽溃不获治。"

[5] 九幽,指地狱。唐元稹《阳城驿》:"吾闻玄元教,日月冥九幽。"《聊

斋志异·续黄粱》："距踊声屈,觉九幽十八狱,无此黑黯也。"债缠身,薛次申死前穷困潦倒,故云。

[6] 此两句是说薛次申自珍羽毛,不愿营苟名利,以故穷困潦倒。羽毛自惜,刘向《说苑·杂言》："夫君子爱口,孔雀爱羽,虎豹爱爪,此皆所以治身法也。"圭角,圭的棱角,比喻锋芒。《礼记·儒行》："毁方而瓦合。"郑玄注："去己之大圭角,下与众人小合也。"孔颖达疏："圭角谓圭之锋芒有楞角,言儒者身恒方正,若物有圭角。"砻(lóng),磨。宋郭印《和于子仪观见赠二十韵》："磨砻谢圭角。"稍未纯,指为人过于方正,处世不够圆滑。这是正话反说,实是赞许之语。

[7] 诗人自注："君弥留时,以萧尺木书画卷子见遗,言'后睹此卷如睹我也'。"萧尺木,指明末清初画家萧云从(1596—1673),字尺木,号默思、无闷道人、于湖渔人等。安徽芜湖人。其山水画广学唐宋元明各家而自成面貌,行笔方折枯瘦,结构繁复而不乏疏秀之致,气格高森苍润,人称姑熟派。著有《梅花堂遗稿》。

庐　夜[1]

　　所遇成新故,荒山亦有家[2]。灯前意高下[3],窗外雨疏斜。过客曾留饭,幽人自煮茶[4]。绳床还太古[5],飞梦绕龙蛇。

　　[1]这首诗作于1906年4月赴南昌扫墓之时。诗人宿靖庐,夜不能寐,写成此诗。

　　[2]意为许多知交好友都已故去,荒山冢垒成为他们的栖身之地。1906年4月,友人熊季廉、薛次申、顾石公先后去世,令诗人悲痛不已。

　　[3]意高下,指内心不平静,心潮起伏。

　　[4]"过客"二句,似是回忆与熊季廉、薛次申等人生前的交往。幽人,指幽居之士。《易·履》:"履道坦坦,幽人贞吉。"孔颖达疏:"幽人贞吉者,既无险难,故在幽隐之人,守正得吉。"苏轼《定惠院寓居月夜偶出》:"幽人无事不出门,偶逐东风转良夜。"

　　[5]绳床,亦名胡床、交床,是一种简易的坐具,类似今天的马扎。宋程大昌《演繁露》:"今之交床,制本自虏来,始名胡床……隋高祖意在忌胡,器物涉胡言者咸令改之,乃改交床,唐穆宗时又名绳床。"太古,上古。古人认为上古时期民风淳朴,天下大同。唐苏晋《又应贤良方正科对策》:"道格元亨,风还太古。"《宋史·张昭传》:"革先朝之失政,还太古之淳风。"

别西山于途中作

踯躅吟常在,溟蒙径已分[1]。千山初断雨,一雁下穿云[2]。野水光零乱,樵讴饱听闻[3]。棘花随意白,风接更纷纷[4]。

[1] 这两句是说自己依依不舍离别西山,这时细雨蒙蒙。踯躅,徘徊不前。《孔雀东南飞》:"金车玉作轮,踯躅青骢马。"溟蒙,也作溟濛,细雨蒙蒙的样子。元张昱《船过临平湖》诗:"只因一霎溟濛雨,不得分明看好山。"

[2] 下面四句描述路上的山间景色,写景如画,显示了陈三立诗歌清新自然的一面。初断雨,指雨刚停。下穿云,大雁穿云而飞,极言其高。

[3] 野水,山野的溪流。光零乱,水流甚急,故水光零乱。樵讴,樵夫的山歌。

[4] 到处都是白色的野花,山风吹过,野花就随风纷纷舞动。棘花,野花。随意,这是指随处可见。

月夜别南昌与黄益斋同宿城畔舟中[1]

安排都琐琐[2],来对万波明。月白唾无蟆[3],江摇鼾有声[4]。浮条缘涨满,零雁挂山晴[5]。并影孤灯下,相看不世情[6]。

[1] 这首诗作于1906年4月,诗人在西山崝庐扫墓,经过南昌。黄益斋,名谦光,福建晋江人,光绪乙亥(1875年)举人,官兴化府学右堂,曾任台湾宜兰县儒学训导,后居上海。

[2] 此句意义难以索解,大概是指毛庆藩、罗顺循、吴保初等电邀诗人北游事。陈寅恪《寒柳堂记梦未定稿》:"袁世凯入军机,其意以为废光绪之举既不能成。若慈禧先逝,而光绪尚存者,身将及祸。故一方面赞成君主立宪,欲他日自任内阁首相,而光绪帝仅如英君主之止有空名。一方面欲先修好戊戌党人之旧怨。职是之故,立宪之说兴,当日盛流如张謇郑孝胥皆赞佐其说,独先君窥见袁氏之隐,不附和立宪之说。是时江西巡抚吴重憙致电政府,谓素号维新之陈主政,亦以为立宪可缓办。又当时资政院初设,先君已被举为议员,亦推卸不就也。袁氏知先君挚友署直隶布政使毛实君丈[庆蕃],署保定府知府罗顺循丈[正钧]及吴长庆提督子彦复丈[保初],依项城党直隶总督杨士骧寓天津,皆令其电邀先君北游。先君复电谓与故旧聚谈,固所乐为,但绝不入帝城。非先得主君誓言,决不启行。三君遂复电谓止限于旧交之晤谈,不涉他事。故先君至保定后,至天津,归途复过保定,遂南还金陵也。"琐琐,亦作"璅璅",犹惢惢,疑虑不定。《周易·旅》:"初六,旅琐琐,斯其所,取灾。"李镜池《周易通义》:"琐琐,是惢惢的假借,三心两意,疑虑不一。"陈三立与黄益斋同行,至九江后分手,独自往赴武昌,又乘汽车赴保定,访直隶布政使毛庆藩、署保定知府罗顺循。闰四

月,过天津,晤吴保初,继循原路回汉口,登江舟还金陵。可见陈三立此行,早已做好细致安排,但行前心底终究疑虑不定,故有此言。

〔3〕月白唾无罅,此句用意晦涩,似指夜中自己只顾欣赏一轮圆月,甚至连吐唾也顾不上。胡迎建《论郑珍与陈三立诗的异同》曾举此句为例,认为"陈三立着力学黄山谷,炼字奇警,但好用奇字,不免于艰涩,甚至有时因过度压缩字而造成意象密集,意脉过于跳跃,锻炼字句,走向极端,不免用意晦涩,遣词生硬"。

〔4〕江摇鼾有声,黄益斋在江舟中沉睡。诗人心中有事,故难以入睡,黄益斋心无牵挂,故能鼾声如雷。

〔5〕这两句写月夜舟中所见。浮条,江上的浮标或浮木。缘,因为。涨满,江水上涨。零雁,孤雁。挂,极写孤雁在高高的空中飞翔,像挂在空中一样。

〔6〕不世情,即不通世故人情。唐代诗人罗邺《赏春》:"年年点简人间事,唯有春风不世情。"

九江江楼别益斋[1]

荡荡长江贯酒卮,凭高送远亦何为[2]。卧堤柳影一千尺,出屋樯桅三两枝[3]。挂眼青冥移雁鹜[4],撑肠祕怪斗蛟螭[5]。世间可了无余语[6],掀尽涛声只自知。

[1] 诗人与黄益斋同行,至九江后,黄往上海发行债券,二人江边置酒而别。

[2] 两句写与黄益斋置酒送别。荡荡,形容江水宽广涌流的样子。《尚书·尧典》:"汤汤洪水方割,荡荡怀山襄陵,浩浩滔天。"孔颖达《传》:"荡荡,言水奔突,有所涤除。"酒卮,盛酒的器皿。庾信《北园新斋成应赵王教》:"玉节调笙管,金船代酒卮。"凭高,登上高楼,与题中"江楼"相呼应。

[3] 柳树的阴影映在堤上,"卧"字用得很形象。一千尺,是说堤岸上柳树延绵不绝。出屋,高出屋顶。樯桅,指船的桅杆。诗人与黄益斋在江边酒楼置酒,离江不远,可以看到三三两两的船桅高出屋顶。

[4] 青冥,青天。《楚辞·九章·悲回风》:"据青冥而攄虹兮,遂倏忽而扪天。"移雁鹜,大雁和野鸭在天空中飞翔。鹜,野鸭。

[5] 撑肠,犹满腹。叶适《哭郑丈》:"插架轴三万,撑肠卷五千。"祕怪,同秘怪,指潜藏的神奇怪物。韩愈《南海神庙碑》:"海之百灵祕怪,恍惚毕出,蜿蜿蚰蚰,来享饮食。"王安石《牛渚》:"阴灵祕怪不欲露,毁犀得祸却偶然。"蛟螭,犹蛟龙。

[6] 世间可了,这是激愤之语。无余语,不是无话可说,而是不知从何说起。

还金陵走视次申雨花台殡宫[1]

寻常客还时,谍门君踵至[2]。今我万里归,不闻枉车骑[3]。君果安往耶,魂定旋拭泪。本期亲执绋,愆策十日辔[4]。越晨造殡宫,绕郭云麓异[5]。飞扬铙吹声,蓊郁草木气[6]。僧寮横两棺,殉姬列其次[7]。漆光飐蛛丝,扪拂中如醉[8]。争衡夸毗场,余此野哭地[9]。亘古谁无死,嗟君死颠踬[10]。生世所遭历,只供疽发背[11]。肮脏排世人,独结尘外契[12]。宿昔促膝言,沉沉在肝肺[13]。乘兴泛酒舫,月桥每联袂[14]。闲游侣亦失,衰蹇更何冀[15]。掩帷立空阶,仰瞥冥鸿逝[16]。

[1] 薛次申卒后,灵柩放在雨花台。1906年,陈三立应毛庆藩、罗顺循、吴保初等电邀北游,回到南京后,至雨花台看望薛次申灵柩,写成此诗。雨花台,在南京城南,本为佛教胜地。相传南朝梁武帝时,有高僧云光法师在此设坛讲经,感动上苍,落花如雨,由此得名。殡宫,停放灵柩的房舍。

[2] 以下十句,是写与薛次申的友谊,以及自己因故远行,未能亲自送葬的遗憾。这两句是说,以往我出远门回来,你总是第一个来看望我。谍,有传递情报的含义,这里指登门拜访,交流信息。踵,脚后跟。

[3] 这一回我远行万里之遥,回来后,您却再也不能来看望我了。万里归,陈三立这次远行,先到南昌西山崝庐扫墓,然后至武昌、保定、天津等地晤毛庆藩、罗顺循、吴保初等。枉,屈就,这里表示敬意。车骑,成队的车马。《史记·魏公子列传》:"臣有客在市屠中,愿枉车骑过之。"

[4] 绋(fú),拉柩的绳子。执绋,送葬时用手拉着棺椁下葬时牵引的绳索,以帮助牵引灵车,后来泛指送葬。《礼记·曲礼上》:"助葬必执绋。"郑玄注:"葬,丧之大事。绋,引车索。"愆,耽误。策辔,马鞭与马缰,这里指

因事远行。薛次申去世时,陈三立正在南昌靖庐,随后又有武昌、保定、天津之游,未能亲自送葬,故云。

[5] 以下四句,是写薛次申殡宫周围景物。越晨,清晨。造,到,往。

[6] 铙吹,即铙歌,原指军歌。兵者为凶气,其礼近于丧,故铙歌也指祭歌。蓊郁,草木茂盛貌。曹丕《感物赋》:"瞻玄云之蓊郁。"白居易《答桐花》:"山木多蓊郁,兹桐独亭亭。"

[7] 以下四句具体写薛次申灵柩。僧寮(liáo),僧舍。殉姬,徐珂《清稗类钞》:"光绪时,沪有名妓张四宝者,貌昳丽,性端静,从华阳薛次申观察华培为箧室。居数年,薛以穷愁卒。当病亟时,执手泫然,张曰:'君傥不讳,妾亦胡忍独生也。'退而饮药逝。薛亦晕绝复苏,自视其丧,阅三日,乃殁。"

[8] 薛次申的棺木已结蛛丝,说明无人前来看视,手抚棺木,心中十分悲痛。

[9] 以下八句是诗人就薛次申之死及其境遇所发的感慨。争衡,争强斗胜,比试高低。《汉书·梅福传》:"此皆轻量大臣,亡所畏忌,国家之权轻,故匹夫欲与上争衡也。"《文选·陆机〈辩亡论〉上》:"故遂割据山川,跨制荆吴,而与天下争衡矣。"李善注:"争衡,谓角其轻重也。"毗场,即荼毗场。荼毗,佛教用语,指僧人死后火化。行荼毗之火葬场即称为荼毗场。宋濂《住持净慈禅寺孤峰德公塔铭》:"吾殁后,当遵佛制,付之荼毗。"

[10] 亘古,终古,自古以来。鲍照《清河颂》:"亘古通今,明鲜晦多。"颠踬,困顿,处境艰难。唐独孤及《唐故范阳郡仓曹参军京兆韦公墓志铭序》:"安禄山以范阳叛,劫胁元元,以杀整众,士之因官因居而困窭颠踬堕围中者数千计。"葛立方《韵语阳秋》:"东坡归阳羡时,流离颠踬之余,绝禄已数年。"这里是说,自古以来谁人不死,但薛次申经历坎坷,生活困顿,令人感叹不已。

[11] 见《哭次申》注[4]。

[12] 骯脏,这里不是不干净、污秽的意思,而是指高亢刚直。赵壹《疾邪诗》:"伊优北堂上,骯脏倚门边。"郑珍《论诗示诸生时代者将至》诗有"我衰复多病,骯脏不宜世"之句,与此句意思较接近。结尘外契,谓结交相

得,友谊深厚。刘知几《思慎赋》:"余推诚而裨耳,萧结契而连朱。"张祜《题赠志凝上人》:"愿为尘外契,一就智珠明。"这两句是说,自己与薛次申志同道合,俱是被现实抛弃之人,故最能相得。

[13] 以下八句回忆与薛次申生前的交往。宿昔,从前。张九龄《照镜见白发》:"宿昔青云志,蹉跎白发年。"

[14] 联袂,衣袖相联,比喻携手偕行。杜甫《暮秋遣兴呈苏涣侍御》:"市北肩舆每联袂,郭南抱瓮亦隐几。"

[15] 衰蹇,老迈迟钝。卢纶《同薛存诚登栖岩寺》:"衰蹇步难前,上山如上天。"

[16] 冥鸿,高飞的鸿雁。扬雄《法言》:"鸿飞冥冥,弋人何篡焉。"又常用以比喻高才隐居之士。陆龟蒙《奉和袭美寄题罗浮轩辕先生所居》:"暂应青词为穴凤,却思丹徼伴冥鸿。"这里既是实景,又象征薛次申,语意双关。

秋　夜[1]

置酒池台花片飞,藤床卧对露沾衣[2]。万方兵气初秋夜[3],一道星河旧钓矶[4]。草径微灯捕蟋蟀,瓜棚凉月宿蚜蛾[5]。琴歌休与残砧乱[6],天末怀人更不归。

[1] 这首诗作于光绪三十三年(1907年)初秋七八月间。

[2] 这两句交待时令与周围环境。花片飞,指花落。露沾衣,秋夜生凉,故露水沾衣。

[3] 万方兵气,这一年的春夏之际,同盟会发动一系列起义。5月14日(四月三日),郭人漳和赵志率清军起义于钦州;5月22日(四月十一日),革命党人陈涌波等在广东饶平起事,发动黄冈起义;6月2日(四月二十二日),同盟会员邓子瑜领导会党武装在广东惠州七女湖举事,响应黄冈起义;7月6日(五月二十六日),徐锡麟在安庆枪击安徽巡抚恩铭,率巡警学堂学生起义;9月3日(七月二十六日),王和顺在广东钦州王光山起义。这些起义虽均遭失败,但说明清政府的统治已危机四伏、岌岌可危。万方,指各地,四方。杜甫《登楼》:"花近高楼伤客心,万方多难此登临。"

[4] 钓矶,垂钓时坐的岩石。赵嘏《曲江春望怀江南故人》:"此时愁望情多少,万里春流绕钓矶。"这两句,一写远方国事,一写眼前实景,虚实结合,相得益彰。

[5] 蚜蛾(yī wēi),一名伊威,虫名。《诗经·豳风·东山》:"伊威在室,蟏蛸在户。"陆玑疏:"伊威,一名委黍,一名鼠妇,在壁根下瓮底土中生,似白鱼者也。"元稹《月三十韵》:"西园筵蟏蛸,东壁射蚜蛾。"按,鼠妇,又称"潮虫""西瓜虫"等,属无脊椎动物节肢动物门甲壳纲等足目。

[6] 自注:"闺中小女子方奏欧琴。"残砧,捣衣声。古时秋天来临,家

人为他乡游子准备寒衣。砧,是古典诗歌一种常见的意象,如砧衣、砧声、残砧、寒砧等,常表示秋天来临、游子思乡之情或夜不能寐等意。如杜甫《捣衣》:"亦知戍不返,秋至拭清砧。"韦庄《和薛先辈见寄初秋寓怀即事之作二十韵》:"引愁憎暮角,惊梦怯残砧。"李煜《捣练子令》:"深院静,小庭空,断续寒砧断续风。"

建昌兵备道蔡伯浩重来白下感时抚事题以贻之[1]

补官号作蛮夷长,玩世仍为江海行[2]。白尽须髯偿笑骂,依然肝胆见生平[3]。滔天祸水谁能遏,绕梦冰山各自倾[4]。豪气未除沈痛久,只余对酒百无成[5]。

[1] 蔡伯浩(1861—1916),广东番禺人,名乃煌,字伯浩,光绪十七年(1891年)举人。陈宝箴湖南新政时,曾主持过湖南矿务局,后因勋劳补建昌兵备道,但未赴官。1908年任上海道台。北洋军阀统治期间追随袁世凯,曾任江西、安徽、江苏三省禁烟特派员,1916年被粤军将领龙济光枪杀。陈三立与蔡伯浩因湖南维新成为故交,1907年秋,蔡伯浩重游金陵,看望陈三立,这首诗即作于此时。

[2] 此句指蔡伯浩因勋劳补建昌兵备道。兵备道,明、清时代于各省重要地方设整饬兵备的道员。建昌,在今辽宁,清朝时归直隶省承德府。蛮夷长,少数民族的酋长。蔡伯浩并未赴官。

[3] 这两句写蔡伯浩为人豪迈,锋芒毕露,与人肝胆相照。按,陈三立在为蔡伯浩写的墓志铭中曾说他:"胸臆疏豁,刚果敢任,用智计自意,诵习群史,能强记。尤慕效传载侠烈之行,屡急人之难,倾身为尽力,多所拔济。戊戌政变,诏捕文学士廷式,文方客长沙,阴画策出之于境,游海外,乃免。"陈三立对蔡伯浩颇为赏识,对其义救文廷式更是赞赏有加。1908年诗人到上海,又与蔡伯浩相晤,有《至沪伯浩留宿洋务局》诗云:"宾馆崇严海色围,酒清灯烂雨如飞。使君吐气与开阖,莫道弥天此客稀。"可与此诗同参。但对蔡的为人,时人也有不同评价。高拜石《(新编)古春风楼琐记》(二)中《狭路相逢——蔡乃煌之死》评价蔡"诗文都很不错,也很有干材",

但也指出他"只是一味想做官,心术也极不端正",可作参考。

〔4〕这两句写时事艰难。滔天祸水,暗指慈禧。诗人认为变法失败、庚子之难,直至此时国家危机四伏,慈禧都是肇祸之始。

〔5〕这两句分写蔡伯浩与自己。蔡伯浩豪气如故,对时事扼腕痛心,自己则百事无成,只好对酒无言,以酒浇愁了。

枕　　上[1]

枕上回残味,空文嚼四更[2]。暗灯摇鼠鬣,疏雨合虫声[3]。忧患随缘长,江湖入梦明[4]。豆棚鸡唱外,辗转是余生[5]。

[1] 这首诗作于1907年秋。《散原精舍诗集》中有许多诗人夜不能寐、感时忧国的作品,多数诗作饱含忧愤之情,极具艺术感染力,这首诗同样如此。

[2] 两句交待时间。残味,可指残梦或残夜的感受,根据后句"四更"下"鸡唱",可判断当指残夜将明之间,亦即"黎明前的黑暗"。四更,名鸡鸣,又名荒鸡,在丑时左右,一般是人睡得最沉的时候,但诗人此时难以入眠。一个"嚼"字,形象地刻画了长夜难捱、辗转反侧的孤独与痛苦。

[3] 这两句描写周围环境,上句写室内,下句写室外。鼠鬣,鼠须。

[4] 这两句抒情言志。长,读作 zhǎng。江湖,原指三江五湖,后来引申的含义较多:有时指广阔逍遥的适性之处,如《庄子·大宗师》中"相濡以沫,不如相忘于江湖";有时也指民间社会,有与朝廷相对的意思,如范仲淹《岳阳楼记》中"居庙堂之高,则忧其民;处江湖之远,则忧其君"。

[5] 豆棚,用竹木搭成的棚架,供蔓生豆藤攀附生长。房前屋后的豆棚,夏日为纳凉佳处。鸡唱,鸡打鸣。刘禹锡《酬乐天初冬早寒见寄》:"霜凝南屋瓦,鸡唱后园枝。""辗转"句,意指诗人此后余生都会在这样孤寂的深夜辗转反侧,难以入睡,独自忍受"弥天忧患"带来的巨大悲苦的煎熬,只有老鼠与虫声伴着疏雨陪伴着自己。五字写尽半生苍凉。

秋夜感怀和剑丞[1]

老虫干铁吟[2],草树照秋心。冷月衣上泪,酸风墙外砧[3]。虚空魂欲出,舜跖事相寻[4]。宵宵听鸿翼,孤尊信陆沈[5]。

抱古依残夜,无涯逐有涯[6]。蟠脣辉五岳,钉眼落三花[7]。坐倚星辰冷,微添乌鹊哗。苔黄蕉露白,章句对咨嗟[8]。

[1]夏敬观(1875—1953),字剑丞,号映庵,江西新建人,光绪二十年(1894年)举人。早年师从著名经学家皮锡瑞,精通经史,工诗善词。历任三江师范学堂、复旦、中国公学监督,江苏巡抚参议,署提学使。民国初年(1912年),任浙江教育厅厅长。后隐居上海,晚岁以鬻画自给。著有《忍古楼诗集》《映庵词》等。此诗是对夏敬观秋怀诗的唱和之作。

[2]干,表示声音清脆嘹亮。柳开《塞上》:"天静无风声更干。"干铁吟,指虫鸣,语出孟郊《秋怀》:"老虫干铁鸣,惊兽孤玉咆。"夏敬观于诗独尊梅尧臣,但亦自称"喜孟东野",曾著有《孟郊诗选注》一书。陈衍《石遗室诗话》说他:"于诗尤刻意锻炼,不肯作一犹人语。"这与陈三立"避俗避熟"的旨趣相近。孟郊《秋怀》诗十五首,描写时光流逝、秋景之变化,驱遣悲怀,评骘世俗,正与陈、夏二人情怀类似,故皆有感于心。

[3]酸风,秋冬季节的寒风。李贺《金铜仙人辞汉歌》:"魏官牵车指千里,东关酸风射眸子。"

[4]舜跖,虞舜和盗跖的并称。舜是上古的贤明君主。跖,盗跖,原名展雄,又名柳下跖、柳展雄,相传是当时贤臣柳下惠的弟弟,系春秋、战国之际的大盗。《庄子·杂篇·盗跖第二十九》:"柳下季之弟名曰盗跖。盗跖从卒九千人,横行天下,侵暴诸侯。穴室枢户,驱人牛马,取人妇女。贪得

忘亲,不顾父母兄弟,不祭先祖。所过之邑,大国守城,小国入保,万民苦之。"后常用舜、跖分别指代圣人和恶人。《孟子·尽心上》:"鸡鸣而起,孳孳为善者,舜之徒也;鸡鸣而起,孳孳为利者,跖之徒也。欲知舜与跖之分,无他,利与善之间也。"

〔5〕孤尊,谓独自饮酒。尊,同"樽",酒杯。戴叔伦《泛舟》:"孤尊秋露滑,短棹晚烟迷。"陆沈,即陆沉,比喻国土沦丧,但有时也比喻隐居生活。

〔6〕《庄子·养生主》:"吾生也有涯,而知也无涯。以有涯随无涯,殆已。"这里反用其意。

〔7〕蟠胬,尤抚膺。饤(dìng),贮食,盛放食品。

〔8〕章句,离章辨句,指分析古书的章节句读。汉儒从辨析章句入手讲经,难免支离烦琐。这里有"腐儒讲经,抵掌夜谈"之意。咨嗟,称赞、叹息。

过陈善余编译局[1]

眼光岩电腹河源[2],醉过高斋问草玄[3]。世变已成三等国,吾侪犹癖一家言[4]。屡传奔月偷灵药,从识攀天泣梦痕[5]。文致太平托铅椠[6],冥搜柱下见根原[7]。

[1]陈善余,指近代史学家陈庆年。陈庆年(1862—1929),字善余,自号石城乡人,近代史学家、江南图书馆创始人。江苏丹徒人。光绪十四年(1888年)为优贡生,选授江浦县教谕。光绪二十九年(1903年)由端方保荐,任内阁中书。后辅佐张之洞,管理两湖学务。一生淡于仕进,潜心研读著述,以治学广博精深名于世,时人誉为"近时江左史家第一"。有《横山草堂集》《横山乡人类稿》等多种著作传世。1907年,陈善余随端方回乡,担任江楚编译局总办。

[2]岩电,"岩下电"之省语,形容目光炯炯有神。《世说新语·容止第十四》:"裴令公目王安丰:'眼烂烂如岩下电。'"刘孝标注:"王戎形状短小,而目甚清炤,视日不眩。"陆游《效蜀人煎茶戏作长句》:"岩电已能开倦眼,春雷不许殷枯肠。"腹河源,形容陈善余酒量大,腹可容河。

[3]高斋,高雅的书斋,这是对他人屋舍的敬称。孟浩然《宴张别驾新斋》诗:"高斋征学问,虚薄滥先登。"草玄,汉扬雄曾著《太玄经》,他在四川成都的住宅遂称"草玄堂"或"草玄亭"。这里比喻陈善余的江楚编译局。江楚编译局由刘坤一、张之洞于1901年在南京创办,初名江鄂编译局,由缪荃孙主持局务,主要是翻译和编写课本,为新式学堂提供教科书。

[4]这两句流水对,是说当年的"天朝上国"现在已沦为任人欺凌的弱国,而我辈束手无策,只好耽于书斋。三等国,是指"海牙保和会"事。1907年五月初五至九月十二日,列强在荷兰海牙召开"保和会"(Hague

Peace Conference),中国作为三等国列席。吾侪(chái),我辈。癖(pǐ),癖好。一家言,个人的学说或见解,这里指著述。司马迁《报任少卿书》:"欲以究天人之际,通古今之变,成一家之言。"

[5]"屡传"句,用嫦娥奔月典。《淮南子·览冥训》:"羿请不死之药于西王母,姮娥窃以奔月。"高诱注:"姮娥,羿妻;羿请不死药于西王母,未及服食之,姮娥盗食之,得仙,奔入月中为月精也。"攀天泣梦痕,传说嫦娥奔月后因高处不胜寒而懊悔。李商隐《嫦娥》:"嫦娥应悔偷灵药,碧海青天夜夜心。"这里比喻自己虽已袖手神州,不问国事,但实际上无时无刻不在关心着祖国的命运。

[6]铅椠(qiàn),古人书写文字的工具。铅,铅粉笔;椠,木板片。《西京杂记》卷三:"扬子云事,常怀铅提椠,从诸计吏,访殊方绝域四方之语。"陈庆年淡于仕进,潜心著述,极力提倡新学制,故云。

[7]自注:"君论及老子。"相传老子曾为周柱下史,后以"柱下"为老子或老子《道德经》的代称。《后汉书·王充王符仲长统列传》:"贵清静者,以席上为腐议;束名实者,以柱下为诞辞。"李贤注:"柱下,老子也。"

夜出下关候船赴九江[1]

起穿晴巷出,白月共车茵[2]。明灭灯摇驮,狰狞柳攫人[3]。盲程聊自诡,孱影欲谁亲[4]。郭外江潮动,听茄万憾新[5]。

[1] 1907年冬,陈三立经九江至南昌西山扫墓,此诗即写于由南京下关出发之时。下关,在南京西北部,明代名龙江关,因居上关下游,清代改名下关。

[2] 这两句写出门。天未亮而出门,故见白月。车茵,见《十月十四夜饮秦淮酒楼闻陈梅生侍御袁叔舆户部述出都遇乱事感赋》注[3]。

[3] 这两句是候船时所见,上句写灯,下句写柳。柳的形象本是柔美的,但寒冬柳叶尽落,枝干反有狰狞之态,造语奇崛,这实际上是作者内心情感的外在投射。驮,用背负载。攫人,抓人。

[4] 这两句写所感。月夜候船,故曰盲程。自诡,自责。《说文》:"诡,责也。"孱影,瘦弱的身影。

[5] 郭外,城外。

墓 上

万山驱我前,互穿岚瘴窟[1]。累累见高坟,寒草眠残日。隔岁阙瞻扫,惟灵接荒忽[2]。石气萦白青,松枝长逾尺[3]。有儿尚路人,孙裔那忍述。鹰雁摩霄飞,旧是眼边物[4]。邻叟无恙在,欲讯成哽噎[5]。

墓门冷儿语,诘曲伸千哀[6]。海甸数巨制,可望如蓬莱[7]。涌现倏变灭,眩指金银台[8]。发轫乡井役,提挈同婴孩[9]。几作困兽斗,复及枯鱼灾[10]。辛勤萍乡翁,漂没宫亭隈[11]。建鼓亦无人,谁念然死灰[12]。汹汹仰一吓,万口播鸱媒[13]。狠持不赀躯,供彼阿与排[14]。羿彀宁可游,伶锸宁可埋[15]。夙昔誓墓心,沉浮为世咍[16]。天用孰成亏,空处材不材[17]。

客岁清明时,寒雨满荒谷。梁髯先甲到,余花耀冠服[18]。洒泪拜墓去,得句写心曲。我来想见之,生刍人如玉[19]。自此隈江海,恨未随黄鹄[20]。城中几由旬,怪事缚两足。觖觖彭泽叟[21],叹逝时省录。掀髯谈逸事,绵邈出其腹[22]。兹游伴陈胡[23],梦寐绕山麓。世患令人老,一生余几哭[24]。残阳挂萧峰,目送啼鸦宿[25]。

[1] 这两句写上墓,不说自己上墓,反写"万山驱我前",愈见哀痛。诗人在山间穿行,因哀痛凝思,反觉草树山石从自己身边穿过,故曰"互穿"。岚瘴,山林间的瘴气。韩偓《十月七日早起作时气疾初愈》:"疾愈身轻觉数

通,山无岚瘴海无风。"

［2］谓有一年没来扫墓了,但梦中却时常牵念。阙,同缺。荒忽,遥远貌。《楚辞·九章·哀郢》:"发郢都而去闾兮,怊荒忽其焉极。"

［3］白青,植物名,可入药。《神农本草经》:"味甘平。主明目,利九窍,耳聋,心下邪气,令人吐,杀诸毒,三虫。久服通神明,轻身,延年,不老。生山谷。"逾,超过。

［4］摩霄,飞得极高的样子。

［5］邻叟安然无恙,自己的父亲却墓木已拱,能无悲乎？故欲问候邻叟而哽咽难言,堕泪不止。

［6］这一首主要写诗人在墓前的思绪。诘曲,曲折。千哀,千般哀痛。下文即所哀的内容。

［7］海甸,近海地区。孔稚珪《北山移文》:"张英风于海甸,驰妙誉于浙右。"可望,"可望不可即"的省语,如同虚无缥缈的蓬莱仙山。这里指南浔铁路。关于诗人参与创办南浔铁路事,陈三立《清故太子少保衔江宁布政使护理总督李公墓志铭》:"会有南昌达九江设铁道之役,……初,江西铁道专纠士民立公司,于海内为创举,……乡之人以非隶于官,众可自便,要权利、私干朋,挟无纪,不获则造作讪谤、拒投资者,牵掣排挠,使即于败。"欧阳渐《散原居士事略》:"散原督办南浔铁路,……未久,格人事废罢。"

［8］变灭,幻灭,消失。金银台,古代传说中绚丽灿烂的楼台。李白《梦游天姥吟留别》:"青冥浩荡不见底,日月照耀金银台。"

［9］发轨,车驾起程。王武子《答何劭》:"计终收遐致,发轨将先起。"乡井役,这里指创办南浔铁路事。提挈,有提携、抚育之意,指诗人为创办南浔铁路而殚精竭虑,如同抚育婴儿一般。

［10］困兽、枯鱼,是诗人自喻。困兽,处于绝境中的人。《左传》:"困兽犹斗,况国相乎。"枯鱼灾,《庄子·外物》:"周昨来,有中道而呼者。周顾视车辙中,有鲋鱼焉。周问之曰:'鲋鱼来！子何为者邪？'对曰:'我,东海之波臣也。君岂有斗升之水而活我哉？'周曰:'诺,我且南游吴越之王,激西江之水而迎子,可乎？'鲋鱼忿然作色曰:'……吾得斗升之水然活耳,君乃言此,曾不如早索我于枯鱼之肆！'"后因以喻困境、绝境。

[11] 萍乡翁,指李有棻。李有棻(1841—1907),字芗垣,江西萍乡人。同治十二年(1873年)拔贡。后以知府分发湖南候补,调湖北襄阳府。光绪二十一年(1895年),任广东高廉钦兵备道,擢升陕西按察使、布政使、护理巡抚。光绪二十八年(1902年)任江宁布政使,后罢官回籍。光绪三十年(1904年)九月,江西籍京官李盛铎、蔡钧等一百余人联名呈请由绅商自办南浔铁路,李有棻被举为总办,陈三立为协理。漂没宫亭隈,李有棻于光绪三十三年(1907年)八月舟行巡视南浔铁路工程途中,溺亡于鄱阳湖北宫亭湖域。陈三立《清故太子少保衔江宁布政使护理总督李公墓志铭》云:"会有南昌达九江设铁道之役,父老强起公总其事。岁丁未八月,舟趋九江视工,雨夜遇他舟,穿沉鄱阳湖中,公遂溺不起,年六十有几。"宫亭,指宫亭湖,原来专指星子县东南鄱阳湖的一部分,因湖旁有宫亭庙而得名,后来逐泛指鄱阳湖的全部。隈,山水等弯曲之处。

[12] 建鼓,又称足鼓、晋鼓、楹鼓、植鼓、悬鼓等。古时军队作战,立晋鼓以指挥进退,谓之建鼓。《左传·哀公十三年》:"日旰矣,大事未成,二臣之罪也。建鼓整列,二臣死之,长幼必可知也。"孔颖达疏:"建,立也。立鼓击之与战也。"然,通"燃"。

[13] 鸩媒,《楚辞·离骚》:"吾令鸩为媒兮,鸩告余以不好。"王逸注:"鸩羽有毒,可杀人,以喻谗佞贼害人也。"后因以"鸩媒"指善用谗言害人的人。这里指诗人在李有棻卒后任江西铁路总公司名誉经理,为修建南浔铁路而受到种种无端责难。李、陈二人为募集南浔铁路商股而辛苦奔走,但成效甚微,不得已向有日资背景的"大成工商会社"借贷一百万两,南浔铁路终于于光绪三十三年(1907年)初正式开工兴建。但"大成工商会社"的日资背景被披露后,舆论为之哗然,陈三立几成众矢之的。光绪三十一年(1905年)陈三立致汪康年书:"江西路事,承殷殷垂念不佞甚至,亦非不欲委曲以求济也。奈烦苦万端,无从收拾,加以牵制、谣诼日相扰败,而《南方报》复挺出,为之代表,摇震耳目,殆将使自办者同归于尽。现虽拟力为摆脱,然犹当稍稍伸理,以息群焰,知我罪我,所不计也。"

[14] 不赀,同"不訾",贵重至极。《汉书·盖宽饶传》:"用不訾之躯,临不测之险,窃为君痛之。"《后汉书·冯勤传》:"人臣放逐受诛,虽复追加

赏赐赙祭,不足以偿不訾之身。"李贤注:"訾,量也。言无量可比之,贵重之极也。"这里指李有棻。阿与排,阿谀与排斥,指被舆论议论。

[15] 羿彀(gòu),羿的弓矢所及。《庄子·德充符》:"游于羿之彀中,中央者,中地也;然而不中者,命也。"王先谦《庄子集解》:"以羿彀喻刑网,言同居刑网之中,孰能自信无过,其不为刑网所加,亦命之偶值耳。"后以"羿彀"指人间的危机。伶锸,《晋书·刘伶传》:(刘伶)"常乘鹿车,携一壶酒,使人荷锸而随之,谓曰:'死便埋我。'"刘伶,西晋沛国人,字伯伦,"竹林七贤"之一。平生嗜酒,曾作《酒德颂》。

[16] 咍(hāi),讥笑。杜甫《秋日荆南述怀》:"休为贫士叹,任受众人咍。"

[17] 材不材,《庄子·外篇·山木第二十》:"庄子行于山中,见大木,枝叶盛茂。伐木者止其旁而不取也。问其故,曰:'无所可用。'庄子曰:'此木以不材得终其天年。'夫子出于山,舍于故人之家。故人喜,命竖子杀雁而烹之。竖子请曰:'其一能鸣,其一不能鸣,请奚杀?'主人曰:'杀不能鸣者。'明日,弟子问于庄子曰:'昨日山中之木,以不材得终其天年;今主人之雁,以不材死。先生将何处?'庄子笑曰:'周将处乎材与不材之间。'"

[18] 梁髯,指梁鼎芬,因其蓄须,故称。光绪三十二年(1906年)清明,诗人西山扫墓,梁鼎芬曾来祭扫,此即语其事。诗人有《到墓上时节庵按事城中于前七日拜墓而去诗》,有"隔日寒雨中,篮舆落苔藓"之句。

[19] 生刍,鲜草。《诗经·小雅·白驹》:"生刍一束,其人如玉。"用以指贤人。吴均《赠周兴嗣》诗之一:"愿持江南蕙,以赠生刍人。"后也指吊祭的礼物。《后汉书·徐穉传》:"郭林宗有母忧,穉往吊之,置生刍一束于庐前而去。"用在此处一语双关,既称赞梁鼎芬之贤,又感激梁的吊祭之举。

[20] 黄鹄,鸟名。《商君书》:"黄鹄之飞,一举千里。"后用以比喻高才贤士。屈原《卜居》:"宁与黄鹄比翼乎?将与鸡鹜争食乎?"刘良注:"黄鹄,喻逸士也。"这里指梁鼎芬。

[21] 诗人自注:"谓欧阳润生丈。"按,欧阳润生即欧阳兆熊,字晓岑、润生,号匏叟。湖南湘潭县锦石人。生卒年不详。清道光十七年(1837年)举人,曾任曾国藩幕僚。

〔22〕绵邈,连绵遥远的样子。这里是回忆与梁鼎芬交往旧事,因梁氏健谈,故称。

〔23〕陈胡,指陈芰潭、胡明蕴,皆为陈三立友人。诗人此次上墓,有陈、胡二人相伴。《散原精舍诗》中有《十一月二日同陈芰潭胡明蕴入西山道中》诗,与此诗作于一时。

〔24〕世患,世间的祸患。《后汉书·董祀妻》:"嗟薄祜兮遭世患,宗族殄兮门户单。"阮籍《咏怀》:"渔父知世患,乘流泛轻舟。"

〔25〕萧峰,即萧仙峰,见《崝庐述哀诗五首》注〔12〕。

国粹学报毕三年纪念征题[1]

糠秕扬万古[2],神血凝三年。作者有忧患,传之宁偶然[3]。辉光天在抱,钩索月窥橡[4]。观海难为水,斯文与导川[5]。

[1] 此诗作于1907年岁末,后发表于《国粹学报》第四年第一号。《国粹学报》为"国粹派"学术团体"国学保存会"会刊,由邓实、黄节等创刊于光绪三十一年正月二十日(1905年2月23日),在上海出版,1911年9月12日停刊,连续刊行7年,共出版82期。"国粹派"是近代受到日本国粹派影响的文化保守主义革命团体,主要代表人物有章炳麟、邓实、刘师培、黄节、黄侃、马叙伦等人。"国粹派"力图借助国粹宣传排满革命、救亡图存,立足于复兴中国固有文化,从传统文化中发掘为中国近代化所需要的东西。所谓"国粹"是指中国固有文化之精华。《国粹学报》在创刊号的《略例》开门见山地表明:"本报以发明国学、保存国粹为宗旨。"创办人黄节《国粹学报叙》:"立乎地圜而名一国,则必有其立国之精神焉,虽震撼掺杂,而不可以灭之也。灭之则必灭其种族而后可,灭其种族则必灭其国学而后可。"《国粹学派》发表了大量宣传国粹的论文,并汇集当时国学权威著作六七百种,章太炎、黄节、刘师培等撰稿人多为学贯中西的鸿学大儒,登刊的文章具有极高的学术水平。除学术研究类的文章外,《国粹学报》还设有"文篇"栏目,刊登原创诗文、词曲、文学研究著作。撰稿者既包括柳亚子、陈去病、高旭等南社诸子,马其昶等桐城派古文家,也有王闿运、郑孝胥、郑文焯等诗词泰斗。陈三立许多诗文也在《国粹学报》上刊载,对该刊"发明国学、保存国粹"的宗旨是赞赏的,因此在该刊创刊三周年之际作此诗以示嘉许。

[2] 糠秕,在打谷或加工过程中从种子上分离出来的皮或壳。扬,这

里有"扬弃""去伪存真"之意。扬弃糠秕,即为国粹。

〔3〕这两句意为,《国粹学报》的出现,是为了挽救中国传统文化的危亡,其作者多具有强烈的忧患意识,决非偶然随意作文。

〔4〕辉光,光彩、明亮,也指某方面的修养造诣。班固《汉书》卷七十五:"夫日者,众阳之长,辉光所烛,万里同暑,人君之表也。"钩索,探究搜寻。叶适《〈巽岩集〉序》:"方将钩索质验,贯殊析同,力诚劳而势难一矣。"月窥椽,指月光照到房屋。椽,放在檩上架着屋顶的木条,这里代指房屋。

〔5〕观海难为水,李商隐《无题》:"曾经沧海难为水,除却巫山不是云。"意谓国人自幼受到传统文化与儒家思想的浸染,不可能再无条件地接受其他文化。陈三立《义门陈氏宗谱序》:"若夫曰勤曰俭,为存人类之基;孝弟谨信,为立人道之本,及祖若宗递,传亲睦之风、敦庞之俗,虽潮激波荡,必求固守勿失,有不容稍变者。盖不变其所当变与变其所不当变,其害皆不可胜言。所谓保种保国,验之区区一族而有可推焉者也。"斯文,《论语·子罕》:"天之将丧斯文也,后死者不得与于斯文也。"斯,此。文,指孔子颂扬的礼乐制度。后以"斯文"指文化。导川,导水入川。《拾遗记》卷二:"禹尽力乎沟洫,导川夷岳,黄龙曳尾于前,玄龟负青泥于后。"

端午淮舫集[1]

蒲艾溪风香[2],携客作端午。千舻乱凫鹥,数点江南雨[3]。

一水杂歌呼,万窗图仕女[4]。灯火虚空飞[5],欲摇醉魂去。

[1] 这两首诗作于光绪三十四年(1908年)端午。

[2] 蒲艾,菖蒲与艾草。菖蒲,多年水生草本植物。艾草,即艾蒿,多年生草本植物。二者都含有芳香油,有杀虫、防治病虫害之效。我国民间端午节有悬挂菖蒲与艾草的习惯,故端午又称"蒲节""艾节"。宗懔《荆楚岁时记》:"五月五日,谓之浴兰节。采艾以为人,悬门户上,以禳毒气。"

[3] 舻,舳舻,指船只。凫鹥,凫和鸥,泛指水鸟。《诗经·大雅·凫鹥》:"凫鹥在泾,公尸来燕来宁。"毛传:"凫,水鸟也。鹥,凫属。"

[4] 万窗图仕女,妇女也在端午节这天乘舟游乐。端午有时也被称为女儿节。明人沈榜《宛署杂记》云:"五月女儿节,系端午索,戴艾叶,五毒灵符。宛俗自五月初一至初五日,饰小闺女,尽态极妍。出嫁女亦各归宁。因呼为女儿节。"

[5] 这句描写人们放孔明灯的情形。孔明灯又叫天灯,相传是由诸葛亮所发明。大都以竹篾编成,用棉纸或纸糊成灯罩,放飞前将灯内的灯油点燃,产生热气,即可冉冉飞升。

北极阁访悟阳道长[1]

山数百级阁百尺[2],手挽台城唾后湖[3]。雨了诸峰争自献,烟开孤艇已能呼[4]。际天草树飞光影,冲潦牛驴入画图[5]。钟梵飘残凭槛久,道人只解捋髭须[6]。

[1] 此诗《近代诗钞》题作《登北极阁》。北极阁,位于南京市鸡笼山上。山上原有一座道观,正殿供有真武大帝像,殿后有阁名北极阁,是南京最早的气象台。悟阳道长,姓徐,陈三立友人,生平不详。

[2] 山数百级,言其高,其实鸡笼山海拔只有62.7米。

[3] 台城,位于南京玄武湖南岸,鸡鸣寺之后。原为三国时期吴国的后苑城,东晋成帝时改建。东晋到南朝结束,一直是朝廷台省(中央政府)和皇宫所在地。韦庄《台城》:"无情最是台城柳,依旧烟笼十里堤。"后湖,指玄武湖。这句是说北极阁与台城、玄武湖相距极近。意谓人在北极阁,台城触手可及,唾可直入玄武湖。

[4] 这两句写雨后鸡笼山美景。雨停后,山峰从雨雾中露出真容,仿佛在争相向游客献媚;雾霭消散,能听到对面游船内游客的呼声。了(liǎo),结束,完结。

[5] 此两句意谓连接天际的草木映着太阳的光辉,牛与驴踏着雨水前行,宛如一幅美丽的图画。冲潦,河水泛滥,这里指雨后的积水。

[6] 钟梵,寺院的钟声和诵经声。隋炀帝《与释智颇书》:"钟梵辍响,鸡犬不闻。"王安石《光宅寺》:"千秋钟梵已变响,十亩桑竹空成阴。"

立秋后五夕暑烈不寐[1]

秋炎宵愈炽,反侧向残更[2]。摩簟知蚊殉,摇灯见鼠狞[3]。小疲鼾欲动,骤觉梦遭烹[4]。起羡喑蝉适,移枝风露清[5]。

[1] 这首诗形象地描写立秋后的极度炎热,比喻极为奇特。立秋,二十四节气之一,标志着孟秋时节的正式开始,一般在公历8月7—9日。立秋并不意味着秋天的到来。俗语云"秋后一伏热死人",立秋前后中国大部分地区气温仍然较高。

[2] 立秋后晚上反而更加炎热,半夜辗转反侧难以入睡。反侧,《诗经·关雎》:"悠哉悠哉,辗转反侧。"

[3] 摩挲着竹席,才发现无意中拍死一只蚊子;摇曳的灯光下,鬼鬼祟祟的老鼠也显得面目狰狞。簟(diàn),竹席。

[4] 谓刚刚有些睡意,鼾声刚起,突然觉得闷热异常,梦中好像被人架在锅上烹煮一般。

[5] 起床后十分羡慕蝉对这种炎热天气的适应,恨不得也像蝉那样移居到带着清凉风露的树枝上。李时珍《本草纲目·虫三·蚱蝉》:"小而色青赤者,曰寒蝉,曰寒蜩,曰寒螀,曰蜺;未得秋风,则瘖不能鸣,谓之哑蝉,亦曰瘖蝉。""喑""瘖"二字通。

纪哀答剑丞见寄时将还西山展墓[1]

两宫隔夕弃臣民,地变天荒纪戊申[2]。万古奔腾成创局,五洲震动欲归仁[3]。月中犹暖山河影,剑底难为傀儡身[4]。烦念九原孤愤在,忍看宿草碧怜新[5]。

[1] 此诗作于1908年12月冬至日赴南昌西山展墓之前。剑丞,即夏敬观。纪哀,系悼光绪、慈禧之逝。这一年十月二十一日(11月14日),光绪帝突然驾崩,年仅37岁,次日慈禧卒于仪鸾殿。二人之死,相距不到24小时,疑点重重,故世人于光绪之死猜测甚多,传说光绪是被慈禧下毒害死的。但传说虽多,却苦无资料印证,几成历史悬案。2008年,中国原子能科学研究院反应堆工程研究设计所29室运用现代科技检测手段,对光绪的头发、遗骨以及衣服和墓内外样品等进行反复检验和缜密研究,这桩疑案终于有了科学的结论:光绪死于急性砒霜中毒。(见《国家清史纂修工程重大学术课题成果:清光绪帝死因研究工作报告》,《清史研究》2008年第4期。)

[2] 两宫,指光绪与慈禧。隔夕,光绪与慈禧去世,相隔只一天,故云。弃臣民,指君主死亡。《三国演义》第四回:"孝灵皇帝,早弃臣民。"戊申,这一年为农历戊申年。

[3] 万古奔腾,是说慈禧当政期间,列强入侵,屡屡丧权辱国。五洲震动,两宫先后病逝,在当时是引起国内、国际震动的大事,故上句有"地变天荒"之语。归仁,指天下太平。《论语·颜渊》:"一日克己复礼,天下归仁焉。"慈禧统治中国47年,专权骄横,生活奢靡,致使清朝内忧外患,百乱丛生,列强入侵,丧权辱国。甲午战争之败,皆因慈禧挪用海军军费,而庚子之乱,八国联军入京,慈禧更有不可推卸的责任,故慈禧被认为是近代中国

丧权辱国的罪魁祸首。她的死亡,使许多人认为中国从此天下太平。

〔4〕这两句哀光绪帝。上句赞其戊戌维新,下句哀其傀儡命运。

〔5〕这两句向九泉下的父亲汇报两宫驾崩的消息。九原,指墓地。鲍照《松柏篇》:"永离九原亲,长与三辰隔。"孤愤,《史记·老子韩非列传》:"(韩非)悲廉直不容于邪枉之臣,观往者得失之变,故作《孤愤》。"司马贞《索隐》:"孤愤,愤孤直不容于时也。"陈宝箴在维新失败后被慈禧罢官,郁郁而终,故云。宿草,墓地上隔年的草。《礼记·檀弓》:"朋友之墓,有宿草而不哭焉。"

夜附汽车赴下关宿大观楼候船[1]

暗雨存灯火,飞车拂市椽[2]。初分残夜醉,来枕大江眠[3]。一掷坚余念,回看欲自贤[4]。哀鸿筏角起,认汝在天边[5]。

[1] 此诗与上一首诗作于同一时期。诗人计划经南京下关渡口乘船赴南昌西山谒墓,此诗即写在下关大观楼候船之时的所感所想。

[2] 首联写汽车经过市区时的情形。夜雨伴着零星的灯火,汽车在街道上飞驰,仿佛要擦到路边的屋檐。

[3] 此联写候船。江水涛涛,残夜不眠,诗人的思绪也像滚滚大江一般。以下两联即写诗人思绪。

[4] 自贤,《庄子·山木》:"阳子之宋,宿于逆旅。逆旅人有妾二人,其一人美,其一人恶。恶者贵而美者贱。阳子问其故,逆旅小子对曰:'其美者自美,吾不知其美;其恶者自恶,吾不知其恶也。'阳子曰:'弟子记之,行贤而去自贤之心,安往而不爱哉?'"这里反其意而用之。诗人在李有棻卒后任江西铁路总公司名誉经理,为修建南浔铁路,虽受到种种无端责难,但问心无愧,因此义无反顾以任其事。"坚余念""欲自贤"即指此而言。

[5] 此两句意为,伴着哀鸿筏角,仿佛看到你在空中审视着我的所作所为。"汝"当指逝去的李有棻。

微雨中抵墓所[1]

将携五噫荡风烟，越陌披榛大冢前[2]。石气乍寒为抱影，松枝不剪已经年[3]。云旗弓剑重重恨，猿鹤沙虫稍稍传[4]。微雨独来摩泪眼，千山染血待啼鹃[5]。

[1] 这首诗与下面《崝庐楼望》《晓发吴城渡湖》都是诗人1908年冬至赴西山谒墓之时所作。

[2] 五噫，《后汉书·逸民传·梁鸿》："因东出关，过京师，作五噫之歌，曰：'陟彼北芒兮，噫！顾览帝京兮，噫！宫室崔嵬兮，噫！人之劬劳兮，噫！辽辽未央兮，噫！'"国家剧变之时独自上冢，用典极切，包含对两宫去世后国内时局与家国之痛的感慨与愤懑。越陌，越过山间的小路。曹操《短歌行》："越陌度阡，枉用相存。"披榛，砍去丛生的草木。陶渊明《归园田居》之四："试携子侄辈，披榛步荒墟。"

[3] 这两句描写墓前的凄清景象。抱影，孤独地守着自己的影子。

[4] 云旗，《楚辞·九歌·东君》："驾龙辀兮乘雷，载云旗兮委蛇。"王逸注："以云为旌旗。"猿鹤沙虫，《艺文类聚》卷九十引葛洪《抱朴子》："周穆王南征，一军尽化，君子为猿为鹤，小人为虫为沙。"后以"猿鹤沙虫"指阵亡的将士或死于战乱的人民。两句中，上联斥责慈禧等骄奢横暴，致使国家连遭战乱，下句写百姓在战乱中流离失所的不幸遭遇。"云旗弓剑"是因，"猿鹤沙虫"是果。"重重恨"是正面写，"稍稍传"则是反语。

[5] 啼鹃，此用望帝啼鹃之典。晋代张华《禽经》："望帝修道，处西山而隐，化为杜鹃鸟，或云化为杜宇鸟，亦曰子规鸟，至春则啼，闻者凄恻。"后常用"望帝啼鹃"表达国破家亡之痛。宋文天祥《金陵驿》："从今别却江南路，化作啼鹃带血归。"

崝庐楼望

山光蓊勃树青红,村落都移日影中[1]。我自楼头悲往事,十年听尽鸟呼风[2]。

阿耶课种竹千竿,今杂梅株压曲栏[3]。苦向江湖照行脚,未容留待月边看[4]。

庐前鹅鸭引雏回,庐后桐桑略已栽。传得杖乡程叟死,无人为话垦山来[5]。

[1] 这两句是登楼所望之景。蓊(wěng)勃,亦作"蓊芴",草木茂盛的样子。柳宗元《闵生赋》:"山水浩以蔽亏兮,路蓊勃以扬氛。"

[2] 悲往事,指1898年变法失败,父子俱被革职,随父归南昌之事,距此时正好十年。

[3] 耶,通"爺(爷)",父亲。《木兰辞》:"军书十二卷,卷卷有爷名。"《玉篇》:"爷,俗为父爷字。"关于"课种竹千竿",见《崝庐述哀诗五首》注[15]。

[4] 苦于自己十年来奔波在外,未能好好照看父亲亲手栽植的千竿竹梅。这是诗人自责之语。行脚,行走。宋杨万里《和文远叔行春》:"行脚宜晴翠,看云恐夕黄。"

[5] 传得,没有亲见,只是听说。杖乡,老人。《礼记·王制》:"六十杖于乡。"后用以指六十岁以上的老人。沈约《让仆射表》:"养老杖乡,抑推前典。"程叟,所指不详,大概是陈宝箴的友人或邻居。程叟已死,则无人可与共话当年往事。垦山,开垦荒山。这是程叟与陈宝箴闲话的内容。

晓发吴城渡湖

侵晓劈风衔尾船,枕中微觉浪摇天[1]。前去赭山一万尺[2],应有饥乌唤客眠。

起望银涛万弩攒,贯虹精气不能寒[3]。骑鼋恍接欷歔语,始信人间行路难[4]。

[1]侵晓,拂晓。《北齐书·崔暹传》:"侵晓则与兄弟问母之起居,暮则尝食视寝,然后至外斋对亲宾。"衔尾,指船首尾相接。浪摇天,指波浪很大。

[2]赭山,在今芜湖市,因其土石殷红,故名。清胡应翰《一览亭记》:"邑北诸山……则莫如赭阜为雄。山迤北益高,陡其巅则大江在襟带,而遥睇诸山,皆罗列如儿孙。"诗人从吴城出发,经鄱阳湖,沿长江回宁,芜湖为其必经之路。

[3]万弩攒,波涛滚滚,如万箭攒射。贯虹,是一种罕见的日晕天象。《战国策·魏策四》:"夫专诸之刺王僚也,彗星袭月;聂政之刺韩傀也,白虹贯日。"

[4]诗人自注:"火焰山侧为芍垣宫保溺毙处。"这里的火焰山是指位于江西星子县白鹿镇东北的星子火焰山,是一座石质小山,三面滨湖,多石,石呈黄色。《星子县志》:"(火焰山)位于江西星子县白鹿镇东北,大岭村东边,因其石呈黄色,每当盛夏,登上火焰山似火焰之炽,故此而得名。"芍垣宫保,指李有棻。"芍垣"是李有棻的字。李有棻溺亡后,赠太子少保,俗称宫保。此两句谓途经李有棻遇难水域,恍惚之间似觉故人骑鼋来语,不由感慨人生之艰难。

西山道中杂述[1]

郭外春风高,渡头春浪掷[2]。清明上冢人,啼鸦啄魂魄。

色霁柳一堤,靓妆桃两户。相看脉脉愁[3],都映纸钱舞。

灵气望城冈,飞花覆酒所[4]。西山诚暱余,云中与谁语[5]。

草木气相裹,鹧鸪声亦哀。元年坟畔路[6],履迹记苍苔。

[1] 这一组诗作于宣统元年(1909年)闰二月清明,诗人赴南昌西山扫墓时上山的路上。杂述,杂感。

[2] 春浪,春天的浪花。

[3] 脉脉,同"眽眽",深情地默默凝视。《古诗十九首·迢迢牵牛星》:"盈盈一水间,脉脉不得语。"

[4] 灵气,亡灵之气。

[5] 暱,同"昵"。西山诚然与我亲近,但口不言,我又向谁倾吐满腔愤懑呢?

[6] 元年,指宣统元年。

庐夜雷雨遣闷[1]

云衔日脚漏林黄,蚋蚋喧窗蚁避墙[2]。侵夜果惊雷破柱,引杯旋听雨鸣廊[3]。空山灯火愁开阖,卧榻羲皇梦短长[4]。花树明朝怯相看,楼头春色断人肠[5]。

[1] 这首诗与上一首作于同时,是诗人清明上坟之后夜宿西山靖庐遇雨所作。遣闷,清明春雷,天气不可能很闷热,因此这里当是指排遣胸中的郁闷之气。

[2] 日脚,太阳穿过云隙射下来的光线。杜甫《羌村》:"峥嵘赤云西,日脚下平地。"萧涤非注:"古人不知地转,以为太阳在走,故有'日脚'的说法。"蚋蚋(ruì),通常指蚊子。蚋,"蜹"字省文。《通俗文》:"小蚊曰蚋。"蚋蚋喧窗,蚂蚁避墙,预示雷雨即将来临。

[3] 这两句,上句写雷,下句写雨。侵夜,入夜。雷电如期而至,本在意料之中,故曰"果";雷声之大,却在意料之外,故曰"惊"。雷破柱,形容雷声之大。引杯,举杯,指喝酒。杜甫《夜宴左氏庄》:"检书烧烛短,看剑引杯长。"旋,旋即,不久。

[4] 雷雨之中,山中灯火时明时暗,开阖不定,夜中卧榻安眠,进入梦乡。羲皇,指伏羲氏。陶潜《与子俨等疏》:"常言五六月中,北窗下卧,遇凉风暂至,自谓是羲皇上人。"

[5] 这两句想象雷雨之后的情形,谓楼头花树被这一夜雨打风吹,恐怕春色不再,无法观赏。

八月廿一日夜宿九江铁路局楼感赋[1]

余酲倒宵装，迅犯大江白[2]。击浪留故声，鸥鸟留蓐食[3]。系缆溢浦陂，登楼谁主客[4]。抚我所凭栏，剑峰见高直[5]。湖光荡山气，吹沫洗颜色。狞飑压虚空，轰榻作霹雳[6]。宿昔画肚人，语笑不在侧[7]。枉觅缩地方，痛无补天石[8]。藩篱讵云固，掎角反树敌[9]。蛮触互一逞，鹬蚌终两厄[10]。涕泣导弯弓，御侮势方急[11]。托命漏舟上，呼号傥相及[12]。陋于知人心[13]，滋恐重不德[14]。幽卧翳灯荧，万虑摇胸臆[15]。

[1] 此诗作于宣统元年（1909年）八月。诗人此次江西之行，是为南浔铁路之事而来。为造福乡梓，创办南浔铁路，诗人及其姻亲李有棻"劳精焦思、吞声含诟"，倾注了大量心血，李有棻甚至搭上身家性命，在夜间乘船冒雨巡视工程进展时，不幸溺亡，其家人及仆从十二口也尽数罹难。在具体工作中，不仅资金无着，还处处受制，时时掣肘。铁路局内也分为两派，明争暗斗。诗人身处其间，进退维谷，骑虎难下，直至为了借款而陷入极端困窘绝望之境地。诗中所感之事即是指此。

[2] 不顾宿醉未醒，换下夜装，急忙登楼去看大江波涛。这两句是全诗总纲，下文写登楼望江时所见所想。余酲（chéng），犹宿醉。

[3] 蓐食，早晨未起身在床席上进食。《左传·文公七年》："训卒利兵，秣马蓐食，潜师夜起。"注云："蓐食，早食于寝蓐也。"《史记·淮阴侯列传》："韩信常数从其下乡南昌亭长寄食。数月，亭长妻患之，乃晨炊蓐食。食时信往，不为食具。"裴骃《集解》："未起而床蓐中食。"

[4] 系缆，系船，停船。溢浦，溢水，源出江西瑞昌西南青山，东流经县南至九江市西，北流入长江。陂（bēi），水边，水岸。谁主客，谓孰是主谁是

客。诗人久居金陵,在九江是客。但此来九江,是为乡梓奔走,又是主人。

[5]登楼凭栏远望,可以看到庐山高直的双剑峰。剑峰,双剑峰,庐山众峰之一,因其似剑插天,故名。

[6]狂飚,狂风。

[7]画肚人,这里指李有棻。相传唐代书法家虞世南常在睡眠时在被中用手指画腹,揣摹笔意。张怀瓘《书断》:"闻虞(虞世南)眠布被中,恒手画肚。"

[8]这两句极痛切。诗人与李有棻既是姻亲,又是志同道合的同志,希望通过修建铁路为家乡造福,为国家贡献一份力。但实际工作却困难重重,几陷入绝境,故有"痛无补天石"的感叹。枉觅,觅而不得。缩地方,缩小空间距离,这里指修建铁路。补天石,《淮南子·览冥》:"往古之时,四极废,九州裂,天不兼覆,地不周载……于是女娲炼五色石以补苍天。"

[9]藩篱,用竹木编成的篱笆或栅栏,后引申为屏障。庾信《哀江南赋序》:"江淮无涯岸之阻,亭壁无藩篱之固。"讵(jù),岂。掎角,《左传·襄公十四年》:"譬如捕鹿,晋人角之,诸戎掎之。"孔颖达疏:"角之谓执其角也;掎之言戾其足也。"这里是指在南浔铁路的创办过程中四处奔波,反而处处树敌,处处掣肘。陈三立《清故太子少保衔江宁布政使护理总督李公墓志铭》:"江西铁道专纠士民立公司,于海内为创举,公(李有棻)亦稍未谙其向背,乡之人以非隶于官,众可自便,要权利、私干朋、挟无纪,不获则造作讪谤、拒投资者,牵掣排挠,使即于败。异国留学群少年侈假民权,益起与应和,势张甚。公初颇易之,后乃劳精焦思、吞声含诟,卒以此自戕其生。"可作为这句诗的注脚。

[10]蛮触,《庄子·则阳》:"有国于蜗之左角者,曰触氏;有国于蜗之右角者,曰蛮氏。时相与争地而战,伏尸数万,逐北,旬有五日而后反。"后用以指为小事而争斗。鹬蚌,《战国策·燕策二》:"蚌方出曝,而鹬啄其肉,蚌合而拑其喙。鹬曰:'今日不雨,明日不雨,即有死蚌。'蚌亦谓鹬曰:'今日不出,明日不出,即有死鹬。'两者不肯相舍,渔者得而并禽之。"厄,受困。

[11]导,以手牵引,拉弓。《说文》:"导,引也。"修建铁路,目的是强国

御侮,故应争分夺秒,但现在却自己争斗不休,以致贻误发展良机,如同鹬蚌相争,外人得利。

[12] 谓国人同处乱世危局之中,应同舟共济,万众一心,互相扶持,而不应自我耗斗。漏舟,破船,比喻时局混乱。《明史》卷二百七十七:"清歌漏舟之中,痛饮焚屋之内。"托命漏舟之中,则危险可知。陈三立《题程道存之罘出险图》一诗中也有类似诗句:"又托漏舟迷死所,呼携丛稿塞横流。"

[13] 诗人自注:"《管子》:中国之人,明于礼谊而陋于知人心。"这是诗人的无限感慨。按,今《管子》一书不见此句,当是诗人将《庄子》误记为《管子》。《庄子·外篇·田子方》:"吾闻中国之君子,明乎礼义而陋于知人心。"

[14] 不德,缺乏德行。《尚书·伊训》:"尔惟不德罔大,坠厥宗。"孔颖达疏:"尔惟不德,谓不修德为恶也。"重不德,极为缺乏德行。这不是诗人自谦,而是激愤之语。

[15] 末二句收结全篇。只有幽暗的灯光陪伴着心事重重的诗人。翳,遮蔽。

凉讯依韵答樊山[1]

穿盘压线了生涯,袅袅蜗痕上楄纱[2]。檐溜初分钟阜雨,酒颜犹接女墙花[3]。泣闻时事萁煎豆,痴对宾筵饭煮沙[4]。飘堕秋香凉到骨,独依病树问年华[5]。

[1] 这首诗作于宣统元年(1909年)九、十月间。依韵,指按照他人诗歌的韵部作诗,韵脚用字只要求与原诗同韵而不必同字。樊山,樊增祥(1846—1931),字嘉父,号云门,一号樊山,别署天琴老人。湖北省恩施市人。光绪三年(1877年)进士,历任渭南知县、陕西布政使、护理两江总督。辛亥革命爆发,避居沪上。近代晚唐诗派代表诗人,遗诗达三万余首,有《樊山集》《樊山续集》《樊山集外卷》等。

[2] 穿盘压线,指蜗牛缓缓爬行。了生涯,生命快结束了。这里既是指蜗牛,又是自伤之辞。袅袅,柔软曲折的样子。蜗痕,即蜗涎。楄纱,窗纱。

[3] 钟阜,指神话传说中地处极北、气候苦寒的钟山。《文选·任昉〈为范尚书让吏部封侯第一表〉》:"关外一区,怅望钟阜。"李善注引许慎曰:"钟山,北陆无日之地。"《山海经·海外北经》:"钟山之神,名曰烛阴,视为昼,瞑为夜,吹为冬,呼为夏,不饮,不食,不息,息为风,身长千里。"袁珂校注:"钟山以其不见日,故常寒。"这里是双关语,既指南京钟山(紫金山),又切"凉讯"之意。女墙,城墙上的矮墙。刘禹锡《石头城》:"淮水东边旧时月,夜深还过女墙来。"

[4] 萁煎豆,用曹植《七步诗》事。刘义庆《世说新语·文学》:"文帝尝令东阿王七步作诗,不成者行大法。应声便为诗曰:'煮豆持作羹,漉菽以为汁。萁在釜下燃,豆在釜中泣;本自同根生,相煎何太急?'帝深有惭

色。"这里所说的"时事",大概是就当时风起云涌的革命风潮而言。饭煮沙,"煮沙成饭"的省语,比喻费力而无用。《楞严经》:"犹如煮沙,欲成嘉馔,纵经尘劫,终不能得。"唐顾况《行路难》:"君不见担雪塞井空用力,炊沙作饭岂堪食。""痴"字下得极沉痛。盖明知煮沙不能成饭,仍苦对宾筵,岂非痴极?可见诗人对宣统继位后国内混乱局势的复杂心情。

[5] 病树,枯萎的树木。刘禹锡《酬乐天扬州初逢席上见赠》:"沉舟侧畔千帆过,病树前头万木春。"

抵上海别儿游学柏灵还诵樊山布政午彝翰林见忆之作次韵奉酬[1]

海七万里波千层,孤游有如打包僧[2]。悯悯遣儿歇浦上,探骊画虎吁难凭[3]。分剖九流极怪变,参法奚异上下乘[4]。后生根器养蛰伏,时至傥作摩霄鹰[5]。云昏雨暗一舸杳,侧足伫望魂轩腾[6]。送者伶俜自厓返,莫问鲸鳄高邱陵[7]。通都颇喜盛谈士,飞箝捭阖各有能[8]。写忧偃蹇共车马,指点绮户垂朱藤[9]。歌楼灯火静愈好,驼坐恍惚狐听冰[10]。酒围琵琶隐窈窕,人生一博微笑应。只恐话旧到鬼录[11],欢哈隔世情可胜。十日影事绘海角,归骍啖饼余红绫[12]。预知醉翁挟客待,蟹已卧瓮鱼跳罾[13]。况惊新咏互映发,出语暖我絮与缯[14]。疾书报酬倒胸臆,狡狯收尽寒窗灯[15]。

[1] 宣统元年(1909年)十一月,陈寅恪从复旦公学毕业后,得亲友资助赴德留学,考入柏林大学,时年二十岁,诗人到上海为他送行。这首诗表达了诗人对爱子的舐犊之情和拳拳期望,也有与友人的诗酒之欢,内容并不统一,甚至有些驳杂。柏灵,即柏林。此诗在《国风报》第一年第十七期发表时作"柏林"。午彝,夏寿田(1870—1935),字午诒,又字午彝、耕父,号武夷、直心居士,湖南桂阳人。光绪二十四年(1898年)戊戌科榜眼,授翰林院编修。

[2] 上句谓海路遥远,下句说爱子独自渡海求学。打包僧,即云游僧。谓其所带行李不多,仅打成一包而已。

[3] 遣,送行。歇浦,黄歇浦,因相传战国四公子之一的楚国春申君黄歇疏凿此浦而得名,即今之黄浦江。探骊,《庄子·列御寇》:"夫千金之

珠,必在九重之渊,而骊龙颔下,子能得珠者,必遭其睡也。"画虎,范晔《后汉书·马援传》:"效季良不得,陷为天下轻薄子,所谓画虎不成反类狗者也。"这里是说远游留学,应汇通中外,融贯百家,使西学为我所用,便如探骊取珠,否则难免画虎类犬。

[4] 分剖,分析、研究。九流,指各种学术流派。《汉书·艺文志》:"诸子十家,其可观者九家而已。"九家是指儒家、道家、阴阳家、法家、名家、墨家、纵横家、杂家、农家。怪变,奇异多变。明王鏊《震泽长语·文章》:"盖昌黎为文主于奇,马迁之变怪,相如之闳放,扬雄之刻深,皆善出奇。"

[5] 根器,佛教用语,指人的禀赋、气质。丁保福《佛学大辞典》:"人之性譬诸木而曰根,根能堪物曰器。大日经疏九曰:'略说法有四种,谓三乘及秘密乘,虽不应吝惜,然应观众生,量其根器,而后与之。'"李华《润州鹤林寺故径山大师碑铭》:"群生根器,各各不同,唯最上乘,摄而归一。"蛰伏,本指动物冬眠,这里指潜心向学,以日后学成报国做准备。以上四句勉励陈寅恪精研学问,汇通中外,学术报国。显然,陈寅恪没有辜负父亲的期望。

[6] 爱子所乘轮船在阴雨连绵的大海中渐行渐远,诗人侧身伫望,心潮起伏,无法平静。轩腾,飞腾。

[7] 送者,诗人自指。伶俜,孤单。杜甫《新家吏》:"肥男有母送,瘦男独伶俜。"厓,同涯,这里指送别的码头。鲸鳄,泛指水中游鱼。

[8] 以下回忆与樊、夏等诗友在南京的诗酒欢会。马卫中、董俊珏《陈三立年谱》:"(宣统元年)九十月间,公在江宁,与樊增祥、陈伯陶、夏寿田、缪荃孙等日为诗酒之欢,并迭作诗钟。"通都,四通八达的都市。盛谈士,能言善辩的人,指樊增祥、夏寿田等人。飞箝,亦作"飞钳",辩论的一种方法。《鬼谷子·飞箝》:"引钩箝之辞,飞而箝之。钩箝之语,其说辞也,乍同乍异。"飞,是扬的意思,夸奖对方使其放心发言。箝,牵制束缚。捭阖(bǎi hé),开合。《鬼谷子·捭阖》:"捭阖者,天地之道。捭阖者,以变动阴阳,四时开闭,以化万物。""飞箝捭阖"合起来描写樊、夏等人能言善辩,滔滔不绝,令人心折。

[9] 绮户,彩绘雕花的门户。苏轼《水调歌头·丙辰中秋欢饮达旦大

醉作此篇兼怀子由》："转朱阁，低绮户，照无眠。"朱藤，即紫藤，是一种常见的观赏类攀缘植物。

〔10〕狐听冰，《水经注·河水一》引晋郭缘生《述征记》："盟津、河津恒浊，方江为狭，比淮、济为阔。寒则冰厚数丈，冰始合，车马不敢过，要须狐行，云此物善听，冰下无水乃过，人见狐行方渡。"

〔11〕诗人自注："一伎为文学士旧识。"鬼录，已逝之人，这里指文廷式。按文学士即文廷式。

〔12〕軿（píng），有帷盖的车子。

〔13〕知道有客人要来，早已准备好了鱼蟹等美味相待。醉翁，用欧阳修《醉翁亭记》典，这里指夏寿田等友人。罾（zēng），鱼网。

〔14〕映发，辉映。刘义庆《世说新语·言语》："从山阴道上行，山川自相映发，使人应接不暇。"这里指南京诗钟之会，诗友佳作迭出，互相辉映，温暖人心。

〔15〕疾书报酬，指回信。倒胸臆，抒写胸臆。

雨夜过安庆有怀沈子培方伦叔马通伯姚叔节诸子[1]

鼾枕长雷接,灯窗冻雨翻[2]。浮江迷一往,傍郭警余喧[3]。数子天应惜,高文世已尊[4]。重过眠食地,隔梦两无痕[5]。

[1] 此诗作于宣统二年(1910年)年清明后,诗人舟行赴南昌西山展墓,路过安庆。沈子培,即沈曾植。方伦叔,方守彝(1845—1924),字伦叔,号清一老人,安徽桐城人,同光体皖派诗人。马通伯(1854—1929),号其昶,安徽桐城人,晚清古文名家,曾任清史馆总纂。姚叔节,姚永概(1866—1923),字叔节,号幸孙,安徽桐城人,姚莹之孙。

[2] 这两句交待舟上环境。鼾枕长雷,鼾声如雷。接,谓鼾雷一声接一声,连绵不绝。冻(dōng)雨,暴雨。《尔雅·释天》:"暴雨谓之冻。"

[3] 这两句是说,乘舟路过这里,很想登岸与诸子相见,但大雨阻挡了我的脚步。警,警示,警醒。余喧,指雨声。

[4] 此谓沈、方、马、姚等人诗文为世人所推崇。

[5] 眠食地,睡眠和饮食之地。安庆为舟行往返南京、南昌的必经之地,故云。另一可能是指陈宝箴而言。马卫中、董俊珏《陈三立年谱》:"(同治二年)两江总督曾国藩驻节安庆,右铭公往游,国藩以上宾待之,曾氏幕僚亦争与交欢。然右铭公雅怀亲历戎行之志,不欲徒以文士见畜,未几,乃谢去。"范当世《故湖南巡抚义宁陈公墓志铭》:"(陈宝箴)出就曾文正公安庆,文正公绝重之。"

别墓还城道上[1]

低昂峦陇千红树,笼日拖烟压客装[2]。侧径喧呼开鸟鹊[3],荒村点缀见牛羊。霜枯自散诸峰气,风隔应干一滴浆[4]。过拂溪桥指城郭,生涯真笑鼠搬姜[5]。

[1] 这首诗是宣统二年(1910年)冬至前后诗人赴南昌谒墓之时所作。

[2] 峦陇,泛指山。陇,山冈高地。笼日拖烟,树木遮盖了太阳,牵引着山间的烟霭。唐崔橹《柳》:"风慢日迟迟,拖烟拂水时。"

[3] 侧径,小路。喧呼,喧闹呼叫。开鸟鹊,鸟儿受惊四散飞开。

[4] 浆,酒水。

[5] 鼠搬姜,明朱国祯《涌幢小品·竹轩》:"吾犹老鼠搬生姜,劳而无用也。"这是诗人的自嘲之语,更是激愤之辞。诗人不断往返于南京、江西之间,不仅为谒墓,更为了创办南浔铁路而殚精竭虑,不但劳而无功,反而饱受物议,故有此叹。

墓　上[1]

江海淹春荐,松楸有梦还[2]。真呵碑上字,更显雨余山[3]。虫鸟环相诉,牛羊下自闲[4]。忧天成泪尽,来护夕阳山[5]。

[1] 这首诗作于宣统三年(1911年)三月赴西山扫墓之时,下面的《崝庐写触目》也是作于此时。

[2] 此两句谓身缠俗务,耽误了清时扫墓,此时才前来祭扫。诗人此行抵达西山已是三月廿六日,时清明已过,故云。江海,即江湖。淹,滞留。春荐,春季祭献宗庙的果物。《礼记·王制》:"庶人春荐韭,夏荐麦,秋荐黍,冬荐稻。"松楸(qiū),墓地常植树木,常指代父母坟茔。

[3] 碑上字,指碑文。陈宝箴墓已于20世纪50年代修幸福水库时被毁,其碑不存。

[4] 牛羊下,《诗经·国风·君子于役》:"日之夕矣,羊牛下来。"结合尾联"来护夕阳山",可知诗人扫墓时已是傍晚。

[5] 忧天,用"杞人忧天"典。这里反用其意,有忧国忧民之意,又有革命大前夜、清廷大厦将倾的预感。不久之后,辛亥革命爆发,宣统退位,清政府统治宣告结束。

崝庐写触目[1]

好春如灵蛇,仅及践其尾[2]。悠悠变气候,岁月迅流矢。桃杏杂海棠,缀花心所美[3]。几日摇春风,飘落烂泥滓[4]。蜂蝶枉攀寻,饮恨吾与汝[5]。只许作丛竹,蔽檐上蝼螘[6]。纷飞翠色禽,啁啾盈两耳[7]。鸣蛙夜逾喧,鼓吹亘百里[8]。拥衾凭栏干,山气压复起。猿猱挂木杪,星斗宿岩里[9]。眩眼磷火乱,开阖到神鬼。从知人间世,不值一杯水[10]。

[1] 触目,目光所及,眼睛看到的。

[2] 灵蛇,《楚辞·天问》:"一蛇吞象,厥大何如。"王逸注:"《山海经》云:南方有灵蛇,吞象,三年然后出其骨。"践其尾,踩到尾巴。这里比喻春光美好,转眼已是暮春,不可辜负大好春光。

[3] 心所美,内心觉得它(指桃、杏、海棠等)很美。

[4] 风雨过后,春花飘零成泥,红销香断。泥滓,泥渣。

[5] 百花萎绝,有"长恨春归无觅处"之感,不仅蜂蝶饮恨,诗人也备感惆怅。

[6] 蝼螘,蝼蛄和蚂蚁。螘,同蚁。

[7] 啁啾,象声词,鸟鸣声。王维《黄雀痴》:"到大啁啾解游飏,各自东西南北飞。"

[8] 鼓吹,这里指蛙鸣。唐杨收《咏蛙》:"会当同鼓吹,不复问官私。"亘(gèn),延续不断。

[9] 木杪,树梢。

[10] 李白《答王十二寒夜独酌有怀》:"吟诗作赋北窗里,万言不直一杯水。"诗人由暮春景色,看到坟墓点点磷火,顿生幻灭之感。

由崝庐还城二首

　　一宵风揭屋，轰击万灵号[1]。余怒草犹靡，归途歌已劳[2]。层霾昏岭岫，疏鬓切蓬蒿[3]。回数坟头树，啼乌引子逃[4]。

　　斜出郭家岘，畲烟自作村[5]。畦连新麦穗[6]，井汲古槐根。白道魂能识，青霄吹故温。车尘莫相汙，曾是住仙源[7]。

　　[1]风揭屋，极言风大。万灵，墓中亡灵。一夜狂风怒吼，好像亡灵在号哭。

　　[2]余怒，指风。

　　[3]霾，大风杂尘土而下，称为霾。段玉裁《说文解字注》："风而雨土为霾。"《诗经·国风·终风》："终风且霾，惠然肯来。"岭岫(xiù)，山岭。唐吕岩说《灵茅赋》："或结根于江汉之澳，或蓄苗于岭岫之中。"蓬蒿，蓬草和蒿草，指荒野草丛。这两句是说，大风杂着尘土，遮蔽了山岭，我的稀疏的鬓影映着山野的草丛。

　　[4]回头时，看到坟头的树木上乌鸦带着幼鸟飞逃而去。

　　[5]郭家岘，村名。岘(xiàn)，小而高的山岭。畲(shē)烟，播种前，焚烧田地里的草木，用草木灰做肥料下种。陆游《出游》："畲烟傍山起，神鼓隔林鸣。"

　　[6]畦，田地的量词，五十亩为一畦。

　　[7]汙，同"污"。

集沪上酒楼[1]

栖迟海角盛朋徒,小聚还如下食乌[2]。莫问乱离轻性命,只余饱死羡侏儒[3]。穿霄鸿雁将归思,登俎鱼虾话旧都[4]。隔坐道人兼涕笑[5],学仙且战一时无。

[1] 1911年10月,武昌起义爆发,金陵发生战事,被革命党人占领,陈三立携家避居沪上,寓俞明颐宅。李瑞清、樊增祥、沈曾植、诸宗元等诗友也先后来沪,诗人与他们交游酬唱,此诗及以下几首都写于这一时期。

[2] 这两句是说,诗友们此次在上海小聚,犹如一群下树争食的乌鹊。这是诗人自嘲。战乱之中,故老们纷纷避居上海,个个狼狈不堪,如惊弓之鸟,故云。栖迟,隐遁,失意漂泊。杜甫《移居公安敬赠卫大郎》:"白头供宴语,乌几伴栖迟。"朋徒,朋辈。唐戎昱《冬夜宴梁十三厅》:"家为朋徒罄,心缘翰墨劳。"

[3] 侏儒,或作朱儒,身材异常矮小的人。《汉书·东方朔传》:"朱儒长三尺余,奉一囊粟,钱二百四十。臣朔长九尺余,亦奉一囊粟,钱二百四十。朱儒饱欲死,臣朔饥欲死。"宋祁《官廪月钱不足经费》:"下泽出游无款段,长安饱死羡侏儒。"

[4] 这两句是说,众人虽在战乱之际避居上海,但皆心怀旧都,希望局势稳定下来早日回家。登俎鱼虾,砧板上的鱼虾,所谓"人为刀俎,我为鱼肉"。

[5] 诗人自注:"李梅庵易道士冠服自金陵兵间至。"按,李梅庵即李瑞清(1867—1920),名文洁,字仲麟,号梅庵,江西省临川县温圳杨溪村(今属进贤县温圳)人,光绪二十一年(1895年)进士,翰林院庶吉士。1905年分发江苏候补道,署江宁提学使。1905—1911年任两江师范学堂监督,署江宁布政使。辛亥革命后,易道士冠服,避居上海,以遗老自居,自称"清道

人",卖书画以自给。1920年卒于南京。他是清末民初诗人、教育家、书画家、文物鉴赏家,中国近现代教育的重要奠基人和改革者、中国现代高等师范教育的开拓者。工诗、书、画,尤精书法。著有《清道人遗集》。

酬真长[1]

泥涂苟活能过我,祸变相仍莫问天[2]。凭几写诗仍故态,向人结舌共残年[3]。幼安皂帽今谁问,子美深杯只自怜[4]。想得敝庐山雪盛,白头横涕望归船[5]。

[1] 真长,诸宗元(1874—1932),字真长,一字贞壮,号大至居士,浙江绍兴人。入民国后,与黄节、邓实等人在上海创办"国学保存会",创办《国粹学报》,并加入同盟会,曾加入"南社",宣传革命思想。近代诗人、藏书家、书画家。诗与黄节齐名,有《大至阁诗》传世。钱仲联《近代诗钞》云:"黄节与诸宗元二人,为诗学宋人,是身为南社社员而与同光体诗人通声息者。"

[2] 泥涂,同泥途。《庄子·秋水》:"庄子钓于濮水,楚王使大夫二人往先焉,曰:'愿以境内累矣!'庄子持竿不顾,曰:'吾闻楚有神龟,死已三千岁矣,王巾笥而藏之庙堂之上。此龟者,宁其死为留骨而贵乎,宁其生而曳尾于涂中乎?'二大夫曰:'宁生而曳尾涂中。'庄子曰:'往矣!吾将曳尾于涂中。'"诗人用以自嘲,谓自己隐居不出,不得不"苟全性命于乱世也"。过,经过,看望。诸宗元《同伯严丈味莼园茗坐》:"车马来稀我到频,日斜廊静见窗尘。"可与此句互参。祸变相仍,灾祸与变乱连续不断。

[3] 几,几案。结舌,指不敢说话。陆机《谢平原内史表》:"钳口结舌,不敢上诉所天。"

[4] 幼安,指东汉末年名士管宁(158—241),字幼安,北海郡朱虚(今山东临朐)人。《三国志·魏志·管宁传》:"宁常著皂帽、布襦袴、布裙。"后人常以"辽东帽"指清高的节操。子美,指唐诗人杜甫,子美是他的字。杜甫《乐游园歌》:"数茎白发那抛得,百罚深杯亦不辞。"《丁未仲春上旬四

首》:"报主悲无术,伤时只自怜。"

[5]敝庐,指在金陵新筑的散原精舍。陈三立《于乙庵寓楼值汪鸥客出示所写山居图长卷遂以相饷余与乙庵各缀句记之》自注:"余营新宅金陵青溪旁,居数月而乱作。"望归船,僧皎然《往丹阳寻陆处士不遇》:"凤翅山中思本寺,鱼竿村口望归船。"

酬节庵[1]

梧几麻鞋事事非,只留残泪在征衣[2]。仰天雁鹜自相乱,照海楼台添作围[3]。书射聊城天日鉴,径荒精舍梦魂归[4]。望门赁庑何人识,示我无妨衡气机[5]。

[1] 节庵,梁鼎芬的号。

[2] 梧几,琴案。《庄子·齐物论》:"昭文之鼓琴也,师旷之枝策也,惠子之据梧也。"成玄英疏:"梧,琴也;……而言据梧者,只是以梧几而据之谈说,犹隐几者也。"陈三立夫人俞明诗善鼓琴,故以梧几指几案。陈三立《题周养安篝灯纺读图》:"梧几起哀音,披图荡胸肛。"可证。这里指日常生活。麻鞋,草鞋。杜甫《述怀》:"麻鞋见天子,衣袖露两肘。"这里指治国平天下的政治理想。因国家动乱,避居上海,正常的生活被打乱,政治理想早已成空,百事无成,故言"事事非"。征衣,旅人之衣。岑参《南楼送卫凭》:"应须乘月去,且为解征衣。"

[3] 雁鹜,大雁。

[4] 书射聊城,战国时期,燕国攻占齐国72座城池,公元前249年,齐将田单率兵反攻,只有聊城因城池坚固,守将负隅顽抗,迟迟不能攻下。《战国策·齐策六》:"田单攻之岁余,士卒多死,而聊城不下。鲁连乃书,约之矢以射城中,遗燕将曰……燕将曰:'敬闻命矣。'因罢兵到读而去。故解齐国之围,救百姓之死,仲连之说也。"这里是说,希望有人能够像义士鲁仲连那样,结束战乱,解民于倒悬。精舍,指金陵的散原精舍。诗人渴望战乱早日结束,局势稳定下来,回到南京散原精舍。

[5] 赁庑,租借的房屋。衡气机,指道家所说阴阳平衡的境界。《庄子·应帝王》:"吾乡示之以太冲莫胜,是殆见吾衡气机也。"这里是说,赁居上海,邻居都是互不相识的陌生人,只好在家里闲居,权当修身养性。

正月十七日坐雨[1]

凭栏三日雨,点滴乱春愁[2]。瓦鼠饥仍窜,枝乌晚更投[3]。酣歌迷故国,飘梦有横流[4]。休问天方醉,吾生应马牛[5]。

[1] 此诗作于民国元年正月十七日,即公历1912年3月3日。1912年1月1日,中华民国宣告成立,孙中山在南京就任临时大总统。2月12日,裕隆皇太后颁布退位诏书,清朝灭亡。在这种政治变动下,诗人的心情是极苦闷的,更何况此时还因战乱避居上海。这首诗即曲折地反映了诗人的这种心情。

[2] 乱春愁,唐鱼玄机《暮春即事》:"街近鼓鼙喧晓睡,庭闲鹊语乱春愁。"

[3] 枝乌,树上的乌鹊。宋诗人王炎《再用前韵答继周丈》:"绕枝乌鹊如要语,排闼青山不待迎。"朱彝尊《鸳鸯湖棹歌》之五:"惯是争枝乌未宿,夜深啼上月波楼。"投,乌鹊因天黑回巢,宛如投宿。

[4] 酣歌,高歌。故国,故园,这里指南京散原精舍,兼指刚刚灭亡的清朝政府。迷故国,因酣歌而忘记故国。这里是正话反说,正因为不能忘怀家国之痛,故愿借酣歌而暂时忘却。作于同时期的《醉后漫题》一诗有"翻凭沈醉护幽忧"之句,可作此处注脚。横流,大水不循道而泛滥,比喻动乱、灾祸。王维《谢除太子中允表》:"复宗社于坠地,救涂炭于横流。"横流另有涕泪交流的意思,用于此句亦通,意谓虽梦中也无法忘怀,痛哭流涕。《楚辞·九歌·湘君》:"横流涕兮潺湲,隐思君兮陫侧。"王逸注:"内自悲伤,涕泣横流也。"

[5] 天方醉,指世事混乱。张衡《西京赋》:"昔者,大帝说秦穆公而觐之,飨以钧天广乐,帝有醉焉。"李善注引虞喜《志林》:"嗟曰:'天帝醉秦暴,金误陨石坠。'"陈衍《张广雅召来鄂》诗有"一卧忽惊天醉甚,万牛欲挽陆沉艰"之句,其义相近。吾生应马牛,比喻离乱之世奔波之苦如同马牛。

车栈旁隙地步月[1]

荒陂苔冷月凄凄,负手听歌隔马蹄[2]。我有佳人阻江海[3],倚楼应照数行啼。

初吐林梢浸水隈[4],看翻鸡鹊一人来[5]。嫦娥犹弄山河影,未辨层层是劫灰[6]。

车音断续垂杨外,旗脚参差碧落间[7]。欲掬寒光濯肝腑[8],乘风归去卧匡山[9]。

[1] 此诗作于1912年春。车栈,今作车站。隙地,空地。步月,月下散步。

[2] 荒陂,荒坡。

[3] 佳人,美好的人,常指君子贤人。《楚辞·九章·悲回风》:"惟佳人之永都兮,更统世而自贶。"这里指三子陈寅恪。时陈寅恪在欧洲,资用不给。蒋天枢《陈寅恪先生编年事辑》:"民国元年壬子(一九一二年)。春,自瑞士暂时归国,居上海。"

[4] 初吐林梢,指月。水隈,水弯曲的地方。

[5] 鸡(zhī)鹊,传说中的异鸟。王嘉《拾遗记·后汉》:"章帝永宁元年,条支国来贡异瑞。有鸟名鸡鹊,形高七尺,解人语。其国太平,则鸡鹊群翔。"一人来,诗人自指。

[6] 劫灰,见《书感》注[2]。月光如水,风景依旧,但山河已经变色,表达了诗人对清王朝覆灭的惋惜之情,颇有过江诸人"风景不殊,正自有山河之异"(《世说新语·言语》)的感慨。

[7] 旗脚,犹旗尾。梅尧臣《龙女祠祈顺风》:"龙母龙相依,风云随所变。舟人请予往,出庙旗脚转。"碧落,道家称东方第一层天,碧霞满空,叫作"碧落"。白居易《长恨歌》:"上穷碧落下黄泉,两处茫茫皆不见。"

[8] 掬寒光,捧起清冷的月光。濯肝腑,犹云沥胆披肝。

[9] 匡山,指庐山,在今江西省九江市。相传秦末有匡氏兄弟七人筑庐居住此处,故又名匡山、匡庐。诗人祖孙四代,对庐山情有独钟。1870年,陈宝箴第一次游庐山,曾题诗"匡庐五老绕乡思,真面何人写照来"。1929年,陈三立由上海迁居庐山牯岭。次年,陈隆恪用江西省拖欠陈寅恪留学经费的赔款在庐山购置松门别墅(今牯岭河南路602号别墅),诗人遂迁居庐山,居住达四年之久,至1933年始移居北平。在庐山居住期间,他邀请吴宗慈重修《庐山志》并亲自作序,主持"万松林聚社"诗会。其子隆恪、寅恪、方恪、登恪等也在庐山居住过。长子师曾之子陈封怀为庐山植物园的创始人之一,1993年逝世后安葬在庐山植物园。2003年,陈寅恪与夫人唐筼骨灰归葬庐山植物园。

清　明

一片春愁明雨丝,鹃啼燕语负归期[1]。故山父老知枯立,数偏邻家上冢儿[2]。

[1] 1912年清明,诗人因兵乱未能赴南昌扫墓,故云。
[2] 周围墓地均有扫墓的孝子,只有我因故不能前来。这是诗人的想象。

十月朔雪望[1]

　　海气初成雪[2],窗光欲化烟。拳枝存冻鹊,韵榻扫残蝉[3]。栖泊熏炉换,啼号粥鼓连[4]。从占天地闭,我与我周旋[5]。

　　[1]朔,农历每月初一。《说文》:"朔,月一日始苏也。"《白虎通》:"朔之言苏也。明消更生,故言朔。"
　　[2]海气成雪,海水之汽化为雪花。因诗人此时居于上海,故云。
　　[3]拳枝,拳曲的树枝。韵榻,犹吟榻,吟诗成韵之榻。这两句描写天寒地冻,万物凋零之景。
　　[4]栖泊,居留停泊,寄居。陈子昂《古意》:"闻君太平世,栖泊灵台侧。"熏炉,古时用来熏香和取暖的炉子。《艺文类聚》卷七十引汉刘向《熏炉铭》:"嘉此正器,崭岩若山;上贯太华;承以铜盘,中有兰绮,朱火青烟。"粥鼓,谓僧寺集众食粥时击鼓。苏轼《大风留金山两日》诗:"沩山道人独何事,半夜不眠听粥鼓。"
　　[5]天地闭,《易·坤》:"天地闭,贤人隐。"我与我周旋,《世说新语》:"桓公(温)少与殷侯(浩)齐名,常有竞心。桓问殷:卿何如我?殷云:我与我周旋久,宁作我。"殷浩(303—356),字渊源,东晋名士,时人比作管仲、诸葛亮,以为"渊源不起,当如天下苍生何"!后上疏北伐,兵败后被废为庶人。陈三立当年襄助其父在湖南维新,失败后隐居不仕,故以殷浩自喻。

由沪还金陵散原别墅杂诗（五首选四）[1]

入门成生还，踌躇顾室庐[2]。凝尘扫犹积，阴藓侵阶除[3]。几案未改位，签架稍纷挐[4]。檐间新巢燕，似讶客曳裾[5]。猫犬饥不还，帙落干死鱼[6]。纸堆弃遗札，略辨谁某书[7]。因嗟哄变始，所掠半为墟[8]。长旗巨刃前，守者对欷歔[9]。就抚手植树，汝留劫烬余[10]。

夙恋山水区，辛勤营此屋。草树亦繁浓，颇欣生意足。移居席未暖，烽燧已在目。提携卧疾雏，指星庇海曲[11]。栖息屡改火，奋身省新筑[12]。四望带城障，春气染花竹[13]。狭巷闻卖浆，居邻换黄犊。卸装此盘桓，倏骇万霆逐[14]。窗壁为动摇，坐立几俱仆[15]。地震兼鸣啸，平生所历独。夜中震复然，破寐叫佣仆。置彼灾祥说，一枕百忧续[16]。

钟山亲我颜，郁怒如不平[17]。青溪绕我足，犹作呜咽声[18]。前年恣杀戮，尸横山下城[19]。妇孺蹈藉死，填委溪水盈[20]。谁云风景佳，惨淡弄阴晴。檐底半亩园，界画同棋枰[21]。指点女墙角，邻子戕骄兵[22]。买菜忤一语，白刃耀柴荆。侧跽素发母，挈婴哀哭并[23]。叱咤卒不顾，土赤血崩倾[24]。夜楼或来看，月黑磷荧荧[25]。

醒枕窗微明，鹍雀语啁啾[26]。出树绕屋角，恍聆笙笛幽。披衣起登览，晨露草木稠[27]。暄风拂阛阓，微挟兵气浮[28]。饭罢

221

携孺人,踏影临清流[29]。阿兄对门居,有园有层楼[30]。牡丹已作蕾,众绿明我愁。丛薄山茶娇,花如安石榴[31]。海棠六七株,灿烂珊瑚钩[32]。光气笼霄宇,一亭坐相收。主人不获赏,脱命伤白头[33]。庶几悟毅豹,来诱溪上鸥[34]。悠悠拨理乱,从寄桃源游[35]。

[1] 这组诗作于1913年春。诗人自1911年辛亥革命后挈家迁居上海,首次回到南京散原别墅,目睹乱后景象,写下这组诗。共五首,选其一、二、三、五首。

[2] 这两句总起全诗,感叹兵荒马乱之后能够活着回家。杜甫《羌村三首》:"世乱遭飘荡,生还偶然遂。"

[3] 这两句及下文描写战乱后房屋破败荒芜之景。阶除,台阶。

[4] 签架,书架。拏,同"拿"。纷拏,混乱貌。王逸《九思·悼乱》:"嗟嗟兮悲夫,殽乱兮纷拏。"

[5] 檐间新燕,从未见过主人,因此感到惊讶。曳裾,拖着衣襟。裾,衣服的大襟。

[6] 帙(zhì),书、画的封套,一般用布帛制成。

[7] 遗札,遗弃的书信。谁某,某人。辛亥革命爆发后,革命党人围攻江宁,诗人携家人避乱上海。因事起仓促,诗人及子女所作诗词、文章手稿、书画信件大部分未及携带,留在散原精舍家中,荡失殆尽。

[8] 哄变,指革命党人团攻江宁。潘益民《陈方恪年谱》:"宣统三年辛亥(一九一一年)。十二月二日,江南新军第九镇徐绍桢和协统沈同午等在南京城外发动起义,进攻雨花台,被江南提督张勋击退。同月二十五日,江浙联军进攻南京。战事爆发后,江宁城内异常混乱,两江显宦纷纷谋划潜逃。"苏昌辽《清末四公子之一陈散原》:"武昌首义,各省响应。清廷为加强南京的防守,城内改由张勋的辫子兵接防。张勋藉口搜捕革命党人,逐日闯入民家,翻箱倒笼,掠夺财物。凡见有剪去辫子之青年以及着学生制服之少年,皆指为革命党,加以逮捕杀害。南京城内,人心惶惶,不可终日。"

[9] 守者,指诗人携家避居上海时留守散原精舍的男佣。

[10] 劫烬余,劫后的余灰。

[11] 卧疾雏,诗人离开江宁避乱上海之时,二女正卧病在床。诗人稍后所作《留别散原别墅杂诗》:"宛接呻吟地,药气围残烛。"自注:"谓辛亥九月乱作,二女方得危病。"指星,李山甫《送刘将军入关讨贼》:"指星忧国计,望气识天风。"海曲,海隅。陆机《六齐讴行》:"营丘负海曲,沃野省且平。"王勃《滕王阁序》:"窜梁鸿于海曲,岂乏明时。"这里指上海。

[12] 指不顾兵乱未平,冒险回南京省视旧居。改火,指节气变迁。古时钻木取火,四季换用不同木材,故云"改火"。《论语·阳货》:"旧谷既没,新谷既升,钻燧改火,期可已矣。"何晏《集解》引马融曰:"《周书·月令》有更火之文。春取榆柳之火,夏取枣杏之火,季夏取桑柘之火,秋取柞楢之火,冬取槐檀之火。一年之中,钻火各异木,故曰改火也。"后常用以指节令的改变。诗人回南京时为农历二月末,正值初春,故云。《说文》:"省,视也。"新筑,新建的房屋,指南京头条巷的散原别墅。散原别墅建于1911年夏,未及数月,辛亥革命就爆发了。

[13] 城陴,犹城堞,城上的矮墙,这里泛指城墙。元稹《酬翰林白学士代书一百韵》:"野莲侵稻陇,亚柳压城陴。"

[14] 以下记载诗人在南京亲历地震时的情景。据《南京市志丛书·自然地理志》,此次地震发生于1913年4月3日晚(农历二月二十七日),震中在镇江,震级为5.25级,南京、上海等地均有震感。《时报》1913年4月5日第7版报道:"前日午后六时三刻,忽觉地动,已志昨报。同时镇江、南京、杭州均闻地动甚剧。本埠南市高昌庙制造局所设铁烟囱四周环有铁练亦铛铛作响,居户甚为惊奇。"《字林西报》1913年4月5日报道:"三日气象情况:下午六时四十分上海感到一次有力的、连续震动的地震。"《东方杂志》1913年5月1日卷9号:"本日下午七时,南京、苏州、上海、镇江各处均地震,而以镇江为最,倒塌房屋无数,历半分钟始止。"

[15] 几,几乎。仆,跌倒。

[16] 灾祥说,古人认为地震是吉凶灾变的征兆。《尚书·咸有一德》:"惟吉凶不僭在人;惟天降灾祥在德。"董仲舒《春秋繁露》:"凡灾异之本,尽生于国家之失。国家之失乃始萌芽,而天出灾害以谴告之。"地震是否为

灾变征兆,姑且不论,但强烈地震必然给百姓带来不幸,却是可预想到的事实,诗人对此十分忧虑。

[17] 这一首追记兵乱给南京带来的灾难。钟山,又名紫金山,位于南京市东北郊。革命军围攻南京之时,钟山一带也成为战场。郁怒,愤怒郁结于心。不平,韩愈《送孟东野序》:"大凡物不得其平则鸣。草木之无声,风挠之鸣。水之无声,风荡之鸣。"

[18] 青溪的流水仿佛在为兵乱而鸣咽哭泣。青溪,原名"东渠",开凿于三国孙吴赤乌四年(241年),发源于钟山西南,古时北通玄武湖,南通秦淮河,逶迤九曲,长十余里。六朝时,青溪七桥九曲,岸柳依依,风景秀丽,为金陵名胜。诗人的散原别墅即位于青溪之旁的头条巷。"犹作鸣咽声"句,承上句"郁怒如不平"句意。

[19] 以下描写1911年11月革命军与张勋部在南京鏖战给百姓造成的深重灾难。时革命党与新军里应外合进攻南京,驻守城内的张勋下令全城戒严,挨户搜查革命党和起义军:凡剪发、悬白旗、携白旗者,格杀勿论。时人回忆,当时辫子兵在城内横冲直撞,"壮丁、学生多有剪发辫者,悉拘杀不赦"。辫子兵被称为"杀和尚头",青年学生因之罹祸者近千。一时间南京城内哀声不断,各城门及一枝园、小营、下关一带尸横遍地,妇女被辫子兵强暴者也为数众多。(《末路"辫帅"张勋鏖战金陵》,《新京报》2011年6月29日)

[20] 蹈藉,践踏。

[21] 棋枰(píng),棋盘。

[22] 以下写邻家祖孙三代买菜时被乱兵无辜杀害的悲惨经历。"指点"二字说明以下内容为诗人听别人所说。戕,杀害。这是被动用法,被杀害。

[23] 跽,长跪,挺直上身,两膝着地。《说文》:"跽,长跪也。从足,忌声。"素发,白发。挈婴,怀抱婴儿。

[24] 叱咤,怒喝,呵斥。《史记·淮阴侯列传》:"项王暗噁叱咤,千人皆废。"司马贞《索隐》:"叱咤,发怒声。""土赤"句,骄兵残忍地杀害了一家老小,鲜血染红了土地。

[25] 或来看,有人到女墙下凭吊遇害者,只看到荧荧的磷火,在无月的夜色中闪着寒光,仿佛在控诉杀人者的累累罪行。

[26] 这是组诗的最后一首,描写诗人在乱后回到旧居时的日常生活。这首诗在风格和内容上与组诗的前几首形成鲜明的反差,愈加衬托出战乱给人民带来的不幸。尽管回到旧居的生活是平静的,但诗人的内心显然并不平静。

[27] 草木稠,正说明人烟之少,是乱后的常见景象。杜甫《春望》:"国破山河在,城春草木深。"

[28] 暄风,春风。陶潜《九日闲居》诗:"露凄暄风息,气澈天象明。"阛阓(huán huì),街市、街道。左思《魏都赋》:"班列肆以兼罗,设阛阓以襟带。"吕向注:"阛阓,市中巷绕市,如衣之襟带然。"兵气,这里指兵乱后残存的肃杀凄凉之气。

[29] 孺人,古代指大夫的妻子。明清时期,孺人是对七品官的母亲或妻子的封号,也常用作对已婚妇女的尊称。这里指诗人的夫人俞明诗。

[30] 阿兄,指陈三立夫人俞明诗的兄长俞明震。俞明震(1860—1918),字恪士,号觚庵,浙江山阴(今绍兴)人。光绪十六年(1890年)进士,选翰林院庶吉士。光绪二十一年(1895年)任台湾布政使,与唐景崧、邱逢甲等组织台湾守军抗日。不久兵败离台,内渡厦门。戊戌变法期间,积极支持变法,参与陈宝箴湖南新政。变法失败后,转任南京江南水师学堂兼附设矿务铁路学堂总办。其间两次带领学生赴日留学,鲁迅也在其中。《鲁迅日记》中多次提到的"恪士师",就是俞明震。光绪三十三年(1907年),转任江西赣宁道。宣统二年(1910年),任甘肃提学使。宣统三年(1911年),代理布政使。民国初年(1912年),任平政院肃政使。不久,辞归故里。晚年寓居上海、杭州等地,民国七年(1918年)卒。有《觚庵诗存》四卷。陈三立移家江宁,筑散原别墅,与妻兄俞明震为邻。

[31] 薄,同"迫",迫近。安石榴,即石榴。张华《博物志》:"汉张骞出使西域,得涂林安石国榴种以归,故名安石榴。"

[32] 珊瑚钩,比喻华丽珍贵。杜甫《奉同郭给事汤东灵湫作》:"飘飘青琐郎,文采珊瑚钩。"仇兆鳌注引师尹:"珊瑚钩,言文章之可贵。"

[33] 脱命,谓兵乱中逃脱性命。伤白头,感叹老之将至。

[34] 毅豹,《庄子·外篇·达生》:"鲁有单豹者,岩居而水饮,不与民共利,行年七十而犹有婴儿之色;不幸遇饿虎,饿虎杀而食之。有张毅者,高门县薄,无不走也,行年四十而有内热之病以死。豹养其内而虎食其外,毅养其外而病攻其内。此二子者,皆不鞭其后者也。"后常用以感叹养生之道难求。苏轼《王中甫哀辞》:"已知毅豹为均死,未识荆凡定孰存。"

[35] 谓乱世之中,何处是桃源？桃源,陶潜《桃花源记》:"晋太元中,武陵人捕鱼为业。缘溪行,忘路之远近。忽逢桃花林,夹岸数百步,中无杂树,芳草鲜美,落英缤纷。渔人甚异之,复前行,欲穷其林。林尽水源,便得一山,山有小口,仿佛若有光。便舍船,从口入。初极狭,才通人。复行数十步,豁然开朗。土地平旷,屋舍俨然,有良田美池桑竹之属。阡陌交通,鸡犬相闻。其中往来种作,男女衣着,悉如外人。黄发垂髫,并怡然自乐。见渔人,乃大惊,问所从来。具答之。便要还家,设酒杀鸡作食。村中闻有此人,咸来问讯。自云先世避秦时乱,率妻子邑人来此绝境,不复出焉,遂与外人间隔。问今是何世,乃不知有汉,无论魏晋。"

楼　夜[1]

发愤依夷市,偷闲寻隐庐[2]。对山夜无寐,玩世计终疏[3]。风摇新鬼哭,灯出隔溪渔[4]。屋角斗杓烂,襟吟下鉴余[5]。

[1] 这首诗同下面几首诗,均为诗人在南京散原精舍时所作。

[2] 夷市,指上海外国租界。陈三立《清道人遗集序》:"辛亥革命之难兴,乱军四逼,僚吏率散走,……当是时,四方士大夫识与不识类聚保夷市。"诗人携家避乱上海时,寓居虹口塘山路(今唐山路)妻弟俞明颐家。隐庐,隐居之庐。

[3] 这两句抒发了诗人对清朝灭亡、政局剧变的无奈与悲慨。

[4] 飘摇的风声,仿佛是遇难者的冤魂在哭泣。杜甫《兵车行》:"新鬼烦冤旧鬼哭,天阴雨湿声啾啾。"

[5] 斗杓,斗柄。《淮南子·天文训》:"斗杓为小岁。"高诱注:"斗,第五至第七为杓。"烂,灿烂。

雨　望

溪山霭微雨,迢递落鸠声[1]。花药扶春满,楼亭对酒明[2]。炊烟斜自舞,林瘴薄还生[3]。木末喧归骑,依稀湿斾旌[4]。

[1] 首联点明"雨望"的主题,谓溪山之间,微雨蒙蒙,远处传来斑鸠的鸣声。溪山,青溪和钟山。迢递,兼有遥远、婉转、连绵之意。鸠,鸟名。《礼记·月令》:"仲春,鹰化为鸠。"

[2] 以下四句写雨中之景,其中颔联近景,颈联远景。花药,芍药。《宋书·徐湛之传》:"果竹繁茂,花药成行。"

[3] 林瘴,树林中的瘴气。

[4] 木末,树梢。斾旌,泛指旗帜。《诗经·小雅·车攻》:"萧萧马鸣,悠悠斾旌。"

步庐侧遣兴

吾庐傍城阙,风物数家村[1]。处处畦塍接,时时禽鸟喧[2]。几忘喋血地,曾污桃花源[3]。遗弹园丁拾,持看与闭门[4]。

[1] 风物,风光景物。陶潜《游斜川诗序》:"天气澄和,风物闲美。"数家村,辛弃疾《阮郎归·耒阳道中为张处父推官赋》:"鹧鸪声里数家村,潇湘逢故人。"

[2] 两句写初春时节安详宁静的田园景象。塍(chéng),田间的土埂或小堤。《说文》:"塍,稻中畦也。"秦观《踏莎行》:"山田过雨正宜耕,畦塍处处春泉漫。"

[3] 眼前的田园风光是如此安宁,以至于几乎使人忘却了这里曾经发生的血战。喋血,踏血而行,形容杀人之多。司马光《登宿州北楼望梁楚之郊访古作是诗》:"兹为会战场,喋血无时休。"

[4] 园丁拾到战争时留下的弹片,想到当时血战的惨烈,令人感慨。

夜　坐

　　一灯窈窈寂琴书,宛向岩峦深处居[1]。虚楄延风馨草木,断钟沈雨落阶除[2]。归来四壁真吾有[3],老去重言与世疏[4]。坐对孺人商补屋,传闻魏晋不关渠[5]。

　　[1]坐对琴书,宛如隐居深山之中。窈窈,见《夜舟泊吴城》注[2]。岩峦,山峦。徐悱《古意酬到长史溉登琅邪城》:"表里穷形胜,襟带尽岩峦。"

　　[2]虚楄,半开的窗户。楄,门窗上用木条做成的格子。馨草木,指初春草木初萌时的气息。断钟,断续的钟声。阶除,台阶。这两句由室内写到庐外,不仅是空间的延伸,同时也是诗人思绪的延展。

　　[3]四壁,四面墙壁。《史记·司马相如列传》:"文君夜亡奔相如,相如乃与驰成都。家居徒四壁立。"后常用以形容家境贫寒,一无所有。陈师道《答张文潜》:"我贫无一锥,所向皆四壁。"辛亥兵乱,"所掠半为墟",散原精舍也未能幸免,不仅物品被掠夺一空,房屋也曾受损,因此才有下文与夫人商议"补屋"之语。

　　[4]重言,重复申明。《列子·说符》:"吾知之矣,子勿重言。"《后汉书·郎颛襄楷传》:"出死忘命,恳恳重言。"李贤注:"重,再也。"与世疏,与俗世疏远,常指隐居。王安石《寄虞氏兄弟》:"久闻阳羡安家好,自度渊明与世疏。"陆游《野性》:"野性从来与世疏,俗尘自不到吾庐。"

　　[5]传说中的桃花源难寻,只能在散原精舍安家,因此与夫人商讨修补房屋之事。传闻魏晋,陶潜《桃花源记》:"问今是何世,乃不知有汉,无论魏晋。"渠,他。不关渠,与他无关。陆游《雪中寻梅》:"正是花中巢许辈,人间富贵不关渠。"

泛舟青溪[1]

唤系小艇门前陂,霄霁气暖游赏宜[2]。孺人偕登雏鬟随,翠拖一水明琉璃[3]。东风翩翻兰桨移,上拂桥岸夹柳荑[4]。杂英纤茸纷路歧,插眼钟阜垂屏帷[5]。毗卢古寺众木围,长老死去今寻谁[6]。周遭故城一炬遗,瓦砾荆棘想见之[7]。往时颅骨并弹飞,牵搂妇孺填沟池[8]。至今杀气缠昏霾,饥乌啄槽伤人怀[9]。坐俯浅流曝鱼鳃,掉首还柂逐凫鹥[10]。疾穿烟岚掠城陴,复成桥头鉴园窥[11]。乱余榆竹犹含滋,映栏红桃对参差[12]。主人转徙梦可归,写图感旧复奚为[13]。徐出东关楼帘低,酒舫稍扬弦管悲[14]。歌声恍惚阿得脂,暝色荒荒叠鼓催[15]。回指灯火喧橹枝,景光迷离记兴衰[16]。

[1] 这首七言古诗每句押韵,一韵到底,称为"柏梁体"。清人赵翼《陔馀丛考·柏梁体》:"汉武宴柏梁台,赋诗,人各一句,句皆用韵,后人遂以每句用韵者为柏梁体。"其实南北朝以前的七言诗大都是句句用韵,故赵翼指出:"此体已久有之,不自《柏梁》始也。"柏梁体之名作,有汉武帝《柏梁台诗》、曹丕《燕歌行》、杜甫《饮中八仙歌》等。

[2] 上句点明"泛舟"题旨,下句谓初春天气转暖,故适宜游赏。据诗意推测,诗人此次青溪之游的路线,在头条巷散原精舍附近上船,沿青溪至毗卢寺,复回舟南下,经复成桥,出东水关码头,大概至秦淮河止。

[3] 谓孺人的衣饰映在水中,晶莹碧透,明如琉璃。琉璃是一种有色半透明的玉石,戴埴《鼠璞·琉璃》:"琉璃,自然之物,彩泽光润,逾于众玉,其色不常。"

[4] 兰桨,兰木做的桨。这是修饰之辞,未必真的是兰木做的。屈原

《九歌·湘君》:"桂棹兮兰枻,斫冰兮积雪。"苏轼《前赤壁赋》:"桂棹兮兰桨,击空明兮溯流光。"柳荑(yí),柳树初发的嫩芽。曾巩《寄王介卿》:"金绦引柳荑,芳气满原泽。"

[5] 纤茸,纤细柔密的样子。孟郊《品松》:"名华非典实,蒻弃徒纤茸。"插眼,满眼。钟阜,指钟山。屏帷,屏帐。以上为全诗第一层,主要描写出游时看到的初春景象。

[6] 以下为全诗第二层,描写战乱给南京人民带来的悲剧。毗卢,佛名,毗卢舍那(亦译作毘卢遮那)之省称,即大日如来。一说,法身佛的通称。毗卢寺,在今南京汉府街4号,始建于明嘉靖年间(1522—1566),因寺中供养毗卢遮那佛,初名毗卢庵。光绪十年(1884年),原毗卢庵址建寺,东至清西河,西至大悲巷,北至太平桥,南至汉府街,遂改庵为毗卢寺,为南京第一大寺。

[7] 由眼前的破败古庙,联想到辛亥战乱带来的破坏。

[8] 这两句是诗人对当年战乱给百姓造成不幸灾难的想象。往时,指1911年底革命军围攻南京之时。

[9] 槥,粗陋的小棺材。《说文解字》:"棺椟也。"《汉书·高帝纪》:"令士卒从军死者为槥,归其县。"颜师古注引应劭曰:"槥,小棺也,今谓之椟。"

[10] 以下为全诗第三层,写青溪的美景。这两句是说,坐在船上俯首看到清浅的河水中露出鱼鳃的鱼儿,调转船头又追逐水鸟。柁,同"舵"。凫鹥,凫和鸥,泛指水鸟。《诗经·大雅·凫鹥》:"凫鹥在泾,公尸来燕来宁。"毛传:"凫,水鸟也。鹥,凫属。太平则万物众多。"

[11] 复成桥,位于现常府街与瑞金路之间,跨内秦淮河东段。原桥建于明代,为三孔砖石拱桥,1993年由于道路拓宽,拆除重建。鉴园,是清末民初诗人关鉴泉的私人花园,在青溪旁,故从舟中能够看到鉴园。

[12] 这两句描写的是诗人在舟中所见鉴园景色,所谓"春色满园关不住,一枝红杏出墙来"。

[13] 主人,指鉴园主人关鉴泉,大概此时他避乱未归,故云。

[14] 以下为全诗第四层,由春游美景转为兴衰之叹。东关,指东水

关,位于南京城东南部,至今已有一千多年的历史,曾经是古秦淮重要的交通枢纽,秦淮河流入南京城的入口,也是十里秦淮河风光带的"龙头"。今仍有东水关码头、东水关遗址存在。弦管,指十里秦淮的笙歌宴舞。眼前的歌舞升平景象,掩盖不了战乱杀伐给人民带来的伤痛,故诗人未感欢乐之情,反起悲伤之感。

[15] 阿得脂,《资治通鉴》卷一百四载,晋孝武帝太元五年(380年),秦王苻坚分使关中氐人十五万户散居方镇,坚送于灞上,诸氐恸哭离别,秘书侍郎略阳赵整因侍宴而歌曰:"阿得脂,阿得脂,博劳舅父是仇绥,尾长翼短不能飞,远徙种人留鲜卑,一旦缓急当语谁。""阿得脂"大约是氐语,可能是起头的发语词,原义不明。此歌讽谏苻坚不应迁走氐人而留下鲜卑人。雨花台之战后,张勋兵败,率军北走徐州,革命党人遂占领南京,故陈三立用此典讽之。

[16] 橹枝,摇船的橹桨。景光,景况。刘禹锡《问大钧赋》:"抗陛级乎重霄兮,异人间之景光。"

过邻居梁公约不遇[1]

漠漠溪上宅,梁生能结邻[2]。菜花馨几席,鸟语共昏辰[3]。世乱吟如昨,天教道可贫[4]。晚过违抵掌,痴对灌园人[5]。

[1] 梁公约(1864—1927),原名荚,又名梁英,字公约、慕韩,以字行。光绪间江都诸生,扬州人。清末民初书画家、诗人、教育家。曾发起创办南京美术专科学校,并自任国画教师。尤以画芍药、菊花入神,有"梁芍药"之美誉。早年从范当世、朱铭盘学诗及古文,其诗宗江西诗派,兼有晚唐遗风,有《端虚堂诗稿》。陈衍《石遗室诗话》云:"梁君诗极似明末清初江湖诸老语,近则胡诗庐可相伯仲。"

[2] 漠漠,寂静无声。溪上宅,指梁公约宅。梁氏30岁后定居南京,其诗文和书画很快得到梁鼎芬、缪荃孙等人的赏识,为之延誉于名公巨卿间,陈三立也因之与他相识交往。今检散原精舍诗集、续集、别集,其中提到梁公约有六七处。梁公约在南京时,居住在青溪边的锦绣坊,虽然两家居所并未相邻,但也并不太远,又都沿青溪而居,故称"结邻"。

[3] 这两句描写梁公约住宅周围的景色。诗人过梁宅不遇,于惆怅无聊之际,游目四顾,觉菜花之馨香,听鸟语之啁啾,想见友人日常生活如此。几席,几案。

[4] 这两句赞赏梁公约身处乱世,但淡泊自守,吟诗作画如故。道可贫,《史记·孔子世家》:"颜渊死,孔子曰:'天丧予!'及西狩见麟,曰:'吾道穷矣!'"

[5] 抵掌,击掌,指人在谈话中的高兴神情。《战国策·秦策一》:"(苏秦)见说赵王于华屋之下,抵掌而谈。"《史记·滑稽列传》:"(优孟)即为孙叔敖衣冠,抵掌谈语。"裴骃《集解》引张载曰:"谈说之容则也。"违抵掌,谓

寻友人不遇,欲与抵掌而谈而不得。灌园人,这里指梁公约。杨恽《报孙会宗书》:"是故身率妻子,勠力耕桑,灌园治产,以给公上。"后常指退隐田园。

癸丑五月十三日至焦山，同游为陈仁先、黄同武、胡瘦唐、俞恪士、寿丞兄弟。越二日，王伯沆亦自金陵来会，凡三宿而去，纪以此诗[1]

番市厌纷阗，结辈选幽胜[2]。焦山虽屡登，十载隔松磴[3]。跃车就江浒，一苇万波迎[4]。岩姿觑俨然，不改蛇蚓径[5]。俯漪窜群影，我共鱼游镜[6]。诸庵列蜂房[7]，步步石气润。交枝插日脚，四垂茑萝映[8]。蒙笼荡翠光，缴盖孰执柄[9]。离立蟠穹木，存汝视劫运[10]。自张恶子帜，所在互践蹸[11]。兹山喜未赭，犹可叫虞舜[12]。嵯峨一寸心，姑与百灵盟[13]。

翘翘松寥阁，重建燔烬余[14]。面江敞轩楶，额题易其初[15]。军校过殷勤，携宴接空虚[16]。长风回密席，涛音和歌呼[17]。酒罢历诸寺，剩迹寻模糊[18]。群客攀峰巅，蹑履忘崎岖。老夫腰脚衰，返阁看悬蛛[19]。侵夜波逾喧，下上穿舳舻[20]。开阖鹅鹳声，始觉恋江湖。云罅月半吐，众籁微吹嘘[21]。曾是水精域，取置榛莽墟[22]。

夜枕堆江声，晓梦亦洗去。挂眼绕郭山，冉冉云岚曙[23]。风来木叶翻，韵合疏钟度[24]。盂粥点盐豉，摩腹纵闲步[25]。过抚六朝松，宿昔伫立处[26]。千岁阅游人，来去如凫鹜[27]。贤愚共磨灭，宁问有新句[28]。偓佺焦先同，独为记此树[29]。

山寺富碑拓,亦颇藏秘轴[30]。鹤铭周鼎外,名辈积篇牍[31]。竹坡独留带,好事苏髯续[32]。题名椒山卷,盛世仰老宿[33]。先公墨犹烂,把笔俨在目。弹指十九年,人亡社已屋[34]。从游四五辈,过半不可赎。江楼掩泪看,余生矧碌碌。其余识名姓,复讶填沟渎[35]。人生几两屐,谁及道旁木[36]。流传画与书,但视为鬼录[37]。

俊侣翩不顾[38],王生续奇游[39]。冥契幻怪肠,浣此啮石流[40]。重寻所踏径,雨余山更幽。访旧海西庵,佳人澹淹留[41]。列厨馥楼壁,继阮勤蒐搜[42]。五载读书灯,想见屋打头[43]。只今卧疾榻,呼吁枯两眸[44]。心地收汗马,梦魂带吴钩[45]。旦暮投行窝,一世看蜉蝣[46]。更筑归来阁,对盏盟江鸥[47]。

[1] 这一组诗作于民国二年(1913年)五月与友人登览焦山之后。焦山,在今镇江市东北的长江中。古时为樵夫、渔民出入之地,原名樵山。北宋真宗时为纪念曾隐居山中的东汉处士焦光(一作焦先),改名焦山,为江南地区著名风景名胜。陈仁先,即陈曾寿(1878—1949),字仁先,号苍虬居士,湖北蕲水县人,光绪二十九年(1903年)进士,著有《苍虬阁诗集》。黄同武,其人不详。胡瘦唐,即胡思敬(1869—1922),字漱唐,号退庐,江西新昌(今江西宜丰)人,光绪乙未(1894年)进士,一生著述颇丰,有《退庐文集》《退庐诗集》《戊戌履霜录》《九朝新语》《国闻备乘》等书传世。俞恪士,即俞明震,见《由沪还金陵散原别墅杂诗》注。寿丞,指明震的弟弟俞明颐(1873—?),湖南长沙人,字寿臣、寿丞。王伯沆,即王瀣(1871—1944),南京人,著名学者,字伯沆,一字伯谦,晚年自号冬饮,早年曾被陈三立延为西席,授业陈寅恪诸子,后执教于两江师范学堂、南京高等师范学校、金陵女子大学、国立东南大学、中央大学等院校。

[2] 第一首,写登览焦山所赏胜景,并联想到时代之变迁。番市,意同《楼夜》一诗的"夷市",指上海租界。纷阗,犹纷骈阗、纷阗阗,指事物或人

物众多、聚集在一起。《诗经·小雅·采芑》:"伐鼓渊渊,振旅阗阗。"高亨注:"阗阗,兵势众盛貌。"后常用以表示城镇繁华、游人聚集。幽胜,幽僻的胜景,这里指焦山。

[3] 松磴,有松树的坂道。陈三立上一次登焦山是在光绪二十七年(1901年)七月,距此已十二年,言"十载",盖取其大数。

[4] 就,靠近。江浒,江边。焦山在长江中,四面环水。一苇,《诗经·卫风·河广》:"谁谓河广,一苇杭之。"孔颖达疏:"言一苇者,谓一束也,可以浮之水上而渡,若桴筏然,非一根苇也。"后以"一苇"为小船的代称。

[5] 以下为写焦山的风景。觌(dí),相见。俨然,整齐貌。陶渊明《桃花源记》:"土地平旷,屋舍俨然。"蛇蚓径,蜿蜒如蛇与蚯蚓的小路。

[6] 群影,指水中的鱼影。

[7] 诸庵,焦山上庵寺众多,大多掩映在山荫云林丛中,故有"山裹寺"之谚,知名者有定慧寺、别峰庵、自然庵、玉峰庵、香林庵、海云庵等。

[8] 交枝,交错的树枝。日脚,太阳穿过云隙射下来的光线。四垂,四边、四周。茑萝,一种草本蔓生植物。

[9] 蒙笼,草木茂盛貌。扬雄《甘泉赋》:"乘云阁而上下兮,纷蒙笼以捆成。"繖,同"伞"。

[10] 以下写由焦山胜景联想到时代的剧变,有不胜感慨之意。这两句是说,山上两棵并立的古树,见证了沧海桑田和种种不幸灾难。离立,并立。《礼记·曲礼》:"离坐离立,毋往参焉。"郑玄注:"离,两也。"杜甫《四松》:"别来忽三载,离立如人长。"蟠穹,形容树木屈曲盘结、直上苍穹的样子。杜甫《四松》:"勿矜千载后,惨澹蟠穹苍。"劫运,灾难、厄运。

[11] 谓辛亥革命爆发后,各地烽烟四起,生灵涂炭。恶子帜,诗人从封建遗老的思想出发,认为辛亥革命是不忠不义之举。践蹸,踩蹸、欺压。

[12] 此两句谓幸喜镇江和平光复,人民免遭兵燹。辛亥革命爆发后,镇江革命党人林述庆、李竟成发动新军起义,建立镇江民军,驻镇副都统载穆率全体旗营官兵投降,镇江和平光复。这两句即指此事。赭(zhě),红土,这里用作动词,染成红色,即激战流血。

[13] 嵯峨,形容山势高峻。百灵,指鸟。盟,盟约。《列子·黄帝》:

"海上之人有好沤(鸥)鸟者,每旦之海上,从沤鸟游,沤鸟之至者百住而不止。其父曰:'吾闻沤鸟皆从汝游,汝取来,吾玩之。'明日之海上,沤鸟舞而不下也。"指人无巧诈之心,异类可以亲近,后常用"鸥盟"比喻隐居生活。黄庭坚《登快阁》:"万里归船弄长笛,此心吾与白鸥盟。"

[14] 第二首主要写登览焦山胜迹,联想到战乱带来的不幸,表达了强烈的盛衰之感。翘翘,出群貌。刘禹锡《吕君集纪》:"然煌煌翘翘,出乎其类,终为伟人者,几希矣。"松寥阁,为焦山十三庵(房)之一,在焦山东北的松寥山上。吴云同治乙丑年本《焦山志》卷一:"松寥阁在自然庵西,明万历间释明湛建,用李白'焦山望松寥'之意,因名松寥山房。后为松寥阁。"抗日战争时毁于战火。燔烬,焚烧之余烬。

[15] 轩楹,窗楹。额题,匾额上的题字。据徐珂《清稗类钞·名胜类二》,松寥阁额题为"松寥竹坞"四字,为清高宗(乾隆)御书。

[16] 诗人自注:"镇江驻旅将校,多往时恪士主南京陆师学堂肄业生徒,于此张饮。"

[17] 密席,座位紧靠,形容彼此间十分亲密。涛音和(hè)歌呼,波涛声与歌声相和。以上为第一层。

[18] 酒后与诸友在山间诸寺游历,寻找十二年前的旧迹,但旧迹早已模糊。

[19] 腰脚衰,指因衰老而腿脚不便。杜甫《寄赞上人》:"年侵腰脚衰,未便阳崖秋。"看悬蛛,指看月。语出苏轼《舟中夜起》:"暗潮生渚吊寒蚓,落月挂柳看悬蛛。"悬蛛,悬在丝网的蜘蛛。东坡此句并非一定是实写,而是用了暗喻手法,用悬在丝网的蜘蛛比喻挂在柳树间的落月。蜘蛛与明月并无相似之处,因此这种比喻生新奇特,令人惊奇,此即亚里士多德所谓"给平常的事物赋予一种不平常的气氛"、朱自清所谓"远取譬"、俄国形式主义评论家什克洛夫斯基所谓之"陌生化"效果。

[20] 入夜之后,听着江上起伏的波涛声,诗人浮想联翩,难以入眠,以下写诗人所感所思。舳舻,船只。

[21] 罅(xià),缝隙。籁,孔穴里发出的声音,泛指声响。吹嘘,风吹。孟郊《哭李观》:"清尘无吹嘘,委地难飞扬。"

[22] 水精域，同"水晶域"，清净之地。杜甫《大云寺赞公房》："心在水精域，衣沾春雨时。"《补注杜诗》卷二引王洙注："清净镜土也。"榛莽墟，杂草丛生之地。魏了翁《鹤山集》卷四十八："社稷则鞠为榛莽之墟。"

[23] 组诗第三首，写次日的游览，由焦山六朝古树引发无限感慨。首四句用字奇警，今人胡迎建说："江声可堆，梦可洗，眼可挂，想象奇特不凡。"

[24] 木叶，树叶。屈原《九歌》："袅袅兮秋风，洞庭波兮木叶下。"韵，这里指风吹树叶所发出的声音。

[25] 盐豉，即豆豉，把黄豆或黑豆泡透蒸熟或煮熟，经过发酵而成，可以调味。盂粥和豆豉均为普通群众日常饮食。摩腹，见《夜发南昌城》注[5]。

[26] 这句诗中提到的六朝古松，诗人前次游览焦山时曾经为之流连。时隔十二年，诗人故地重游，事是人非，复于树下伫立嗟叹。焦山上多有古树名木，除这棵千年古柏外，尚有宋代槐、明代银杏等。六朝，一般指三国至隋朝时期南方的六个朝代，即孙吴、东晋和南朝的宋、齐、梁、陈，这六个朝代均建都南京。宿昔，从前。

[27] 在这棵千年古树看来，来来往往的游人，只不过像眼前的野鸭一般而已。凫鹜(fú wù)，鸭子。《尔雅·释鸟》："舒凫，鹜。"郭璞注："鸭也。"邢昺疏引李巡曰："野曰凫，家曰鹜。"

[28] 这两句由这棵千年古树，想到人生的短暂，抒发了对生命短暂、人生无常的无限概叹，充满幻灭之感。贤愚共磨灭，意谓人固有贤愚贵贱之分，死后却同为冢中枯骨。白居易《对酒》："贤愚共零落，贵贱同埋没。"黄庭坚《清明》："贤愚千载知谁是，满眼蓬蒿共一丘。"

[29] 谓只有隐士焦先才能与此树同寿。偃蹇，困顿，窘迫。焦先，皇甫谧《高士传》："焦先，字孝然，世莫知其所出也，或言生汉末。及魏受禅，常结草为庐于河之湄，独止其中。冬夏袒不着衣，卧不设席，又无蓐，以身亲土，其体垢汗皆如泥滓，不行人间。或数日一食，行不由邪径，目不与女子连视，口未尝言，虽有警急不与人语。后野火烧其庐，先因露寝，遭冬雪大至，先袒卧不移。人以为死，就视如故。后百余岁卒。"鱼豢《魏略》、张华《博物志》、皇甫谧《高士传》、葛洪《神仙传》等书有传。

[30] 这是组诗的第四首,写诗人参观焦山碑拓,看到亡父遗墨,由而引发生死之慨。富碑拓,指焦山的摩崖石刻和碑林等碑刻、拓本。焦山碑林始于北宋庆历八年(1048年)宝墨亭,明代扩建为宝墨轩,自清以来,蜚声江左,与西安碑林齐名,有"江南第一碑林"之称,现为全国重点文物保护单位。秘轴,珍贵的碑拓。

[31] 焦山碑刻有不少出自名家手笔,如米芾临《兰亭序帖》、黄庭坚《蓄狸说》、苏东坡《题文同墨竹跋》及《墨竹自题》、赵孟頫《前赤壁赋》小楷等。鹤铭,指《瘗鹤铭》摩崖石刻,署名"华阳真逸"撰,"上皇山樵"书,是一篇哀悼家鹤的纪念文章,无纪年及作者,自宋代即有东晋王羲之说、南朝陶弘景说。多数学者认为《瘗鹤铭》的书法代表了南朝楷书的风格,黄庭坚推此为"大字之祖",并有"大字无过《瘗鹤铭》"之语,曹士冕则认为"焦山《瘗鹤铭》笔法之妙,为书法冠冕"。原刻在焦山西麓石壁上,中唐以后始有著录,后遭雷击崩落长江中。清康熙五十二年(1713年),曾任江宁府和苏州府知府的陈鹏年从江中获原石5块,置于焦山西南观音庵。全文原有178字,现存92字。1961年移入碑林后院。周鼎,徐珂《清稗类钞·鉴赏类二》:"镇江焦山有古鼎一,周物也。高一尺三寸二分,腹径一尺五寸八分,口围视腹而杀其七之一,耳高三寸,足倍之。……鼎故为明代镇江某巨室物,当严嵩枋国时,某官于朝,严欲得之,不即献,因嫁祸焉,鼎遂入严氏。严败,鼎复归江南显者某。某以祸由鼎作,谓鼎不祥,舍之焦山寺中。"今陈列于观音阁内。

[32] 竹坡指宝廷(1840—1890),字少溪,号竹坡,同治七年进士,授翰林院庶吉士、翰林院编修,曾任文渊阁直阁事、内阁学士兼礼部侍郎等职。后因纳妾上疏自劾罢官。宝廷在政治上与张佩纶、张之洞、黄体芳、何金寿、邓承修、陈宝琛等人声气相通,敢谏直言,世人称为"清流党"。罢官后,宝廷携子流连山水,曾留黄带于焦山定慧寺。据胡钧重编《张文襄公年谱》,光绪二十四年(1889年)四月,张之洞经过焦山时曾将所题宝廷留带诗卷归之寺僧,题诗前有跋语云:"吾友竹坡侍郎留黄带于焦山,节庵翰林携以见示,俯仰江山,伤怀故旧,怆然题句,时光绪二十年正月也。"苏髯,即苏轼。《宋稗类钞》卷二十八:"(苏东坡)赴杭,过润。佛印正挂牌与弟

子入室,公便入方丈见之,师云:'内翰何来?此间无坐处。'公戏云:'暂借和尚四大用作禅床。'师曰:'山僧有一转语,内翰言下即答,当从所请。如稍涉拟议,所系玉带愿留以镇山门。'公许之,便解玉带置几上。师云:'山僧四大本无,五蕴非有,内翰欲于何处坐?'公未即答,师急呼侍者云:'收此玉带,永镇山门。'遂取衲裙相报。"东坡玉带今藏镇江金山寺,与金山图、周鼎、铜鼓被称为"金山四宝"。宝廷的金山留带,续写了东坡玉带的佳话。

[33]椒山,指明代名臣杨继盛(1516—1555),字仲芳,号椒山,直隶容城(今河北容城)人。嘉靖二十六年(1547年)进士,官兵部员外郎。嘉靖三十二年(1553年),上《请诛贼臣疏》,历数严嵩"五奸十大罪",被严嵩害死,赠太常少卿,谥忠愍。著有《杨忠愍文集》。焦山藏有杨继盛诗碑、书札。光绪二十四年(1898年)四月,张之洞过焦山时,曾题杨继盛手札,文廷式有诗记之。老宿,年老而有德行者,这里指张之洞。

[34]从这四句诗可知,陈宝箴似乎十九年前在焦山留下墨迹,上推十九年,其时当在1894年,查陈氏此年活动,并未有登览焦山之记载。社,宗社,祭祀的场所。屋,这里用作动词。社已屋,表示人死已久,祭祀他的祠堂都已建成。宋濂《杜诗举隅序》:"不幸宗社已屋。"

[35]陈宝箴是否曾于1894年有焦山之游,从游者何人,今已不可考。矧(shěn),何况。碌碌,平庸无能。《唐诗纪事》卷十四引刘禹锡《献权舍人书》:"矧碌碌者,畴能自异。"填沟渎,指死亡。《战国策·赵策》:"愿及未填沟壑而托之。"王十朋《梅溪集》:"乡邻苟不救,定恐填沟渎。"

[36]几两屐,或作"几量屐"。《世说新语·雅量》:"阮遥集好屐。……或有诣阮,正见自吹火蜡屐,因叹曰:'未知一生当着几量屐?'神甚闲畅。"按,量通"纳",量词,双。苏轼《岐亭》之四:"人生几两屐,莫厌频来集。"

[37]鬼录,阴间死人的名簿。曹丕《与吴质书》:"观其姓名,已为鬼录,追思昔游,犹在心目。"

[38]诗人自注:"仁先、同武、瘦唐、寿丞皆先返,余与恪士独留。"这是第五首,写与王瀣访梁鼎芬读书处。

[39]王生,指王瀣。

[40]意谓用清澈的溪水浣洗忧愁郁勃的心情。幻怪肠,犹言"满肚皮的不合时宜"。浣,洗。啮石流,形容水流冲刷石头。"啮"字用得尤显生动。

[41]诗人自注:"此庵旧为梁节庵栖隐处。"海西庵,旧名海峰庵、汉隐庵,在定慧寺西、华严阁东。按,光绪三十二年(1906年),梁鼎芬上觐,面劾庆亲王奕劻通贿,又劾直隶总督袁世凯,结果激怒慈禧,"引疾乞退",隐居焦山海西庵闭门读书。此时梁已离开焦山。

[42]厨,通"橱",书橱。这里说的是海西庵内的焦山书藏。阮,指清代大儒、著名经学家阮元(1764—1849),字伯元,号云台,江苏仪征人,乾隆五十四年(1789年)进士,官至体仁阁大学士。嘉庆年间(1796年),阮元在海西庵兴建书藏(即图书馆),并亲书楼匾,作《焦山书藏记》。梁鼎芬是晚清著名藏书家,光绪十七年(1891年)时见焦山书藏未毁,乃遍告同僚募书,后共征得二千六百卷,捐给焦山书藏。1937年,日军攻陷镇江,焦山书藏毁于战火。蒐(sōu),聚集。

[43]梁鼎芬于光绪十六年(1890年)四月至焦山海西庵隐居读书,光绪十八年(1892年)秋赴南昌入张之洞幕,在焦山隐居读书历时两年半,此处"五载"系误。屋打头,原指房屋逼仄,比喻壮志难酬。王仁裕《开元天宝遗事》:"张生(张象)及第,释褐授华阳县尉。令、太守俱非其人,多行不法。张生有吏道,勤于政事,每申举之日,则太守、令尹抑而不从。张生曰:'大丈夫有凌霄盖世之志,而拘于下位,若立身于矮屋中,使人抬头不得。'遂拂衣长往,归遁于嵩山。"苏轼《戏子由》:"常时低头诵经史,忽然欠伸屋打头。"梁鼎芬郁郁不得志,退隐焦山读书,故云。

[44]辛亥革命后,梁鼎芬避居上海,以遗老自处。这两句是说梁氏抑郁的心情。

[45]汗马,原指战功。杜甫《收京》:"汗马收宫阙,春城铲贼壕。"吴钩,指剑。李白《侠客行》:"赵客缦胡缨,吴钩霜雪明。"此两句谓梁氏心存复辟之念。清亡后,梁鼎芬忠于清室,不肯剪辫,后积极参加张勋复辟。

[46]行窝,北宋理学家邵雍(谥康节)自号"安乐先生",名其居为"安

乐窝","不求过美,惟求冬暖夏凉"。时人为接待他,仿其所居安乐窝,为之建造居室,称为"行窝"。邵伯温《闻见前录》卷二十:"十余家如康节先公所居安乐窝,起屋以待其来,谓之'行窝'。故康节先公殁,乡人挽诗有云:'春风秋月嬉游处,冷落行窝十二家。'"后用以指可以小住的安适之所。蜉蝣,一种生存期极短的虫子。《诗经·国风·蜉蝣》:"蜉蝣之羽,衣裳楚楚。"毛传:"蜉蝣,渠略也,朝生夕死。"

[47]武昌起义时,晚清名臣端方(1861—1911,字午桥,号匋斋)被革命军杀害,时人哀之。梁鼎芬曾令寺僧在松寥阁上设端方铜像,取屈原《招魂》"魂兮归来"意,为题"归来阁"三字。端方为清末著名学者、金石学家,曾登焦山,撰《瘗鹤铭考补跋》,并手书对联。

后湖观荷[1]

　　后湖十里荷,怒挺花与叶。倒卧蔚蓝天,弥望莹无隙[2]。万星缀密疏,光影划仍迷[3]。仄艇疑贯槎,且犯斗牛阙[4]。微馨袭氤氲,餐气醉至骨[5]。摇摇隔仕女,嫋嫋翻蛱蝶[6]。傍洲跻茗亭,面堞坐超忽[7]。裂出荒奥区,苇竹森毛发[8]。祠宇屹相望,沙户听祈谒[9]。独抚祸乱余,游赛迷像设[10]。风物杂兵气,残烬映目睫[11]。月白踏水仙,定闻对呜咽[12]。

　　[1]焦山之游后,陈三立与俞明震返回南京,同游玄武湖,写下了这首五言古诗,俞明震作有《同伯严后湖观荷》诗记载此游。后湖,即玄武湖,因位于钟山之阴,故称"后湖",也名"北湖"。一说三国时因位于吴国宫城以北而得名。湖内常种植荷花,夏秋之际,荷叶田田,荷花掩映,为南京胜景。但是,眼前的美景掩盖不了战争给南京和诗人心中造成的创伤,湖边兵火的遗迹使诗人心情极为沉痛。

　　[2]以上四句为全诗第一层,直接描写湖中十里荷花的美景。弥望,满眼。这里指荷花、荷叶十分密集。

　　[3]前句"倒卧蔚蓝天"说明此游当为白日,再说观荷不可能在晚上,因此此句"万星"一语当是比喻荷花之繁。光影,荷花映在水中的倒影。

　　[4]仄艇,小船。诗人划着小舟,穿行于万荷之中,宛如泛槎游于星空。俞明震《同伯严后湖观荷》有"小艇不容篙,趺坐波平膝"之句,可证。贯槎,泛槎。槎,木筏。犯,侵犯,冒犯。斗牛,二十八宿中的斗宿和牛宿。张华《博物志》卷十:"旧说云,天河与海通。近世有人居海滨者,年年八月有浮槎去来不失期。人有奇志,立飞阁于槎上,多赍粮,乘槎而去。十余日中,犹观星月日辰,自后芒芒忽忽,亦不觉昼夜。去十余日,奄至一处,有城

郭状,屋舍甚严,遥望宫中多织妇。见一丈夫牵牛渚次饮之,牵牛人乃惊问曰:'何由至此!'此人具说来意,并问此是何处。答曰:'君还至蜀郡,访严君平,则知之。'竟不上岸,因还。如期后至蜀,问君平,曰:'某年月日,有客星犯牵牛宿。'计年月,正是此人到天河时也。"

[5] 氤氲(yīn yūn),弥漫貌。

[6] 嫋嫋,同袅袅,轻盈摇曳的样子。蛱蝶(jiá dié),蝴蝶。以上为全诗第二层,写诗人的赏荷之游及所见景象。

[7] 这两句写与俞明震停船登上湖中小岛,在亭中品茗。玄武湖内有老洲、志洲、新洲、菱洲、长洲等五座小岛(今梁洲、翠洲、樱洲、菱洲、环洲),民国初期玄武湖一度改名五洲公园。跻,登上。堞,城上的矮墙,这里指南京古城墙。超忽,原义为遥远,引申为高逸超脱。皮日休《太湖诗·桃花坞》:"穷深到兹坞,逸兴转超忽。"

[8] 这两句描写小洲上荒凉阴森的景色。荒奥,荒凉。苇竹,芦苇和竹子。森毛发,毛发森然。俞明震《同伯严后湖观荷》:"欹岸出荒洲,稍见兵火迹。"可互参。

[9] 沙户,沙洲上的人家。苏轼《自金山放船至焦山》:"云霾浪打人迹绝,时有沙户祈春蚕。"祈谒,祈福祭祀。以上为全诗第三层,写诗人登上小洲品茗时所见荒凉景象,诗人的情绪由闲适转为愤懑。

[10] 祸乱,战乱。像设,所祠祀的人像或神佛供像。《楚辞·招魂》:"天地四方,多贼奸些,像设君室,静闲安些。"朱熹集注:"像,盖楚俗,人死则设其形貌于室而祠之也。"

[11] 风光之中,仿佛仍然残留着兵乱气象。风物,风光景物。陶潜《游斜川序》:"天气澄和,风物闲美。"

[12] 此两句谓遭此兵乱,月下水仙也为之鸣咽。以上为全诗第四层,诗人面对美景,却抚今伤怀,再次表达了对战乱的愤懑之情。

雨后湖楼晓坐[1]

人住蝉声里,秋生雁影边[2]。四围无缝树,半幅放晴天[3]。魂定湖山气,歌移仕女船[4]。避兵留把茗,默数乱离年[5]。

[1] 马卫中、董俊珏《陈三立年谱》:"(1913年)六月十八日,因黄兴、李烈钧等兴兵讨袁,上海战事骤起。公乃偕程颂万、俞明震避居杭州西湖,宿刘庄,兼以逃暑,留二月始返沪。"这首及下面的《刘庄杂咏》均作于杭州。

[2] 这两句总起全诗,对仗十分工稳,语意凝练,意境深远,颇有唐人气象。

[3] 这两句写周围景色。上句是说周围树林甚密,下句点明雨后放晴。

[4] 诗人因避兵乱而来杭州,多少有点惊魂未定。西湖的美丽景色终于使诗人安下心来,看着那载着美女的游船伴随着歌声在西湖中缓缓驶过。

[5] 前三联描绘了一幅安宁祥和的西湖美景图,但诗人的内心显然并不平静。尾联的情感出现明显转折。

刘庄杂咏[1]（六首选五）

依山筑屋络湖莲[2]，阖辟灵辉麈尾前[3]。干露筛风千万树[4]，昼闲树树自移蝉[5]。

绮楯文窗照锦鳞[6]，玲珑台沼冠湖滨[7]。当关兵子寻常醉，摇手胡床问主人[8]。

好鸟破晨韵筝笛[9]，流萤暖夜拥庭除。风光勾引雷峰塔[10]，晨夜看人倒酒壶[11]。

拍拍清波幔舸轻[12]，衔鱼白鹭作行迎[13]。佩环响处藤梢暗[14]，吹槛衣香染嫩晴[15]。

竹枝桂叶夜幽幽，虫网乌窠带月浮。倚尽钟声迷故国，鄂王坟畔叫鸺鹠[16]。

[1]刘庄,位于杭州西湖丁家山南畔,紧傍西湖。原为广东香山县富豪刘学询(1855—1935)所建私家园林,又名水竹居。庄内有亭台楼阁、小桥水榭、曲廊修竹、古木奇石,环境幽静典雅,被誉为"西湖第一名园",陈三立此次在杭州即住在刘庄。现为西湖国宾馆。

[2]依山筑屋,刘庄三面临湖,一面靠山,故云。络湖莲,指湖中前后相接的莲花。

[3]阖辟,闭合与开启。灵辉,亦作"灵晖",指太阳。陆机《演连珠》：

"灵辉朝觏,称物纳照。"李周翰注:"灵辉,日也。"也指灵秀之气、精英之气。王俭《褚渊碑文》:"公禀川岳之灵晖,含珪璋而挺曜。"这里当指前一含义,说明此时正当清晨太阳初升之时。麈(zhǔ)尾,魏晋人清谈时常执的一种拂子,用麈的尾毛制成,宋代以后逐渐失传。麈尾与拂尘相似,但又有所不同。拂尘用以拂除尘埃和蚊虫等,而麈尾为名流雅器,形如树叶,类似现代的羽扇,不谈时亦常执在手。释藏《音义指归》引《名苑》:"鹿之大者曰麈。群鹿随之,皆看麈所往,随麈尾所转为准。"罗愿《尔雅翼》释"麈"云:"其字从主,若鹿之主焉。麈之所在,众从之。……谈者执之以挥,言其谈论所指,众不能易也。"

[4] 干露,早上太阳升起,夜里的露水被晒干。李商隐《当句有对》:"池光不定花光乱,日气初涵露气干。"筛风,纱窗透进的风。秦韬玉《采茶歌》:"看著晴天早日明,鼎中飒飒筛风雨。"元好问《从希颜觅笃耨香二首》:"尤物也知人爱惜,帘筛风动只萦回。"

[5] 此时正当盛夏,周围树木此起彼伏的蝉鸣声,仿佛蝉声在不断移动。

[6] 桷(jué),方形的椽子。绮桷文窗,指刘庄的建筑楼阁十分华美。锦鳞,指鱼。鲍照《芙蓉赋》:"戏锦鳞而夕映,曜绣羽以晨过。"

[7] 这句是说刘庄的台阁房舍精巧雅致,堪称西湖之冠。

[8] 诗人自注:"革命军起,庄没入公家,主人不返,设门卒讥游人。"

[9] 谓清晨鸟声婉转,如筝笛之韵。

[10] 勾引,这里意为勾连。刘庄与雷峰塔隔湖相对,身在刘庄,可见对岸的雷峰塔。雷峰塔为吴越国王钱俶因黄妃得子而建,初名"黄妃塔",因其建于西湖南岸夕照山的雷峰之上,后人改称"雷峰塔"。雷峰塔曾是西湖的标志性景点,"雷峰夕照"为西湖十景之一。1924年9月25日倾圮,2000年重修。

[11] 晨夜,清晨与黑夜。《史记·货殖列传》:"弋射渔猎,犯晨夜,冒霜雪。"倒酒壶,指饮酒。苏辙《喜雪呈李公择》:"行须酒壶倒,莫待阴云剥。"王恽《秋涧集》卷十三《老人题》:"阅世惊棋局,看题倒酒壶。"

[12] 幔舸,带有帐幕的船。

249

〔13〕行迎,迎接。谓乘船游览,湖中捕鱼的白鹭似乎在列队迎接。

〔14〕佩环,指妇女所佩的饰物。

〔15〕嫩晴,雨后初晴。杨万里《宿小沙溪》:"诸峰知我厌泥行,卷尽痴云放嫩晴。"初晴的阳光似乎沾染了少女的衣香,"染"本用指有形之物,衣香与初晴都是无形之物,用一"染"字,极新奇,这是用了通感手法。

〔16〕鄂王,指南宋抗金名将岳飞(1103—1142),南宋宁宗嘉定四年(1211年)追封鄂王。岳飞墓位于杭州栖霞岭南麓、西湖西北方的岳湖畔,建于南宋隆兴元年(1163年)。鸺鹠(xiū liú),鸱鸮的一种,外形和常见的鸱鸮相似,但头部没有角状的羽毛,为我国南方留鸟(不随季节迁徙的鸟)。

夜不寐枕上听雨[1]

四合寒声啼雁东[2],初听点滴打房栊[3]。儿时一枕山堂雨[4],除却闲愁此夜同[5]。

[1] 此诗作于1913年冬,时诗人居上海。
[2] 四合,四面。
[3] 房栊,窗棂。
[4] 山堂,山中的居所。
[5] 谓此情此景,与小时候夜枕听雨的经历相同,只是多了忧国伤时的愁绪。

留别散原别墅杂诗[1]

乱定我复归,江郭存崭崵[2]。兵子杂丐儿,游市疾梭织[3]。镃货稍列陈,人驴接喘息[4]。炊烟萦日脚,歌泣钟阜侧。驱车穿井巷,吹筲忘南北[5]。吾庐溪水明,楼砖见高直[6]。孤身揽衣裳,邻犬应未识[7]。空宇剽夺余,厨卷尚四塞[8]。独扫障碍物,回旋欲汝德[9]。写影庭树枝,有初霜霰色[10]。短檠夜萧萧,温梦断漏刻[11]。

塞向耿灯火,六尺绳床平[12]。合眼森戈戟,始念尸纵横。野心极反复,肉飞天保城[13]。困兽突屡伏,围猎万鼓鸣[14]。陷败幸自脱,宛转啼孤茕[15]。万室洗荡尽,谁问死与生。官兵不如贼,道州矢精诚[16]。一枕心语口,颠倒以屏营[17]。

晨光百鸟翻,起拂凋伤木[18]。败蕉与枯苇,爨丁付缚束[19]。墙角弹所穿,涂墍不待筑[20]。何堪数岁时,荒城送悲哭[21]。我生游羿彀,去住一老秃[22]。稍悬顽钝姿,入咏万蛮触[23]。循廊吹野马,驻步西头屋[24]。宛接呻吟地,药气围残烛[25]。今来觅糟床,尚有巾可漉[26]。

胸腑古闶郁,中漏昭昭天[27]。所狙一炉锤,神鬼司其权[28]。我有刘李交,道法殊因缘[29]。其人骨俱朽,几案对俨然[30]。洒泪奖末契,惨淡垂文篇[31]。虽愧崔蔡手,凛凛风义延[32]。噫嘻钓海人,死护蛟龙涎[33]。世论灭电火,微尚谁复传[34]。安知非糟粕,吮毫搔华颠[35]。

登楼望山川,死气沉沉处[36]。闲愁千万丝,吐挂鹃啼树[37]。云日下照耀,俄顷幻赤素[38]。茅茨依溪岸,畦蔬得灌注[39]。孰为旧居人,淘米归妇孺。金风含疮痍,低昂穿雁鹜[40]。江城初易帅,士卒犹狂顾[41]。何术息闾阎,酣寐复其故[42]。埃氛乍开阖,笳角递奔赴[43]。钟山终昵余,矜此白头遇。

舣庵临溪居,琴书不受垢[44]。鉴水纳众山,处处凿户牖[45]。种梅十数本,作蕾如红豆[46]。细竹罗列生,霜洗明琼玖[47]。投身与我邻,割据拥其有。为想孟月终,道人下榻久[48]。居士亦踵至[49],骋望侑杯酒[50]。染画播清吟,呵气活枯柳[51]。二士恨不留,金粉余老丑[52]。海云江月间,携锸一回首[53]。

夜气生乾坤,有此几与榻[54]。抽身万人海,息踵坐老衲[55]。悠悠龙德篇,久病蛙黾杂[56]。上诉无黑螭,高空孰问答[57]。余事咿文字,蠹龠妙辟阖[58]。扶命自树立,语言谢嗫嗒[59]。况当历数改,吾敢忘汉腊[60]。悲风吹枯枝,鬼神聚萧飒。得间勘架书,对管烛如塔。

嵯崒半山亭[61],乱后一遨游。屋壁见毁拆,颓址瓦砾稠。当门千百株,尽随斤斧休。广场蔽风日,失此邃且幽[62]。忆昔宝华翁,从客罗珍羞[63]。徘徊辰及酉,赋诗扬歌讴[64]。币月必数至,涧道交鸣驺[65]。虽隔俊哲情,好事亦罕俦[66]。寇盗乘谈笑,伊系兴废由。此来筋力衰,步履惮轻投。倚楼屡东望,犹有鸦点浮。

三冬久不雨,坐验溪流干[67]。鸥鸟匿沙觜,游鲦半泥蟠[68]。

渔翁晒罾网，寄命青竹竿[69]。暄日引山气，空霄自扶抟[70]。群雁汝安归，羽翮俛摧残[71]。此邦乏粳稻，况愁落金丸[72]。入眼迷东关，灯火如星攒。弦琶荡杀气，风激歌喉酸[73]。颇闻妄校尉，缠头挥绮纨[74]。横带淄渑间，赢老掩袂看[75]。哀乐蚀运会，从来狃艰难。独步返阊门，抚膺夜漫漫[76]。

播荡阅虫沙，百罹摧鬓皓[77]。一椽复偪仄，沸海轮蹄绕[78]。旧庐特幽旷，迥出埃壒表[79]。朝听乳鸦呼，宵绝饥鼠扰。溪山有佳气，坐对须眉好[80]。堆案俯文书，兀兀用忘老[81]。独念患气滋，肘腋伺愈狡[82]。善败无常势，孑遗倚苍昊[83]。圣法久殚残，人纲孰再造[84]。终恐陵豺虎，未暇亲鱼鸟[85]。衔杯更仰天，来去挂怀抱[86]。

[1] 据郑孝胥日记，陈三立于癸丑十一月二十三日（1913年12月20日）赴南京，留十余日返沪。这组五言古诗当作于此时。1913年7—9月间，孙中山及革命党人领导了反对袁世凯统治的"二次革命"。战争首先在江西打响，南京随即响应。8月，袁军张勋、雷震春、冯国璋部与讨袁军何海鸣部在南京紫金山、天堡城、雨花台等处激战，讨袁军坚持20多天的顽强奋战后，南京最终失陷，"二次革命"失败。袁军入城后，大掠三日。这组诗真实地描写了战后南京城受到的巨大破坏，同时表达了诗人忧心国运、再造纲纪的思想，是研究诗人思想的重要作品。在艺术上，这一组诗瘦硬拗涩，忧远思深，有着典型的宋诗派风格。

[2] 第一首，写诗人回到南京时的所见所闻。江郭，滨江的城郭，这里指南京。嶃，同"崭"，山高峻貌。崱（zè），《集韵》："山连也。"刘峻《始居山营室》："凿户窥嶕峣，开轩望崱崱。"这两句诗人自述乱后返宁，"存崱崱"为诗人进城后的第一眼印象，意谓乱后南京只有山河依旧，言外之意是其余不存，可见破坏之严重。

[3] 兵子，兵卒，士兵。梭织，穿梭往来。

〔4〕镪(zī)货,货物。以上四句描写诗人进城后所见南京街市的景象:市场依然繁荣,但士兵与乞丐穿梭于街道市场。

〔5〕吹笳,军号声。忘南北,杜甫《哀江头》:"黄昏胡骑尘满城,欲往城南忘南北。"诗人乱后初返金陵,眼望劫后的钟山,不由悲从中来,凄厉的军号声令诗人不知置身何处。此时此景,与老杜"少陵野老吞声哭"何其相似!

〔6〕吾庐,指青溪边的散原别墅。见高直,意谓散原别墅战后幸存。

〔7〕以上四句写诗人初返别墅尚未入内时喜悲交加的情景。吾庐幸存,是喜;历经两次战乱,是悲。诗人自1911年底因避南京战乱离开散原别墅后,至此时已整整两年,其间只两次短暂回宁,因此这里说连邻家的狗也不认识他了。

〔8〕空宇,空旷的房屋。剽夺,掳掠。《后汉书·刘盆子传》:"三辅郡县营长遣使贡献,兵士辄剽夺之。"厨卷,书橱里的书籍。乱兵已将别墅内财货剽掠一空,只剩下书籍尚存。

〔9〕回旋,返回。汝德,"德汝"的倒装,以汝为德。意谓我能够回到旧居,还要感谢乱兵没有将散原别墅焚毁。

〔10〕写,同"泻"。夜幕降临,月华初吐,月光照在庭院树枝上,如霜霰一般。

〔11〕短檠,指灯。漏刻,即漏壶,古时的计时工具,借指时间。以上四句写夜晚。这首诗在情感上,近于老杜《哀江头》之沉痛,在叙事手法上,则深得老杜《羌村三首》(其一)之精髓。先写入城所见,次写回家见闻,最后写入夜对灯。

〔12〕第二首,想象南京天保城之战的惨烈景象,谴责官兵抢掠给南京人民带来的灾难。塞向,《诗经·国风·七月》:"穹窒熏鼠,塞向墐户。"毛传:"向,北出牖也。"冬天常刮北风,因此要将北窗堵塞。绳床,即胡床。

〔13〕天保城,又名天堡城,是太平天国时期修筑的一个军事要塞。位于南京太平门外紫金山西峰,海拔267米,为南京城东侧制高点。城用巨石垒成,遗址在紫金山天文台东南侧。1913年8月,讨袁军同张勋所部在天堡城激战。当时《民立报》报道:"此间近数日之战争,以二十日民军夺回

255

天保城、紫金山一役最为剧烈。当民军进攻之时,袁军炮火纷纷向下面发,民军在枪林弹雨之中毫不退却,奋力前扑,卒竟厥功。袁军之驻扎其地者,溃走无遗。有不及避者,多从山上跌下,以致殒命。于是天保城、紫金山两处复悬民军旗帜。"8月21日,天堡城失守,讨袁军败退。

[14]困兽,这里指被围的讨袁军。围猎,指北洋军包围南京。天堡城失陷后,北洋军开始围攻南京城。9月1日,南京城失守。

[15]孤茕,孤独,无依无靠。曹丕《短歌行》:"我独孤茕,怀此百离。"

[16]南京失陷后,北洋军入城大掠三日,各部划分地盘,肆意进行抢劫。冯国璋部把繁华的下关烧为灰烬,张勋部更是烧杀淫掠。报道说,南京"被劫一空,虽家具什物,亦搬运全尽。各等人民皆体无完衣,家无一餐之粮"。当时民房建筑被焚烧,烈焰冲天,数日不熄。千万家庭家破人亡,投秦淮河自尽的受辱妇女不计其数。据事后江苏省警察厅调查核定,南京兵燹,共使商民四万余户受损,价值高达一千六百万元。道州,指唐代诗人元结,他晚年曾任道州刺史,故称。公元764年,广西西源蛮瑶族农民起义军大举进攻永州,因道州贫瘠,而未犯道州。元结作《贼退示官吏》,中诗云:"城小贼不屠,人贫伤可怜。是以陷邻境,此州独见全。使臣将王命,岂不如贼焉。"

[17]心语口,谓自言自语。韩愈《郑群赠簟》:"手磨袖拂心语口,慢肤多汗真相宜。"颠倒,《诗经·国风·东方未明》:"东方未明,颠倒衣裳。颠之倒之,自公召之。"谓急促惶遽中不暇整衣,形容匆忙情急之时举止失措。屏营,惶恐、彷徨。《国语·吴语》:"王亲独行,屏营仿偟于山林之中。"

[18]这一首主要描写散原别墅受到的败坏及自己的感想。凋伤,草木零落枯萎。杜甫《秋兴八首》之一:"玉露凋伤枫树林,巫山巫峡气萧森。"

[19]爨(cuàn)丁,烧火做饭的人,厨子。缚束,捆扎起来。蕉本为雅物,竟与枯苇一起被厨子拿去当柴烧。

[20]涂塈(xì),用泥涂抹屋顶或墙壁。《尚书·梓材》:"若作室家,既勤垣墉,惟其涂塈茨。"蔡沈注:"涂塈,泥饰也。"

[21]数载之间,南京屡遭兵火,人民死伤流离,故云。

[22]羿彀,《庄子·德充符》:"游于羿之彀中,中央者,中地也;然而不

中者,命也。"王先谦集解:"以羿彀喻刑网,言同居刑网之中,孰能自信无过,其不为刑网所加,亦命之偶值耳。"后以"羿彀"指人间的危机。一老秃,诗人自指。

[23]顽钝,愚笨。蛮触,见《八月廿一日夜宿九江铁路局楼感赋》注[10]。

[24]野马,指风。《庄子·逍遥游》:"野马也,尘埃也,生物之以息相吹也。"郭象注:"野马者,游气也。"成玄英疏:"此言青春之时,阳气发动,遥望数泽之中,犹如奔马,故谓之野马。"有人认为"马"通"塺"。《楚辞·九叹·惜贤》:"俟时风之清激兮,愈氛雾其如塺。"王逸注:"塺,尘也。"

[25]诗人自注:"谓辛亥九月乱作,二女方得危病。"

[26]槽床,榨酒的器具。杜甫《羌村》:"赖知禾黍收,已觉糟床注。"巾可漉,见《漫题豫章四贤像拓本》注[4]。

[27]这一首主要怀念自己逝去的朋友。阏(è)郁,阻塞郁结。

[28]这两句是说,人生于天地之间,宛如在炉锤之中,要经历种种苦难折磨,无法把握自己的命运。狃(niǔ),因袭,拘泥。炉锤,《庄子·大宗师》:"夫无庄之失其美,据梁之失其力,黄帝之亡其知,皆在炉捶之间耳。"陆德明释文:"捶,本又作锤。"郭庆藩集释:"炉,灶也;锤,锻也。以上三人皆因闻道,然后忘其所务,以契其真,犹如世间器物假于炉冶打锻以成其用者耳。"

[29]刘李交,指刘孚京、李有棻。诗末诗人自注:"近成《刘镐仲文集序》、《李芑垣墓志铭》二篇。"按,《刘镐仲文集序》《李芑垣墓志铭》完成于本年十一月间,收录在《散原精舍文集》卷七。刘镐仲,即刘孚京(1856—1898),字镐仲,江西南丰人,光绪十二年(1886年)进士,授刑部主事,改饶平知县,与诗人为世交。年四十二卒于饶平任。著有《绣岩诗存》《南丰刘先生文集》。李芑垣,即李有棻。因缘,佛教用语,使事物生起、变化和坏灭的主要条件为因,辅助条件为缘。《四十二章经》卷十三:"沙门问佛,以何因缘,得知宿命,会其至道?"《翻译名义集·释十二支》:"前缘相生,因也;现相助成,缘也。"

[30]两位友人逝去已久,但为他们撰写《刘镐仲文集序》《李芑垣墓志

铭》时,友人的面容依旧真切如在眼前。刘孚京卒于1898年,李有棻卒于1907年,故云。俨然,真切、明显的样子。

［31］这两句是说,怀着悲痛的心情为二人撰文。末契,犹下交,对自己的谦称。陆机《叹逝赋》:"托末契于后生,余将老而为客。"垂文,撰文。刘向《九叹·逢纷》:"遭纷逢凶蹇离尤兮,垂文扬采遗将来兮。"王逸注:"将垂典雅之文,扬美藻之采,以遗将来贤君,使知己志也。"

［32］这两句是说,虽然我的文章不如古人,但二人风操永存。崔蔡,东汉文学家崔骃、蔡邕的并称,二人皆以文章闻名。刘禹锡《唐故尚书礼部员外郎柳君集纪》:"子厚之丧,昌黎韩退之志其墓,且以书来吊曰:'哀哉若人之不淑。吾尝评其文,雄深雅健,似司马子长,崔蔡不足多也。'"风义,风操。

［33］噫嘻,感叹词。龙涎,一种名贵香料,抹香鲸病胃的分泌物,呈黄灰色的蜡状物。古人认为是蛟龙的唾液所化。宋叶廷珪《南蕃香录》:"龙涎出大食国,其龙多蟠伏于洋中大石,卧而吐涎,涎浮水面,土人见林鸟翔集,众鱼游泳,争啖之,则没取焉。"这两句谓刘、李二人为了守护志向和理想而献身。

［34］灭电火,指人生短暂,如电光之瞬间即灭。傅毅《舞赋》:"或有踰埃赴辙,霆骇电灭。"傅玄《拟四愁诗》之二:"存若流光忽电灭,何为多念独郁结。"微尚,微小的志趣、意愿或志向,常用作谦辞。谢灵运《初去郡》:"伊余秉微尚,拙讷谢浮名。"白居易《闻崔十八宿予新昌弊宅》:"平生有微尚,彼此多幽独。"

［35］糟粕,原义为酒滓,比喻废弃无用的事物。华颠,白头。

［36］这是组诗的第五首,描写战乱后的钟山死气沉沉的景象。

［37］这两句将闲愁比喻成千万条挂在树上的丝线,历来为人所称道。钱仲联《梦苕盦诗话》:"陈散原诗:'闲愁千万丝,吐挂啼鹃树。'极为奇警。樊樊山《红桥春游曲》起句云:'客愁当春乱如丝,挂在红桥新柳枝。'乃知此意前人已先有。"按,将闲愁比作丝线,不自樊樊(厉鹗)始,李煜《相见欢》"剪不断、理还乱,是离愁"已含其意,宋无名氏《九张机》"盘花易绾,愁心难整,脉脉乱如丝"承其绪。历来写闲愁、离恨等抽象情绪的佳句,多将无

形的事物有形化,如李白《宣州谢朓楼饯别校书叔云》:"抽刀断水水更流,举杯消愁愁更愁。"李煜《虞美人》:"问君能有几多愁,恰似一江春水向东流。"《清平乐》:"离恨恰如春草,更行更远还生。"李清照《武陵春》:"只恐双溪舴艋舟,载不动,许多愁。"

[38] 俄顷,片刻,一会儿。幻,变幻,变化。赤素,红与白。

[39] 茅茨,茅草屋,简陋的居室。灌注,灌溉,浇水。

[40] 金风,秋风,寒风。

[41] 这两句描写南京失守之时守城卫兵惊慌失措的样子。江城,这里指南京。狂顾,遑急顾盼。《楚辞·九章·抽思》:"狂顾南行,聊以娱心兮。"蒋骥注:"狂顾,左右疾视也。"

[42] 两句是说,究竟是什么使南京百姓在战乱之后很快将灾难遗忘,酣睡如故,仿佛什么也没有发生。闾阎,原义为里巷内外的门,这里指平民。

[43] 埃氛,尘埃弥漫的大气,比喻污浊的尘世。

[44] 组诗的第六首,描写俞明震宅的景色,表达了对友人的怀念。觚庵,即俞明震,觚庵是他的号。

[45] 这两句是说俞宅临水面山,开窗便可欣赏钟山和青溪的美景。户牖,门窗。

[46] 十数本,十几棵。红豆,红豆树、海红豆及相思子等植物种子,因其色鲜红,故称。王维《相思》:"红豆生南国,春来发几枝。愿君多采撷,此物最相思。"

[47] 琼玖(jiǔ),美玉。《诗经·国风·木瓜》:"投我以木瓜,报之以琼玖。"毛传:"琼、玖,玉名。"

[48] 诗人自注:"谓李梅庵。"

[49] 诗人自注:"谓陈仁先。"

[50] 侑,劝酒。马卫中、董俊珏《陈三立年谱》:"期间,李瑞清、陈曾寿亦尝于月末至宁,寓俞明震宅,与公有诗酒之欢。"徐雯雯《李瑞清年谱》:"(癸丑)年末,与陈曾寿留居俞明震家中数日。"并引《觚庵诗存》卷四《岁暮园居杂感》之六:"小阁留宾处,寒山不改青。悠悠万人海,落落两晨星。

遁世全哀乐,忘身自典型。萧萧一庭竹,留尔不曾听。"及俞氏自注"李梅庵、陈仁先留居数日"为证。按,上句中"为想"有想象之意;孟月,指四季的第一个月。此时正当冬季,故这里应指农历十月。下文有"二士恨不留",有表达遗憾之意,可见李瑞清与陈曾寿留宿俞家,应在农历十月底,当时陈三立并不在南京,可见诗人此行并未见到李、陈二人。故此处应指李、陈二人与俞明震饮酒为欢。

[51] 两句赞赏李、陈二人的诗画。清吟,吟诗。活枯柳,给枯柳赋予生命。李瑞清擅丹青,以山水、人物、花卉为主,绘画涉猎广泛。所绘松石、花卉意境独特,故云。

[52] 金粉,金粉之地,指南京。吴伟业《残画》:"六朝金粉地,落木更萧萧。"老丑,诗人自指。

[53] 携锸,《晋书·刘伶传》:"(刘伶)常乘鹿车,携一壶酒,使人荷锸而随之,谓曰:'死便埋我'。其遗形骸如此。"锸,铁锹。

[54] 这是组诗的第七首,写诗人深夜的冥想。几与榻,茶几与卧榻。

[55] 息踵,指呼吸徐缓深沉。《庄子·大宗师》:"真人之息以踵,众人之息以喉。"郭象注:"乃在根本中来者也。"成玄英疏:"踵,足根也。真人心性和缓,智照凝寂。至于气息,亦复徐迟。脚踵中来,明其深静也。"老衲,年老的僧人或道人。这里是说,深夜独坐,犹如老僧入定。

[56] 龙德,圣人之德。《周易·乾》:"潜龙勿用,何谓也?子曰:龙德而隐者也,不易乎世。"蛙黾(mǐn),即蛙。

[57] 上诉,谓向神祇、君王或官府诉说冤情。王逸《楚辞章句》:"求贤不得,疾谗恶佞,将上诉天帝。"班固《东都赋》:"故下民号而上诉,上帝怀而降鉴,乃致命乎圣皇。"黑螭,黑龙。《说文》:"螭,若龙而黄,北方谓之地蝼,从虫,离声。或无角曰螭。"

[58] 哜(jì),小口尝。橐籥(tuó yuè),古代冶炼时用以鼓风吹火的装置,犹今之风箱。《老子》:"天地之间,其犹橐籥乎?"辟阖,开合。

[59] 扶命,扶持国家命脉的延续。张君房《云笈七签》卷二十八:"佐国扶命,养育群生。"噂(zūn)沓,攻讦诋毁。这里当是针对南浔铁路事而发的感慨。

[60]诗人自注:"是夕为阳历除日。"历数,这里指节令。汉腊,汉代祭祀名。以戌日为腊,即农历冬至后第三个戌日。应劭《风俗通义》:"腊者,猎也,言田猎取兽以祭祀其先祖也。"

[61]组诗的第八首,写诗人的半山亭之游,描写半山亭在战乱中受到的破坏,并怀念修葺半山亭、辛亥时遇害的友人端方。崷崪(qiú zú),高峻貌。班固《西都赋》:"岩峻崷崪,金石峥嵘。"李善注:"崷,高貌也。"吕延济注:"崷崪、峥嵘,高峻貌。"半山亭,在南京海军指挥学院内王安石故居半山园后,原为东晋名臣谢安的"谢公墩"遗址。初建于清道光年间,咸丰年间毁于兵燹,同治九年(庚午)(1870年)重建,民国十五年(1926年)重修。

[62]以上六句描写半山亭在战乱中遭到的破坏。

[63]宝华翁,即端方,他将自己的藏书处命名曰"宝华庵",因藏有旧拓《西岳华山碑》而得名。王国维《蜀道难》:"宝华庵中足百城,更将何地堪娱老。"1906年,端方出任两江总督,将半山寺辟为城市公园。《申报》1907年8月18日报道云:"督帅亲临勘视,因该处为王谢争墩古迹,花木扶疏,亭廊曲折,城市而有山林景象,遂以冯说为是,面饬实业学生王观察崇烈先筹款项,在该处筑室数椽,为公暇休息之所,并将半山寺旧屋略加修葺,俾游客可以小憩。兹已工竣,焕然一新,实为将来兴辟公署之基础。"按,半山寺即为王安石故居半山园。珍羞,亦作"珍馐",珍美的肴馔。

[64]辰,上午七点到九点;酉,下午五点到七点。端方好客,与诗人常有诗酒之欢。《清史稿·端方传》云:"端方性通侻,不拘小节。笃嗜金石书画,尤好客,建节江、鄂,燕集无虚日,一时文采几上希毕(沅)、阮(元)云。"

[65]帀,同"匝"。鸣驺,指那些随从显贵出行并传呼喝道的骑卒。

[66]俊哲,才识不凡的人。杜甫《同元使君舂陵行》:"观乎舂陵作,歘见俊哲情。"罕俦,少可相比。

[67]组诗的第九首,写旱灾之中南京市民的艰难生活。根据气象资料记载,1913年南京降水量仅为576毫米,而年平均值为999毫米。三冬,即冬季。因一个季节有三个月,故云。

[68]沙觜,同"沙嘴",一端连陆地、一端突出水中的带状沙滩。游鲦(tiáo),游鱼。鲦,同"鯈",鱼名。半泥蟠,因溪流水干,鱼儿只能在泥水中

苟延残喘。

［69］大旱使溪水干涸,水中无鱼可捕。罾(zēng)网,一种用木棍或竹竿做支架的方形鱼网,泛指鱼网。

［70］扶挟,犹扶摇。《庄子·逍遥游》:"鹏之徙于南冥也,水击三千里,抟扶摇而上者九万里。"

［71］羽翮(hé),指鸟的翅膀。翮,羽轴下段不生羽瓣而中空的部分。傥,同"倘",假如。

［72］因大旱,故乏粳稻;因战乱,故可能被误伤。此邦,此处,指南京。金丸,指子弹。以上四句通过小小的大雁,反映战乱和干旱带来的民生凋敝,可谓"四两拨千斤"。

［73］诗人从半山亭远望东关,可看到秦淮河的繁华灯火,但歌舞升平之中似乎仍有战争的杀气。弦琶,指各种乐器。歌喉酸,因不断歌唱而喉酸。

［74］这两句写官兵在繁华的秦淮河拥妓作乐的景象。颇闻,多次听说。校尉,低级武官。缠头,客人赠艺人的锦帛、财物等。《太平御览》卷八一五引《唐书》:"旧俗,赏歌舞人,以锦彩置之头上,谓之缠头。"白居易《琵琶行》:"五陵少年争缠头,一曲红绡不知数。"绮纨,华丽的丝织品。

［75］横带,黄金横带,谓金银系于腰上。淄渑,淄水和渑水的并称,皆在今山东省。《战国策·齐策六》记载田单攻狄而不下,鲁仲连对他分析失败的原因:"当今将军东有夜邑之奉,西有菑上之虞,黄金横带,而驰乎淄渑之间,有生之乐,无死之心,所以不胜者也。"这里是批评官兵之一味纵情享乐。掩袂,掩袖拭泪。

［76］闺门,原指古代宫殿的侧门,这里指家门。阁(gé),大门旁的小门。

［77］组诗第十首,抒发了诗人忧愤激荡的心情,表达了对"圣法久殚残"现实的忧虑和"再造人纲"的理想。播荡,流离动荡。《左传·襄公二十五年》:"夏氏之乱,成公播荡。"杜预注:"播荡,流移失所。"虫沙,犹"沙虫",见《微雨中抵墓所》注。百罹,种种不幸的遭遇。《诗经·国风·兔爰》:"我生之后,逢此百罹,尚寐无吪。"毛传:"罹,忧。"鬓皓,鬓间的白发。

[78]一桷,一条桷子,借指一间小屋。偪仄,同逼仄。沸海,即大海。因大海常有狂波巨浪,故称。王嘉《拾遗记》卷二:"经历百有余国,方至京师,其中路山川不可记。越铁岘,泛沸海。"常用以比喻乱世。轮蹄,车轮与马蹄,代指车马。此句意谓自己因乱世,不得不奔波于宁、沪、杭之间,以避兵乱。

[79]埃壒(ài),尘土。

[80]须眉,胡子和眉毛。以上是诗的前半段,描写周围读书的环境,为下文的抒情写志做准备。

[81]兀兀,犹"矻矻",勤勉貌。韩愈《进学解》:"焚膏油以继晷,恒兀兀以穷年。"用,因此。

[82]肘腋,胳膊肘与胳肢窝,比喻切近之地。《三国志·蜀志·法正传》:"主公之在公安也,北畏曹公之彊,东惮孙权之逼,近则惧孙夫人生变于肘腋之下。"杜甫《草堂》:"焉知肘腋祸,自及枭獍徒。"伺愈狡,疑当为肆愈狡,愈加放纵狡犷。

[83]善败,成败。《左传·僖公二十年》:"善败由己,而由人乎哉?"孑遗,指劫后残存之人。《诗经·云汉》:"周余黎民,靡有孑遗。"陈奂传疏:"《方言》《广雅》皆云:孑,余也。靡孑遗,即无余遗。"苍昊,苍天。两句是说,世事无常,劫后余生的百姓,命运只能靠苍天保佑了。另一种解释,孑遗指遗民,是诗人自指,谓自己的余生只能依靠老天爷了,也解释得通。

[84]圣法,圣人之法,这里指儒家思想。殚残,毁尽、灭绝。《庄子·胠箧》:"殚残天下之圣法,而民始可与论议。"人纲,人伦纲纪。近代以来,西方思想涌入,传统文化和旧式伦理遭到巨大冲击。清政府的灭亡,加速了传统的解体,致使"道丧文敝,异说沸腾""驯良雅化之迹扫地以尽",诗人对此忧心忡忡,意欲以再造人纲为己任。故吴宓曾说:"义宁陈氏一门,实握世运之枢轴,含时代之消息,而为中国文化与学术德教所托命者也。"

[85]亲鱼鸟,指隐居。《后汉书·逸民列传》:"然观其甘心畎亩之中,憔悴江海之上,岂必亲鱼鸟、乐林草哉?"

[86]挂怀抱,牵挂于心。杜甫《遣兴》之三:"有子贤与愚,何其挂怀抱。"

乙庵太夷有唱和鬼趣诗三章语皆奇诡兹来别墅怆抚兵乱亦继咏之[1]

月黑城壕西,有物绕屋啼[2]。鬼车昂九首[3],云空答酸嘶[4]。妇孺出复壁,喘诉凶祸随[5]。默怜血污魂,上下索逝骓[6]。汝颅易百钱,汝茜橐累累[7]。

吹笳驻防城,悲气横蒿里[8]。扪虱旗脚下,指彼枕藉死[9]。膏血长榛梗,风劲齐万矢[10]。故宫影憧憧,恍啼人立豕[11]。侵陵新鬼大,故鬼待筑垒[12]。

行吟傍溪路,秃杨长比人。幻作狰狞躯,攫挐增怒嗔[13]。我实无罪过,悉与山鬼邻[14]。一世沦墟墓,枯骴恶能神[15]。宥汝斫为棺,赢葬反其真[16]。

[1]沈曾植(乙庵)、郑孝胥(太夷)的唱和诗作于1913年秋。沈曾植《简苏庵》三首,见《海日楼诗》卷五,郑孝胥《答乙庵短歌三章》见《海藏楼诗》卷八。沈、郑二人的鬼趣诗,主要表现了遗老们不合时宜的悲苦心态,而陈三立的和作,则是"怆抚兵乱"之作,有着更多的现实关怀。故刘纳说:"沈诗勾勒了无色无声、令人凄惶的秋天的印象,收藏在民族记忆里的一个个鬼影在秋夜中立起,映眼耀目的鬼的风采恰与沉寂的现实世界形成鲜明的对照。郑诗极写秋气的凌厉和跋扈,……陈诗中的鬼已经构不成'趣'——那是真实的、散发着血污气的新鬼。"

[2]物,鬼物。王充《论衡·订鬼》:"鬼者,物也,与人无异。天地之

间,有鬼之物,常在四边之外,时往来中国,与人杂则。"

[3]鬼车,朱胜非《绀珠集》卷四"鬼车"条:"鹗,又名鸺鹠,夜飞昼伏,能拾人爪甲,以知吉凶,则鸣于其屋上,故人除指必藏之,为此也。又名夜游女。好为婴儿,为祟。又名鬼车,遇阴晦则飞。或云:鬼车九首,尝为犬断其一,故闻其声,则击犬使鸣吠,以厌之故也。"《太平御览》卷九百二十七"鬼车"条引《荆楚岁时记》:"正月七日,多鬼车鸟度,家家槌门打户,捩狗耳,灭烛灯禳之。"同条引刘恂《岭表录异》:"鬼车,春夏之间,稍遇阴晦,则飞鸣而过。岭外尤多。爱入人家,烁人魂气。或云九首,曾为犬啮下一首,常滴血。血滴之家,即有凶咎。"

[4]酸嘶,悲鸣。《梁书·昭明太子统传》:"骥踠足以酸嘶,挽凄锵而流泛。"

[5]这两句说战乱之中,百姓妇孺藏身复壁中,也未能免祸。复壁,可藏物的夹墙。《后汉书·赵岐传》:"(孙嵩)游市见岐,察非常人,停车呼与共载……藏岐复壁中数年。"

[6]逝骓,《史记·项羽本纪》:"于是项王乃悲歌慷慨,自为诗曰:'力拔山兮气盖世,时不利兮骓不逝,骓不逝兮可奈何,虞兮虞兮奈若何?'"

[7]这两句直斥残杀百姓、掠夺钱财的乱兵。酋,指官兵。橐,口袋。

[8]笳,军笳,军号。蒿里,地名,相传在泰山下,人死之后魂魄归于蒿里,故常用以指墓地。《汉书·武五子传》:"蒿里传兮郭门阅。"颜师古注:"蒿里,死人里。"顾炎武《山东考古录·辨高里山》:"泰安州西南二里,俗名蒿里山者,高里山之讹也。《史记·封禅书》:'十二月,甲午朔,上亲禅高里。'《汉书·武帝纪》:'太初元年十二月,禅高里。'注'伏俨曰:山名,在泰山下。'……自晋陆机《泰山吟》,始以梁父、蒿里并列,而后之言鬼者因之,遂令古昔帝王降禅之坛,一变而为阎王鬼伯之祠矣。"

[9]扪虱,形容谈吐从容不迫。《晋书·王猛传》:"桓温入关,猛被褐而诣之,一面谈当世之事,扪虱而言,旁若无人。"枕藉,互相枕着。《汉书·酷吏传》:"(尹)赏一朝会长安吏,车数百两,分行收捕,皆劾以为通行饮食群盗。赏亲阅,见十置一,其余尽以次内虎穴中,百人为辈,覆以大石。数日壹发视,皆相枕藉死。"彼,指那些因战争枕藉而死的冤鬼。

[10]膏血,指战争死难者的鲜血。长,这里用作动词,使生长。榛梗,丛生的杂木。罹难者的鲜血使树木生长十分茂盛,极言死者之多。"风劲"句,谓风大有如万矢齐发。

[11]故宫,这里指南京明故宫。憧憧,摇曳不定貌。人立豕,《左传·庄公八年》:"冬十二月,齐侯游于姑棼,遂田于贝丘。见大豕,从者曰:'公子彭生也。'公怒曰:'彭生敢见!'射之。豕人立而啼。"

[12]侵陵可通"侵凌",但放在此句中解释不通,故"陵"当指钟山南麓的明孝陵。1913年8月,讨袁军在这一带与北洋军激战。侵陵新鬼,指攻城而战死者。筑垒,建筑堡垒。筑垒故鬼,指守城而战死者。"新"与"旧"互文。

[13]秃杨,因时在冬季,树叶尽脱,故曰秃杨。陈三立诗中好用秃柳、秃杨等意象。胡迎建《借鉴前人艺术,力创诗词精品》:"历来诗人喜爱描绘柳树的袅娜多姿,而陈三立笔下的柳树,则往往为'秃柳',如'影筱秃柳狰狞出'(《雨中去西山二十里至望城冈》);'劫余处处迷,秃柳迎如鬼'(《春晴携家泛舟秦淮》)。为'髡柳',如'隔墙髡柳留残叶'(《漫兴》)等。由于诗人对险恶社会环境的惊恐,故看柳树也觉得可怖,如:'明灭灯摇驮,狰狞柳攫人'(《夜出下关候船赴九江》)。"可参。攫拏,张牙舞爪。

[14]无罪而被杀,可见这首写无辜惨死的冤魂。忝,辱,有愧于,常用作谦辞。山鬼,南朝宋郑缉之《永嘉郡记》:"安固县有山鬼,形体如人而一脚,裁长一尺许,好噉盐,伐木人盐辄偷将去。不甚畏人,人亦不敢犯,犯之即不利也。"

[15]枯胔(zì),腐烂的尸骸。恶(wū),同"乌",疑问词。神,这里用作动词,成为神灵。

[16]宥,饶恕,原谅。汝,指杀人的士兵。斫为棺,斫木成棺,做棺材以装殓死者,使之入土为安。臝,同"裸"。不为死者具衣衾、棺椁,赤身而葬,谓之裸葬。反其真,《汉书·杨王孙传》:"杨王孙者,孝武时人也。学黄老之术,家业千金,厚自奉养生,亡所不致。及病且终,先令其子曰:'吾欲臝葬,以反吾真,必亡易吾意。死则为布囊盛尸,入地七尺,既下,从足引脱其囊,以身亲土。'"颜师古注:"裸者,不为衣衾棺椁者也;反,归也。真者,自然之道也。"反,同"返",古今字。真,真宰。《庄子·秋水》:"谨守而

勿失，是谓反其真。"

附：

简苏庵
沈曾植

秋叶脱且摇，秋虫吟复喑。秋宵无旦气，秋啸无还音。寸寸死月魂，分分析星心。天人目其眴，海客珠方沈。惇史执简槀，日车还泞深。寄声寂莫滨，乞我膏肓针。

贵己不如贱，鬼应殊胜人。攘蓬语庄叟，乘豹招灵均。荡荡广莫风，悠悠野马尘。独行靡挈曳，长往无缁磷。鬼语诗必佳，鬼道符乃神。道逢钟葵妹，窈窕千花春。绝倒吴道玄，貌彼抉目瞋。

君诗四灵诗，坚齿漱寒石。我转西江水，不能濡涸辙。道穷诗亦尽，愿在世无绝。湛湛长江水，照我十年客。昔梦沧浪清，今情天水碧。彻视入沈冥，忘怀阅潮汐。

答乙庵短歌三章
郑孝胥

仰见秋日光，秋气猛入肠。相守虫啸夜，相哀叶摇黄。枕书窗间人，二竖语膏肓。日车何时翻，一快偕汝亡。寂寞非寂寞，煎愁成沸汤。同居秋气中，一触如金创。

人生类秋虫，正宜以秋死。虫魂复为秋，岂意人有鬼。盍作已死观，稍怜鬼趣美。为鬼当为雄，守雌非鬼理。哀哉无国殇，谁可雪此耻？纷纷厉不如，薄彼天下士。

秋气虽宜诗，鬼语乃诗病。君诗转西江，驾浪极奔劲。云何弄细碎，意属秋坟夐。四灵若灵鬼，底足托高咏。人间匪佳味，孤唱泪暗迸。故交去堂堂，关张等无命。共君伴残岁，后死聊自圣。

独坐觚庵茅亭看月[1]

山气溪光并一痕,微笼新月作黄昏[2]。剥霜枯树支离出,沉雾孤亭偃蹇存[3]。邻犬吠灯寒举网,巢乌避弹旧移村[4]。鸣笳击柝收闲味,已负秋虫泣草根[5]。

[1] 觚庵,即俞明震宅。独坐,说明主人不在。

[2] 微笼,微微笼罩,这里形容新月笼罩在薄雾之中,显得有些朦胧。杜牧《秦淮夜泊》:"烟笼寒水月笼沙,夜泊秦淮近酒家。"

[3] 支离,散乱枯瘦。偃蹇,困顿、窘迫。两句以物写人。

[4] 寒举网、旧移村,胡迎建认为是"寒气如网,充塞宇宙。巢鸟畏弹,避居他村"。颈、颔两联,营造出一种衰败萧瑟、冷寂荒寒的气氛,实际上是诗人心境的写照。

[5] 闲味,优游闲适的兴味。语出白居易《张常侍池凉夜闲燕赠诸公》:"或啸或讴吟,谁知此闲味。"诗人本打算优游赏月,却被军笳军柝扫了兴头,兴味索然,故云。负,辜负。秋虫,南宋陈著《悼出童尚质二首》:"伤心今已矣,庭草泣秋虫。"

夜眺遣怀[1]

断续千街爆竹声[2],浮天雁鹜正纵横。时无寇盗魂仍破,市伏椎埋岁又更[3]。终恐铅刀成废弃[4],从知桃梗负平生[5]。家山万里夷歌动,下照星辰手一觥[6]。

[1] 此诗作于甲寅(1914年)正月,时诗人居上海。

[2] 爆竹声,说明了此诗写作的时间。王安石《元日》:"爆竹声中一岁除,春风送暖入屠苏。"

[3] 椎埋,《史记·酷吏列传》:"王温舒者,阳陵人也。少时椎埋为奸。"裴骃集解引徐广曰:"椎杀人而埋之。"可见民国初年兵荒马乱,战事频繁发生,诗人避乱上海,仍觉心惊肉跳。

[4] 贾谊《吊屈原赋》:"莫邪为钝兮,铅刀为铦。"铅刀,用铅作的刀。铅质较软,不宜用以制作兵器,故铅刀比喻无用之物或才能平常的人,常用作自谦之辞。《后汉书·班超传》:"况臣奉大汉之威,而无铅刀一割之用乎?"诗人虽有大志,但此时政局混乱,诗人一介布衣,亦无可奈何,犹觉痛苦。

[5] 桃梗,用桃木刻制的木偶。《战国策·齐策三》:"有土偶与桃梗相与语。桃梗谓土偶人曰:'子,西岸之土也,挺子以为人。至岁八月,降雨下,淄水至,则汝残矣。'土偶曰:'不然。吾西岸之土也,土则复西岸耳。今子,东国之桃梗也,刻削子以为人,降雨下,淄水至,流子而去,则子漂漂者将何如耳。'"这里比喻生活漂泊不定,家园难返。骆宾王《浮槎》:"似舟漂不定,如梗泛何从?"李商隐《蝉》:"薄宦梗犹泛,故园芜已平。"

[6] 家山万里,谓远离家乡。陆游《过野人家有感》:"世态十年看烂熟,家山万里梦依稀。"夷歌,夷人之歌,亦泛指外国歌曲。诗人此时居于上海外国租界,故云。

崝庐三首（选二）[1]

久客归敝庐，有如打包僧[2]。空宇存几榻，照壁凄龛灯[3]。凝尘满鼠迹，挂断青丝绳[4]。旧佣挈男去，薪脚堆相仍[5]。舟车载病矣，僵卧侪冻蝇[6]。呻吟万山腹，断续雌鸦应。量水调散剂，味谁辨淄渑[7]。出入自操作[8]，仰见白月升。墙根风啸竹，疑有鬼物凭[9]。拒户橐驼坐，吾其悟大乘[10]。

晨兴攀霁楼，围织瘦茎竹[11]。往岁摩箨龙，千竿尽出屋[12]。翻恨绿无缝，遮我眺碑目[13]。叶底漏西山，悬帔岁盈幅[14]。温暾散峰气，草风靡荒谷[15]。坐数出林鸦，传馨杂糟麹[16]。偻指弃邱墓，海滨送歌哭[17]。惯睹跋鲸鲵，疲迟侣麋鹿[18]。脱命三径归，野花红映肉[19]。哀乐日搅肠，暂获盥初服[20]。终补草堂松，敢负东篱菊[21]。窅然吾丧我，睥睨天使独[22]。

[1] 1914年（农历甲寅）清明，诗人由上海赴南昌西山，扫墓之后在南昌小住十日。这两首诗即作于此时。原诗共三首，这里选其一、二两首。由于战乱，陈三立在1912、1913两年都未能赴南昌扫墓。作于此时的《清明日上冢》有"三岁霜露隔，松楸亦改世"之慨。

[2] 打包僧，见《抵上海别儿游学柏灵还诵樊山布政午彝翰林见忆之作次韵奉酬》注[2]。

[3] 陈三立一家长期客居南京、上海，南昌西山崝庐无人居住，只有几个仆佣留守打理，诗人扫墓时偶尔小住几天。因此崝庐没有多少家俱陈设，显得空旷。空宇，宽旷的屋宇。几榻，茶几与卧榻。存几榻，只有几榻

存在,说明没有其他东西。司马光曾说:"古人为诗,贵于意在言外,使人思而得之。"并举杜甫《春望》为例:"'国破山河在',明无余物矣。"此处用法相同。龛灯,佛龛、神龛前的长明灯。

[4] 凝尘,积尘。青丝绳,捆扎衣物或束衣的带子。《孔雀东南飞》:"箱帘六七十,绿碧青丝绳。"

[5] 这两句大概是说,原来留守的仆佣已经离开,致使崝庐无人打理,庐内十分杂乱。

[6] 病矣,病体。宋胡汝霖《栈道感怀》:"行李为东道,空囊挟病矣。"大概诗人此来,路上患病,时此仍未痊愈。侪(chái),等同。

[7] 散剂,指药剂。诗人受祖上影响,精于中医,故能自己冲调药剂。辨淄渑,《列子·仲尼》:"口将爽者,先辨淄渑。"张湛注:"淄渑水异味,既合则难别。"淄、渑:淄水和渑水,在山东省。二水合流后不易分辨。这里是说由于患病而失去味觉,分辨不出药味。

[8] 因仆佣都已离开,因此俗务只好诗人亲自动手操持。这对于生长于大家庭、自幼读书、饮食起居向由仆佣照料的陈三立来说,确非易事。

[9] 鬼物,见《乙盦太夷有唱和鬼趣诗三章语皆奇诡兹来别墅怆抚兵乱亦继咏之》注[2]。

[10] 橐驼坐,像骆驼一样弓身而坐。大乘,梵文 Mahāyāna(摩诃衍那)的意译,佛教的一个派别。大乘佛教强调利他,普度一切众生,提倡以"六度"为主的"菩萨行",如发大心者所乘的大车,故名"大乘"。

[11] 这一首写诗人登楼远眺西山时所见。瘦茎,指竹竿。

[12] 箨(tuò)龙,竹笋。《类篇》:"箨,竹皮也。"

[13] 谓竹林太密太高,遮住了远眺墓碑的视线。

[14] 西山从竹叶底的缝中露出,极言能够看到的范围很小。悬帔,古时披在肩背上的服饰。《徐霞客游记》:"内俯洞底,波涛破峡,如玉龙负舟,与洞顶之垂幄悬帔。"幅,布的宽度单位,古制一幅为二尺二寸。

[15] 温暾,同"温吞",微暖,不冷不热。王建《宫词》:"新晴草色绿温暾,山雪初消泞水浑。"

[16] 传馨,这里指传来的气味。糟麹,泛指酒。

271

[17] 偻指,屈指,屈指而数。《荀子·儒效》:"虽有圣人之知,未能偻指也。"元李冶《敬斋古今黈》:"大抵偻,曲也,未能偻指,言未能曲指以一二数也。"

[18] 跋,跋扈。鲸鲵,即鲸,雄曰鲸,雌曰鲵,比喻凶恶的敌人。《左传·宣公十二年》:"古者明王伐不敬,取其鲸鲵而封之,以为大戮。"杜预注:"鲸鲵,大鱼名,以喻不义之人吞食小国。"《资治通鉴》卷八十八:"扫除鲸鲵,奉迎梓宫。"胡三省注:"鲸鲵,大鱼,钩网所不能制,以比敌人之魁杰者。"侣麋鹿,以麋鹿为侣,比喻隐居生活。苏轼《前赤壁赋》:"渔樵于江渚之上,侣鱼虾而友麋鹿。"

[19] 脱命,谓逃脱性命。三径,晋赵岐《三辅决录·逃名》:"蒋诩归乡里,荆棘塞门,舍中有三径,不出,唯求仲、羊仲从之游。"后因以"三径"指归隐者的家园。陶潜《归去来辞》:"三径就荒,松菊犹存。"红映肉,谓野花娇艳犹如红润的肌肤。苏轼《寓居定惠院之东杂花满山有海棠一株土人不知贵也》:"朱唇得酒晕生脸,翠袖卷纱红映肉。"

[20] 搅肠,肝肠如搅,比喻谓内心痛苦。初服,未入仕时的服装,与"朝服"相对。屈原《离骚》:"进不入以离尤兮,退将复修吾初服。"蒋骥注:"初服,未仕时之服也。"

[21] 这两句写隐居生活。草堂松,张松龄《和答弟志和渔父歌》:"乐是风波钓是闲,草堂松径已胜攀。"东篱菊,陶潜《饮酒》:"采菊东篱下,悠然见南山。"敢,岂敢。

[22] 吾丧我,《庄子·齐物论》:"今者吾丧我,汝知之乎?"指道家修身时忘我的至高境界。睥睨(bì nì),眼睛斜着看,形容高傲的样子。

别南昌晚泊吴城望湖亭下(二首选一)[1]

十日城中饮,低徊父老言[2]。买船逢雨断,苏病视江奔[3]。岸草销兵气,山云是梦痕[4]。前朝依桨燕,向我尚飞翻[5]。

[1] 此诗作于诗人从南昌谒墓乘船回沪路过吴城作短暂停留之时。原作共两首,这里选的是第一首。诗题《散原精舍集外诗》作"三月廿七日别南昌晚泊吴城望湖亭下"。望湖亭,见《夜舟泊吴城》注[6]。

[2] 诗人三月七日抵达南昌,九日入西山扫墓,十七日返南昌,二十七日离开南昌至吴城。诗人在南昌期间与邻居父老多有来往,此时返城,犹思念不已。

[3] 买船,乘船。苏病,病刚刚痊愈。诗人在南昌曾患病,见《峕庐三首》注[6]。视江奔,指赣江汇入鄱阳湖,水势浩大。

[4] 销兵气,指民国初年在江浙一带的战事结束,兵气渐销。山云,这里指南昌西山。因诗人父亲的墓在西山,故常入梦中。

[5] 这两句化用刘禹锡"旧时王谢堂前燕,飞入寻常百姓家"诗意。

渡湖抵湖口[1]

破晓梦未稳,喧枕机轮声[2]。扶床视窗罅,涛澜浩纵横[3]。趺坐千呼吸,默默数水程[4]。俄顷出岸树,青苍曳微晴[5]。霄云烂组绮,下翼扁舟轻[6]。大孤悬在眼,石钟对峥嵘[7]。烽燧气不散,丛雁绕哀鸣[8]。负嵎亦奚为,但博啼妇婴[9]。喋血百里间,井闾烧榛荆[10]。我过揽形便,笑成竖子名[11]。亘古积一哄,快殉蛮触争[12]。蛟鲸伏相噬,雪浪淘豪英[13]。五老蹲寥廓,阅世有余情[14]。

[1] 湖口,在江西北部,地处湖北、安徽、江西三省交界,是长江与鄱阳湖唯一交汇口,为诗人经水路往来南昌的必经之地。

[2] 起句是说清晨被轮船机器的轰鸣声唤醒。

[3] 窗罅,窗缝。

[4] 趺(fū)坐,结跏趺坐,是修行的人坐禅入定的一种姿势。其法:盘膝交叠双腿(结跏),用足背(趺)放在股腿上。单以一趺置一股的,称半跏趺坐;交叠双趺于两股的,称全跏趺坐。这样坐式,形体稳固、端庄,能心安气缓,便于入定。——以上为全诗第一层,叙述自己破晓醒来所见,计算回家路程。

[5] 青苍,指树色。

[6] 烂,灿烂。组绮,彩色的丝带。屈原《招魂》:"纂组绮缟,结琦璜些。"洪兴祖补注:"组,音祖。绮,文缯也。"这里形容朝霞。

[7] 大孤,即大孤山,在湖口以南的鄱阳湖中。民间传说为玉女大姑在云中落下的绣鞋变化而成,因而又名大姑山。石钟,即石钟山,在湖口县鄱阳湖出口处。苏轼曾夜泊山下,撰《石钟山记》。——以上为全诗第二

层,描写鄱阳湖山水美景。

[8] 烽燧,指战争。1913年7月12日(农历六月九日),李烈钧在湖口宣布独立,成立讨袁军总司令部,"二次革命"由此爆发。7月25日,段芝贵等率北军在湖口与讨袁军发生激战,讨袁军败退。这两句即言这场战事。

[9] 负嵎,同"负隅",依恃险要地势。石钟山地势险要,控扼长江及鄱阳湖,居高临下,进可攻,退可守,号称"江湖锁钥",自古即为军事要塞,为兵家必争之地。李烈钧讨袁军司令部即设于石钟山上。这两句是说,两军恃险激战,徒然博得妇婴哀啼而已。

[10] 井间,市井。——以上为全诗第三层,写战争给湖口人民造成的破坏。

[11] 竖子名,《晋书》卷四十九:"(阮籍)尝登广武,观楚汉战处,叹曰:'时无英才,使竖子成名乎!'"胡迎建认为:"此讥袁世凯窃据国柄。"

[12] 亘古,见《还金陵走视次申雨花台殡宫》注。蛮触,见《八月廿一日夜宿九江铁路局楼感赋》注[10]。

[13] 蛟鲸,蛟龙与鲸鱼。蛟鲸相噬,则风浪滔天,人民遭殃,比喻战乱。"雪浪"句,化用苏轼《念奴娇·赤壁怀古》"浪淘尽,千古风流人物"词意。——以上为全诗第四层,以宇宙时空观批评无意义的战争。

[14] 两句收结全篇,谓只有庐山五老峰在默默观照古往今来。五老,指庐山五老峰,因山的绝顶被垭口所断,分成并列的五个山峰,仰望俨若席地而坐的五位老翁,故名。寥廓,空旷深远。屈原《远游》:"下峥嵘而无地兮,上寥廓而无天。"洪兴祖补注引颜师古云:"寥廓,广远也。"

诵樊山涛园落花诗讫戏题一绝[1]

凭饮三危服九华[2],弥天四海一相夸[3]。仲尼已死文王没[4],乞得闲愁赋落花。

[1] 樊山,指樊增祥。涛园,指沈瑜庆(1858—1918),号涛园,侯官县(今福州市区)人,沈葆桢第四子,光绪十一年(1885年)举人。民国后,避居上海,以遗老自命。有《涛园集》传世。陈三立自南昌扫墓归来,仍居上海,收到樊增祥、沈瑜庆寄来的《落花诗》各四诗,写下此诗。"落花"是中国古典诗歌一个具有丰富文化意蕴的意象,《梁书·范缜传》:"人之生,譬如一树花,同发一枝,俱开一蒂,随风而堕。"自明人沈周、唐寅以来,龚自珍、俞樾、陈宝琛等近代诗人代有其作,形成近代诗歌史上一个奇特的景观。吴宓《落花诗八首序》云:"古今人所为落花诗,盖皆感伤身世。其所怀抱之思想,爱好之事物,以时衰俗变,悉为潮流卷荡以去,不可复睹。乃假春残花落,致其依恋之情。"其第七首后又自注云:"宗教信仰已失,无复精神生活。全世皆然,不仅中国。"今人多认为,清末民初诗坛上的"落花诗"现象,不仅是诗人感叹清室的灭亡,兼有自咏身世和感慨人生无常之意,更蕴含了近代以来文化传统断裂、价值系统崩溃的悲慨。

[2] 三危,古地名。《尚书·舜典》:"窜三苗于三危。"《吕氏春秋·览部》:"水之美者:三危之露,昆仑之井,沮江之丘。"饮三危,梁简文帝《听早蝉诗》:"草歇鹥鸣初,蝉思落花后。乍饮三危露,时荫五官柳。"蝉以清露为食,古时被认为是洁人高士的象征。九华,九月九日之花,指菊花。陶渊明《九日闲居序》:"余闲居,爱重九之名,秋菊盈园,而持醪靡由,空服九华。"

[3] 弥天四海,比喻志气高远。陆机《吊魏武帝》:"违率土以靖寐,戢

弥天乎一棺。"李善注:"弥天,喻志高远也。"又《晋书·习凿齿传》:"(释道安)自北至荆州,与凿齿相见。道安曰:'弥天释道安。'凿齿曰:'四海习凿齿。'时人以为佳对。"

[4] 仲尼,指孔子。文王,周文王,是儒家理想的圣人。《论语·子罕》:"子畏于匡,曰:文王既没,文不在兹乎?天之将丧斯文也,后死者不得与于斯文也。"胡晓明认为,孔子之死,不仅象征中国文化之亡,而且象征人类文明价值之亡。这里的"斯文已丧"的"文",不单单是指孔孟之道,而且是文明与文化的基本价值。在诗人看来,孔子之道,代表着人类文明与文化的基本价值。按,德国哲学家尼采宣布"上帝死了",此云"仲尼已死",均是时代巨变的历史宣言。

雨霁楼望[1]

楼栏飞雨闭闲眠,呼妇林鸠茗碗边[2]。转瞬晴帆为跃出,满城秋色复苍然[3]。炊烟结篆溪山上[4],晞发横卮角吹前[5]。犹弄沉沉龙虎气[6],隔墙独树换残蝉。

[1]民国三年(1914年)七月十二日,诗人由上海返南京散原别墅,在南京居住月余,这首诗及以下几首诗均作于此时。

[2]呼妇林鸠,林中的鸟儿啁啾鸣叫,好像在呼唤伴侣。茗碗,茶杯。

[3]晴帆,指船。雨后天晴,故云。此句点明雨后楼望题旨。

[4]炊烟结篆,炊烟升起,袅袅盘环,曲折有如小篆。

[5]晞发,晒干头发。屈原《少司命》:"与女沐兮咸池,晞女发兮阳之阿。"王逸注:"晞,干也。"卮,同"卮",酒器。

[6]龙虎气,龙盘虎踞之气。《太平御览》卷一五六引吴勃《吴录》:"刘备曾使诸葛亮至京,因睹秣陵山阜,叹曰:'钟山龙盘,石头虎踞,帝王之宅。'"后因以"龙盘虎踞"形容地势雄壮险要,宜作帝王之都,亦借指南京。辛弃疾《念奴娇·登建康赏心亭呈史留守致道》:"虎踞龙蟠何处是,只有兴亡满目。"

徐园晚眺[1]

幽幽野屋冷秋光,乌鹊翻枝犬卧廊[2]。列砌菊苗初过雨,映池桂树欲迎霜[3]。偷闲岁月存奇服,亡命乾坤换醉乡[4]。举国无人寻此味,独骑丑石伴斜阳[5]。

[1] 此诗作于民国三年九月十二日(1914 年 10 月 30 日),时诗人居上海。徐园,遗址在今上海天潼路 814 弄 43 支弄,是清末富商徐鸿逵的私家花园。据《闸北区志》大事记,光绪九年(1883 年),商董徐棣山,在唐家弄营造徐园(又名双清别墅),园内有草堂春宴、寄楼听雨等 12 处景点,时为沪北一景。另据《静安区地名志》载,徐园在昔康脑脱路 5 号(今康定路,昌化路东),原名双清别墅。清光绪十二年(1866 年),浙江海宁人徐鸿逵(字隶山)先筑于老闸桥北(今福建北路)唐家弄,至宣统元年(1909 年),其子昆曲家徐凌云迁筑于此。迁址后的新徐园为上海文人雅集之地。抗日战争时,因火灾被毁。

[2] 首联描写徐园的萧索景色。野屋,指徐园。

[3] 颔联描写徐园内的景色。中国传统的私家花园,往往极其精致,小桥流水,花草树木,皆见匠心,徐园同样如此。

[4] 奇服,屈原《九章·涉江》:"余幼好此奇服兮,年既老而不衰。"王夫之通释:"奇,珍异也。奇服,喻其志行之美。"亡命乾坤,诗人为避战祸,不得不带领家人辗转南京、上海、杭州之间,故云。

[5] 丑石,苏轼《文与可画赞》中说:"梅寒而秀,竹瘦而寿,石文而丑,是为三益之友。"郑燮《板桥题画石》:"东坡曰:'石文而丑',一'丑'字,则石之千态万状,皆从此出。……东坡胸次,其造化之炉冶乎!燮画此石,丑石也,丑而雄,丑而秀。"刘熙载《艺概·书概》:"怪石以丑为美,丑到极处,便是美到极处。一丑字中丘壑未易尽言。俗书非务为妍美,则故托丑拙。美丑不同,其为为人之见一世。"

月上楼坐[1]

点衣漏星光[2],醒酒凉露气。楼头月茫茫,咬空逅余味。栖乌警车音,摩屋分群翅[3]。长云遮遏之,噪而控于地[4]。高窗静灯火,遥市沉歌吹[5]。吊影不知年,写忧更无世[6]。日传海西战,雌雄视儿戏[7]。成就独坐人,煮茗听鼎沸[8]。

[1] 此诗作于1914年秋,诗人仍住在上海。此诗由眼前的楼上月色,写到混乱的世界政治,表现了诗人悲天悯人的情怀。

[2] 从楼上,可以看到夜空中的点点星光。

[3] 这两句意思是说,栖息于树上的乌鹊被车辆的声音惊动,纷纷飞起。

[4] 遮遏,遮挡,阻止。《焦氏易林·讼之剥》:"负牛上山,力劣行难,烈风雨雪,遮遏我前。"控于地,指小鸟飞不高。《庄子·逍遥游》:"蜩与学鸠笑之曰:'我决起而飞,抢榆枋,时则不至,而控于地而已矣,奚以之九万里而南为?'"

[5] 歌吹,歌唱和吹奏之音。《汉书·霍光传》:"引内昌邑乐人,击鼓歌吹作俳倡。"这两句一静一闹,诗人的居所灯火俱寂,上海滩繁华热闹的夜生活,对于诗人来说是遥远的。

[6] 吊,慰问。吊影,形影相吊,对影自怜。曹植《责躬表》:"形影相吊,五情愧赧。"不知年,唐太上隐者《答人》:"山中无历日,寒尽不知年。"隐者居于山中,因没有历法可查,无法计算年月。写忧,抒发忧闷。《诗经·国风·泉水》:"驾言出游,以写我忧。"

[7] 海西战,指1914年7月爆发的第一次世界大战。这次大战是人类有史以来空前惨烈的战争,各方大量使用现代化战争装备,人员伤亡惨

重,生命等同儿戏。据统计,第一次世界大战共造成1 000多万人丧生,2 000万人受伤。

[8] 鼎沸,水烧开后水流翻腾的样子。这里是双关,既实指煮茶的水烧开了,又暗指国内外政治形势的极度混乱。

留别墅遣怀(九首选六)[1]

　　溪山昼溟濛,恋倚旧吟几[2]。寒光弄薄雾,隔水筊吹起。我来更仲冬[3],墙根草尽死。芭蕉留败叶,狼藉涂鸦纸。微鹊聚屋山,散怢啁啾里[4]。一襟世已违,立壁拥尺咫[5]。去住谁主客,扰扰杂悲喜[6]。卧枕待雨围,宵滴饱两耳。

　　初晨乌乌呼,夏正逢至日[7]。漠漠悬神灵,祁祁跻阶室[8]。天涯一杯浆,犹及荐时物[9]。避地老虞翻,涨海照愁疾[10]。况闻九州外,蛮触争未息[11]。杀气薄穹苍,膏血溅禹域[12]。餧肉鹅虎蹊,一瞬肆啖食[13]。孰悉苞桑计,怵惕不忍述[14]。为虏念子孙,仰拂炉烟泣。

　　金陵兵戈后,凋瘵尸拊循[15]。流亡暂得归,犹自连嚬呻[16]。醯盐买长市,但见逻骑陈[17]。奸偷足破寐,益使惊四邻。谁更虑旱潦,丁此生不辰[18]。日狙牛毛令,割剥垂死鳞[19]。新猷匪吾事,颜趾同所亲[20]。坐视供搏弄,遑云风俗醇[21]。霜飙亘万里,换取鼻酸辛[22]。

　　世网弥九垓,极望尘土昏[23]。蛇虺自结蟠,狐兔空崩奔[24]。刍狗一戏具,群治莫寻源[25]。操术懔窳寐,超然天德尊[26]。因革示同礼,定命奠元元[27]。纷纭等臆说,功罪焉足论[28]。士有次公狂,众笑羝触藩[29]。痴黠不相补,哀哉对簿言[30]。放归蚕丛道,冷伴杜宇魂[31]。传疑卖饼家,九旨我思存[32]。

老有不可忘,褰裳饮文字[33]。绮岁游湖湘,郭公牖我最[34]。其学洞中外,孤愤屏一世。先觉昭群伦,朒怀领后辈[35]。破簏拾遗幅,俯仰几流涕。又搜架上牍,父老表死事。泽生殉已久[36],区区还素志。念交群少年,出处许气类[37]。今亦不再得,一身赘天地[38]。独坐并摩挲,感旧耿灯穗[39]。

　　月吐山川静,虚宇坐兀然[40]。俯几倚薄醉,孤檠映陈编[41]。纸上字累累,感想无穷年。从来护万类,奔命圣与贤[42]。含情迷所归,殃变相环连[43]。扶天有大勇,其微盖莫传[44]。眼暗复掩卷,起步庭栏前[45]。风露袭微微,缀树寒星圆。荒城此独夜,惜无虫语延。云空生片影,绰约移飞仙[46]。

　　[1] 民国三年(1914年)冬十一月,陈三立重返金陵散原别墅,写下了这组五言古诗。这一组诗主题并不一致,第一至四首主要是感时伤事,反映南京战乱后的衰败景象,五至八首是诗人独坐散原别墅时对早年师长和友人的回忆和怀念,第九首以月夜独坐收结全篇。风格上生涩奥衍,充分体现了"同光体"赣派一支的诗风。原作共九首,这里选介六首。

　　[2] 这是组诗第一首,描写散原别墅的衰败景象,抒发了诗人孤寂愤懑的心情。溪山,青溪和钟山。溟濛,因小雨而景色模糊的样子。旧吟几,吟诗读书的几案,这里指代散原别墅。

　　[3] 仲冬,指冬季的第二个月,即农历十一月。

　　[4] 散帙,散乱的书册。啁啾,鸟鸣声。

　　[5] 两句云世事与我相违,宇宙之大,自己一无所有,只拥有这块尺咫之地,尚且家徒四壁。世已违,陶渊明《归去来兮辞序》:"世与我而相违,复驾言兮焉求。"立壁,四立壁的省称。《汉书·司马相如传》:"文君夜亡奔相如,相如与驰归成都,家徒四壁立。"

　　[6] 诗人是散原别墅的主人,但自辛亥之后,就避乱沪上,偶来南京,反而如客人一般,小住数日就要离开。

　　[7] 夏正,这是指夏历,即农历。至日,冬至。1914年冬至为12月

23日,农历十一月初七,这组诗当作于此日。

〔8〕这两句写祭祀祖先。旧时有夏至和冬至祭祖的习惯,冬至祭祖的形式分两种:一种是室外祭奠,另一种是室内祭奠。室外祭奠,在祖先墓地举行。室内祭奠,则在家族祠堂举行。除清明外,诗人常常在夏至和冬至时赶回南昌西山扫墓,是为室外祭奠。此时在南京散原别墅中,同样遵守传统风俗,虽因陋就简,但未敢怠慢。祁祁,舒缓、和顺的样子。《诗经·大雅·韩奕》:"诸娣从之,祁祁如云。"毛传:"祁祁,徐靓也。"跻(jī),登。阶室,堂阶和内室。

〔9〕一杯浆,一杯酒。荐时物,以应时的食物为祭品。

〔10〕虞翻(164—233),字仲翔,三国时吴人。《三国志·虞翻传》:"翻性疏直,数有酒失。(孙)权与张昭论神仙,翻指昭曰:'彼皆死人,而语神仙,世岂有神仙邪。'权积怒非一,遂徙翻交州。"裴松之引《虞翻别传》:"翻放弃南方,云自恨疏节,骨体不媚,犯上获罪,当长没海隅,生无可与语,死以青蝇为吊客,使天下一人知己者,足以不恨。"三国时交州包括雷州半岛、钦州和今天越南北部等地。诗人因襄助其父主持湖南新政,被慈禧褫职,辛亥后避乱上海,故以虞翻自比。

〔11〕蛮触争,见《八月廿一日夜宿九江铁路局楼感赋》注〔10〕。这里指第一次世界大战。

〔12〕穹苍,苍天。《诗经·大雅·桑柔》:"靡有旅力,以念穹苍。"孔颖达疏引李巡曰:"古时人质,仰视天形,穹隆而高,色苍苍然,故曰穹苍。"禹域,中国。

〔13〕餧,同"喂"。鹅虎蹊,当作"饿虎蹊"。鹅,疑为"饿"之误。《战国策·燕策三》:"是以委肉当饿虎之蹊,祸必不振矣。"把肉扔在饿虎出没的路上,转眼就被吞食干净,这里形容战争之惨烈,人在现代化的战争武器面前,真如肉入虎口。

〔14〕苞桑计,见《孟乐大令出示纪愤旧句和答二首》注〔1〕。怵惕,见《腊月二日到峥庐作》注〔14〕。这两句云治国者无能,遂至战乱不已,民生涂炭。如此种种,令人忧惧,因而面对父亲灵位,几乎不忍述说。

〔15〕这一首诗主要揭露当权者战后不事民生,但知盘剥百姓,于民疾

苦漠然不顾。凋瘵(diāo zhài)，衰败、困乏。尸，担任、执掌。拊循，安抚、抚慰。《荀子·富国》："垂事养民，拊循之，呃呕之。"杨倞注："拊循，慰悦之也。"

[16] 指战后诗人由沪上返南京散原别墅省视。嚬呻，蹙眉呻吟，指南京的困苦生活。

[17] 醯(xī)，醋。醋和盐，都是人们最基本的生活资料。逻骑，巡逻的军警。

[18] 旱潦，干旱与雨涝。生不辰，生不逢时。《诗经·大雅·桑柔》："我生不辰，逢天僤怒。"此两句谓不仅人祸，更兼天灾，而当权者于此一概漠然视之，令人有生不逢时之慨。

[19] 谓政令多如牛毛，却都是为了盘剥百姓。狃，习惯，习以为常。割剥，侵夺、残害。垂死鳞，比喻在困苦中挣扎的人民。

[20] 颅趾，圆颅方趾，指人。《南史·陈纪上·高祖》："茫茫宇宙，惵惵黎元，方趾圆颅，万不遗一。"两句谓何人当政，不是自己所能决定的，但天下百姓人民都是自己的父老兄弟。无论谁主政事，都应爱护人民。

[21] 这两句承上而来，意谓当政者不应坐视百姓被盘剥欺凌，否则民生何由以丰，风俗焉得而醇。搏弄，摆弄。风俗醇，指民生淳朴，天下太平。杜甫《奉赠韦左丞丈二十二韵》："致君尧舜上，再使风俗淳。"

[22] 鼻酸辛，鼻子酸，指难过欲哭。杜甫《赠别贺兰铦》："生离与死别，自古鼻酸辛。"

[23] 此诗语多难解，但后面几首诗怀念诗人早年的师长亲朋，以此推测，这首是对康有为的批评。因康有为此时仍在世，故以隐晦之笔写之。世网，梁沈约《效居赋》："应屡叹于牵丝，陆兴言于世网。"隋孙万寿《远戍江南寄京师亲友》："一朝牵世网，万里逐波潮。"比喻社会上法律礼教、伦理道德对人的约束。九垓，亦作"九畡""九陔"，指中央至八极之地。见《由荆口次龙屿遂至嘉鱼》注[10]。

[24] 蛇虺(huǐ)，毒蛇，比喻狠毒的人。结蟠，聚集结伙。狐兔，比喻黎民。这两句感慨近代以来政治混乱，烽烟四起，以至于生灵涂炭。

[25] 刍狗，用草扎成的狗，古时祭祀时所用。《道德经》："天地不仁，

以万物为刍狗;圣人不仁,以百姓为刍狗。"魏源本义:"结刍为狗,用之祭祀,既毕事则弃而践之。"群治,社会群体、社会问题的治理。清末民初,"群治"一语常在讨论中国传统社会向现代转型诸多问题时使用,如梁启超《论小说与群治之关系》《禁早婚议》等著作。在此诗中,陈三立认为中国群治之失败,根本原因在政治的混乱,强权武夫欺凌人民,社会怎么可能安定?

[26] 操术,所执持的处世主张或方法。《荀子·不苟》:"君子位尊而志恭,心小而道大,所听视者近,而所闻见者远,是何邪?则操术然也。"天德,董仲舒《春秋繁露·人副天数》:"天德施,地德化,人德义。"

[27] 因革,变革。示同礼,康有为《孔子改制考》卷三:"三代不同礼而王,五伯不同法而霸。"定命,注定的命运,必然的趋势。元元,百姓、庶民。《战国策·秦策一》:"制海内,子元元,臣诸侯,非兵不可!"高诱注:"元,善也,民之类善,故称元。"《后汉书·光武帝纪上》:"上当天地之心,下为元元所归。"李贤注:"元元,谓黎庶也。"

[28] 臆说,毫无根据只凭主观想象的说法,暗讽康有为《新学伪书考》《孔子改制考》等书穿凿附会。

[29] 次公,指盖宽饶(前105—前60),字次公,山东滕州盖村人,汉宣帝时为太中大夫,奉使称意,擢司隶校尉。宽饶刚直奉公,正色立朝,公卿贵戚惧恨之。因上书言事,宣帝信谗不纳,神爵二年(前60年)九月,引佩刀自杀。《汉书·盖宽饶传》:"许伯自酌曰:'盖君后至。'宽饶曰:'无多酌我,我乃酒狂。'丞相魏侯笑曰:'次公醒而狂,何必酒也!'"苏轼《赠孙莘老七绝》:"时复中之徐邈圣,无多酌我次公狂。"羝触藩,羊的角卡在藩篱上,比喻进退两难,陷入困境。《周易·大壮》:"羝羊触藩,不能退,不能遂。"

[30] 痴黠,无知糊涂与聪明狡猾。《晋书·顾恺之传》:"恺之体中痴黠各半,合而论之,正得平耳。"陈与义《自黄岩县舟行入台州》:"百年痴黠不相补,万事悲欢岂可期。"

[31] 蚕丛、杜宇,相传都是古蜀国的国王。扬雄《蜀王本纪》:"蜀王之先名蚕丛。"《华阳国志》:"有蜀侯蚕丛,其目纵,始称王。"蚕丛道,指蜀道,比喻艰苦难行之路。又《蜀王本纪》:"后有一男子名曰杜宇,从天堕,止朱

提。有一女子名利,从江源井中出,为宇妻。乃自立为蜀王,号曰望帝。"李膺《蜀志》:"望帝以其功高,禅位于鳖灵,号曰开明氏。望帝修道,处西山而隐,化为杜鹃鸟。或云化为杜宇鸟,亦曰子规。鸟至春则啼,闻者凄恻。"这里指康有为变法失败后流亡国外。

[32] 传疑,传授有疑义的问题。《穀梁传·庄公七年》:"《春秋》著以传著,疑以传疑。"卖饼家,《三国志·魏志·裴潜传》裴松之注引三国魏鱼豢《魏略》:"司隶钟繇不好《公羊》而好《左氏》,谓《左氏》为太官,而谓《公羊》为卖饼家。"钟繇认为《公羊传》小家气派,故云。唐刘知幾《史通·鉴识》:"故知《膏肓》《墨守》,乃腐儒之妄述;卖饼、太官,诚智士之明鉴也。"九旨,汉代《公羊》学家谓《春秋》书法有"三科九旨",即于三段中寓九种旨意。《公羊传·隐公元年》引何休语云:"三科九旨,正是一物。若总言之,谓之三科,科者,段也;若析而言之,谓之九旨,旨者,意也,言三个科段之内,有此九种之意。"又三国宋衷《春秋说》:"三科者,一张三世,二存三统,三异外内;九旨者,一时、二月、三日、四王、五天王、六天子、七讥、八贬、九绝也。"按,这两句疑讽刺康有为。康有为治公羊学,而诗人对康的学问颇多不满,认为他为了服务政治而不惜曲解经典。

[33] 此诗是对往事的回忆和对知交故旧的怀念。褰裳,撩起下裳,谓不辞辛苦。南朝徐陵《让散骑常侍表》:"昔墨子诸生褰裳求楚,鲁连隐士高论却秦。"饮文字,谓把酒赋诗论文。韩愈《醉赠张秘书》:"不解文字饮,惟能醉红裙。"

[34] 绮岁,年轻的时候。同治六、七年间,陈宝箴以知府发湖南候补。大约此后不久,陈三立就随全家迁居湖南。这时,他还不到二十岁。郭公,诗人自注:"郭筠仙侍郎。"郭嵩焘(1818—1891),字伯琛,号筠仙,湖南湘阴人。道光二十七年(1847年)进士,诏令南书房行走。早年参加洋务运动,先后任广东巡抚、福建按察使。光绪二年(1876年)任驻英公使,是中国历史上第一位驻外公使。光绪四年(1878年),兼领驻法公使。驻英、法期间,考察欧洲政治、经济、文化等,对欧洲先进的民主政治、科技技术、工业文明赞不绝口。光绪五年(1879年)因被劾卸任回国,被目为"汉奸""贰臣",愤然称病乞休,郁郁以终。郭嵩焘隐居湖南期间,陈宝箴、陈三立父子

287

对他却极为推崇。陈寅恪《读吴其昌梁启超传书后》："后交湘阴郭筠仙侍郎嵩焘，极相倾服，许为孤忠闳识。先君亦从郭公论文论学。而郭公者，亦颂美西法，当时士大夫目为汉奸国贼，群欲得杀之而甘心者也。"郭嵩焘对年轻陈三立的才华也极为欣赏。《郭嵩焘日记》光绪六年（1880年）四月十七日："阅陈三立（伯严）、朱文通（次江）所撰古文各一卷。次江笔力简括，而不如陈君根柢之深厚，其与袁绶瑜论《汉学师承记》一书，尤能尽发其覆，指摘无遗，盖非徒以文士见长而已。"四月三十日又记云："陈伯严、朱次江，皆年少能文，并为后起之秀，而根构之深厚，终以陈伯严为最。"牖，窗户，引申为启发、开导。《诗经·大雅·板》："天之牖民，如埙如篪。"毛传："牖，道也。"孔颖达疏："牖与'诱'古字通用，故以为导也。"陈三立的西学思想多源于郭嵩焘，说郭氏是诗人的精神导师，也不为过。

[35] 这四句是对郭嵩焘的评价。郭嵩焘对欧洲资本主义工业文明有着深刻的认识。在担任驻英、法公使期间，他不仅详细考察了资本主义工商业文明、精密发达的科学技术，还认真研究了以议会民主和自由选举为特征的西方民主政治。他认为："西洋立国二千年，政教修明，具有本末，与辽、金崛起一时，倏盛倏衰，情形绝异。"难能可贵的是，他意识到在西方资本主义现代文明面前，中国不仅在经济与军事上落后，"教化"方面也是落后的："自汉以来，中国教化日益微灭；而政教风俗，欧洲各国乃独擅其胜。其视中国，亦犹三代盛时之视夷狄也。"这些观念，都大大超过了当时主流知识分子，因而郭嵩焘回国后受到顽固派的攻击、谩骂，其所著《使西纪程》被毁版。"其学洞中外""先觉"，指郭氏的超前思想，特别是对中西文明的深刻洞见。"孤愤"句，指郭氏愤而称病乞休，归隐故里。《史记·老子韩非列传》："(韩非)悲廉直不容于邪枉之臣，观往者得失之变，故作《孤愤》。"司马贞索隐："孤愤，愤孤直不容于时也。""先觉"两句，谓郭氏先知先觉，远超当时同僚；肫笃真挚，努力扶携后辈。肫（zhūn）怀，真挚赤诚之怀。按，郭氏思想虽不见容于当道，但陈氏父子却"推为孤忠闳识"。陈宝箴、陈三立从未履足西方，却较早地对西方文明有了理性认识，为湖南维新事业打下了良好的思想基础，湖南新政实际上是陈氏父子对郭嵩焘思想的实践。俞大纲《寥音阁诗话》："湘阴郭筠仙先生，才识学在晚清均属第一流，

自出使欧洲,饱瀹新知,所见逾广,忧心世局,俶焉不可终日。晚年息影故园,蒿目时艰,性益亢烈。散原先生以世谊得时造请,饫闻其议论。先生留别墅遗怀诗有云:'绮岁游湖湘,郭公牖我最,其学洞中外,孤怀屏一世,先觉昭群伦,肫怀领后辈。'实已明言其维新政治主张,启发于筠老。"

[36] 诗人自注:"黄提督忠浩。"黄忠浩(1859—1911),湖南黔阳人,字泽生。早年以优贡生捐资为内阁中书,主讲沅州教席。光绪二十一年(1895年),募乡勇500名,驻守田家镇炮台,受到张之洞赏识。陈氏父子湖南新政时,被邀回湘整顿军事,募新军仿照西法进行训练。同时集资开采黔阳金矿和溆浦、芷江铅矿。变法失败,黄忠浩受到牵连,赖新任巡抚俞廉三开脱,得免遭革职。后捐得道员衔,赴日本考察。回湘后,创办沅丰总公司,并兴办新式教育。光绪三十年(1904年),广西会党起义,奉旨驰往镇压,授狼山镇总兵,改署右江镇总兵。宣统二年(1910年)五月,升四川提督。宣统三年(1911年),湖南新军起义,被杀。黄忠浩虽愚忠清廷镇压起义,但他与陈三立是湖南新政的老同事,一生致力于实业,训练西式军队,兴办新式教育。陈三立在《清故署四川提督奉天副都统右江镇总兵黄公神道碑》称赞他"内行饬备,不欺其意":"墨经在行间,饭蔬饮水,流涕誓众。兵事外,工商、农业、水利,并讨究中外宜忌之法,取试辄有效。综核巨细,勤劬无倦。造端规成,孕蓄远略,一基于笃谨。"

[37] 气类,意气相投者。《周易·乾》:"同声相应,同气相求。"任昉《王文宪集序》:"弘长风流,许与气类。"刘良注:"气类,谓同气相求,方以类聚也。"

[38] 郭嵩焘、黄忠浩等人物俱已逝去,只剩下自己一人,飘零江湖。赘天地,天地之间的多余人。宋黄庶《灸赘疣》:"天地赘一气,万物赘天地。"

[39] 耿,心情不安。白居易《上阳白发人》:"耿耿残灯背壁影,萧萧暗雨打窗声。"

[40] 组诗的最后一首,诗人月夜独坐,阅览友人著作,感慨万千。兀然,高高端坐的样子。

[41] 孤檠(qíng),孤灯。陈编,这里指家中所藏郭嵩焘、黄忠浩、梁鼎

芬等友人的著作、书信等。

〔42〕这四句由友人的遗著,联想到他们为了救国济民而奔走呼号,堪比古代圣贤。累累,《汉书·佞幸传》:"印何累累,绶若若邪!"颜师古注:"累累,重积也。"无穷年,韩愈《秋怀诗》:"丈夫属有念,事业无穷年。"

〔43〕殃变,殃祸、变乱,指变法失败、庚子事变、辛亥革命等一系列事件。

〔44〕这些志士仁人有挽狂澜于既倒的大智大勇,但最终未能扶大厦之将倾,现在声名不显,身后寂寞,令人唏嘘不已。扶天,黄宗羲《明儒学案》卷四十二:"扶天纲,立地纪。"大勇,苏轼《留侯论》:"天下有大勇者,卒然临之而不惊,无故加之而不怒。此其所挟持者甚大,而其志甚远也。"

〔45〕天色已晚,只得释卷漫步。

〔46〕飞仙,仙人。苏轼《前赤壁赋》:"挟飞仙以遨游,抱明月而长终。"

十四夜云暗风起有雪意[1]

空庐何所有,夜夜月相娱[2]。坐视风云改,兼移鼓角粗[3]。雁声哀欲满,窗火冷逾孤[4]。预恐檐吹雪,呼僮涤酒壶[5]。

[1] 十四,指十一月十四日(1914年12月30日),此时诗人仍然住在南京散原别墅。这首诗与下面《晨兴对雪》《雪夜读范肯堂诗集》等诗作于同时。

[2] 月相娱,只有明月相伴。

[3] 坐视,眼睁睁看着,有无可奈何、束手无策之意。风云改,这是双关语,既指现实世界中天气的变化,又暗喻政局的剧变。

[4] 大雪即将来临,南飞的孤雁感受到阵阵寒意,不断哀鸣。

[5] 预恐,预感到,恐怕。涤酒壶,清洗酒具,为饮酒赏雪做准备,兼以御寒。杨万里《遣骑迎家久稽来讯》:"船门且看雪,呼僮涤荷杯。"

晨兴对雪[1]

晚卧风犹怒,晨兴雪果成[2]。啼空群翅乱,孤望暗愁生[3]。气合残炊屋,阴垂列戟城[4]。闭门听沸鼎,微答阁铃声[5]。

[1] 这首诗在《散原精舍诗续集》中列于《十四夜云暗风起有雪意》之后,当是十一月十五日所作。

[2] 两句流水对。"风犹怒"承前诗"云暗风起"而来,次句点题,"雪果成"透露出大雪的到来虽是预料之中,但也给诗人带来欣喜。

[3] 大雪伴随着密布的乌云,飞鸟空啼,令人暗愁顿生。两句一实景,一虚写。"啼空"句,可与前诗"雁声哀欲满"互参。

[4] 列戟城,指南京。战乱之后的南京,依然笼罩着战争的阴霾,故云。

[5] 沸鼎,《后汉书·刘陶传》:"欲铸钱齐货以救其敝,此犹养鱼沸鼎之中,栖鸟烈火之上。"丘迟《与陈伯之书》:"鱼游于沸鼎之中,燕巢于飞幕之上,不亦惑乎!"比喻动乱的时局。

雪夜读范肯堂诗集[1]

雪窗寂众籁,寒灯不肯怜。取诵肯堂诗,重接平生欢[2]。汩汩写胸腹,汇海回涛澜[3]。神虑濯饥寒,声欬虚空旋[4]。谁言死无知,宛宛出我前[5]。老至亲故稀,况有深语传。忧患弃一瞑,抚此岁月延[6]。向怪古人痴,牙琴为绝弦[7]。

[1] 范肯堂,即范当世,见《登楼望西山二首》注[5]。范当世诗,即《范伯子诗集》,十九卷,初刊于光绪三十年(1904年)。范当世卒于1904年12月,距此时恰十年。

[2] 雪夜读故人诗集,宛如与逝去的友人对话。平生欢,《史记·张耳陈余列传》:"上使泄公持节问之箯舆前。(张耳)仰视曰:'泄公邪!'泄公劳苦如生平欢。"

[3] 指范当世的思想情感通过诗歌表达无遗,宛如江河汇入大海,波澜起伏。按,范当世诗颇多反映现实、揭露时弊之作,兼有苏轼、黄庭坚之长,曾自言其诗"出手类苏黄"(《与俞恪士书》)。汪国垣《光宣诗坛点将录》以马军五虎上将之一"天猛星霹雳火秦明"属之,钱仲联《近百年诗坛点将录》则以"天雄星豹子头林冲"属之。金天羽评其诗"贫穷老瘦,涕泪中皆天地名物"(《答苏戡先生书》)。曾克耑论其诗云:"覃及胜清之末,肯堂范先生卓然起江海之交,忧时愤国,发而为歌诗,震荡禽辟,沉郁悲壮,接迹李杜,平视坡谷,纵横七百年无与敌焉,洵近古以来不朽之作者也。"(《〈晚清四十家诗钞〉序》)汩汩,木华《海赋》:"崩云屑雨,浤浤汩汩。"李善注:"浤浤汩汩,波浪之声也。"

[4] 从诗中能够读到范当世为饥寒而耗费的心神,空气中仿佛听到他的咳嗽声。神虑,心神。干宝《搜神记》卷十八:"左右惊怖伏地,叔高神虑

怡然如旧。"声欬,咳嗽或所发的声音。《礼记·曲礼上》:"车上不广欬。"孔颖达疏:"欬,声欬也。"

［5］宛宛,真切、清楚的样子。

［6］指范当世一生忧患,去世之后就解脱了,而我还苟延残喘。弃一瞑,指死亡。

［7］牙琴,《吕氏春秋·孝行览第二》:"伯牙鼓琴,钟子期听之。方鼓琴而志在太山,钟子期曰:'善哉乎鼓琴!巍巍乎若太山!'少选之间,而志在流水,钟子期又曰:'善哉乎鼓琴!汤汤乎若流水!'钟子期死,伯牙破琴绝弦,终身不复鼓琴,以为世无足复为鼓琴者。"诗人与范当世不仅为姻亲,更引为知己,故云。

雨霁崝庐楼坐寓兴[1]

雨歇楼台旧,峰邀岚雾明[2]。矮松滋石气,丛竹写春声。沸野蛙成国,安窠鹊列营。[3]滴残游子泪,誓墓数平生[4]。

疏疏小桃树,犹缀两三红[5]。香减蜂何恋,风移燕自东。片山悬作镜,新陌狭如弓[6]。绰约深明阁,寒晴坐秃翁[7]。

当门田水满,拽鼻牧儿还[8]。隔陇樵歌起,持杯吟思闲。层层莺语树,历历雉飞山。明灭墙头字,曾留血点殷[9]。

往岁泰和丞[10],频寻对曲肱[11]。生哀翻短咏,死别负孤灯[12]。煮茗供追忆,求田愧未能。一楼无量劫,我亦打包僧[13]。

草风甦薄醉,金翠散茫茫[14]。拂架开书帙,粘霄有雁行[15]。归携亡国恨,就卧看云床[16]。击海迷消息,荒山意绪长。

[1] 这一组诗作于民国四年乙卯(1915年)清明诗人赴南昌扫墓期间,共五首五言律诗。南昌西山恬静的田园风光,与诗人郁勃的心情形成强烈反差。以下几首诗也作于这一时期。

[2] 首联点明全诗主题。岚雾,山中的雾气。一个"邀"字,把山峰拟人化,西山似乎充满了灵气。

[3] 这四句写崝庐周边雨后的风光,颔联写静,颈联写动,动静相得益彰。窠,鸟巢。《小说月报》第七卷第三号作"巢"。

[4]誓墓,晋王羲之曾在父母墓前发誓不再做官,辞官归隐。《晋书·王羲之传》:"时骠骑将军王述少有名誉,与羲之齐名,而羲之甚轻之,由是情好不协……述后检察会稽郡,辩其刑政,主者疲于简对。羲之深耻之,遂称病去郡,于父母墓前自誓曰:'维永和十一年三月癸卯朔,九日辛亥,小子羲之敢告二尊之灵。羲之不天,夙遭闵凶,不蒙过庭之训。母兄鞠育,得渐庶几,遂因人乏,蒙国宠荣。进无忠孝之节,退违推贤之义,每仰咏老氏、周任之诫,常恐死亡无日,忧及宗祀,岂在微身而已!是用寤寐永叹,若坠深谷。止足之分,定之于今。谨以今月吉辰肆筵设席,稽颡归诚,告誓先灵。自今之后,敢渝此心,贪冒苟进,是有无尊之心而不子也。子而不子,天地所不覆载,名教所不得容。信誓之诚,有如皦日。'"

[5]稀疏的桃树上,点缀着两三朵粉红色的桃花。桃花一般3月中下旬盛开,4月中旬就凋谢了,因此下文有"香减"之语。

[6]陌,田间的小路。

[7]深明阁,黄庭坚待罪陈留时的居所。任渊《后山诗注》:"绍圣初,言者以《神宗实录》多失实,召鲁直(黄庭坚)至陈留问状。因寓佛寺,题其所居为'深明阁',自此遂谪黔中。"按,据《山谷年谱》,黄庭坚因修史待罪陈留,在绍圣元年(1094年)十二月。黄庭坚《深明阁》诗云:"象踏恒河彻底,日行阎浮破冥。若问深明宗旨,风花时度窗棂。"

[8]拽鼻,牧童牵着牛儿,因牛绳穿着牛鼻,故云。

[9]墙头字,大概这里是指陈宝箴为崝庐题的门联。陈三立《先府君行状》:"尝自署门联,有'天恩与松菊,人境拟蓬瀛'之句,以写其志。"血点殷,可以理解为陈氏父子的碧血丹心。《庄子·外物》:"苌弘死于蜀,藏其血,三年而化为碧。"《先府君行状》写到变法失败后父子二人在崝庐生活时的痛苦:"至其所难言之隐,菀结幽忧,或不易见诸形色,独往往深夜孤灯,父子相语,仰屋欷歔而已。"其间陈三立曾生怪病,"痛疾疾状,虽病不肯服药。日前进药,竟将药碗咬碎,誓不贪生复活"(陈宝箴《致俞明震》,见《陈宝箴集》卷三五《书札二》)。陈宝箴死后,崝庐对诗人来说留下更多的是万分遗恨。《崝庐记》:"崝庐者,盖遂永永为不肖子烦冤茹憾、呼天泣血之所矣。"又,宗九奇《陈三立传略》引戴远传《普之文录》之说,陈宝箴是被慈禧

密旨赐死:"宝箴北面匍匐受诏,即自缢,巡抚令取其喉骨,奏报太后。"《创作评谭》2007年第3期发表署名"陶江"的《崝庐与陈宝箴之死》一文,文中引用陈宝箴夫妇墓地看墓人朱海生的儿子朱炳已之语:"陈宝箴是在江西巡抚与兵丁们的监视下,接了懿旨后,服新鲜白鹤血而死。"与《普之文录》所载大同而小异。今之研究者多不采信其说。如陈宝箴被密旨赐死属实,则此处"血点殷"就是当时残酷的实录。按,此诗前六句描写自然悠闲的田园风光,尾联骤然转为沉痛凄厉之语,但这一情感的表达又非常节制。诗人在努力回避那些痛苦的往事,但墙上模糊的字迹却不经意间闯进诗人眼帘,更增痛苦。

[10] 诗人自注:"谓陈芝潭。"陈芝潭,即陈凤翔,见《芝潭枉过崝庐赋赠二首》注[1]。陈三立《陈芝潭翁遗诗序》:"余葬父西山,翁来吊,相与负土成坟,久留而后去。……岁时上冢,入西山,倚一树,憩一石,辄思与翁徘徊掩泣处,蓬然若四海之广千岁之远遗此一人焉。"

[11] 曲肱,枕着胳膊。《论语·述而》:"饭疏食,饮水,曲肱而枕之,乐在其中矣。"此句写与陈凤翔的交往。

[12] 短咏,短歌、短诗。

[13] 劫,古梵语,婆罗门教认为世界应经历无数劫。一说一劫相当于大梵天之一白昼,或一千时,即人间之四十三亿二千万年。劫末有劫火出现,烧毁一切,复重创世界。无量劫,佛经认为,天地从生成至毁灭为一劫。《隋书·经籍志》:"一成一败,谓之一劫,自此天地已前,则有无量劫矣。"打包僧,见《抵上海别儿游学柏灵还诵樊山布政午彝翰林见忆之作次韵奉酬》注[2]。

[14] 甦,同"苏"。金翠,金黄与翠绿之色。陆机《百年歌》之五:"罗衣绰絷金翠华,言笑雅舞相经过。"

[15] 大雁排成的"人"字,远远望去,好像粘连在空中一样。如果不考虑对偶的贴切,"云霄有雁行"也说得通,但远不如"粘"字之新奇。诗人炼字功夫,可见一斑。

[16] 云床,僧人的坐榻。

余过南昌，留一日渡江，来山中。适闻胡御史亦至，有任刊《豫章丛书》之议，赋此寄怀[1]

四海犹存垫角巾[2]，吐胸光怪掩星辰。已迷灵琐招魂地[3]，余作前儒托命人[4]。郭外涛生鱼击柂，山中酒熟鸟窥茵[5]。钓竿在手如相待[6]，及坐湖楼序暮春[7]。

[1] 胡御史，指胡思敬，见《癸丑五月十三日至焦山，同游为陈仁先、黄同武、胡瘦唐、俞恪士、寿丞兄弟。越二日，王伯沆亦自金陵来会，凡三宿而去，纪以此诗》注[1]。《豫章丛书》，光绪二十一年（1895年），陶福履（1853—1911，字稚箕，江西新建人）曾编此丛书，共三集，收书26种48卷，均为明清江西籍人士的著作。胡思敬所编《豫章丛书》刊于1923年，共计收书103种672卷，收录唐至民国江西籍人士著作（个别为外省籍人士著作），是江西地方文献中卷帙最多、内容最丰富的古籍丛书。《续修四库全书总目提要》云："是书蒐辑宋元明清以来，江西先贤著述百余种，类多世不经见，及流传至罕者，选书体例，颇极谨严，凡屡经翻刻者，虽罕见而有人认刻者，已入同时人所刻丛书者，已入本集者，非出一人之手者，卷帙繁重者，书涉伪托者，籍贯不分明者，续作应附原书者，一律不收。"今人将两部《豫章丛书》合而为一，整理后出版。此诗说明，胡氏早在民国四年（1915年）即有编辑《豫章丛书》的计划，《答陈剑潭书》云："刻书当以经世为本，……鄙人编刻《豫章丛书》即本斯旨，凡人品不为众论所许者，即《四库》已收，……一概不收，专以表扬潜德为主，庶为善者知所劝，为恶者有所惩。"陈三立认为此举有助于保存、弘扬儒学文化，因此予以高度评价。

[2] 垫角巾，《后汉书》卷九十八："（郭太）身长八尺，容貌魁伟，褒衣博

带,周游郡国。尝于陈梁间行遇雨,巾一角垫,时人乃故折巾一角,以为'林宗巾'。其见慕皆如此。"

[3] 灵琐,屈原《楚辞·离骚》:"欲少留此灵琐兮,日忽忽其将暮。"王逸注:"灵以喻君。琐,门镂也,文如连琐,楚王之省闼也。一云,灵,神之所在也。"招魂,王逸《楚辞章句》:"《招魂》者,宋玉之所作也……宋玉怜哀屈原,忠而斥弃,愁懑山泽,魂魄放佚,厥命将落。故作《招魂》,欲以复其精神,延其年寿。"此处招传统儒学文化之魂。

[4] 托命,寄托性命、命运。《史记·李斯列传》:"斯乃仰天而叹,垂泪太息曰:'嗟乎!独遭乱世,既以不能死,安托命哉!'"前儒托命人,意谓传统儒学文化的守卫者、传承者。陈三立以毕生之力,以维持民族文化主体地位为己任,力图挽救民族文化的危亡。陈寅恪对王国维的理解,实际上是建立在对其父的理解基础之上的,他在《王静安先生遗书序》一文中说:"自昔大师巨子,其关系于民族盛衰学术兴废者,不仅在能承续先哲将坠之业,为其托命之人,而尤在能开拓学术之区宇,补前修所未逮。故其著作可以转移一时之风气而示来者以轨则也。"因此吴宓《读散原精舍诗笔记》认为:"义宁陈氏一门,实握世运之枢轴,含时代之消息,而为中国文化与学术德教所托命者也。"

[5] 柁,同"舵",船舵。茵,垫子、褥子、毯子的通称。船舵打到水中的鱼儿,鸟儿落在窗上,好像在向船内窥望。

[6] 钓竿在手,指归隐。杜牧《途中一绝》:"惆怅江湖钓竿手,却遮西日向长安。"

[7] 诗人自注:"君筑藏书楼东湖前。"按,胡思敬的藏书楼名为"问影楼",原址在今天东湖东岸,馆藏最多时达四十万卷。胡思敬卒后,其藏书捐给江西省立图书馆。序暮春,王羲之《兰亭序》:"暮春之初,会于会稽山阴之兰亭。"这里指期望与胡思敬东湖修禊,谈诗论文。

雨霁楼望[1]

狼藉拔木风,鸡犬夜惊徙[2]。晓抹雷电痕,千山如病起。乌鹊微飞翻,始恋霄日美。满陂红踯躅,低抑烟光里[3]。我亦中酒人,两眼斗恢诡[4]。西麓程翁舍[5],警盗发闾里[6]。反避匿城市,世变竟安恃[7]。毅豹互相妨,谁解无生旨[8]。观化贤圣人,自喜偿一死[9]。蛙声彼何物,阁阁盈吾耳。

[1]此诗及下面几首诗作于诗人在西山扫墓之时。李开军《陈三立年谱长编》:"山中十日,晴雨不定,先生常倚坐山楼,或小酌,或远眺,或独吟,藉以遣怀。"

[2]拔木风,谓足以拔倒树木的大风。宋邓忠臣《邯郸道中夜行阻风》:"欲泻悬河雨,先号拔木风。"

[3]红踯躅,红色的杜鹃花。王建《宫词》之七四:"敕赐一窠红踯躅,谢恩未了奏花开。"洪迈《容斋随笔·玉蕊杜鹃》:"润州鹤林寺杜鹃,乃今映山红,又名红踯躅者。"低抑,低调、不露锋芒。韩愈《酬司门卢四兄云夫院长望秋作》:"望秋一章已惊绝,犹言低抑避谤讥。"以上为全诗第一层,描写雨后西山的景色。

[4]中酒,饮酒半酣。《汉书·樊哙传》:"项羽既飨军士,中酒,亚父谋欲杀沛公。"颜师古注:"饮酒之中也。不醉不醒,故谓之中。"也指醉酒。张华《博物志》卷九:"人中酒不解,治之以汤,自渍即愈。"恢诡,怪异。

[5]诗人自注:"谓程乐庵翁。"程乐庵,生平不详。

[6]闾里,里巷。《周礼·天官》:"听闾里以版图。"贾公彦疏:"在六乡则二十五家为闾,在六遂则二十五家为里。"

[7]世变,这里指清帝退位、民国成立等大事。作为邻居的程乐庵原

隐居西山,但寇盗作乱,不得不离开乡野,避居城市。

[8]毅豹,见《由沪还金陵散原别墅杂诗》注[34]。互相妨,互相妨碍,无法两全。无生旨,佛教语,谓没有生灭,不生不灭。《大宝积经》卷八七:"无生者,非先有生,后说无生,本自不生,故名无生。"以上为全诗第二层,借邻居程翁的遭遇,反衬政局无常。

[9]观化,观察变化,引申为死亡。《庄子·至乐》:"且吾与子观化,而化及我,我又何恶焉!"偿一死,指人死之后,形体复归大自然。偿,归还。

晴楼遣兴

晴峰对氤氲,佳观掷人境[1]。泽泽竹露垂,暧暧松风静[2]。呼妇环鸠声,哺雏过鸦影[3]。花气暖一楼,霞光澹诸岭[4]。何处动樵讴,坐忘身如瘿[5]。

墙西三枫树,量带皆十围[6]。浓绿夺霄色,乌乌满其枝。迎霜叶尽赤,光耀笼罘罳[7]。一株鬻匠石,于今薄凉飔[8]。尚忧纵斧斤,能处不材谁[9]。

侧径达墟市,妇孺各有携[10]。炊烟荡落日,鞭影归牛蹄[11]。溪谷响长风,破寐扬蝉嘶。遗世复何得,颠倒使我迷[12]。刲肝取杯酒,万灵瞰幽栖[13]。

[1] 佳观,优美的风景。人境,尘世。陶渊明《饮酒》:"结庐在人境,而无车马喧。"

[2] 竹露,竹上的露水。暧暧,昏昧不明或迷蒙隐约的样子。《楚辞·离骚》:"时暧暧其将罢兮,结幽兰而延伫。"王逸注:"暧暧,昏昧貌。"洪兴祖补注:"暧,日不明也。"陶渊明《归园田居》:"暧暧远人村,依依墟里烟。"

[3] 环,环绕。

[4] 澹,恬静、安定的样子,这里用作动词。

[5] 樵讴,山歌。坐忘,道家谓物我两忘、与道合一的精神境界。《庄子·大宗师》:"堕肢体,黜聪明,离形去知,同于大通,此谓坐忘。"郭象注:"夫坐忘者,奚所不忘哉!既忘其迹,又忘其所以迹者,内不觉其一身,外不

识有天地,然后旷然与变化为体而无不通也。"瘿(yǐng),长在脖子上的囊状瘤子。《玉篇》:"瘿,颈肿也。"

[6] 量带,测量。十围,形容粗大。枚乘《上书谏吴王》:"夫十围之木,始生而蘖。"张铣注:"三尺曰围。十围,言大也。"

[7] 罘罳(fú sī),屋檐或窗上防鸟雀的金属网或丝网。

[8] 鬻,卖。匠石,《庄子·徐无鬼》:"郢人垩慢其鼻端,若蝇翼,使匠石斫之。匠石运斤成风,听而斫之,尽垩而鼻不伤,郢人立不失容。"后用以泛称能工巧匠。凉飔(sī),凉风。前四句极言枫树之繁茂,此处突然一转,说一株枫树被砍伐,卖给了匠人。

[9] 不材,《庄子·人间世》:"匠石之齐,至于曲辕,见栎社树。其大蔽数千牛,絜之百围,其高临山十仞而后有枝,其可以为舟者旁十数,观者如市。匠伯不顾,遂行不辍。弟子厌观之,走及匠石曰:'自吾执斧斤以随夫子,未尝见材如此其美也。先生不肯视,行不辍,何邪?'曰:'已矣,勿言之矣!散木也,以为舟则沉,以为棺椁则速腐,以为器则速毁,以为门户则液樠,以为柱则蠹。是不材之木也,无所可用,故能若是之寿。'"此谓大树因为良材而被斧斤之祸,乱世之中又有谁能够保得平安呢?

[10] 侧径,狭窄的小路。墟市,市场。各有携,这里指买卖的货物。杜甫《羌村三首》其三:"手中各有携,倾榼浊复清。"

[11] 夕阳西下,炊烟四起,牧童挥着鞭儿,赶着牛羊归家,这是一幅优美的夕阳暮归图。

[12] 遗世,出世隐居。

[13] 刲(kuī),割取。徐锡龄《熙朝新语》:"山东邱县孝子王祚昌,刲肝疗父,父病立起。奉特旨给旌,后不为例。"万灵,山中的亡灵。

雨中倚楼作

绕宵雷电群山动,隔酒风烟一榻迷[1]。雁影拍霄来断续,鸠声在树忽东西[2]。作丝寒雨魂灵出[3],照古孤襟物论齐[4]。十日倚楼千万恨[5],泪痕留长草萋萋。

[1] 这两句总写雷电之气势惊人,群山摇动。绕宵,指雷电萦绕通宵。隔酒,隔夜之酒,宿酒。风烟,景色风光。一榻迷,诗人酒后卧榻而眠,在满山雷电之中犹如茫茫大海中的小舟。

[2] 雷电之中,大雁在夜空中飞翔,时时飞出乌云,又时时被浓云遮住;斑鸠因雷电影响,在树中鸣叫不已,忽东忽西。大雁迁徙时,不畏风霜,不惧雷电。但雷雨天气中未必能够看清大雁,这当是诗人的想象。

[3] 作丝寒雨,雨水连成丝线,说明雨势之大。

[4] 孤襟,孤介的情怀。物论齐,即"齐物论",为押韵而颠倒。《庄子·齐物论》:"天下莫大于秋豪之末,而大山为小。莫寿于殇子,而彭祖为夭。天地与我并生,而万物与我为一。"齐物论是庄子思想的重要内容,认为世界万物包括人的品性和感情,看起来千差万别,归根结底却又是齐一的,这就是"齐物"。陈氏父子为维新变化殚精竭虑,但等来的却是国破家亡。以齐物论之,以陈宝箴之贤,死后还不是同山野愚夫一样埋骨山丘。

[5] 此处可知诗人此番扫墓在南昌西山停留了十日。

江　行[1]

返自山中屋[2],来寻江上舟。岫云寒不吐,岸树晚如浮[3]。襟服余灵气,波涛拥醉讴。乡关存木末[4],微雨看骑牛。

绿树迷千里,青山恋一痕[5]。帆移春涨阔,楫护晓烟温[6]。鸥鸟窥闲立,蛟鱼有怒翻。天骄图席卷,形胜与谁论[7]。

楼船疾东下,夜过皖公城[8]。远火雨中乱,悲笳天半声。孤吟余此老,阅世已逃名[9]。杯酒风涛隔,灯窗只细倾[10]。

瘴烟开窈窕,晴石见钟山[11]。下有临溪宅,鸥围数点闲[12]。商歌犹可接,阶草未应删[13]。运去留残客,钟声记往还。

凭江燕子矶,犹自梦中飞[14]。曳履从元老[15],低吟坐翠微。山河悲已改,魑魅啸何依。遥睇扶筇径,苍苍冷落晖[16]。

船人盈万态,虱我傍栏干[17]。岩翠迎风落,襟痕浣泪干[18]。蜉蝣身是寄[19],鹅雁影生寒。脉脉盟江水,旌竿不忍看[20]。

焦岩眠食地,残梦带江声[21]。云物成孤注,藤萝换嫩晴。魂应归蜀道[22],吟忆对吴烹[23]。隔浪陈居士[24],蹉跎望古情。

老减登临兴,闲耽自在眠[25]。泪河随注海,虹气欲浮天[26]。

按剑鼋鼍侧,含觞雁鹜边[27]。奇怀为客尽,新月向茫然[28]。

[1] 这一组五律作于诗人从南昌乘船沿长江返回南京的途中。

[2] 组诗的第一首,主要写离开南昌故居时的不舍之情。山中屋,指崝庐。

[3] 山中的烟霞因天气寒冷而无法形成,两岸树木在暮色中犹如浮在空中。

[4] 乡关,故乡,这里指南昌。南昌是陈宝箴的埋骨之处,又有崝庐故居,因此诗人以南昌为故乡。木末,树梢。屈原《九歌·湘君》:"采薜荔兮水中,搴芙蓉兮木末。"

[5] 这是组诗的第二首,主要描写长江沿岸优美的景色。

[6] 春涨,春季涨水。

[7] 天骄,汉代人称北方匈奴单于为天之骄子,后来常用以指称北方强盛的民族或其君主。席卷,贾谊《过秦论》:"有席卷天下,包举宇内,囊括四海之意,并吞八荒之心。"形胜,指山川壮美之地。柳永《望海潮》:"东南形胜,三吴都会,钱塘自古繁华。"罗大经《鹤林玉露》丙编卷一:"此词流播,金主亮闻歌,欣然有慕于'三秋桂子、十里荷花',遂起投鞭渡江之志。"

[8] 这是组诗的第三首,写诗人路过安庆时对友人的怀念。皖公城,在今安徽省安庆市潜山县。春秋时期,潜山系皖国封地。嘉靖三十三年(1554年)《安庆府志》云:"周封大夫于皖,而皖之名始著。大夫则周之贤者也,是以得封于皖。"后世人们便把皖地的中心城市称为"皖公城",简称"皖城"。

[9] 诗人自注:"谓方伦叔。"按,方守彝(1845—1924),字伦叔,号清一老人,安徽桐城人。桐城派后期的著名作家,辛亥革命后隐居不仕。著有《网旧闻斋调刁集》二十卷。逃名,逃避声名。《后汉书·逸民列传》:"法真名可得闻,身难得而见,逃名而名我随,避名而名我追,可谓百世之师者矣!"

[10] 这里是说,因江上风涛所阻,不能拜访友人,徒留思念,表达了对方伦叔高风亮节的钦佩和赞赏。

[11] 组诗的第四首,写诗人即将抵家的兴奋之情。瘴烟,山中的瘴气,这是指山气。太阳升起,晨雾散尽,远处美丽的钟山出现在眼前,快要到家了。

[12] 临溪宅,指诗人青溪边的散原别墅。

[13] 商,我国古代五音之一。《汉书·律历志》:"声者,宫、商、角、徵、羽也。"商音的歌凄凉悲切。《淮南子·道应训》:"宁越饭牛车下,望见桓公而悲,击牛角而疾商歌。"阶草,阶前之草。杜甫《蜀相》:"映阶碧草自春色,隔叶黄鹂空好音。"

[14] 组诗第五首,回忆1904年夏与张之洞同游燕子矶之事。燕子矶,位于南京观音门外,长江三大名矶之一,是岩山东北的一支。山石直立江上,三面临空,形似燕子展翅欲飞,故名为燕子矶。

[15] 诗人自注:"往岁与张文襄同游。"按,张文襄,指张之洞,"文襄"是他的谥号。光绪三十年(1904年)四月十九日,诗人赴张之洞之招往游燕子矶,有《燕子矶奉和抱冰宫保同游韵》诗。

[16] 扶筇(qióng),扶杖,拄着木杖。朱熹《又和秀野》:"觅句休教长闭户,出门聊得试扶筇。"

[17] 组诗第六首,抒发对清朝灭亡的不甘和痛惜之情。这种遗老心态,不能简单地一概否定,而应将其放在具体的历史语境中加以评价。虱,同"早"。

[18] 涴(wǎn),弄脏。

[19] 蜉蝣,一种朝生夕死的小虫。苏轼《前赤壁赋》:"寄蜉蝣于天地,渺沧海之一粟。"

[20] 脉脉,同"眽眽",凝视貌。盟江水,《晋书·祖逖传》:"(祖逖)将本流徙部曲百余家渡江,中流,击楫而誓曰:'祖逖不能清中原而复济者,有如大江!'"看,读作kān。

[21] 组诗第七首,写诗人乘船将近南京时遥望焦山,表达了对端方、陈善余等友人的怀念。焦岩,指镇江焦山。眠食地,曾经生活过的地方。黄庭坚《次韵文潜》:"经行东坡眠食地,拂拭宝墨生楚怆。"

[22] 诗人自注:"节庵拟依山为端忠敏筑归来阁。"节庵指梁鼎芬,端

忠敏指在辛亥革命中遇难的端方。梁鼎芬在焦山为端方筑归来阁,见《癸丑五月十三日至焦山,同游为陈仁先、黄同武、胡瘦唐、俞恪士、寿丞兄弟。越二日,王伯沆亦自金陵来会,凡三宿而去,纪以此诗》注[47]。归蜀道,辛亥革命中,端方被革命军所杀,死于四川总督任上,故云。

[23] 吴烹,王充《论衡·命义》:"屈平、伍员之徒,尽忠辅上,竭王臣之节,而楚放其身,吴烹其尸。"这里将端方喻为尽忠被杀的伍子胥。按,据《史记·伍子胥列传》,吴王听信奸臣太宰嚭谗言,派人赐伍子胥剑,令其自尽,伍子胥乃自刭而死,并非被吴王烹杀。

[24] 诗人自注:"善余居城中。"指友人陈庆年,见《过陈善余编译局》注[1]。

[25] 组诗的第八首,抒发了诗人郁勃愤懑之情。登临,登山临水。《楚辞·九辩》:"憭栗兮若在远行,登山临水兮送将归。"

[26] 虹气,天地之精气。《礼记·聘义》:"气如白虹,天也。"《战国策·魏策四》:"聂政之刺韩傀也,白虹贯日。"

[27] 鼋鼍,大鳖和鳄鱼,这里比喻兴风作浪、混乱天下的恶人。含觞,指饮酒。

[28] 尽管有挽狂澜于既倒的愿望,但长年为客,壮志消磨,雄心不再,只有茫然望月而已。

喜　雨[1]

江南存孑遗,凶灾又先睹[2]。蕴孽滋蝗蝻,旦暮生翅股[3]。吏民困捕治,爬剔草根土[4]。戢戢势已高,人力宁尽取[5]。我还迎旱气,负手过场圃[6]。妇子糠粊肠,殷忧死无所[7]。日飞愁叹声,恍接至精主[8]。一片钟山云,酿作夜来雨。稼苗回焦卷,苏息到编户[9]。破晓兼雷风,翻盆射万弩[10]。益借荡洗功,杀虫如杀虎[11]。莫问漏屋中,竖儒仰天语[12]。

[1] 这首诗和后面的《苦雨》都作于1915年春夏之交。当时南京遭遇旱灾,民不聊生,随后暴雨又引发大涝,因此诗人起初"喜雨",既而"苦雨"。

[2] 孑(jié)遗,遗民。《诗经·大雅·云汉》:"周余黎民,靡有孑遗。"毛传:"孑然遗失也。"凶灾,指旱灾。

[3] 大旱之年容易滋生蝗灾。蝗虫喜欢温暖干燥的环境,这种环境有利于它们的繁殖、生长发育和存活,故民间有"旱易生蝗"之说。徐光启《农政全书·除蝗疏》:"被水旱为灾,尚多幸免之处,惟旱极而蝗,数千里间草木皆尽,或牛马幡帜皆尽,其害尤惨过于水旱者也。"蝗蝻(nǎn),指蝗的幼虫。旦暮,早晚,说明时间很短,短时间内。生翅股,指幼虫成长为成虫。《农政全书·除蝗疏》:"闻之老农言:蝗初生如粟米,数日旋大如蝇,能跳跃群行,是名为蝻。又数日即群飞,是名为蝗。"

[4] 爬剔,剔除,挑剔。这里是说捕蝗。捕蝗非一人一家可为,《农政全书·除蝗疏》:"惟蝗又不然,必藉国家之功令,必须群邑之协心,必赖千万人之同力,一身一家,无戮力自免之理。"又云:"蝗灾甚重,除之则易,必合众力共除之,然后易此其大指矣。"

[5] 戢戢(jí jí),密集。说明蝗灾已十分严重,人民难以应对。

[6]场圃,农村种菜蔬和收打作物的地方。《诗经·国风·七月》:"九月筑场圃,十月纳禾稼。"

[7]妇子,妻子儿女,这里指妇女和儿童。《诗经·国风·七月》:"嗟我妇子,曰为改岁,入此室处。"糠籺(hé),亦作"糠籺",指粗劣的食物。《史记·陈丞相世家》:"人或谓陈平曰:'贫何食而肥若是?'其嫂嫉平之不视家生产,曰:'亦食糠籺耳。'"裴骃《集解》:"孟康曰:'麦糠中不破者也。'"殷忧,深深的忧伤。《诗经·邶风·柏舟》:"耿耿不寐,如有隐忧。"《淮南子·说山训》高诱注引作"殷忧"。阮籍《咏怀》:"感物怀殷忧,悄悄令心悲。"死无所,死后无处安葬。

[8]至精主,造物主。《吕氏春秋·君守》:"天无形,而万物以成,至精无象,而万物以化。"《淮南子·主术训》:"至精之象,弗招而自来,弗麾而自往,窈窈冥冥,不知为之者谁,而功自成。"杜甫《火》:"薄关长吏忧,甚昧至精主。"

[9]久旱之后,降下喜雨,枯萎的庄稼得到滋润,农民得到喘息的机会。焦卷,指庄稼或草木枯萎。应璩《与广川长岑文瑜书》:"沙砾销铄,草木焦卷。"苏息,复活,苏醒。杜甫《喜雨》诗:"谷根小苏息,沴气终不灭。"编户,编入户籍的普通人家。《汉书·梅福传》:"今仲尼之庙,不出阙里,孔氏子孙,不免编户。"

[10]破晓,天刚亮。翻盆,犹倾盆,形容雨势之大。万弩,雨线如万弩齐发。

[11]蝗虫喜旱怕雨,因此一场大雨,就可以将蝗灾消弭于无形,史书中多有记载。如《宋史》卷五:"淳化三年(992年)六月甲申,飞蝗自东北来,蔽天,经西南而去。是夕大雨,蝗尽死。"《金史·五行志》:"(正大二年)四月,旱,蝗。六月,京东雨雹,蝗死。"《嵊县志》卷十三:"咸丰十七年,浙江嵊县令李维着捐廉捕蝗,适逢五月大雨,遗蝗顿尽。"又《六安州志》卷五十五:"康熙十九年春三月,蝗蝻渐生,至夏大盛,忽降霖雨,数日间,皆抱枝死,无遗类,二麦倍收。"

[12]诗人自注:"敝庐穿漏,雨过,坐卧处皆沾湿。"虽然家中漏雨,但灾害得以缓解,因此诗人心情是兴奋愉快的。竖儒,对自己的谦称。《后汉书·马援传》:"惟陛下留思竖儒之言,无使功臣怀恨黄泉。"李贤注:"言如僮竖无知也。"

苦　雨

　　一雨初除蝗,如麻势益豪[1]。霾霄乱银箭,昏旦听萧骚[2]。空庐失葺补,墙溜看滔滔[3]。散帙污渍痕,几案生波涛[4]。卧阶蚯蚓出,伴榻虾蟆号。寤寐防圮压,顾步移儿曹[5]。登楼望山川,巨浸围周遭[6]。园蔬没行次,狭巷容浮舠[7]。旱潦互循环,得命争秋毫[8]。痴念后土干,哀乐亦已劳[9]。长阴暗南纪,寒吹栖霜毛[10]。苍然木叶下,何处归鸿高。

　　[1] 如麻,雨点不间断,向下垂的麻线一样密集,形容雨势之大。杜甫《茅屋为秋风所破歌》:"床头屋漏无干处,雨脚如麻未断绝。"

　　[2] 雨点像银箭一样,整夜不断;从早到晚,听到雨打树叶的声音。萧骚,风打树木的声音。五代齐己《小松》诗:"后夜萧骚动,空阶蟋蟀听。"

　　[3] 这两句正是"屋漏偏逢连夜雨"的意思。失葺补,房屋失修。墙溜,墙根。

　　[4] 散帙,打开书帙。

　　[5] 因房屋漏雨,睡觉时担心房子坍塌,因此将熟睡中的孩子们移到安全的地方。圮(pǐ)压,塌坏,倒塌。以上是室内近景。

　　[6] 登楼远望,周围的山川已浸在水中,说明大雨已成涝灾。

　　[7] 园中的果蔬已被洪水冲得七零八落,不成行次;狭窄的小巷变成小河,可容小船划过。行(háng)次,行列、次序。舠(dāo),小船。以上四句是室外远景。

　　[8] 旱潦,同"旱涝"。

　　[9] 想起不久前还赤地千里,好容易盼来大雨,不料却洪涝继之,一悲一喜,令人身心俱疲。后土,土地,泥土。劳,辛苦。

　　[10] 南纪,南方,南国。《诗经·小雅·四月》:"滔滔江汉,南国之纪。"郑玄笺:"江也,汉也,南国之大水,纪理众川,使不壅。"

哭于晦若侍郎三首[1]

絮语市楼杯,终古死别地[2]。我把青溪钓,君拾千墩翠[3]。弹指两月耳,告凶魂魄碎[4]。堂堂千载人,飘蓬毕身世[5]。自深幽忧疾,药物孰宜忌[6]。余生视缀疣,天果速其毙[7]。海岸风肃然,白日导精魅[8]。撒手有不忘,夜雨联床第[9]。

[1] 于晦若,指陈三立的友人于式枚。于式枚(1865—1916),字晦若,晚号纯常子,广西贺县(今贺州)桂岭人。光绪六年(1880年)进士,入翰林院为庶吉士。历任兵部主事、邮传部侍郎、京师大学堂总办、广东学政等职,主张实行新政。1907年被派往德国考察宪政。清亡后,隐居青岛,后迁居上海。北洋政府授为参政,坚辞不受。笃信佛教,终身未婚。晚年担任纂修清史稿总阅。1915年8月5日(农历六月二十五日)病逝于昆山舟中,谥"文和"。

[2] 絮语,连绵不断地低声说话。王錂《春芜记·邂逅》:"听花前絮语情无已。"蒲松龄《聊斋志异·口技》:"三人絮语间杂,刺刺不休。"市楼杯,市中酒楼上喝酒。死别,永别。《古诗为焦仲卿妻作》:"生人作死别,恨恨那可论。"杜甫《梦李白二首》:"死别已吞声,生别常恻恻。"

[3] 诗人自注:"余自沪还金陵,君亦旋,移居昆山。"千墩,即今苏州市千灯镇,民国时属昆山。1914年,日本向德国宣战,青岛成为战场,于式枚移居昆山。陈三立本年夏返居南京旧居。

[4] 弹指,弹指之间,说明时间短暂。

[5] 诗人自注:"君居昆山病危,夜载小舟往沪,向晨泊岸,卒于舟中。"

[6] 诗人精通中医,此处判断于式枚是因用药不当而死。《郑孝胥日记》曾记载于式枚仆人道其死亡经过:"乃归自昆山,服附子、桂枝于舟中,

一夕大汗,遂卒。"今人推测,于式枚因得伤寒,故服用附子、桂枝。但附子毒性较强,中医不轻易使用,稍有不慎,就可能中毒身亡。按,民国传说于式枚是被袁世凯派人暗杀而死。据刘成禺《洪宪纪事诗本薄注》,光绪初,在天津时于式枚为李鸿章总文案,袁"落魄来津,年少无行,文忠以故人保庆子,留居署内,差薪甚微,使师事晦若,日课汉文,教改章句。项城(指袁世凯)好邪辟,多丑行,晦若患之,然知其枭雄有为,能成大事。遂举其逐日行动,随笔详录,曰《袁皇帝起居注》。每写一条,手示项城。在宴会广场中,必大呼袁皇帝到了。项城显贵,屡索晦若日记不获"。又据郑逸梅云:"于晦若侍郎式枚之死,即存善受袁项城密旨阴毒者。盖于闻桃源渔父(即宋教仁)之被害,顿足痛哭,大骂项城之丧尽天良。事被项城侦悉,恨之刺骨。既而于居昆山,因病雇民船来沪就医。项城乃嘱存善于归途置毒药中毙之。此事外间知者绝鲜,未悉正确与否矣。"这种说法恐不足为信。

[7] 缀疣,同"赘疣",指附生于体外的肉瘤,比喻多余无用之物。于式枚忠于清室,清亡后自甘遗老,因此与诗人一样,有被时代抛弃之感,故云。

[8] 精魅,妖精鬼怪。王嘉《拾遗记》:"勿轻万乘之尊,惑此精魅之物。"

[9] 床笫(zǐ),床和垫在床上的竹席。泛指床铺。

国家昔改制,争尸宪政名[1]。君时使瀛寰,洞视乖背情[2]。移疏列利害,剖抉苏狂酲[3]。秉钧卒不悟,矫厉掩精诚[4]。戏具殉一掷,四海沸飞蚊。乘敝发群盗,大命随之倾[5]。迫樱崩坼痛,担簦埃河清[6]。泗鼎鲁阳戈,寤寐相逢迎[7]。置身夷惠间,微言表儒生[8]。谁何助张目,今益涕纵横[9]。

[1] 尸,祭祀时代表死者受祭的人。宪政,也称"立宪政体""宪政主义",是以宪法为中心的民主政治,其要义是包括立法权和行政权在内的任何政治权力,都只能以宪法为唯一依据,并为宪法所制约。宪政主义起源于欧洲,以英国的约翰·洛克,法国的孟德斯鸠,美国的麦迪逊、汉密尔顿

等人为代表,宪政主义者提出的三权分立、人权保护以及民主程序等一系列制度性措施构成了宪政主义的基本理论体系,开创了西方宪政主义的政治文化传统。庚子国变之后,清政府被迫进行改革,张之洞、袁世凯、端方等人呼吁立宪。1905年,清政府诏令端方等五大臣出使欧美等国考察宪政。1908年8月,清政府颁布《钦定宪法大纲》,计划以九年时间筹备宪法。这份宪法大纲有浓厚的君权色彩,但亦基本上体现了三权分立的原则,并规定臣民有言论、著作、出版、集会、结社、拥有财产、选举和被选举议员等权利。1911年5月,摄政王载沣任命庆亲王奕劻为内阁总理大臣,筹组的新内阁被讽刺为"皇族内阁"。

[2] 1907年,时任邮传部大臣的于式枚充任出使各国考察宪政大臣。在考察德国之后,于式枚又参考了英、俄、日实行宪政的情况,主张立宪,但认为中国立宪不可急躁冒进,必须假以时日,缓行宪政,至少应以十年为预备立宪之期,则大局可定。

[3] 当时政潮激烈,清廷下诏预备立宪后,朝野上下均言推行西法。汤化龙、谭延闿、丘逢甲分别建立湖北宪政筹备会、湖南宪政公会、广东自治会等团体,梁启超等人也在日本东京建立政闻社。1908年8月,各团派代表联名上书,请求速开国会、颁布宪法。于式枚对推行西法却持自己的见解,先后两次上疏,力陈实行宪政的利害:"夫国所以立曰政,政所以行曰权,权所归即利所在。定于一则无非分之想,散于众则有竞进之心。行之而善,则为日本之维新;行之不善,则为法国之革命。"他认为:"至敢言监督朝廷,推倒政府,胥动浮言,几同乱党。"因此主张"当十年预备之期,为大局安危所系"。狂酲(chéng),大醉。《庄子·人间世》:"南伯子綦游乎商之丘,见大木焉……嗅之则使人狂酲,三日而不已。"王先谦集解引李颐曰:"狂如酲也,病酒曰酲。"

[4] 秉钧,比喻执政。钧,制陶器所用的转轮。矫厉,《逸周书·官人》:"矫厉以为勇,内恐外夸,亟称其说,以诈临人。"朱右曾校释:"矫厉,矫情厉色也。"精诚,指于式枚。于式枚主张稳步推行宪政,但1908年,慈禧和光绪先后去世,年仅三岁的溥仪即位,摄政王载沣加快了立宪步伐,仓促间组建"皇族内阁",引起朝野不满,立宪运动失败。

[5]"戏具"四句,是说于式枚的建议没有被当政者采纳,摄政王载沣组建"皇族内阁",一时舆论大哗,许多原本的立宪派对清政府立宪幻想破灭,转而倾向革命,最终导致辛亥革命和清政府垮台。大命,天命。陆机《吊魏武帝文》:"当建安之三八,实大命之所艰。"李善注:"大命,谓天命也。"古时认为君权神授,统治者自称受命于天,谓之天命。《左传·宣公三年》:"周德虽衰,天命未改。"这里指满清政权。

[6]迫撄,逼迫、触犯。崩坼,崩溃。这里指袁世凯逼迫清帝退位。簦,有柄的笠,类似现在的雨伞。担簦,背着伞,谓奔走、跋涉。埃河清,《左传·襄公八年》:"《周诗》有之曰:'俟河之清,人寿几何?'"等待黄河变清,比喻期望的事情不能实现。

[7]泗鼎,郦道元《水经注·泗水》:"周显王四十二年,九鼎沦没泗渊。秦始皇时,而鼎现于斯水。始皇自以德合三代,大喜,使数千人没水求之,弗得。"鲁阳戈,《淮南子·览冥训》:"鲁阳公与韩构难,战酣,日暮,援戈而撝之,日为之反三舍。"逢迎,迎接。

[8]夷惠,伯夷、柳下惠的并称,指廉正之士。微言,密谋。《吕氏春秋·精谕》:"白公问于孔子曰:'人可与微言乎?'孔子不应。"高诱注:"微言,阴谋密事也。"这里是指辛亥革命之后于式枚曾为复辟清廷而奔走。1913年,于式枚参与溥伟、张勋的复辟活动,因事泄而失败,史称癸丑复辟。

[9]张目,支持、同情,壮其威势。涕纵横,杜甫《羌村三首》其三:"歌罢仰天叹,四座泪纵横。"诗人这里对于式枚复辟活动失败感到惋惜。

君奋大匠门[1],术业凤称举[2]。甄录抗深宁,网罗擅贵与[3]。草檄上相幕,翩翩邹枚伍[4]。立朝见迂阔,正色气如虎。国破屡狼狈,终依黄歇浦[5]。海隅聚流人,过逢互摩抚[6]。摊钱耽醲饮,哀乐倒肺腑。寻常挟孤愤,滑稽评今古[7]。旁嗔愈妩媚,摆落世上语[8]。同车几何日,忍忆坠伤股。微命悬残运,孰能知死所。待扶现在身,一拂啮棺鼠[9]。

[1]诗人自注:"君为东塾陈先生弟子。"东塾陈先生,指陈澧。陈澧(1810—1882),字兰甫、兰浦,号东塾,江苏江宁人,出生于广州。清道光十二年(1832年)举人,六应会试不中。先后受聘为学海堂学长、菊坡精舍山长。于天文、地理、乐律、算术、古文、骈文、填词、书法,无不研习,著述达120余种,著有《东塾读书记》《汉儒通义》《声律通考》等。于式枚因父亲早逝,其母亲将他送到番禺读陈澧为山长的"菊坡精舍"书院学习。大匠,大宗师,这里指陈澧。

[2]术业,学业。夙,夙来,向来。于式枚才情过人,文思敏捷,陈澧对他颇为欣赏,曾作诗相赠:"桂海奇才出,英锋不可当。问年甫终贾,读史似钱王。虎气必腾上,言谈宜善藏。参天二千尺,浑不露文章。"(《赠于晦若》)

[3]甄录,甄别录用。

[4]"草檄"句,于式枚得到李鸿章的赏识,在其幕府中任职十余年。《清史稿·于式枚列传》:"李鸿章疏调北洋差遣,历十余年,奏牍多出其(于式枚)手。"邹枚,西汉时期邹阳、枚乘的并称。两人当时皆以才辩著名,后因以"邹枚"借指富于才辩之士。

[5]国破,指清朝灭亡。狼狈,指艰难窘迫。段成式《酉阳杂俎·毛篇》:"或言狼狈是两物,狈前足绝短,每行常驾两狼,失狼则不能动,故世言事乖者称狼狈。"黄歇浦,黄浦江的别称,因战国时楚春申君黄歇疏凿此浦而得名。清亡后,于式枚隐居青岛,后迁居上海。

[6]海隅,指上海。流人,流亡之人,指辛亥革命期间避乱上海租界的清朝遗老。他们或写字鬻画,或吟诗唱和,互通声气,游宴往还。

[7]孤愤,因孤高嫉俗而产生的愤慨之情。滑稽,能言善辩,言辞流利,后指言语、动作或事态令人发笑。《史记·滑稽列传》:"淳于髡者,齐之赘婿也。长不满七尺,滑稽多辩。"司马贞索隐:"滑,乱也;稽,同也。言辩捷之人,言非若是,说是若非,言能乱异同也。"于式枚为人能言善辩,言行不羁,善作谐语。徐世昌在《晚晴簃诗话》中说他"博极群书,文辞敏妙,喜作谐语,时涉嘲笑"。陈三立在为他写的祭文中也称其"末路契携,笑谑挂口"。

[8]高拜石《新编古春风楼琐记》(第9卷)认为这几句是"指其平日狂

纵而言",并引李慈铭《越缦堂日记》云:"赴沈子培之招,坐有于式枚,状如疯狂,举座笑之,亦不知也。"妩媚,可爱,一般用于女性,但也可用于男性。《新唐书·魏徵传》:"帝大笑曰:'人言徵举动疏慢,我但见其妩媚耳。'"摆落,摆脱。

[9] 现在身,佛教用语,《大乘大集地藏十轮经卷》:"不著过去身,不著未来身,不著现在身。"

夜　坐[1]

残声驱不去,吠犬与鸣虫[2]。破榻华胥影,深窗木叶风[3]。一凉回俊味,万感有新功[4]。灯火催头白,谁堪涕笑同。

[1] 这首诗作于1915年秋。

[2] 首联是倒装,"残声"是指下句的"吠犬与鸣虫"。

[3] 破榻,梦醒。华胥,古国名。《列子·黄帝》:"(黄帝)昼寝,而梦游于华胥氏之国。华胥氏之国在弇州之西,台州之北,不知斯齐国几千万里。盖非舟车足力之所及,神游而已。其国无师长,自然而已;其民无嗜欲,自然而已……黄帝既寤,怡然自得。"后用以指理想的安乐和平之境,也作梦境的代称。

[4] 俊味,美味。杜甫《王十五前阁会》:"病身虚俊味,何幸饫儿童。"

初度日写愤示亲朋[1]

降生父老宠龙媒[2],六十三年博一哀[3]。自信眼穿偿一死[4],扶舆初烬未成灰[5]。

老返蘧庐宿业成[6],和余落叶一声声。皇穹许作吟虫伴[7],那得糟醨托后生[8]。

[1] 诗人生于咸丰三年(1853年)九月二十一日,因此这两首诗应当作于民国四年九月二十一日(1915年10月29日),时诗人六十三周岁。1915年8月14日,杨度串联孙毓筠、李燮和、胡瑛、刘师培及严复成立筹安会,声言"共和不适用于中国",要求变更国体,实行帝制。10月6日,参议院收到各省建议改共和制为君主立宪制的各省代表请愿书有83件,袁世凯实行帝制的计划已经昭然若揭。陈三立忠于清朝,因此对袁世凯实行帝制极为愤慨。初度,谓始生之年时。屈原《离骚》:"皇览揆余初度兮,肇锡余以嘉名。"后因称生日为"初度"。

[2] 降生父老,指筹安会诸君子。龙媒,迷信者用土制成龙状,以为可招诱真龙来降雨。庾信《和李司录喜雨》:"临河沉璧玉,夹道画龙媒。"倪璠注:"《新论》:'刘歆曰:致雨具作土龙。龙见者辄有风雨,起以迎送之,故缘其象类而为之。'"这里是讽刺袁世凯不是真龙天子,其称帝不可能给中国带来福祉。

[3] 谓自己活了六十三年,一生追求国家富强,不料却等来这一幕丑剧,怎能不令人心哀。

[4] 眼穿,望眼欲穿,形容殷切盼望。偿一死,以死偿之,以死证明忠心。今天的读者已经很难理解遗老们对清朝的感情,只是认为他们愚忠。

但在他们心中,清朝是他们一生服务的对象,是国家的象征,也是中国传统文化的象征,值得以死殉之。王国维投湖自杀前,曾写下"五十之年,只欠一死"的遗书,其绝望悲愤之情,与陈三立类似。

［5］扶舆,亦作"扶於""扶与",犹扶摇,盘旋升腾貌。王褒《九怀·昭世》:"登羊角兮扶舆,浮云漠兮自娱。"《淮南子·修务训》:"扶於猗那,动容转曲。"高诱注:"扶转,周旋,更曲意更为之。"刘文典集解引王念孙曰:"高注传写脱误,当作扶於,周旋。"这是指死后遗体烧成灰。

［6］蘧(qú)庐,驿站、旅馆。《庄子·天运》:"仁义,先王之蘧庐也,止可以一宿,而不可久处。"郭象注:"蘧庐,犹传舍。"宿业,佛教用语,前世的善恶因缘。

［7］皇穹,皇天。

［8］糟醨,指酒。

上 赏[1]

拥戴勤劳上赏频,纷纷功狗与功人[2]。承恩博得胡姬笑,易醉他年有告身[3]。

[1] 民国四年(1915年)十二月十二日,袁世凯宣布接受"帝位",开始了他的皇帝春梦。随后,他封黎元洪为"武义亲王",明令"凡我旧侣、耆硕、故人,均勿称臣"。"旧侣"为黎元洪、奕劻、世续、载沣、那桐、锡良、周馥等七人,"故人"为徐世昌、赵尔巽、李经羲、张謇。其后四人仿"商山四皓"故事,称之为"嵩山四友"。"耆硕"为年逾八十的王闿运、马相伯二人。21日,大封"功臣",并封公侯伯子男五等爵共四十七人。诗人得知消息,极为愤慨,写下此诗。

[2] 功狗、功人,《史记·萧相国世家》:"高帝曰:'夫猎,追杀兽兔者狗也,而发踪指示兽处者人也。今诸君徒能得走兽耳,功狗也。至如萧何,发踪指示,功人也。'"

[3] 这两句讽刺袁世凯"封爵"的"告身",除易一醉之外,别无用处。胡姬,胡人美女。告身,即官告,或作官诰,授官凭信,似后代任命状。

丙辰元旦阴雨逢日食[1]

辟居仍有世,留命到何年[2]。酒气迎寒雨,吟怀恋旧毡[3]。城乌沉复起,海雁静初悬[4]。蚀日愁云里,儿童莫仰天[5]。

[1] 此诗作于民国五年农历丙辰年正月初一(1916年2月3日)。这一年是袁世凯的"洪宪元年",蔡锷、李烈钧、唐继尧在云南组织护国军,讨伐袁世凯,护国战争开始。袁世凯的军队受挫,南方其他各省之后亦纷纷宣布独立。袁世凯在内外压迫中,于3月22日宣布取消帝制。元旦,旧指农历正月初一。吴自牧《梦粱录·正月》:"正月朔日,谓之元旦,俗呼为新年。一年节序,此为之首。"民国元年(1912年)规定公历1月1日为"新年",但并不叫"元旦"。1949年9月27日,中国人民政治协商会议第一次全体会议决定,采用世界通用的公元纪年法,并将公历1月1日正式定为"元旦",农历正月初一改为"春节"。日食,此日下午4时许出现日全食。

[2] 辟居,居住在偏远之地。《汉书·匈奴传下》:"辟居北垂寒露之野,逐草随畜,射猎为生。"

[3] 这两句是说冬日天冷。

[4] 城乌,城内的乌鸦。沉复起,一会儿落在树上,一会儿又飞起来。

[5] 高阳《清末四公子》认为,这里以日食喻袁氏,意谓告诫后辈不承认"洪宪"。

雨夜写怀[1]

一灯如诉我,宵雨在千峰[2]。起合苍茫气,谁窥块独踪[3]。古心驱作祟,残运裂难缝[4]。只对不臣木,青青牖下松[5]。

[1] 这首诗作于1916年春节,表达了诗人坚贞自守、誓不为"洪宪"之臣的决心。

[2] 宵雨,夜雨。

[3] 块独,犹孤独。宋玉《九辩》:"块独守此无泽兮,仰浮云而永叹。"

[4] 古心,古人之心。韩愈《孟生》:"孟生江海士,古貌又古心。"

[5] 诗人自注:"孟郊《罪松》诗:松乃不臣木,青青独何为。"松树枝干孤直,不肯屈服,是坚贞之士的象征。诗人以松自励,表达了对袁世凯称帝的态度。

春晴携家泛舟秦淮[1]

融景恋佳携，门前一艇子[2]。飘摇簪裾影，语笑满溪水[3]。落涨纤篙楫，飞光错金紫[4]。穿桥就欹岸，韬园差可喜[5]。绛梅三两株，自照风日里[6]。入馆列方物，约略涵欧美[7]。兹地倡工商，壮图耀南纪[8]。世改宝残遗，犹诧辽东豕[9]。返舟新月上，幽钟初到耳。十里歌吹歇，昏灯漏帘底。劫余处处迷，秃柳迎如鬼[10]。群稚兴亦阑，恍悟盈虚理[11]。数钱买春宵，姑饱鲟鱼尾[12]。

[1] 这首诗作于1916年农历丙辰年正月。此时已是公历2月初春天气，诗人携全家秦淮河春游，写下此诗。

[2] 融景，融和的春日之景。艇子，小船。

[3] 春日融和，秦淮河游人如织，到处欢声笑语。簪裾，发簪和衣裾。

[4] 纤，纤缓。篙楫，篙、桨等划船的工具。金紫，金鱼袋及紫衣，唐宋时期的官服和佩饰，后来常用以指代达官显贵。——以上为第一层，写诗人与家人乘舟于秦淮河中游览。

[5] 韬园，蔡和甫于宣统元年（1909年）在复成桥东岸沿明宫护城河所建的私家花园，取"韬光养晦"之义，是秦淮灯船终点聚集之地。民国初年，韬园因主人亏欠公款而被官方没收。《新南京志》："综观是园，后枕钟山，前临青溪，桃柳千行，楼台五色，真足以翘楚一时"，"秦淮风景，于此最胜"。1927年国民政府定都南京后，更名为南京第一公园。1937年日军侵占南京时毁于战火。原址在现在的明御河公园。差，差不多、大致不错。

[6] 绛梅，红梅。风日，风光。

[7] 据徐珂《清稗类钞·园林》记载，韬园"园景参以西式"。方物，产

物。溷,同"混",混杂。——以上为第二层,描写韬园的美景。

　　[8] 南纪,南方。见《苦雨》注。

　　[9] 宝残遗,以残遗为宝。辽东豕,《后汉书·朱浮传》:"往时辽东有豕,生子白头,异而献之,行至河东,见群豕皆白,怀惭而还。若以子之功论于朝廷,则为辽东豕也。"后以"辽东豕"指知识浅薄,少见多怪。民初的秦淮河两岸,已成为中西文明汇聚之地,难怪引起诗人的惊叹。——以上为第三层,主要抒写诗人的所感所想。

　　[10] 回到舟中所看到的十里秦淮纸醉金迷的景象,表达了诗人面对世界剧变的不适和迷茫。

　　[11] 盈虚理,一盈一虚的道理,月亮的盈亏循环,借指国家的治乱兴衰。《六韬》:"天下熙熙,一盈一虚,一治一乱。"

　　[12] 以上为第四层,诗人用古人所说的盈虚之理来勉强理解眼前的世事变迁,收结全篇。

崝庐楼居五首(选四)[1]

山风佳独坐,闲味入春情[2]。草树馨无缝,冈陂绿渐生[3]。深烟穿雉影,小阁满鸠声[4]。野色能相醉,休劳取酒倾[5]。

孙竹高围屋,墙桃薽未花[6]。微寒亲卧起,孤往问年华。黄鸟啄残雨,白牛眠晚霞。老枫比邻父,对我益槎枒[7]。

千峰含雨气,夜压作魇床[8]。起坐呵孤烛,微敷松竹香。愁凭饥鼠啮,梦欲远钟妨[9]。历历心头事,江边悔种桑[10]。

晓窗理书帙,人在雨声中[11]。杂树昏藏鸟,高霄冷拍鸿[12]。岫云粘更脱,圳潦隔能通[13]。缩手听檐滴,衔杯白发翁。

[1] 1916年二月初八,诗人从南京出发,到南昌扫墓。这一组诗就作于在南昌期间。

[2] 组诗第一首,描写西山春天的景色,富有田园诗意。

[3] 馨无缝,草木日渐繁密,故尔无缝。冈陂,山冈。

[4] 雉,野鸡。鸠,斑鸠鸟。上句所见,下句所闻。

[5] 无须饮酒,春色就令人沉醉。野色,山野的春色。

[6] 这一首主要描写崝庐及周围的景色。孙竹,竹的枝根末端所生的竹。《周礼·春官·大司乐》:"孙竹之管,空桑之琴瑟。"郑玄注:"孙竹,竹枝根之末生者。"段玉裁《周礼汉读考·春官》:"枝根谓根之横生者,《韩非·解老》所谓曼根,今俗所谓竹鞭是也。鞭所行之末生竹,曰孙竹。"薽,

通"蕾",花苞。未花,未开花。

〔7〕邻父,邻居。槎枒,树木枝杈歧出、错杂不齐貌。

〔8〕这是组诗的第三首,抒写诗人夜中独坐时的感想。前两首的田园诗意,此时转而为隐隐的家国之痛。

〔9〕刚想入睡,却被远处的钟声干扰。妨,妨碍。

〔10〕悔种桑,傅咸《桑树赋序》:"世祖(晋武帝)昔为中垒将军,于直庐种桑一株,迄今三十余年,其茂盛不衰。皇太子(晋惠帝)入朝,以此庐为便坐。"陶渊明《拟古》:"种桑长江边,三年望当采。枝条始欲茂,忽值山河改。"按,桑树乃晋朝之象征。公元420年,刘裕逼晋恭帝禅位,篡晋称宋。陶渊明《拟古》,寄托故国之思。诗人用此典暗喻清朝倾覆、山河变色。

〔11〕这是组诗第五首,诗人的情绪平复下来,目光又回到优美的自然风光,但字里行间仍然能够隐约地感觉到诗人内心深处的忧郁和伤痛。

〔12〕鸟儿藏在杂乱昏暗的树丛中,拍着翅膀的鸿雁飞翔在寒冷的高空。"昏""冷"两字,透露诗人内心的隐忧。

〔13〕飘渺的白云仿佛粘在山上,却又被风吹开;田边水沟与路上的流水相连在一起。这两句特别是上句,想象奇特,"粘""脱"二字,炼字精警,向来为人所称道。圳,田边的水沟。

雪中楼望[1]

久旱得片云,俄尔玄阴结[2]。微雨散霄空,酿深一夜雪[3]。泠泠溪上寒,皎皎众壑洁[4]。灵旗静不翻,千仞雁翅折[5]。隔岁三白逢,挞伐笳鼓咽[6]。弄戈丛菁间,豺虎舐人血[7]。事去除闰位,扬彼济时杰[8]。弹指歌哭非,膻行满饕餮[9]。终成一掷尽,坐使四维裂[10]。酒颜重倚楼,银海生眼缬[11]。残黎待活谁,犹冀蝗蛹灭[12]。八表对茫茫,缩手瘖吾舌[13]。

[1] 这首诗和下面的《雪后溪上晴眺》作于1916年底或1917年初,除夕之前。此时诗人居住在南京,遇大雪而作此诗。

[2] 俄尔,一会儿。玄阴,冬季极盛的阴气,阴云。王粲《七释》:"农功既登,玄阴戒寒,乃至众庶,大猎中原。"

[3] 小雨在空中飘洒,最终酿成一夜大雪。——以上为第一层,交待了久旱、阴云、小雨和最终下雪的过程。

[4] 泠泠,清凉寒冷。

[5] 两句极写雪后极寒。灵旗,战旗。《史记·孝武本纪》:"其秋,为伐南越,告祷泰一,以牡荆画幡日月北斗登龙,以象天一三星,为泰一锋,名曰灵旗。"《汉书·礼乐志》:"招摇灵旗,九夷宾将。"颜师古注:"画招摇于旗以征伐,故称灵旗。"可见古时出征前以旗祭天,以求旗开得胜。静不翻,战旗因冰雪冻结而无法飘扬。岑参《白雪歌送武判官归京》:"纷纷暮雪下辕门,风掣红旗冻不翻。"——以上全诗第二层,描写雪后的景象。

[6] 三白,三次下雪。苏轼《次韵陈四雪中赏梅》:"高歌对三白,迟暮慰安仁。"按,相比北方,江南地区较少下雪,连接三场雪,很不常见。笳鼓,笳声与鼓声,指军乐。

[7] 这里指发生于1915年底至1916年的护国战争。由于袁世凯决定称帝,并定1916年为"洪宪"元年,引起国内外不满。1915年12月,蔡锷、唐继尧、李烈钧等宣布云南独立,发动讨伐袁世凯、反北洋政府的内战,南方其他各省之后也纷纷宣布独立。双方在各地激战,袁世凯的军队受挫,内忧外困之际,不得不于1916年3月22日宣布取消帝制,数月之后病死。——以上第三层,由眼前大雪联想到血腥的战事。

[8] 闰位,非正统的帝位。刘知几《史通·列传》:"如项羽者,事起秦余,身终汉始。殊夏氏之后羿,似黄帝之蚩尤。譬诸闰位,容可列纪。"这里指袁世凯被迫取消帝制。时杰,指反对帝制、兴兵讨袁的蔡锷、李烈钧等人。

[9] 弹指,弹指之间,比喻时光短暂。歌哭非,一歌一哭,对比强烈。比喻袁世凯称帝之前的踌躇满志、帝制失败之时的内忧外困,有"早知如此,何必当初"之意。膻行,令人仰慕的德行。《庄子·徐无鬼》:"羊肉不慕蚁,蚁慕羊肉,羊肉膻也。舜有膻行,百姓悦之。"成玄英疏:"羊肉膻腥,无心慕蚁,蚁闻而归之;舜有仁行,不慕百姓,百姓悦之。故羊肉比舜,蚁况百姓。"这里用的是反义。饕餮,古代传说中的一种贪残的怪物,后常用以比喻贪婪。《神异经·西南荒经》:"西南方有人焉,身多毛,头上戴豕,贪如狼恶,好自积财,而不食人谷,强者夺老弱者,畏群而击单,名曰饕餮。"

[10] 袁世凯孤注一掷,以称帝来满足内心的贪欲,最终落得个众叛亲离、身败名裂的下场。一掷,孤注一掷。四维,《管子·牧民》:"国有四维……何谓四维?一曰礼,二曰义,三曰廉,四曰耻。"《鹖冠子·道端》:"与天与地,建立四维,以辅国政。"陆佃注:"礼、义、廉、耻,谓之四维。"诗人认为袁世凯曾为清朝大臣,冒天下之大不韪悍然称帝,有违封建伦常,败坏礼义廉耻,故云。——以上六句为第四层,讽刺袁世凯的称帝愚行祸国害己。

[11] 银海,银色的雪景。眼缬,眼花,也指醉酒。

[12] 残黎,残存的黎民百姓。冀,希望。

[13] 八表,八方。瘖,同"喑"。——最后六句为第五层,诗人联想到水深火热中的黎民百姓,对国家的未来表示深深忧虑。

雪后溪上晴眺

昌黎咏苦寒，南国今一遇[1]。传闻冻死骨，衢巷俨墟墓[2]。皇穹示灾变，不忍测其故[3]。顽雪阅久晴，稍稍屋山露[4]。挂杖出门看，瑟缩沙岸步[5]。坚冰犹盖溪，斜成樵牧路[6]。无缝跳鱼虾，何缘亲鸥鹭[7]。野色乍升沉，日脚天边树[8]。万堞衔残云，招魂当岁暮[9]。余对瘦玉峰，断句酸肠吐[10]。

[1] 昌黎，指唐代文学家韩愈。昌黎（在今河北）是其郡望，故自称昌黎韩愈，世称韩昌黎。咏苦寒，韩愈诗集中以"苦寒"为题者有二，《苦寒》（见《昌黎先生集》卷四）、《苦寒歌》（见《昌黎先生外集》卷一）。

[2] 由于天冷，据说很多人被冻死，街巷宛如墓地。冻死骨，冻死的人。杜甫《自京赴奉先咏怀五百字》："朱门酒肉臭，路有冻死骨。"俨，俨然，宛如。墟墓，墓地。

[3] 古人相信天人感应之说，因此天降灾祸，必有原因，只是不方便直说罢了。这里不仅意为主政者的无能带来国内局势混乱，而且可能暗示清朝灭亡、袁氏称帝有违天意。

[4] 由所感所想转写雪后放晴之所见。顽雪，久下不止的雪。

[5] 以下写青溪雪后景象。瑟缩，因寒冷而收缩、蜷缩。沙岸，用沙石等筑成的堤岸。《吴越备史》卷一："初定其基，而江涛昼夜冲激，沙岸板筑不能就。"

[6] 谓青溪结冰，被人们踩出一条小路。坚冰，《周易·坤》："初六，履霜，坚冰至。"

[7] 坚冰之下，鱼虾无法跳跃，因此无法与鸥鹭等水鸟相亲近。鸥鹭，泛指各种水鸟。

[8] 以下写全城雪后景象。乍升沉,黄昏日色变幻,野色也随之变化不定。日脚,见《庐夜雷雨遣闷》注[2]。

[9] 堞,城上的矮墙,如齿状,故下面用"衔"字。招魂,招大雪中被冻死者之魂。

[10] 最后两句以远眺钟山作结,收结全篇。玉峰,山峰积雪如玉,故云。

咏小松[1]

阶庭三尺小松树,待长龙鳞岁月闲[2]。霰雪纷纷冰齿齿,一尊对汝气如山[3]。

杜陵移植草堂中,配汝茫茫笑略同[4]。莫为旁枝发桃李,仰天倔强拒春风[5]。

[1] 这两首小诗作于丁巳年(1917年)正月初。松树不畏冰雪,枝干挺直,高俊雄伟,傲骨铮铮,历代圣贤视之为坚贞自守、品性高洁的象征。《论语·子罕》:"岁寒,然后知松柏之后雕也。"《庄子·德充符》:"受命于地,唯松柏独也正。"这两首诗歌颂了小松的高洁傲骨。

[2] 阶庭,台阶前的庭院。龙鳞,松树树皮,又名赤龙鳞,因色赤而状如龙鳞而得名。王维《春日与裴迪过新昌里访吕逸人不遇》:"闭户著书多岁月,种松皆老作龙鳞。"此两句谓小松虽小,但假以岁月,终成参天大树。

[3] 冰雪虽厚,但小松仍不改其志,屹立如山。霰雪,雪珠和雪花。齿齿,排列如齿状。

[4] 杜陵,汉宣帝刘询的陵墓。杜甫祖籍杜陵,自号杜陵野老。这里指杜甫。草堂,杜甫草堂,位于成都浣花溪畔,杜甫流寓成都时的故居。公元759年冬,杜甫为避"安史之乱",携家入蜀,在成都营建茅屋而居。现为全国重点文物保护单位、杜甫草堂博物馆。在草堂居住期间,杜甫向诗人韦应物侄子韦班要了几颗松树子栽种,并有《凭韦少府班觅松树子栽》一诗云:"落落出群非榉柳,青青不朽岂杨梅。欲存老盖千年意,为觅霜根数寸栽。"

[5] 小松应当保持坚贞本性,不要像桃李那样畏惧冰霜,只能依靠春风成长开花。与傲立冰霜的松树相比,桃李是软弱的象征,经不起风霜雨雪。李白《古风》十二:"松柏本孤直,难为桃李颜。"

开岁二日地震后晨起楼望[1]

梦醒屋壁响轰𨫞[2],床替浮槎骇浪摧[3]。方郁杞忧天折柱[4],竟危禹域地擎雷[5]。横楼旋改风云色,啼郭微传鹅鹳哀[6]。儒学纷纭劳志怪,只依钟籁领深杯[7]。

[1] 开岁,新的一年开始,这里是指农历新年。开岁二日,正月初二(1917年1月24日)。1917年1月24日8时48分,距南京约200公里的安徽霍山发生6.25级地震,南京震感强烈。这首诗从亲历者的角度,真实地描写了地震时的骇人场景。

[2] 轰𨫞(huī),轰响。韩愈《元和圣德诗》:"众乐惊作,轰𨫞融冶。"祝充注:"轰,群车声。𨫞,相击声。"

[3] 浮槎,木筏。参《后湖观荷》注[4]。这句是说,床就像大海上的木筏一样在惊涛骇浪中剧烈摇晃。

[4] 杞忧,杞人之忧。《列子·天瑞》:"杞国有人忧天地崩坠,身亡所寄,废寝食者。"天折柱,撑天的柱子折断了。《淮南子·坠形训》:"昔者共工与颛顼争为帝,怒而触不周之山,天柱折,地维绝。"《神异经·中荒经》:"昆仑之山有铜柱焉,其高入天,所谓天柱也,围三千里。"

[5] 禹域,指中国。见《闵灾》注[4]。地擎雷,地震时大地发出的轰响犹如雷鸣。以上四句描写地震时的可怕景象。按,此次霍山地震震中烈度8度,震感强烈。据中华民国农商部地质调查所《民国六年一月至三月地震调查报告》:此次地震"震力自下而上,屋瓦揭飞,墙壁倾颓,山石崩坠,声如雷鸣。全境人民以死伤闻者约及数十,最烈之处在西南乡之落儿岭"。《申报》1917年3月19日载:"城厢市镇,房屋倒塌甚多,压毙人民亦不少,全县恐慌。其灾情最重地方,如英霍交界之鹿吐石铺,有群山峡涧,涧烈数

十丈,山中巨石不时滚落,打破附近民房甚多,压毙人民数十。……其余诸佛庵、桃源口等处,均受灾重,甚有炊爨时,屋被震倒,遂致火起延烧,不敢抢救者。"1954年中国科学院中南区地震调查工作组霍山小组调查资料手稿:"正月初二早晨地震,自西向东北,山摇树摆,路上行人立足不定,鸡飞狗走,猪牛奔窜惊鸣,塘水震荡,游鱼飞跃,锅台及间墙亦有倒塌者。尤以县西南境最为强烈,黑石渡、诸佛庵、鹿吐石铺、佛子岭等区,山崩地裂,岩石崩坠,墙倒屋塌,压伤人畜者有之。"

[6] 微传,隐约传来。鹅鹳哀,指灾后人们因失去家园和亲人后的哭声。

[7] 志怪,记述怪异之事。钟籁,钟声。领深杯,指饮酒。

为高颖生题环翠楼[1]

自世之乱突蛇豕,士夫辍业弃故纸[2]。但扪枵腹剿异说,坟籍不待秦火毁[3]。压海犹悬环翠楼,置藏万卷绵历祀[4]。一老握椠四十载,辛勤遗编考全史[5]。诸孙气合筓高侯,倦仕未敢忘根柢[6]。复新构架妥几榻,用牖来叶踵前美[7]。盖村一片读书声,和以松声鸟声喜[8]。寥寥风味指故家,半角乌山梦魂里[9]。

[1] 这首诗作于1917年1月底或2月初。高颖生(?—1946),原名高向瀛,字颖生,晚清举人,出身世家,陈宝琛妹婿。福建侯官(福州)人,著有《还粹集》。环翠楼,又称"还粹楼",系高颖生书斋。据刘学洙《〈还粹集〉与"三生会"杂忆》一文,高颖生与何振岱(字梅生)、刘敬(字龙生)组成"三生会",结社吟唱。三生中齿序以刘敬最长,梅生次之,颖生最小,岁数相差一两岁。又据连天雄《闽中诗坛"三生会"——忆刘龙生》一文考证,刘敬(1865—1940),字龙生,闽侯县人。以此计算,高颖生出生于1867—1869年间,此时大约五十岁。

[2] 蛇豕,长蛇封豕,古时为害人间的恶兽。《左传·定公四年》:"吴为封豕长蛇,以荐食上国。"杜预注:"言吴贪害如蛇豕。"士夫,士大夫。这两句是说,自天下大乱以来,残暴者横行于世,读书人辍书不读,放弃了千百年儒者应尽的社会责任。

[3] 枵(xiāo)腹,饿着肚子。唐康骈《剧谈录·严士则》:"士则具陈奔驰陟历,资粮已绝,迫于枵腹,请以饮馔救之。"这里比喻空疏无学,腹内空空。剿异说,剿灭异端。秦火,指秦始皇焚书。坟籍,古代典籍。按,这里可能是批评陈独秀、胡适发起的"新文化运动"。1917年1月1日,胡适在《新青年》上发表《文学改良刍议》,2月1日,陈独秀发表《文学革命论》,反

对摹拟古人,主张废除古文,提倡白话文。其中《文学改良刍议》一文还举诗人《涛园夜过纵谈杜句》一诗作为批判的靶子,认为诗人是以"'半岁秃千毫'之工夫作古人的钞胥奴婢"。诗人这里对"新文化运动"进行了回击,认为胡、陈二人学识浅薄,竟以古文为异端,其危害不亚于秦始皇焚书坑儒。

[4]绵历,绵延。这里称赞高颖生环翠楼藏书丰富,肯定其保存传统文化的义举。

[5]一老,指高颖生。握椠,握铅抱椠。铅是铅粉,椠指木简,都是古时的书写用具。这里称赞高颖生勤于撰述。按,高氏著作,今存诗集《还粹集》,其余著作不详。

[6]诸孙,据刘学洙文,高颖生生子皆夭,有一养女,此处不知所指。倦仕,指高颖生辛亥后归隐不仕。根柢,草木的根,比喻事物根基、基础。陆游《寄题方伯謩远庵》诗:"方侯胸中负经济,议论源源有根柢。"

[7]这两句描写高颖生的书房及藏书之美。来叶,后世。《三国志·蜀志·谯周传》裴松之注引《益部耆旧传》:"嗟尔来叶,鉴兹显模。"踵,赶得上。前美,指以前的历代藏书家。

[8]盍,同"合"。盍村,即合村、全村。这两句赞扬高颖生故乡还保留着浓郁的读书风气,伴以大自然的风声鸟鸣,令人愉悦。

[9]故家,世代仕宦之家。《孟子·公孙丑上》:"纣之去武丁未久也,其故家遗俗,流风善政,犹有存者。"焦循《正义》:"故家,勋旧世家。"乌山,又称乌石山、射乌山,在今福州市内。高颖生为福州人,故用乌山指代高氏故乡。

胡琴初寄示除日述怀四首次韵酬之[1]

溪庐丑对瘦梅枝,玩世听评媒母嫠[2]。闲拨炉灰吟捉鼻,起看山雪曙浮眉[3]。是乡真入无何有[4],大事从来不可为[5]。海客哀传除日咏,精魂照酒已回移[6]。

沉响云空疮雁单[7],雪痕围诵满辛酸[8]。江边桑茂山河改,梦底松高寝殿寒[9]。群盗横行终自陨,中兴作颂待谁刊[10]。茫茫胥溺稽天浸,迸泪何时后土干[11]。

黄农既没桓文隔,万影狰狞杂蜃楼[12]。那问桑蚕安妇子,只余蚁穴化王侯[13]。低徊功德三千牍,痛哭燕云十六州[14]。人物渺然羞湛辈,腐儒袖手看横流[15]。

青溪一道接篱明,打桨城湾忆友生[16]。应笑当歌忘老丑,犹从旧史说功名。疮痍移浴烟霞气,歌咏纷垂治乱情[17]。阅尽虫沙吾亦厌,寻春私恋杖黎轻[18]。

[1] 胡琴初,胡嗣瑗(1869—1946),字晴初,又字琴初,愔仲,别号自玉。贵州贵阳人,光绪二十九年(1903年)进士,授翰林院编修,后任天津北洋法政学堂总办。辛亥革命前后任江苏金陵道尹、江苏将军府咨议厅长。1917年参与张勋复辟,后追随溥仪,在伪满洲国任职。擅书画、诗词。胡嗣瑗的《除日述怀四首》,从陈三立回复的这四首诗来推测,似在游说陈三立参加复辟活动,诗人写了这几首诗予以婉拒。按,当年7月,胡嗣瑗参

加张勋复辟,很快失败。刘禺生《世载堂杂忆》:"至张勋复辟,原由胡嗣瑗(时任冯国璋秘书长)与陈某为往来运动主角。……李梅庵、陈伯严、沈子培等,皆谓此事宜大大谨慎,否则皇室待遇,必出奇变。段祺瑞自命开国元勋,北洋兵权尚有把握,安保无事。故复辟事件,上海方面未多参机密。"

[2]嫫(mó)母,又作"嫫姆",相传是黄帝的妃子,貌丑而有才德。《广韵》:"嫫,嫫母,黄帝妻,貌甚丑。"《琱玉集·丑人篇》:"嫫母,黄帝时极丑女也。锤额颡頞,形簏色黑。"《吕氏春秋·遇合篇》:"嫫母执乎黄帝,黄帝曰,厉汝德而弗忘,与汝正而弗衰,虽恶何伤。"汉王褒《四子讲德论》:"嫫姆倭傀,善誉者不能掩其丑。"媸(chī),丑。

[3]闲拨炉灰,拨弄取暖的炉灰,表示冬日闲适或无聊的生活。炉灰又取"寒灰"之意,《三国志·魏志·刘廙传》:"扬汤止沸,使不燋烂,起烟于寒灰之上,生华于已枯之木。"元好问《甲午除夜》:"暗中人事忽推迁,坐守寒灰望复燃。"捉鼻,掩鼻。刘义庆《世说新语·排调》:"谢安在东山居布衣时,兄弟已有富贵者,翕集家门,倾动人物。刘夫人戏谓安曰:'大丈夫不当如此乎?'安乃捉鼻曰:'但恐不免耳。'"浮眉,浮于眼眉,满眼。

[4]《庄子·逍遥游》:"今子有大树,患其无用,何不树之于无何有之乡,广莫之野。"成玄英疏:"无何有,犹无有也。莫,无也。谓宽旷无人之处,不问何物,悉皆无有,故曰无何有之乡也。"后多用"无何有之乡"指空无所有的地方、虚幻的境界或梦境。

[5]这句为组诗总旨。不可为,《老子》第二十九章:"天下神器,不可为也。为者败之,执者失之。"这里明诫胡嗣瑗,清祚已终,回天无力,复辟只是白费力气罢了。陈三立虽以遗老自处,对民国以来的政治状况非常失望,但他清楚时代的变迁,清朝统治无论如何不可能死灰复燃了,因此从未参加任何复辟活动。

[6]海客,海外游历过的人,有见识的人。李白《梦游天姥吟留别》:"海客谈瀛洲,烟涛微茫信难求。"这里指胡嗣瑗。除日咏,照应诗题,指胡氏的《除日述怀四首》。回移,萦回游移。张衡《思玄赋》:"处子怀春,精魂回移。"

[7]疮雁,受伤的大雁。《战国策·楚策四》:"更羸与魏王处京台之

下,仰见飞鸟。更羸谓魏王曰:'臣为王引弓虚发而下鸟。'魏王曰:'然则射可至此乎?'更羸曰:'可。'有间,雁从东方来,更羸以虚发而下之。魏王曰:'然则射可至此乎!'更羸曰:'此孽也。'王曰:'先生何以知之?'对曰:'其飞徐而鸣悲。飞徐者,故疮痛也;鸣悲者,久失群也。故疮未息,而惊心未去也,闻弦音引而高飞,故疮陨也。'"宋祁《答常山屯田张中行寄赠》:"飞蓬转野初无定,疮雁惊弦久未高。"

[8] 雪痕,用苏轼《和子由渑池怀旧》"人生到处知何似,应似飞鸿踏雪泥"诗意,谓当年的维新活动,本有挽救危亡的希望,但终成南柯一梦,只留下雪泥鸿爪,思之令人备感心酸。

[9] 江边桑茂,陶渊明《拟古》:"种桑长江边,三年望当采。枝条始欲茂,忽值山河改。"见《崝庐楼居五首》注[10]。这里指清帝退位,民国成立。寝殿,帝王陵墓的正殿。《清史稿·礼志五》:"古者庙前寝后,庙以祭飨,今前殿是。寝以藏衣冠,今中殿后殿是。"清朝统治覆亡,诸帝陵墓门前冷落,作为清朝之臣,诗人的心情是极为沉痛的。

[10] 群盗,指民国以来给国家和人民造成无数灾难的各路军阀。中兴,中途振兴,转衰为盛,通常指国家由衰退而复兴。王观国《学林·中兴》:"中兴者,在一世之间,因王道衰而有能复兴者,斯谓之中兴。"中兴作颂,指安史之乱结束后,由元结撰文、颜真卿书丹的《大唐中兴颂》。颂序云:"天宝十四年,安禄山陷洛阳,明年,陷长安。天子幸蜀,太子即位于灵武。明年,皇帝移军凤翔,其年复两京。上皇还京师。于戏!前代帝王有盛德大业者,必见于歌颂。若令歌颂大业,刻之金石,非老于文学,其谁宜为?"

[11] 胥溺,相继沉没。《诗经·大雅·桑柔》:"其何能淑,载胥及溺。"郑玄笺:"胥,相也。"稽天,至于天际,形容势大。《庄子·逍遥游》:"大浸稽天而不溺。"成玄英疏:"稽,至也。"后土,土地、大地。因国家剧变而终日痛哭,眼泪把大地都打湿了,形容痛苦之深。

[12] 黄农,黄帝和神农氏的合称。桓文,"春秋五霸"中齐桓文、晋文公的合称,二人都锐意进取,使齐国、晋国强大起来。蜃楼,蜃气变幻成的楼阁,比喻虚幻之物。晚清以来,列强侵入中国,清廷腐败贫弱,无力应对。

入民国后,军阀横行,战乱频仍,百姓遭殃,终未能有一位黄农、桓文式的英雄人物扭转乾坤。

[13] 两句流水对。妇子,妇女和孩童。《诗经·国风·七月》:"同我妇子,馌彼南亩,田畯至喜。"蚁穴化王侯,唐李公佐《南柯太守传》记载游侠之士淳于棼酒后入睡,梦中被请进"大槐安国",与公主结亲,并被委任"南柯郡太守",上获君王器重,下得百姓拥戴,官位显赫,家庭美满。不料檀萝国突然入侵,淳于棼率兵拒敌,屡战屡败,公主又不幸病故。淳于棼连遭不测,从此失去国君宠信,被送回家乡。梦醒后发现自己仍然睡在大槐树下,槐树下有一个大蚁穴,这才恍然大悟,原来梦中所见到的槐安国就是这个蚁穴。王奕《八声甘州·题维扬摘星楼》:"百年间春梦,笑槐柯蚁穴,多少王侯。"

[14] 三千牍,《史记·滑稽列传》:"朔初入长安,至公车上书,凡用三千奏牍。"后用以指向皇帝进呈的长篇奏疏。三千,极言其多。苏轼《次韵子由送千之侄》:"闭门试草三千牍,仄席求人少似今。"燕云十六州,又称幽蓟十六州或燕云之地,包括唐代幽蓟节度使所辖的幽、蓟等十一州,与河东节度使所辖的云、蔚等五州,范围包括今北京、天津全境以及山西、河北北部,历史上向来是中原军队抗击北方游牧民族骑兵的天然屏障。后晋时,时敬塘把燕云十六州割让给契丹,之后五代、北宋都没能将燕云十六州完全收复,致使中原政权受到北方游牧民族政权威胁长达近二百年。这里指鸦片战争以来被日俄等列强通过不平等条约侵占的中国国土。

[15] 湛辈,《晋书》卷三十四:"(羊)祜乐山水,每风景,必造岘山,置酒言咏,终日不倦。尝慨然叹息,顾谓从事中郎邹湛等曰:'自有宇宙,便有此山。由来贤达胜士,登此远望,如我与卿者多矣!皆湮灭无闻,使人悲伤。如百岁后有知,魂魄犹应登此也。'湛曰:'公德冠四海,道嗣前哲,令闻令望,必与此山俱传。至若湛辈,乃当如公言耳。'"指人死后湮没无为。横流,大水不循道而泛滥。《孟子·滕文公上》:"当尧之时,天下犹未平,洪水横流,泛滥于天下。"比喻灾祸、动乱。

[16] 打桨,划船、泛舟。友生,朋友。《诗经·小雅·常棣》:"虽有兄弟,不如友生。"

〔17〕疮痍,创伤,比喻遭受灾祸后凋敝的景象。治乱,治指国家安定,乱指国家混乱动荡。

〔18〕虫沙,见《微雨中抵墓所》注〔4〕。杖藜,也作"藜杖",用藜的老茎制成的手杖。黎,通"藜"。

病山南归旋失其子过沪相对黯然无语既还敝庐念吾友生趣尽矣欲招为莫愁湖之游收悲欢忻聊寄此诗[1]

寻常寄兴触虚舟,过子何期对楚囚[2]。于国于家成弃物,为人为鬼一吟楼[3]。传薪愿缓须臾死,把袂犹堪汗漫游[4]。我反称天韩愈说,玄夫得及莫愁不[5]。

[1] 这首诗作于1917年冬,时诗人由杭州经上海还居南京。马卫中《陈三立年谱》:"公过沪时,王乃徵适有丧子之痛,公既归至宁,乃复以诗邀其来游莫愁湖。"病山,指王乃徵(1861—1933),字聘三,又字病山,号平珊,四川中江(今四川省中江县)人。光绪十六年(1890年)进士及第,改庶吉士,授翰林院编修。庚子后在御史台,遇事敢言,颇负清望,累官河南布政使、贵州布政使。清帝退位后,侨居上海,易名潜,以鬻医自食,处境窘迫。工书,能诗,汪辟疆《光宣诗坛点将录》拟之为"神医安道全"。收悲欢忻,节制哀伤,转悲为喜,语本韩愈《孟东野失子》"再拜谢玄夫,收悲以欢忻"句。

[2] 虚舟,空船。触虚舟,《庄子·山木》:"方舟而济于河,有虚船来触舟,虽有惼心之人,不怒。"意为没有载人的空船碰撞了别人的船,即使气量狭小的人也不会生气,比喻虚心可以远祸。楚囚,《左传·成公九年》:"晋侯观于军府,见钟仪。问之曰:'南冠而絷者,谁也?'有司对曰:'郑人所献楚囚也。'"本指被俘的楚国人,后借指处境窘迫无计可施者。王昌龄《箜篌引》:"九族分离作楚囚,深溪寂寞弦苦幽,草木悲感声飕飕。"

[3] 此两句谓我们已经是被国家和时代抛弃的人,人不人鬼不鬼,只能寂寞地独处吟诗而已。诗人感觉被时代所抛弃,成为无用的多余人和边

缘人,这是民初满清遗老的普遍心态。

[4] 传薪,《庄子·养生主》:"指穷于为薪,火传也,不知其尽也。"新旧文化交替的时代,犹其是在新文化运动风起云涌的1917年,旧文化遭到全面批判,诗人具有传承民族文化的强烈使命感,这成为他后半生坚强地活下去的唯一信念。把袂,拉住衣袖,携手。汗漫游,世外之游。《淮南子·道应训》:"吾与汗漫期于九垓之外,吾不可以久驻。"

[5] 称天韩愈说,元和三年(公元808年),诗人孟郊丧子,至为哀恸,韩愈作《孟东野失子》一诗予以宽慰。序云:"东野连产三子,不数日,辄失之。几老,念无后以悲。其友人昌黎韩愈,惧其伤也,推天假其命以喻之。"诗曰:"失子将何尤?吾将上尤天。女实主下人,与夺一何偏!彼于女何有,乃令蕃且延。此独何罪辜,生死旬日间?上呼无时闻,滴地泪到泉。地祇为之悲,瑟缩久不安。乃呼大灵龟,骑云款天门。问天主下人,薄厚胡不均?天曰天地人,由来不相关。吾悬日与月,吾系星与辰。日月相噬啮,星辰踏而颠。吾不女之罪,知非女由因。且物各有分,孰能使之然。有子与无子,祸福未可原。鱼子满母腹,一一欲谁怜?细腰不自乳,举族长孤鳏。鸱枭啄母脑,母死子始翻。蝮蛇生子时,坼裂肠与肝。好子虽云好,未还恩与勤。恶子不可说,鸱枭蝮蛇然。有子且勿喜,无子固勿叹。上圣不待教,贤闻语而迁。下愚闻语惑,虽教无由悛。大灵顿头受,即日以命还。地祇谓大灵,女往告其人。东野夜得梦,有夫玄衣巾,闯然入其户,三称天之言。再拜谢玄夫,收悲以欢忻。"韩愈以"天之言"宽慰孟郊,认为生死是人的力量无法左右的,并举生物界的例子,说明"有子且勿喜,无子固勿叹",希望孟郊能想开。玄夫,诗中有"东野夜得梦,有夫玄衣巾"句,王伯大音释引孙汝听曰:"玄夫,大灵龟,以其巾衣玄,故曰玄夫。"这里指王乃徵。莫愁,指南京莫愁湖,在今南京秦淮河西。古称横塘,因其依石头城,故又称石城湖。相传南齐时,有洛阳少女莫愁,因家贫远嫁江东富户卢家,移居南京石城湖畔。莫愁端庄贤慧,乐于助人,后人为纪念她,便将石城湖改名为莫愁湖。《太平寰宇记》:"莫愁湖在三山门外,昔有卢妓莫愁家此,故名。"此处既是实指,又有双关之意,照应诗题"收悲欢忻"。

次韵宗武寓园即兴[1]

一片晴楼过雁天,长成宫柳欲吹棉[2]。飘歌尊隔盈盈水,引睡炉分细细烟[3]。老去倍怀犀角弟,因缘各了岳头禅[4]。乱愁莫逐城笳起,泪尽荒陵换树鹃。

[1] 此诗作于民国七年(1918年)四月。宗武,指胡嗣瑗的兄弟胡嗣芬,字景威,号宗武,贵州开阳县人。清光绪二十一年(1895年)进士,散馆改河南夏邑县知县。民初参加编纂《清史稿》,又曾主持江南通志局。工诗、书法。他是陈三立在南京的邻居和诗友,1918—1923年间常与诗人唱和。

[2] 吹棉,指柳絮,柳树的种子,有白色绒毛,每年春夏之际,随风飞散,如棉似雪。陆游《沈园》:"魂断香消四十年,沈园柳老不吹棉。"

[3] 尊,同樽,酒具。炉,指熏香炉。古时入睡时在炉中燃香,有熏香衣物、消除疲劳、驱散蚊虫等作用。杜甫《宣政殿退朝晚出左掖》:"宫草微微承委佩,炉烟细细驻游丝。"

[4] 犀角,额上发际隆起之骨,古人认为是贵相。《战国策·中山策》:"若乃其眉目、准頞、权衡、犀角、偃月,彼乃帝王之后,非诸侯之姬也。"苏轼《狱中寄子由》:"眼中犀角真君子,身后牛衣愧老妻。"因缘,佛教用语,"因"(梵语:hetu)和"缘"(梵语:pratītya)的并称。佛教认为,一切事情的生成,皆依赖各种条件。其直接主要的根本条件为"因",间接配合成就的次要条件为"缘"。岳头禅,不详。

中秋夕看月

冷风改炎景,卉木凋繁枝[1]。当夕流素月,灿灿盈阶墀[2]。羁鸟护故巢,鸣虫扬其悲[3]。病骸损气力,穿牖披余辉[4]。汤饼应节候,复陈瓜果为[5]。起死保妇子,安问止泊期[6]。皓首遒颓运,顾影恋须臾[7]。岁时久止酒,自媚挥一卮[8]。微醺循栏干,苍然南斗垂[9]。

[1] 凉风吹散了暑热,草木开始凋零,这是秋天的典型景象。炎景,炎热的阳光。卉木,草木。《诗经·小雅·出车》:"春日迟迟,卉木萋萋。"毛传:"卉,草也。"

[2] 素月,明月。陶渊明《杂诗》:"白日沦西阿,素月出东岭。"阶墀(chí),台阶。

[3] 这两句化用曹植《野田黄雀行》"高树多悲风,海水扬其波"两句。

[4] 病骸,病躯。1918年秋,诗人曾重病卧床,其诗文中多次提及。如《俞觚庵诗集序》:"戊午夏及秋之交,余病血下泄。"《病中作》:"腐肠暴下薄秋期,内食阴阳鬼瞰之。"另有《立秋夕卧病见初月》《向夕病卧闻钟声》《病榻逢七夕》《答人问病状》《病初起》等作,均作于此时。

[5] 面条是此时适应节候的饮食,还准备瓜果干什么?这两句是反说,秋季正当瓜果上市,但诗人大病初愈,不能吃瓜果,而以面食为佳。汤饼,面条。《释名·释饮食》:"蒸饼、汤饼、蝎饼、髓饼、金饼、索饼之属,皆随形而名之也。"《初学记》卷二六引晋束皙《饼赋》:"玄冬猛寒,清晨之会,涕冻鼻中,霜凝口外,充虚解战,汤饼为最。"黄朝英《缃素杂记·汤饼》:"余谓凡以麴为食具者,皆谓之饼,故火烧而食者呼为烧饼,水瀹而食者呼为汤饼,笼蒸而食者呼为蒸饼。"节候,季节气候。

〔6〕因为牵挂着家人,所以才挣扎着活下来,什么时候才能真正停息?起死,使死人复活。止泊,停息。陶渊明《杂诗》之五:"前途当几许,未知止泊处。"《庄子·大宗师》:"大块载我以形,劳我以生,佚我以老,息我以死。"

〔7〕谓步入暮年遭遇家国剧变,重病将死,反而留恋生命。皓首,白头。遘,遭遇。颓运,衰败悲凉的命运。顾影,回顾身影,形容处境悲苦。陆机《赴洛道中作》:"伫立望故乡,顾影凄自怜。"

〔8〕早已戒酒不饮,此时为了自娱,还是喝两杯吧。止酒,戒酒。陶渊明《止酒》:"平生不止酒,止酒情无喜。"卮,盛酒的器皿。

〔9〕微醺,微醉。南斗,即斗宿,共六颗星。在北斗星以南,形似斗,故称。《史记·天官书》:"南斗为庙,其北建星,建星者,旗也。"张守节《正义》云:"南斗六星,在南也。"道教认为,北斗注死,南斗注生。南斗垂斜,说明夜已经深了。唐刘方平《月夜》:"更深月色半人家,北斗阑干南斗斜。"

溪　园[1]

晴痕挂篱落,十步望峰巅[2]。浮岸添秋水,横畦分野烟[3]。葵根眠瘦犬,柳缝响残蝉[4]。围饭茅茨底,微风笑语传[5]。

[1]此诗作于1918年秋,诗人大病初愈,漫步青溪,写下此诗。首联以兴起,颔联、颈联描写青溪周边风光,尾联以人们的日常生活场景作结。全诗不用典故,明白晓畅,富有田园风格。

[2]晴痕,晚霞。峰巅,指钟山。

[3]两句远景。"浮岸"句,点明写作此诗的季节。横畦,横平的田间小路。

[4]两句近景。葵,菊科草本植物,有锦葵、蜀葵、秋葵、向日葵等,有时专指向日葵。

[5]茅茨,茅屋,指平民的简陋居室。一般百姓,只要没有战乱,天下太平,可营温饱,即使并不富足,也是难得的生活。

除日雪中书感[1]

烛引簪裾酒气中,问天斫地意无穷[2]。四时分洒亲朋泪,万劫能留老秃翁[3]。远海微微春在水,荒城莽莽雪吹风。传书寒雁迷人眼,痴对瓶梅发小红[4]。

[1] 这首诗作于民国八年(1919年)农历除夕,诗人仍居南京。

[2] 簪裾,发簪和衣裾。问天斫地,把酒问天,拔剑斫地。问天,指屈原放逐,忧心愁惨而赋《天问》,王逸《楚辞章句》:"天尊不可问,故曰天问。"杜甫《短歌行赠王郎司直》:"王郎酒酣拔剑斫地歌莫哀,我能拔尔抑塞磊落之奇才。"问天、斫地,分别代表了对天和地,即大自然的主宰的愤怒、怀疑以及对命运的困惑和思考。清王松《放言五首》之四:"问天屈子离骚赋,斫地王郎托醉歌。"

[3] 回顾即将过去的一年,许多亲朋好友纷纷离世,只剩下我一个老头儿了。1918年,诗人多位好友逝世,故当年诗中伤逝之作甚多。农历正月二十六日,郑文焯卒,年六十三;三月十五日,瞿鸿禨卒于上海,年六十九;五月中,王仁东(完巢)卒;九月初二,沈瑜庆卒于上海;十一月二十二日,夫人俞明诗之兄俞明震病逝,年五十九。这些亲朋与诗人数十年交好,意气相投,胜于兄弟。他们的相继离世,给诗人很大打击。老秃翁,诗人自况。

[4] 传书寒雁,用汉苏武鸿雁传书事。《汉书·苏武传》:"汉求武等,匈奴诡言武死。后汉使复至匈奴,常惠请其守者与俱,得夜见汉使,具自陈道。教使者谓单于,言天子射上林中,得雁,足有系帛书,言武等在某泽中。使者大喜,如惠语以让单于。单于视左右而惊,谢汉使曰:武等实在。"

清道人卜葬金陵哭以此诗[1]

楼壁车厢反覆看,海云写影一黄冠[2]。围城余痛支皮骨[3],辟地偷生共肺肝[4]。中外声名归把笔[5],烦冤岁月了移棺[6]。带障新冢寻黎杖,滴泪应连碧血寒[7]。

[1] 民国九年农历庚申年八月一日(1920年9月12日),李瑞清因中风病逝于上海,年仅五十四岁。遵其"归葬金陵"的遗言,弟子胡小石与其同乡挚友曾农髯将其遗体安葬于南京牛首山雪梅岭,这首诗即作于此时。卜葬,旧时埋葬死者,先占卜以择吉祥之葬日与葬地,称为"卜葬"。按《曾熙年谱》记载:"民国九年庚申……十二月八日,李瑞清墓落成。"今其墓位于南京市江宁区东善桥林场牛首山分场苗圃内,"文革"中遭到破坏,2002年重修,为市级文物保护单位。

[2] 反覆看,说明诗人的不舍之情。写影,画像。黄冠,道士所戴束发之冠,用金属或木类制成,其色尚黄,故曰黄冠,因此也作为道士的别称。李瑞清在辛亥革命后避居上海,易道士服。

[3] 围城余痛,指1911年江苏新军围攻江宁,时任两江师范学堂监督(校长)的李瑞清被清政府两江总督张人骏授为藩司。《清史稿·列传·文苑三》:"宣统三年,武昌乱起,江宁新军亦变,合浙军攻城。自总督张人骏以下官吏咸潜遁,瑞清独留不去,仍日率诸生上课如常。布政使樊增祥弃职走,人骏电奏以瑞清代之。急购米三十万斛,饷官军,助城守,设平粜局赈难民。城陷,瑞清衣冠堂皇,矢死不少屈。民军不忍加害,纵之行。"又,李瑞清有遗著《围城记》,后编入《清道人遗集》。关于李瑞清在南京围城中的经历,时人记载甚多。如其堂弟李云麐的《先从兄清道人行述初稿》记载:"张勋率兵退江北,张人骏亦走,全城官无大小皆走。独兄所委江宁县

知县陶某踉跄趋谒,誓死共维秩序。美、日领事均自驱车迎兄避领事署,美教士包文慈善任侠,素敬兄,敦劝尤力,曰:'炮火无情,徒为牺牲,无谓也。但入安全地,仍得治事守土如故也。'可谓善为之辞矣。兄迄不为动,曰:'炮火无情,尤应与众百姓共之。同成齑粉,吾分也。使吾世世子孙出入此城而无惭焉,亦足矣。'乃公服捧印坐堂上。炮弹落堂前轰发,左右震栗,欲挟兄移坐厅后。兄怒斥诸人,使远无敢动者。"弟子蒋国榜在《临川李文洁公传略》中写记载李瑞清保护学生的情形:"师范学子,多出资遣归。时提督(张勋)令'剪鞭辫者杀无赦',学子多自危。有陆军学生被执。公见,立挥悍卒,载之车中。又,逃亡者非得提督符不得出,公请得令帜,昼夜遣出城,赖以全者无算。"支皮骨,以骨支皮,形容瘦削憔悴。

[4]指李瑞清易道士服避居上海,以书画自供。辟,同避。共肺肝,指诗人与李瑞清同为遗老,留恋清朝,意气相投。陈三立《清道人遗集序》:"往者余与陈君仁先卜居邻道人,每乘月夕相携立桥畔,观流水,话兴亡之陈迹,抚丧乱之靡届,悼人纪之坏散,落落吊影,仰天欷歔,死生离合几何时,魂魄所依不能忘也。"

[5]把笔,执笔。李瑞清的诗、书、画均有名于时。书法各体皆备,尤好篆隶,无不恢奇谲变,苍劲入古,当世无抗手。画多小品,所作山水,疏淡冲远。避居沪上时,以书画自活。刘禺生《世载堂杂忆》:"梅庵鬻书画,月可售一、二千金。家人数十口,赖以活命。"

[6]了(liǎo),了结。移棺,家祭前将灵柩自厅堂移至灵堂。了移棺,有一了百了、盖棺定论之意。李瑞清生前,颇有谣诼之语。刘禺生《世载堂杂忆》载:"梅庵鬻书画,月可售一、二千金。家人数十口,赖以活命。其寡嫂欲攘夺之,得存私囊。家中违言日起,继以吵架。妇人不遂所欲,秽言蜚语,随口即是。侵及梅翁,莫由自白。此种吵架消息传至上海,素不慊于梅翁之遗老闻之,乃广为宣传,彼此告语。积毁所至,曰:此可以报复清道人,使其无地自容矣。攻击最力者为某氏,殆深忌梅翁夺彼笔墨之利。散原老人闻之,怒曰:若辈心术如此,尚可自鸣高洁耶?如不敛迹,予必当大庭广众痛揭其勾心斗角之诡术。一日,遗老宴会,散原忽对大众痛责其人,曰:吾将代清道人批其颊。沈子培助之。遗老有自愧者,相与逃席而去。谣言

始熄。"

〔7〕 陴(pí),女墙,城垛。黎杖,用藜的老茎制成的手杖。黎,通"藜"。碧血,《庄子·外物》:"苌弘死于蜀,藏其血,三年而化为碧。"后因以"碧血"称忠臣烈士所流之血。

任公讲学白下及北还索句赠别[1]

辟地贪逢隔世人,照星酒坐满酸辛[2]。旧游莫问长埋骨[3],大患依然有此身[4]。开物精魂余强聒,著书岁月托孤呻[5]。六家要指藏禅窟[6],待卧西山访隐沦[7]。

[1] 此诗作于民国十二年(1923年)一月。任公,指梁启超(1873—1929),字卓如、任甫,号任公,别号饮冰室主人,广东省新会县人。1895年与康有为发起"公车上书",1896年,陈宝箴主政湖南时受聘主讲湖南时务学堂,1898年与康有为推动戊戌变法。变法失败后逃亡日本,在海外推动君主立宪。辛亥革命之后,一度入袁世凯政府,担任司法总长。1925年秋,应聘任清华国学研究院导师。1929年1月19日,因庸医误诊在北京去世,终年五十六岁。梁启超早年助陈宝箴在湖南推行新政,与陈三立共事,后又与陈寅恪在清华同事,与陈氏三代渊源极深。1922年秋,梁启超来南京东南大学讲学,特往散原精舍与陈三立会晤。1923年初离宁北归前与诗人话别,诗人作此诗赠别。白下,南京的古称。

[2] 辟地,偏僻之地,这里指南京。1896年陈宝箴任湖南巡抚期间,延聘梁启超主讲时务学堂。变法失败后,陈宝箴被革职,梁启超亡命日本,诗人侍父退居南昌。陈宝箴死后,诗人辗转南京、上海等地。与梁启超再度重逢,当年的翩翩公子,现已垂垂老矣。此时话别,有如隔世,颇有苍怆之感,思之备感酸辛。照星酒坐,夜色星光中饮酒畅谈。前一年秋季梁启超来宁时,诗人曾开五十年陈酒相与痛饮,如今话别,自不可能无酒。

[3] 旧游,指当年在湖南参与维新的同志。二十多年来,当年的维新人士,有不少已经去世。

[4]《老子》:"吾所以有大患者,为吾有身。及吾无身,吾有何患?"河

上公注:"使吾无有身体,得道,自然轻举昇云,出入无间,与道通神,当有何患?"诗人一生饱经家国变故,晚年又受到佛道思想影响,因此表达出厌世思想。欧阳渐回忆1922年诗人与梁启超相晤时的情景:"壬戌,梁任公研唯识学来,尝相聚于散原别墅。一日酒酣,嘘唏长叹。盖散原任公湘事同志,不见二十年,见则触往事而凄怆伤怀也。……散原问何佛书读免艰苦,任公以《梦游集》语之。散原乃自陈矢,今后但优游任运以待死,不能思索,诗亦不复作也。"

[5] 开物,通晓万物的道理。强聒,唠叨不休。《庄子·天下》:"以此周行天下,上说下教,虽天下不取,强聒而不舍者也。"这里指梁启超开启民智、挽救危亡的努力。

[6] 六家要指,西汉历史学家司马谈评论阴阳、儒、墨、名、法、道等先秦和当时各派学说的著作,收录于《史记·太史公自序》中。禅窟,禅师窟,指僧人聚集习禅之所。《宋书·夷蛮传·婆黎国》:"时斗场寺多禅僧,京师为之语曰:'斗场禅师窟,东安谈义林。'"受到欧阳渐等友人影响,陈三立晚年颇有志于学佛,并认为佛教与诸子相通。

[7] 西山,西方之山,代指佛教。隐沦,神仙。郭璞《江赋》:"纳隐沦之列真,挺异人乎精魄。"李善注引桓谭《新论》:"天下神人五:一曰神仙,二曰隐沦,三曰使鬼物,四曰先知,五曰铸凝。"

挽陈石遗翁长男公荆[1]

残年未灭思儿泪,今与而翁共此悲[2]。我只吞声延气息,而翁犹及费文辞[3]。互为药误天难问,独许才强世所期[4]。料得九冥怜二老,兵戈相望更何之[5]。

[1]民国十四年(1925年)农历乙丑七月,陈衍长子陈声暨(公荆)因病去世,诗人作此诗挽之。诗人长子师曾于1923年英年早逝,与陈衍同病相怜,故此诗写得格外沉痛。陈衍(1856—1937),字叔伊,号石遗,福建侯官(今福州市)人。光绪八年(1882年)中举人,后入台湾巡抚刘铭传幕府。1886年在北京时与郑孝胥共同标榜"同光体",成为"同光体"闽派的代表人物。1898年,受湖广总督张之洞之邀,任《官报》局总编纂。1907年到北京任学部主事,并兼京师大学堂文科教习。1912年12月起,在梁启超主办的《庸言》半月刊上连载所撰诗话,后结集为《石遗室诗话》出版,风靡一时,"煌煌巨帙,声教远暨海内外,一时豪俊,奔趋其旗之下"。晚年寓居苏州,与章炳麟、金天翮共倡办国学会,并任无锡国学专修学校教授。1937年8月在福州病逝。除《石遗室诗话》影响极广外,另著有《石遗室诗集》《文集》,并辑有《近代诗钞》等著作多种。

[2]思儿泪,指诗人因长子师曾去世而悲痛流泪。1923年农历六月二十九日,诗人妻子俞明诗去世,八月七日,长子师曾(衡恪)因伤继母之逝,加上操持丧事过劳,遽然于南京去世,年四十八岁。而翁,指陈衍。叶玉麟《陈公荆墓志铭》:"往陈师曾以画名京师,而君以诗著。石遗翁与陈丈伯严,负重名海内。二人者,年皆七十余,皆丧其才子,可怪也。"

[3]吞声,无声地哭泣。杜甫《哀江头》:"少陵野老吞声哭,春日潜行曲江曲。"延气息,苟延残喘。费文辞,撰写诗文。散原诗集中有不少伤逝

吊亡之作,但师曾去世后诗人并没有作诗纪念。丧子之痛,又岂是文字所能表达的?

〔4〕陈公荆病逝,可能与误诊有关,故云。据陈衍门人王真所补撰《侯官陈石遗先生年谱》记载:(1925年)"公荆兄去里数年归,戚友招邀,燕饫过度,又游石鼓山饮冷泉,归而病热,服药遂解,然溺终不清,病中伏也。是岁闰四月,家人留过重庆,月底行,一路舟车劳顿,皆能支持。端节后至都,尚能进署销假,办公如常。……凡十余日,而病大作。手书报公云:中西医皆言无害,而烧不退,饮食不进,委顿极矣,云云。……于七月七日至都,未至而成永诀矣。"

〔5〕九冥,九天。郭璞《南郊赋》:"飞廉鼓舞于八维兮,丰隆击节于九冥。"二老,指诗人自己与陈衍。当年陈衍七十岁,诗人七十三岁。兵戈相望,指1924年至1925年间直系、奉系、皖系军阀在江浙一带的战争。

更生翁既相过不遇复馈盆菊池鱼媵以三绝句率和报谢[1]（三首选一）

山居访旧命湖航[2]，虚过高轩欠举觞[3]。一水盈盈情脉脉，有人扶杖立斜阳[4]。

[1] 此诗作于民国十四年（1925年）九月，陈三立居杭州。是年秋，康有为自青岛回到杭州丁家山别墅，时与诗人相过从，这首诗即作于此时。原作共三首，今选其一。更生翁，指康有为（1858—1927），原名祖诒，字广厦，号长素，又号明夷、更生等，广东省南海县人。光绪十七年（1891年）开始，在广州设立万木草堂，收徒讲学，弟子有梁启超、陈千秋等人。光绪廿一年（1895年）中进士。在北京组织强学会，鼓吹变法，受到光绪帝接见，被任命为总理衙门章京，准其专折奏事，筹备变法事宜，史称戊戌变法。变法失败后，"六君子"被杀，康有为逃亡海外，游历欧美各国。在海外组织保皇会，反对革命。1913年回国，成为保皇党领袖，宣扬尊孔复辟。1917年参与张勋复辟，1927年3月去世。有《新学伪经考》《孔子改制考》《大同书》等著作传世。媵（yìng），本指随嫁，这里是赠送之意。

[2] 山居，山中居所。诗人夫人俞明诗和长子陈师曾相继去世后，诸子女担心诗人忧伤过度，将他移居杭州顾氏旧庄，并变卖了南京散原别墅房产。1924年七月，因江浙战事又起，诗人避居上海。1925年四月，复移居杭州。命湖航，指乘舟而来。

[3] 欠举觞，未能举杯相待。指康有为来访不遇，诗人为此而表达歉意。

[4] 这两句是诗人想象康有为来访不遇而孤独失落的形象。陆游《初夏幽居》："欲到湖边还懒动，悠然扶杖立斜阳。"脉脉，形容水没有声音、好像深含感情的样子。

阅报义宁平江之交有战事取道恐当先茔邻近愁思写此[1]

蹂躏东南万骑踪,侧攻孔道又传烽[2]。杀人盈野寻常事[3],溅血休污蔽冢松[4]。

[1] 义宁,即诗人故乡,今江西修水。平江,在今湖南省东北部,与修水交界。1926年8—11月,国民党领导的国民革命军在北伐过程中,在江西赣县、萍乡、高安、修水、南昌等地与孙传芳部激战。诗人先茔在修水、南昌两地,均处于战事中心,因此听说战事将起,忧心如焚,写下了这首诗。令人唏嘘的是,二十五年后,诗人在杭州牌坊山的墓地因驻浙某国防单位建立疗养院而被强令限期迁移,否则就要炸毁,陈寅恪为此写下"空闻白墓浇常湿,岂意青山葬未安"的诗句。好在经过努力,诗人墓地终被保留下来。

[2] 孔道,必经之道。修水、平江一带,处于武汉、长沙、南昌三个省会之间,战略地位十分重要,故云。烽,烽火,指战争。

[3]《孟子·离娄上》:"争地以战,杀人盈野;争城以战,杀人盈城。"杀人盈野,本是极残酷之事,今竟成为寻常事,诗人愤懑之情溢于言表。

[4] 谓希望战事不要惊动祖先的亡灵。

林蔚文乞题虎口余生图[1]

义纽弛解禹甸裂[2]，大盗煽之祸弥烈[3]。怒张爪牙互搏噬，使君偶幸虎口脱[4]。畏途在纸犹落魂，岩壑结盘径一发[5]。留作痛史纪共和，政散民流天所绝[6]。

[1]林蔚文(1884—1932)，名振翰，字永修，宁德蕉城人。光绪末，入京师大学堂深造。民国元年(1912年)，被举为福建省议员，睹贿选丑行，愤而离去。后榷盐政，历任川南盐务稽核所代经理、代四川盐政使等职，致力于盐政改革，遭谤议，被迫辞职离蜀。著有汉译《世界语》、汉文《世界语互译词典》《中国盐务使务辞典》《中国盐政纪要》等。民国八国(1919年)，他因事赴重庆，在归途中经四川省永昌太平镇时被匪徒绑架，陷入匪穴二十余日，后以赎金获释，归撰《永川遇匪始末记》。《虎口余生图》十轴，林纾画，林蔚文视若拱璧，并得海内名家题赠，前后共收藏古今体诗一百一十多首。陈衍《题林蔚文虎口余生图记后（记永川遇匪事）》云："蔚文，名振翰，宁德人，榷蜀中盐政，以事过永川，陷匪中二旬余，乃归为文，以记其事，并乞林畏庐图之，索诗。"今图不存。

[2]义纽，指以"义"为枢纽的儒家传统价值体系。禹甸，指神州大地，见《孟乐大令出示纪愤旧句和答二首》注[6]。林蔚文被匪徒绑架发生在1919年，正是新文化运动发生之时。陈三立认为新文化运动以毁灭传统文化为目标，造成中国传统伦理的沦丧，这是盗匪横行的根本原因。

[3]大盗，指民国初年执政的各路军阀。窃国大盗各自为攫取利益而混战不休，致使国内政局动荡不安，盗贼蜂起，祸害百姓。

[4]这两句描叙林蔚文虎口脱险的过程。搏噬，搏击吞噬。

[5]畏途在纸，指林蔚文所撰的《永川遇匪始末记》，该书详细记述匪

巢中二十一天的闻见和生活情况。落魂,指林蔚文虎口脱险后惊魂未定。"岩壑"句,形容匪窝山势险要。

[6] 末二句说明《虎口余生图》及林蔚文《永川遇匪始末记》的历史价值。痛史,惨痛的历史。共和,《史记·周本纪》:"召公、周公二相行政,号曰'共和'。"张守节《史记正义》引韦昭曰:"彘之乱,公卿相与和而修政事,号曰共和也。"后指国家权力机关和国家元首由选举产生的一种政治制度。这里指清亡后的国民政府。

丙寅除夕[1]

转徙依穷海,凄迷引暮年[2]。泪痕吞作酒,花影对生烟[3]。战伐成娱老,痴顽乞补天[4]。灯楼有今夕,付抱雨声眠。

[1] 丙寅除夕是1928年1月22日,此时诗人居上海。

[2] 转徙,辗转迁徙。由于北伐军在湖南、江西一带作战(见《阅报义宁平江之交有战事取道恐当先茔邻近愁思写此》注[1]),诗人不得不于1926年秋天由杭州迁到上海居住。穷海,指上海。这里的"穷"不是"贫穷",而是边远、偏僻的意思。

[3] 已至暮年,复因战事而转徙沪上,备感凄凉,因此以泪作酒。这是字面上的含义,至于失去亲人的痛苦,诗人并没有明说。

[4] 娱老,欢度晚年。这里用的是反意。人至暮年,不仅不能安度晚年,反而抑塞忧愁,辗转流徙,更连遭失去亲人打击,战争竟然成为暮年生活的谈资和佐料。痴顽,不合流俗,这里是诗人自指。补天,见《八月廿一日夜宿九江铁路局楼感赋》注[8]。面对如此乱世,诗人盼望出现一位能够挽狂澜于既倒、救天下于危亡的英雄人物,只是这希望看起来似乎相当渺茫,故只能笑自己痴顽可笑了。

己巳十月别沪就江舟入牯岭新居[1]

老弃觞咏区，旧恩满离抱[2]。隔海迎江涛，魂痕断仍绕[3]。指宿灵峰脚，饮气云岚好[4]。乡梦醒鸣箯，始觉身如鸟[5]。乖龙蹲睛空，错落伸股爪[6]。蚁队缘而升，百转临缥缈[7]。照眼一墟落，疏筑副天造[8]。高下缀蜂房，炊烟笼窈窕[9]。引投木杪庐，列岫暧相保[10]。籁寂石气盈，涧枯泉响小。壁灯射盘蔬，饥驱就一饱[11]。侵夜山风喧，兴亡迹俱扫[12]。呼吸换人世，寄命千劫表[13]。

[1] 1929年(己巳年)十月，陈三立的次子陈隆恪迎接诗人到庐山居住。吴宗慈《陈三立传略》："先生由沪避暑北平，中途感不适，改赴庐山，居牯岭数载。"牯岭是庐山的中心景区。诗人达到庐山后，住在俞明颐别墅片叶庐旁，次年迁居松门别墅。据陈小从《同照阁诗本事拾零》："祖父壮年时曾与易顺鼎等友人游览过庐山，并打算在山南陶渊明故里(栗里)旁购置几亩地，为日后归隐之地，后因故未能如愿。这次登山，也算是一偿宿愿。"

[2] 觞咏区，与友人饮酒赋诗之地，此指上海。王羲之《兰亭集序》："一觞一咏，亦足以畅叙幽情。"离抱，离人的怀抱。韦应物《寄中书刘舍人》："晨露方怆怆，离抱更忡忡。"

[3] 江涛，这里指的是长江。因庐山临近长江，又是此行的目的地，故用"迎"字。

[4] 灵峰，指庐山。饮气，呼吸山气。

[5] 这两句写登山时的情形。乡梦，庐山在江西，离南昌不远，因此诗人到庐山居住，就是回到故乡。箯，竹轿，类似今天的滑竿。《说文》："箯，竹舆也。从竹，便声。"鸣箯，诗人乘竹舆上山时，竹舆会发出吱吱嘎嘎的声

音。身如鸟,指上山时,身在半空如鸟飞翔的感觉。

〔6〕以下写登山时所见景色。乖龙,神话传说中的一种龙,苦于行雨而到处藏避。《太平广记》卷四二五引孙光宪《北梦琐言·郭彦郎》:"世言乖龙苦于行雨,而多窜匿,为雷神捕之。"

〔7〕庐山山势险峻,行人百转盘旋,始能上山。

〔8〕照眼,耀眼。墟落,村落,这里指牯岭。疏筑,错落有致的建筑。

〔9〕蜂房,指牯岭的民居和别墅。窈窕,幽深的山色。

〔10〕木杪,树梢。列岫,群山。

〔11〕这两句写初入庐山居所,饥肠辘辘,首先进餐。盘蔬,盘里的菜肴。

〔12〕入夜之时,山风呼啸。因旅途劳累,诗人很快入睡,因此兴亡之迹,家国之思,暂时不复萦怀,烦恼一扫而空。

〔13〕呼吸,呼吸之间,指很短时间。换人世,指由繁华喧闹的大都市上海,到寂静优美的庐山,犹如换了一个世界。寄命,寄身,托命。

枕上醒暴雨[1]

海水从天怒倒流[2],夜号神鬼梦痕浮。依稀飞挟峡泉吼[3],雨满当年琴志楼[4]。

[1]此诗作于陈三立迁居庐山之后不久。在庐山期间,诗人与隆恪夫妇、孙女小从等共同居住,并与陈曾寿、余肇康、夏敬观、袁思亮、曾熙、龙榆生等友人诗书往还,领略庐山美景,写下了不少山水诗。

[2]庐山暴雨,如海水从天下倒流而下,极言雨大。

[3]峡泉,三峡泉,在五老峰西栖贤谷中。

[4]诗人自注:"卅年前,宿故人易实甫三峡泉旁琴志楼听雨,有此境。"按,光绪十六年(1890年)夏,易顺鼎辞官隐居庐山三峡泉旁,"喜其山水泉石幽深甲天下,筑楼居焉",取名"琴志楼"。光绪十八年(1892年)闰六月,陈三立与梁鼎芬应易顺鼎之邀,游庐山,宿琴志楼。这次庐山之游距离此诗实已三十七年,云"卅年前",不确,疑是"卌"之误。

首夏移居松对林新宅[1]

专壑涉冬春,雪屋冷梦寐[2]。朱阳苏我魂,作计更辟地[3]。隔陂面势佳,取适数椽庇[4]。仍存幼安榻,别据华胥世[5]。怪石瞰门闾,远水漏氛翳[6]。咫尺万松林,飞影散浓翠[7]。风起满涛声,筼管半天沸[8]。憩彼木末台,千里纳凉吹[9]。白曳月东出,红敛日西坠[10]。孤襟媚光景,悠悠送年岁[11]。渊明移南村,同迹颇异趣[12]。素心有珍禽,遗响寻吾契[13]。

[1] 此诗作于1930年5月。首夏,初夏,指农历四月。曹丕《槐赋》:"伊暮春之既替,即首夏之初期。"松树林新宅,即松门别墅,今庐山牯岭河南路602号别墅,现为江西省文物保护单位。据俞小济《读〈图说义宁陈氏〉有感》:"买这松门别墅的钱是来自六舅舅(陈寅恪)官费留学的款项。六舅得到江西省留学官费,到国外求学,却因时局动荡,官费难以寄出,于是累积数年就欠下六舅一大笔钱,后来即以江西省教育厅偿还六舅官费款,给外公散原老人在庐山买了这幢别墅。至于购买房的各种事务,则由五舅舅(陈隆恪)具体操办了。"又据刘经富《义宁陈氏与庐山》,陈隆恪经手买此屋后,进行了修整,二楼作为起居室,起名"同照阁",后隆恪诗集即命名为"同照阁诗集"。别墅占地面积170平方米,为德国式大坡屋面。陈三立在别墅前的巨石上题刻了"虎守松门"四字,遂称之为"松门别墅",至今犹存。

〔2〕诗人在1929年农历十月迁居庐山，经历冬、春两季，于初夏迁入新居。庐山海拔高，夏凉冬冷，原居住之处寒冷。这是迁居新屋的背景。

〔3〕朱阳，太阳，也指夏季。阮籍《大人先生传》："左朱阳以举麾兮，右玄阴以建旗。"作计，打算。

〔4〕适，到、往。椽，承屋瓦的圆木，也代指房屋间数。数椽，数间，指松门别墅。庇，遮蔽。杜甫《茅屋为秋风所破歌》："安得广厦千万间，大庇天下寒士俱欢颜。"

〔5〕这两句写新居内景。幼安榻，隐士之榻。管宁（158—241），字幼安，东汉末年隐士。《三国志·管宁传》裴松之注引皇甫谧《高士传》："（管宁）自越海及归，常坐一木榻，积五十年，未尝箕股，其榻上当膝皆穿。"王廷陈《岁暮杂兴》："竟日伯阳书，经年幼安榻。"华胥，见《夜坐》注。

〔6〕这两句写松门别墅外景色。瞰，俯视。门闾，原指城门与里门。《吕氏春秋·仲夏》："门闾无闭，关市无索。"高诱注："门，城门；闾，里门也。"也指里巷、门庭。氛翳，阴霾之气。

〔7〕松门别墅位于牯岭月照松林景区，周围怪石嶙峋，万松挺立，环境幽雅清静。

〔8〕箛管，即胡笳。

〔9〕木末，树梢。见《雨望》注〔4〕。

〔10〕胡迎建认为这两句化自老杜"青惜峰峦过，黄知橘柚来"（杜甫《放船》）。周振甫在《诗词例话》中认为这种句法，是"以颜色字置第一字，却引实字来"，不如此，则语既弱而气亦馁。可见这两句节奏上是"白——曳月东出，红——敛日西坠"。看到白色，那是月亮自东方缓缓上升，看到红色，那是太阳收敛了光芒，从西面落下。

〔11〕孤襟，孤寂的怀抱。景，同"影"。

〔12〕陶渊明《移居》之一："昔欲居南村，非为卜其宅。闻多素心人，乐与数晨夕。"

〔13〕素心，质朴的心地。陶渊明移居，是因为那里有心地质朴的人，陈三立移居，是为了那些没有心机的珍禽异兽，故曰"同迹颇异趣"。遗响，余音，指陶渊明的归隐之意。契，契合，投缘。

十六夜月步松林[1]

扬辉大月满层楼,起踏松林一径秋[2]。石罅吟虫扶夜气,灯边吠犬隔溪流[3]。蔽亏露叶粘星湿,明灭烟峦带梦浮[4]。自外九垓迷万古,欲依山鬼怨灵修[5]。

[1] 此诗作于民国十九年(1930年)农历七月十六日。松林,即松门别墅前的松树林。

[2] 扬辉,发出光辉。曹植《七启》:"符采照烂,流景扬辉。"

[3] 石罅,石缝。吟虫,鸣叫的虫儿。夜气,夜间的清凉之气。刘孝仪《和昭明太子钟山解讲》:"夜气清箫管,晓阵烁郊原。"

[4] 蔽亏,谓因遮蔽而半隐半现。孟郊《梦泽行》:"楚山争蔽亏,日月无全辉。"露叶,带着露水的树叶。粘星湿,谓星星仿佛粘在树叶上,似乎也变得湿漉漉的了,极言树之高、天之近。烟峦,云雾笼罩的山峦。

[5] 九垓(gāi),亦作"九畡""九陔",中央至八极之地。见《由荆口次龙屿,遂至嘉鱼》注[10]。也指"九天"。司马相如《封禅文》:"上畅九垓,下泝八埏。"李善注:"垓,重也……言其德上达于九重之天。"自外九垓,自九垓之外,指宇宙空间。迷万古,万古以来的谜团。山鬼,山神,山中的鬼魅。灵修,屈原《楚辞·离骚》:"指九天以为正兮,夫唯灵修之故也。"王逸注:"灵,神也。修,远也。能神明远见者,君德也,故以谕君。"《楚辞·离骚》:"怨灵修之浩荡兮,终不察夫民心。"

中秋夕山居看月[1]

笼湖摇海中秋月,移向匡君卧处看[2]。洗露峰峦迎皎洁,带星楼观出高寒[3]。一生阅世丹心破,万里传辉白骨残[4]。犹有酒杯邀对影,石根虫语落栏干[5]。

[1] 此诗作于1930年中秋。诗人在庐山居住期间写下了不少赏月诗,这首诗是诗人自己颇为喜爱的作品。

[2] 匡君,南朝宋慧远《庐山记略》:"有匡裕先生者,出自殷周之际,遁世隐时,潜居其下。或云裕受道于仙人,共游此山,遂托室崖岫,即岩成馆,故时人谓所止为神仙之庐,因以名山焉。"因此庐山也称"匡庐""匡君"。

[3] 楼观,楼台馆阁等高大建筑。《礼记·月令》:"(仲夏之月)可以居高明。"郑玄注:"高明,谓楼观也。"因其高大,故曰"带星",极言其高。

[4] 阅世,经历世事。丹心,忠诚之心。阮籍《咏怀》:"丹心失恩泽,重德丧所宜。"文天祥《过零丁洋》:"人生自古谁无死,留取丹心照汗青。"面对皎洁的月光和大好河山,年迈的诗人回顾自己坎坷的一生,经历了无数时局动荡,最终理想破灭,只剩残年朽骨,犹感痛心疾首。飘零一世,一片丹心,已是触人心怀,着一"破"字,是痛上加痛。

[5] 酒杯邀对影,这是化用李白《花间独酌》"举杯邀明月,对影成三人"诗意,抒发内心孤寂的感情。石根,石底。

王家坡观瀑[1]

　　松底秋风翻两袂,杂随妇孺探胜地[2]。长谷横出小天池,斗下荦确沙石碎[3]。再折冥蒙径路绝,披拂榛莽穿荒翳[4]。维衣牵发甫脱免,乱石磊磊堆无次[5]。舆人掷我剑负行,跳践圆尖锋刃锐[6]。俄惊轰腾声震壑,瞥双白龙窜岩背[7]。潴为潭水清且深,苔痕草色浸苍翠[8]。更循铁壁寻瀑源,或挟而登蹲而憩[9]。突兀银潢一道开,鬼斧擘削灵槎逝[10]。吹泻峥嵘复蜿蜒,疑是骊龙抱珠睡[11]。云中见首独垂胡,下饮碧海光景丽[12]。蒸浮日气生绮文,投浴几辈鸥凫戏[13]。列坐盘石罗酒戗,箕踞窥瞰神魂醉[14]。获此奇胜冠山北,唐宋诸贤所未至[15]。凿空距今十载前,始遭海客发其秘[16]。颇悟造物无尽藏,亦缘阻险保幽邃[17]。衰老力弱摹状穷,安得柳州为作记[18]。

[1] 王家坡瀑布,在庐山小天池东北,莲花谷南侧。其水来自梭子岗北麓,由于这里层岩叠石,水流一路逶迤环绕,在注入碧龙潭的上段,分成三屋挂瀑,而每层分为两条似白练般的悬瀑,连成数十米长,犹如双龙倚天,俯坠潭中。据刘经富《义宁陈氏与庐山》,诗人第一次游王家坡瀑布,是1930年旧历八月。这次出游,陈三立在瀑布下深潭的岩石上留下两条重要石刻:憩石挹飞泉(黄家坡泉石之胜冠山北,而径路翳塞,阻绝人境。近十载前,海客始发其秘。庚午八月结侣来游,导者杨德洄、颜介甫。趺坐双瀑下,取康乐句题记。散原老人陈三立,时年七十有八)、洗龙碧海。碧龙潭即得名于诗人题刻。此次出游之后,诗人不顾年近耄耋,又三次到王家坡考察、观赏,发起募捐,修通去碧龙潭的山路,并在最佳观瀑点旁建"观瀑亭",撰写了《王家坡听瀑亭记》刻于亭旁。《庐山志》:"王家坡或误黄家

坡,今按图志正之。"

〔2〕袂,衣袖。翻两袂,是说松风很大,把袖子都吹了起来。胜地,胜景,指王家坡瀑布。

〔3〕这两句说明王家坡瀑布的位置。小天池,位于庐山牯岭东北小天池山顶,以山巅小池得名。海拔1 213米,是庐山第八高峰。荦确(luò què),怪石嶙峋貌。韩愈《山石》:"山石荦确行径微,黄昏到寺蝙蝠飞。"

〔4〕从小天池到王家坡瀑布没有径路可达,因此只好从榛莽中穿过。冥濛,也作"冥蒙",幽暗不明。荒翳,荒凉荫翳貌。《徐霞客游记·滇游日记四》:"惜乎远既莫闻,近复荒翳,桃花流水,不出人间。"

〔5〕絓衣牵发,沿途草木杂乱丛生,常常挂住衣服和头发,可见一路行进之艰难。絓,同"挂"。堆无次,指乱石堆积,毫无次序。

〔6〕舆人,抬竹轿的轿夫。诗人因年迈,因此前往王家坡瀑布,是乘着竹轿前往。如眠云山人《王家坡观瀑记》记录重阳节后三日的第二次游览:"乱石磊砢,黝然髻簇,众皆舍舆蛇行,独散原老人则由诸舆夫负拥。"剑负,《礼记·曲礼上》:"负剑辟咡诏之,则掩口而对。"郑玄注:"负谓置之于背,剑谓挟之于旁。"这里是描叙舆夫抬竹轿之状,有时负在肩上,有时挟之于旁。圆尖锋刃,指怪石尖利,有如锋刃,故舆夫跳践而行。以上八句描写寻访瀑布一路艰难之状。

〔7〕俄,不一会儿。双白龙,王家坡双瀑从崖上泻下,有如两条白龙伏在岩背。诗人一行,穿过丛林草木,离瀑布尚远,先闻其声,后遥睹瀑布真容。瞥,不经意地看见。以下是对瀑布的详细描写。

〔8〕瀑布之水聚集成潭,即今之碧龙潭。因山高林密,阳光不易照到,故潭中山石上长满了绿苔,绿苔因密度不同,形成了潭水的深绿、浅绿之别。潴(zhū),水停聚的地方。

〔9〕诗人沿着崖壁寻找瀑布源头,有时抓住岩石攀登,有时蹲下休息。循,沿着,顺着。挟,用胳膊夹住,这里意为抓住岩石。

〔10〕银潢,银河。灵槎,见《开岁二日地震后晨起楼望》注〔3〕。传说天河(银河)与海相通,故由此瀑布乘槎,可浮于海。

〔11〕骊龙,黑龙。《尸子》卷下:"玉渊之中,骊龙蟠焉,颔下有珠。"崖

壁为黑色,故比喻为骊龙抱珠。

[12] 这两句是说,悬崖与瀑布就好像骊龙从云中探出龙头,垂着龙须下探饮水。碧海,指碧龙潭。

[13] "蒸浮日气"句,瀑布因水溅落形成的水汽,映着阳光,形成五色彩虹。文,同"纹"。

[14] 胾(zì),切成大块的肉。箕踞,两脚张开地坐着,上身与腿成直角,形状像簸箕。古时,这是一种对他人不尊重的坐法,有时也是一种不拘小节的轻松姿态,这里当然是后者。诗人与同游友人,享用着美酒美食,俯瞰王家坡瀑布,不由神魂俱醉。

[15] 王家坡瀑布,在诗人一行到来之前,不见于记载,因此说"唐宋诸贤所未至"。

[16] 凿空,开通道路。《史记·大宛列传》:"然张骞凿空,其后使往者皆称博望侯。"裴骃集解引苏林曰:"凿,开;空,通也。骞开通西域道。"海客,浪迹四海者,这里指发现王家坡瀑布的人。陈三立《王家坡听瀑记》:"匡庐王家坡之瀑奇胜冠山北,顾自晋、唐、宋相嬗讫今代,人迹所不至,名辈所未纪。十载前乃为海客发其秘,游咏者趋焉,始稍播于众。"由此记载可知,王家坡瀑布首次发现于1920年,距离诗人此次考察已经十年。但究竟是谁第一个发现了王家坡瀑布,诗人没有记录,可能当时已经无从考察了。

[17] 造物,大自然。无尽藏,取用不竭的宝藏。苏轼《前赤壁赋》:"惟江上之清风,与山间之明月,耳得之而为声,目遇之而成色,是造物者之无尽藏也。"缘,由于,指原因。

[18] 柳州,指唐代诗人柳宗元(773—819),因官终柳州刺史,又称"柳柳州"。柳宗元因参与永贞革新被贬永州司马,心情郁愤,于永州城郊寻胜探幽,写下了《始得西山宴游记》《钴鉧潭记》《钴鉧潭西小丘记》等八篇脍炙人口的记游散文,合称"永州八记"。

附录：陈三立年谱简编

编写说明：

1. 为尊重历史和现代人阅读习惯，兼用农历、公历纪年；
2. 凡农历日期，均用汉字标明；公历日期，以阿拉伯数字标明；
3. 根据传统习惯，人物年龄按虚岁计算。

咸丰三年（1853年），癸丑。先生一岁。

陈三立（1853—1937），字伯严，号散原，江西义宁州人，右铭公陈宝箴长子。其先自闽上杭来迁，高祖腾远，字鲲池。曾祖克绳，学者称韶亭先生，年八十余卒。祖父伟琳，字琢如，生于嘉庆三年（1798年）十一月九日。国子监生。以侍母疾精中医之学，知名于乡村间。子三人：树年；观瑞，早卒；宝箴，即先生之父。

先生之父名宝箴，谱名观善，字右铭，号四觉老人。生于道光十一年正月十八日（1831年3月2日）。七岁始入塾。少负志节，诗文皆有法度。娶黄氏。咸丰元年（1851年），年二十一，以附生举辛亥恩科乡试。时逢太平天国之乱，宝箴从父治乡团，义宁团练名一时。

九月二十一日，先生生于江西义宁州竹塅里（今江西省修水县义宁镇桃李片竹塅村）。时正当太平天国之乱，母黄夫人负先生避乱走邻县界。

咸丰四年（1854年），二岁。

八月二十一日，先生祖父伟琳公卒，年五十七。宝箴哀昏得狂疾，愈后仍与太平天国军作战。

咸丰五年（1855年），三岁。

先生元室罗孺人生。

咸丰六年(1856年),四岁。

五月,弟三畏生。三畏名绎,字仲宽。

咸丰八年(1858年),戊午,六岁。

宝箴据母命,以次子三畏为仲兄观瑞嗣。观瑞小字长复,生三岁,以痘殇。

本年,先生与伯父树年长女德龄共入邻塾读书。

咸丰九年(1859年),己未。七岁。

季妹金龄生。

咸丰十年(1860年),庚申。八岁。

宝箴入赴庚申会试,落第留京师三岁,得交四方隽异方雅之士,而于易佩绅、罗亨奎尤以道义经济相切摩,有三君子之目。英法联军陷京师,火烧圆明园。时宝箴在北京酒楼,见圆明园火,搥案大号,尽惊其座人。不久,抵湖南,就易佩绅、罗亨奎"果健营"击拒石达开军。

八月,英法联军攻陷北京,咸丰帝逃往热河。九月,恭亲王奕䜣与英、法、俄分别签订《北京条约》。

咸丰十一年(1861年),辛酉。九岁。

与弟三畏同学于四觉草堂。

七月,季妹金龄卒,年才三岁。

七月,咸丰帝病卒。九月,慈禧发动政变,逮捕肃顺、载垣、端华等辅政大臣。载淳即皇帝位,改元同治。慈安、慈禧两太后垂帘听政,史称"辛酉政变"。

同治五年(1866年),丙寅。十四岁。

约于此年,先生始出应州试。

是年6月,郭嵩焘罢广东巡抚任,归湖南闲居。

同治七年(1868年),戊辰。十六岁。

同治六七年间,父宝箴以知府发湖南候补。暂系于本年。不久,全家迁居长沙。时郭嵩焘自粤抚离职回湘,以为宝箴"见解高出时流万万"。

同治十年(1871年),辛未。十九岁。

陈宝箴以功擢道员,居长沙,与郭嵩焘、易佩绅等交往。

同治十一年(1872年),壬申。二十岁。

六月,父宝箴赴黔筹抚降苗,苗地赖以安。

同治十二年(1873年),癸酉。二十一岁。

先生侍父在湘,居长沙闲园。

正月十六日,梁启超出生。

秋,先生至南昌应试。是年,入赘罗亨奎酉阳知州官所,娶罗氏女,罗孺人年方十九。

同治十三年(1874年),甲戌。二十二岁。

应陈宝箴之请,郭嵩焘为伟琳公撰墓碑铭。

光绪元年(1875年),乙亥。二十三岁。

宝箴署湘西辰沅道事,治凤凰厅(今湖南凤凰县),教当地以薯为粮。

先生序《鲁通甫集》,以文才初露头角。

光绪二年(1876年),丙子。二十四岁。

长男衡恪生,乳名师曾,后以为字。

九月七日,祖母李太夫人病卒,得年七十八。

光绪三年(1877年),丁丑。二十五岁。

居长沙闲园。廖树蘅馆于陈氏闲园,课先生弟三畏、子衡恪。

光绪四年(1878年),戊寅。二十六岁。

与毛庆藩、廖树蘅游。

腊月,送弟三畏就婚永州。

光绪五年(1879年),己卯。二十七岁。

正月,妻罗氏生子不育。

赴南昌应试,与文廷式相识。

闰三月,郭嵩焘卸驻外公使任回国,定居长沙。郭氏推重先生之才,尝谓:"陈伯严、朱次江,皆年少能文,并为后来之秀,而根底之深厚,终以陈伯严为最。"

光绪六年(1880年),庚辰。二十八岁。

正月,次子同亮生。

七月,父宝箴改官河北道(河南省之河北道,治武陟),先生携家侍父赴任。临行,郭嵩焘登门送行,首识先生。

十月五日,夫人罗氏病卒于溜犊湾,得年二十六。

光绪七年(1881年),辛巳。二十九岁。

侍父在武陟任所。

宝箴以为学之为用,实为世运人材升降之原,乃筑致用精舍,授资购群书,延名师课之。

十一月二十日,先生伯父树年卒,年五十九。

光绪八年(1882年),壬午。三十岁。

正月,以所著诗文寄郭嵩焘,郭氏颇为激赏。

秋,还南昌乡试中举,座师陈宝琛。时题为以"岁寒然后知松柏之后凋",先生不以时文(八股)答卷,而以古文答之。初选时曾遭摒弃,后被主考官陈宝琛发现,大加赞赏,破格予以录取。

试后至长沙,娶绍兴望族俞文葆女。俞氏名明诗,字麟洲,时年十八,擅书法、古琴,亦能诗。

秋,宝箴擢升浙江按察使。

光绪九年(1883年),癸未。三十一岁。

陈宝箴抵杭州,就浙江按察使职,仅数月,因河南武陟任内狱事,被(张佩纶)诬劾免,返长沙,自放山水间。

光绪十年(1884年),甲申。三十二岁。

仍居长沙。宝箴为冯桂芬《校邠庐抗议》撰序。

七月,清廷下诏对法宣战。

光绪十一年(1885年),乙酉。三十三岁。

卞宝第欲致先生入幕府,以其虚浮无实,不通洋务,未应。

夏六月二十三日,葬伯父树年于百步岭。

光绪十二年(1886年),丙戌。三十四岁。

春,先生会试中式。以楷法不中律,格于廷试。在京友朋文酒,盛极一时。继而抵上海。

四月,弟三畏卒于长沙,年三十一。

五月,返长沙,参加释芳圃、敬安所开碧湖诗社,从郭嵩焘论文论学。

九月,两广总督张之洞奏调宝箴至粤,任缉捕局,治群盗。十一月启行,郭嵩焘送之。

光绪十三年(1887年),丁亥。三十五岁。

仍居长沙蜕园。与郭嵩焘、罗顺循、文廷式、王闿运、释敬安等交往,文酒之会,几无虚日。

夏秋间,河决郑州,宝箴往助治水塞河,为李鸿藻谋划。河员群起阻难,李不能决,及悟,已不能及。

是年,光绪帝亲政。

光绪十四年(1888年),戊子。三十六岁。

正月初四,次男隆恪生。

光绪十五年(1889年),己丑。三十七岁。

二月,与王闿运、瞿鸿禨等乘船离长沙,抵沪。

四月,在京应殿试,成进士,授吏部主事,为正六品。时部吏弄权,积重难返,先生未尝一日居官。

湘抚王文韶上疏荐"陈宝箴大可用",宝箴遂被召入都。

光绪十六年(1890年),庚寅。三十八岁。

仍赁居长沙通泰街周达武提督宅。正月十八,父宝箴六十初度。

五月十七日,三子寅恪生于长沙。

十月十七日,父宝箴授湖北按察使,视事三日,改署布政使。先生随侍湖北任所。

光绪十七年(1891年),辛卯。三十九岁。

侍父武昌官署。时张之洞为湖广总督,建两湖书院,先生任都讲。

六月十三日,郭嵩焘卒,得年七十三岁。

冬十一月十五日,四子方恪生。

光绪十八年(1892年),壬辰。四十岁。

父宝箴还任湖北按察使。先生在武昌侍父,与易顺鼎、梁鼎芬、张之洞过从。张之洞时任鄂督,尝聘先生校阅经心、两湖书院卷,先施往拜,备极礼敬。先生虽未入张之洞幕,然常为之洞座上客。

闰六月,应易顺鼎之邀,与梁鼎芬共游庐山,宿琴志楼。

光绪十九年(1893年),癸巳。四十一岁。

三月三日,女康晦生。

春夏间,偕易实甫、范仲林、罗达衡等游庐山,宿琴志楼,其诗存于《庐山志》。

父宝箴复署湖北布政使、直隶布政使。

光绪二十年(1894年),甲午。四十二岁。

八月二十五日,女新午生。

冬,长子衡恪娶范当世女孝嫦。

宝箴由湖北按察使调直隶布政使,入都觐见,上疏言畿防事宜,命督东征湘军转运,驻天津,及专折奏事。先生与子衡恪、寅恪留武昌按察使署中侍母,并延师在家塾教二子读书。

中日甲午战争,清北洋海军大败。

光绪二十一年(1895年),乙未。四十三岁。

宝箴擢任直隶布政使,先生侍母留武昌。湖北巡抚谭继洵赠鱼翅、酒及银票五百两,领鱼翅及酒。

廖树蘅过访,为序其诗。

四月,为黄遵宪《人境庐诗草》卷五至卷八作跋云:"驰域外之观,写心上之语,才思横轶,风格浑转,出其余技,乃近大家。此之谓天下健者。"又云:"奇篇巨制,类在此册。较前数卷自益有进。中国有异人,姑于诗事求之。"

日军陷我威海卫、刘公岛。五月,中日签订《马关条约》。宝箴痛哭曰:"无以为国矣!"历疏陈利害得失,言甚痛。时先生在武昌侍母,亦致电张之洞,请先诛李鸿章,再图补救。先生父子对李鸿章之责难,不在于不当和而和,而在于不当战而战,以为李上迫于毒后仇外之淫威,下劫于书生贪功之高调,以致丧师辱国,不可收拾。

秋八月,宝箴诏授湖南巡抚。是时湖南旱饥,赤地千里,清廷以为忧,促宝箴赴任,勿入觐。宝箴遂取海道入长沙,先生随侍。

十月,上海强学会成立,先生与焉。

光绪二十二年(1896年),丙申。四十四岁。

宝箴抚湘,乃欲以湖南一隅为天下先,创立富强根基,使国家有所凭恃,乃效法日本明治维新,以变法开新治为己任,招致梁启超、黄遵宪、谭嗣同、江标等维新人士,创办时务学堂、武备学堂、算学馆、《湘报》、南学会;整顿湖南政治、经济及文教,一时群贤毕至,湖南风气为之一变。

先生随侍其父抚湘,于新政多所擘划。与当时贤士大夫交游,讲学论文,慨然思维新变法,以改革天下。与谭嗣同(壮飞)、吴保初(彦复)、丁惠康(叔雅)有"四公子"之名,而陈、谭之名尤著。

光绪二十三年(1897年),丁酉。四十五岁。

襄助父宝箴在湘巡任上推行新政。

正月十一日,五子登恪生。

春夏之交,为时务时堂事,东游上海、南京。

十一月,江西倡议立学堂,招先生往。

十二月十八日,母黄氏卒,享年六十六岁。

是年,德军占胶州湾,沙俄侵占旅顺、大连,宝箴大哭。

光绪二十四年(1898年),戊戌。四十六岁。

先生随侍父宝箴推行新政。张百熙保举二人参与新政,一为康有为,次即先生。时先生丁母忧,依例丁忧人员不列保荐,得免于戊戌之难。

秋八月六日,戊戌政变,慈禧训政,囚光绪帝于瀛台。康、梁出奔海外。十三日,"六君子"死难。宝箴以"滥保匪人"被罢免湖南巡抚职。先生一同被革职,一生政治抱负遂尽于此。

先是,清廷捕拿文廷式。时文在湘,先生赠三百金,属其速赴上海,廷式由沪游日本,遂得不死。

冬,随父返江西南昌。在南昌西山筑屋三楹,以为归隐计。宝箴取青山字相关属之义,名之曰"崝庐",又自撰门联:"天恩与松菊,人境拟蓬瀛"。西山又名散原山,先生以此为号。父子二人忧时感事,往往深夜孤灯,相对欷嘘,不能自已。

光绪二十五年(1899年),己亥。四十七岁。

侍父居南昌崝庐。

四月,葬母黄夫人于西山下青山之原。

十月,先生伯父树年长女德龄卒,年四十七。

光绪二十六年(1900年),庚子。四十八岁。

四月,先生挈家移居江宁,寓南京头条巷,筑散原精舍,与妻兄俞明震(恪士)为邻。父宝箴暂留西山崝庐。先生原拟秋后迎父迁居。子寅恪少时多病,先生常自为诊。自此始延西医治病,渐不用中医。

八国联军攻陷北京,慈禧与光绪帝逃奔西安。维新人士发起勤王运动,先生与焉。

六月二十六日,宝箴忽以微疾卒,享年七十,葬南昌西山。

夏,长子(师曾)妇范孝嫦卒于江宁,年二十五岁。

七月,慈禧用义和团对抗列强,八国联军攻陷北京,慈禧与光绪帝出奔西安。

光绪二十七年(1901年),辛丑。四十九岁。

自此年,先生一肆意于诗,《散原精舍诗》始于是年。

定居金陵头条巷,读《天演论》等严复译著,接受启蒙思想。

在家办学堂,延师教读。除四书五经外,设有数学、英文、音乐绘画等课程。除方便家中子弟外,亲戚朋友家子弟也附学。先生藏书甚丰,以此寅恪诸子国学基础俱佳。

春,长子衡恪二十六岁,至沪入法国教会学校。

光绪二十八年(1902年),壬寅。五十岁。

日本教育家嘉纳治五郎来宁考察教育,宴集陆师学堂,先生有诗相赠。

春,次子寅恪随衡恪至沪,东渡日本留学。

冬,返南昌谒墓。

是年金陵大水。

光绪二十九年(1903年),癸卯。五十一岁。

范肯堂时来江宁,间与先生唱和,多身世之感。

由南昌返金陵,路过上海,小住。

十二月二十三日,日俄战争爆发。二十七日,清政府宣布中立。

光绪三十年(1904年),甲辰。五十二岁。

五月,以本年为慈禧七十寿辰,戊戌党人除康梁外,皆复原官,但先生始终无意仕进。

夏,从张之洞游燕子矶。

八月,文廷式卒于金陵。

秋,经九江赴南昌。十月二十七日,子隆恪、寅恪考取官费留日,先生至上海送行。在沪期间,与丁惠康、吴保初等酬唱。

十二月,抵南昌西山扫墓。是月,范肯堂卒于沪,有诗哭之。严复随张翼离沪赴伦敦,对质开平矿局讼事,先生与之自此相识,有诗送之。

光绪三十一年(1905年),乙巳。五十三岁。

正月,至南通会葬范肯堂,

秋,返南昌,继至武昌,从张之同至洪山保通寺饯送梁鼎芬。

冬至沪,晤座师陈宝琛(弢庵),筹办南浔铁路。有诗相赠(《赋呈弢庵阁学师》),陈宝琛次韵答之(《次韵答和伯严》)。先生自光绪八年中乡试,与宝琛别已二十四年。

再返南昌崝庐。

本年《国粹学报》在上海创刊,主编为邓实。先生诗文常发表于此刊。

光绪三十二年(1906年),丙午。五十四岁。

春,仍居南京。熊季廉卒于上海。

四月,返南昌上坟,寓崝庐。

袁世凯授意毛庆藩、罗顺循、吴保初等电邀先生北游。先生复电,谓与故旧聚谈,固所乐为,但绝不入帝城,且止限于旧交晤谈,不涉他事。三君诺之,乃离赣,四月下旬由武昌乘汽车至保定。闰四月,过天津,继循原路回汉口,登江舟还金陵。五月,抵沪。六月朔返南京。

秋,再至武昌。又以事至九江,与省绅李有棻等创办南浔铁路。因人事废罢。秋末还家。

是年,学部奏派先生为二等咨议官。

光绪三十三年(1907年),丁未。五十五岁。

子衡恪、隆恪还自日本。

七月十三日与全家照相,写诗纪之。

秋,因病卧床。

光绪三十四年(1908年),戊申。五十六岁。

夏、秋间至沪,晤陈宝琛,留宿洋务局。与郑孝胥等交往。

中秋,患足疾,不出户匝月。

十月二十一日,光绪帝卒,溥仪继位,改元宣统,摄政王载沣监国。次日,慈禧卒。

宣统元年(1909年),己酉。五十七岁。

仍居南京。

五月,请郑孝胥删定诗集,并请为序。

《散原精舍诗》两卷当年由商务印书馆出版,伊立勋隶书题端,卷末附郑序。收集先生1901—1908年诗作共769首。

五月十一日,清廷调端方为直隶总督,张人骏接任两江总督,就职之前由江宁布政使樊增祥署理。后陈先生曾应张人骏之邀,入两江总督幕府,时间当在宣统元年至宣统三年之间。暂系于本年。按,张人骏,字千里,号安圃,为张佩纶堂侄,光绪十二年丙戌(1886年),先生在京参加会试,张人骏充同考官,以此有师生之名。

秋,子寅恪经沪赴德,至沪送之。

是年,南京地震。

宣统二年(1910年),庚戌。五十八岁。

春,回南昌扫墓。清明后三日(4月8日)出发,三月三日(3月12

日)至南昌。

秋,长子衡恪自日本回国。赴武昌视黄小鲁疾,抵南昌西山谒墓。

是年,《散原精舍诗》由商务印书馆出版,此为宣统元年(1909年)商务石印本之再版,郑孝胥题端,其序亦移至卷前。

宣统三年(1911年),辛亥。五十九岁。

四月,清廷组成皇族内阁。

于南京青溪旁筑新宅。

秋九月,辛亥革命爆发,南京革命军起义,先生避兵乱挈家迁沪,与沈曾植、朱祖谋、沈渝庆、梁鼎芬、樊增祥等交游。

十月初七,端方在四川资州为起义新军所杀。端方,字午桥,号陶斋,谥忠敏,河北丰润人。宣统三年起用为川汉、粤汉铁路督办大臣。四川保路运动兴起,端方由湖北率新军前往镇压,被杀。

十一月,孙中山当选临时大总统。

民国元年(1912年),壬子。六十岁。

是年全家仍居沪。2月12日,清帝宣布退位。先生怀念清朝,不肯剪辫。

正月,初游上海哈同园。与沈曾植、梁鼎芬、郑孝胥、陈曾寿、沈瑜庆等交游。哈同园为犹太商人欧爱司·哈同与其夫人罗迦陵所建。又名爱俪园,初建于1909年,位置在今南京西路上海展览中心,后成为在沪遗老游吟之所,敌伪时毁于大火。

严复欲聘先生入京师大学堂任职,辞不受。列入中华民国联合会。

梁启超主办《庸言》杂志在天津创刊。

秋,九月二十一日,六十岁生日。

十月初七,端方遇害一周年,于张园设祭悼之。

民国二年(1913年),癸丑。六十一岁。

春,教育部致函严复及蔡元培、王闿运、张謇、梁启超、章太炎、马良、辜汤生(鸿铭)、钱恂、汪荣宝、沈曾植、沈曾桐、陈三立、樊增祥、吴士鉴等人，商请编撰国歌，并附送世界各国国歌译意及原文各一册，以资参考。最终仅得章太炎、张謇、钱恂、汪荣宝四人回复。先生未复。

春暮，揩家人暂返南京，居散原别墅，留十日返沪。

五月，与俞明震、陈曾寿等人游焦山。

在沪期间，与李瑞清、樊增祥、周树模等游，参加超社集会。超社成立于是年三月三日(4月9日)，年内十余集，诗酒酬和。

六月，与俞明震等至杭州游西湖。

九月二十四日，伯母张宜人病卒于义宁，享年八十四岁。张宜人十几岁嫁先生伯父树年，即长姊德龄之母。先生因避乱不及奔视丧，越四岁乃葬。

冬，再度孤身返金陵旧居。有《留别散原别墅杂诗》十首，记乱后景象。长子衡恪续妇汪春绮病卒于北京。

民国三年(1914年)，甲寅。六十二岁。

仍居沪。

三月，回南昌西山上冢。

七月十二日，再还金陵散原别墅，留月余返沪。

仲冬，返江宁，有《留别墅遣怀》九首。在宁过阳历年。

本年7月26日，第一次世界大战爆发。孙中山领导中华革命党兴兵讨袁。

民国四年(1915年)，乙卯。六十三岁。

元旦，访王伯沆不遇，登扫叶楼。仍返沪渡岁。

正月廿五日，参加逸社第一集。

春，南浔铁路初成。溯江至九江，转南浔路乘火车至南昌，抵靖庐谒墓。

四月，挈家自沪还居金陵别墅。是夏大旱，蝗虫成害，继又暴雨成灾。

六月二十五日，于式枚卒于昆山舟中，有诗哭之。

12月12日,袁世凯宣布接受"帝位"。22日,蔡锷、唐继尧、李烈钧等宣布拥护共和,反对帝制,25日,宣布云南独立,组织护国军。

民国五年(1916年),丙辰。六十四岁。

二月初八,从下关出发,经九江抵崝庐扫墓。

三月二十五日,盛宣怀卒于沪,年七十三。

春末,长女康晦嫁张宗义,为此至沪,留两月。与诗友相聚甚欢。子寅恪随侍。时寅恪年二十七岁。

九月二十一日,六十四岁寿辰,与家人合影于南京俞宅竹园。二十四日,乘车赴杭州,访陈仁先、俞明震。夜抵南湖新宅。

是年,陈叔通执宝箴致陈仁和书札数通,属先生缀其末。

是年,《散原精舍诗》由文艺杂志社石印出版。此为初集第三版。

袁世凯宣布本年为"洪宪元年"。元月1日,中华民国护国军政府成立,发表讨袁檄文。3月22日,袁申令报销承认帝制案。5月9日,孙中山在上海发表《第二次讨袁宣言》,正式提出"三民主义"。6月6日,袁世凯卒。黎元洪就任大总统。

民国六年(1917年),丁巳。六十五岁。

仍居南京。正月初二日,南京地震。

春秋间至沪。

八月,携子孙游燕子矶,有长诗记游。

九月二十四日,抵杭州南湖俞明震宅。

是年,沈瑜庆卒。沈瑜庆,沈葆桢子,别号涛园。

本年,胡适在《新青年》第2卷第5号发表《文学改良刍议》,征引先生诗"涛园钞杜集,半岁秃千毫。所得都成泪,相过问奏刀。万灵襟不下,此老仰弥高。胸腹回滋味,徐看仆命骚"。评曰:"此大足代表今日'第一流诗人'摹效古人之心理也。"

7月1日,张勋入京拥清废帝溥仪复辟。各省拥护共和,纷出兵讨张。9月,孙中山发起"护法运动"。11月7日,俄国爆发"十月革命"。

民国七年(1918年),戊午。六十六岁。

仍居南京。

三月十五日,瞿鸿禨以疾卒,年六十九岁。瞿鸿禨(1850—1918),字子玖,号止盦,晚号西岩老人,湖南善化人。同治十年进士,官兵部尚书、军机大臣等职。清亡后,与先生多有唱和,有《瞿文慎公诗选》。

立秋日,卧病,弥月方起。子方恪自京回宁省视。时俞明震亦病。

九月二日,沈渝庆卒,年六十一。沈渝庆(1858—1917),字志雨,号爱苍,别号涛园。沈葆桢子,曾官江西巡抚,有《涛园诗集》。

冬十二月,妻俞明诗之兄俞明震卒于杭州,以诗哭之。

先生晚年,颇有学佛之志。是年,与章太炎、欧阳境无在南京金陵刻经处筹建支那内学院,为作《缘起》。

本年11月,第一次世界大战结束。

民国八年(1919年),己未。六十七岁。

正月十七,重访俞明震故居。

清明,赴西山上冢。子寅恪至美入哈佛大学,登恪毕业于北京大学,回南京省亲,旋赴法国留学。

本年,五四运动爆发。

民国九年(1920年),庚申。六十八岁。

仍居南京金陵别墅。暮春,抵上海,与袁思亮、陈诗等游。

四月,仍返宁。

夏,再至沪,继复返宁。

六月十六日,妹婿席曜衡卒于长沙,年六十。席曜衡为席宝田次子。

十一月二日,喻兆藩卒。

民国十年(1921年),辛酉。六十九岁。

八月,至杭州,十三日会葬俞明震。

是年10月,严复卒于福州,有诗挽之。

民国十一年(1922 年),壬戌。七十岁。

三月三十日,与康有为游南京清凉山并联句。

闰五月,至沪,视女康晦疾。

八月,《散原精舍诗》由商务印书馆刊行,初集两卷,续集两卷。续集收录先生 1909—1921 年诗作 1 035 首。仍请郑孝胥删定,并为序。

九月二十一日,七十寿辰。沈曾植、冯煦、郑孝胥、诸宗元、夏敬观、姚华等人皆以诗贺寿。

十月,沈曾植去世,年七十三岁。

秋,与梁启超晤于金陵散原别墅,开五十年陈酒相与痛饮。时任公任教南京东南高师,将北归。

民国十二年(1923 年),癸亥。七十一岁。

一月十五日,梁启超在东南大学讲学期满,将北归。临行,特往先生寓所拜会,先生以诗赠之。

夏六月二十九日,夫人俞明诗卒,年五十九岁。长子衡恪自大连接家信,驰还南京,亲调汤药,又冲雨市棺,病甚,亦卒,距俞氏之丧逾一月,为八月初七日,得年四十有八。女康晦等请先生迁居杭州净慈寺。

民国十三年(1924 年),甲子。七十二岁。

居杭州。

公历 4 月,印度诗人泰戈尔访华,至杭州晤先生,并合影。泰氏赠以诗集。

七月九日,友毛庆藩卒于苏州,得年七十有九。

是年,郑孝胥奏废帝溥仪请召见先生,未行。

9 月 3 日,江浙军阀战争爆发。第二次直奉战争爆发。冯玉祥发动北京政变。11 月,驱逐溥仪出宫。

民国十四年(1925 年),乙丑。七十三岁。

仍居杭州,养病西湖净慈寺。

秋,康有为至丁家山,过访先生不遇,复馈盆菊池鱼,先生以诗相酬。

十月十八日(12月3日),葬妻俞氏、长子衡恪于杭州牌坊山之原。

是年3月12日,孙中山卒于北京。7月,中华民国国民政府成立。

民国十五年(1926年),丙寅。七十四岁。

仍居杭。

秋七月,子寅恪至北京,任清华学校国学研究院教授。

初冬,避兵至沪,隆恪携家随侍。

是年,《散原精舍诗集》由商务印书馆刊行,为民国十一年版本之再版。

是年7月,蒋介石就任国民革命军总司令,国民革命军出师北伐。

民国十六年(1927年),丁未。七十五岁。

居上海。

二月二十八日(3月21日),康有为卒于青岛,年七十。

夏五月(6月2日),国学大师王国维自沉昆明湖,终年五十一岁。先生有联挽之曰:"学有偏长,与乾嘉诸老相抗;死得其所,挟鲍屈孤愤同归。"

是年4月12日,蒋介石在上海发动"四一二"政变。18日,南京国民政府成立。8月1日,中共南昌起义。

民国十七年(1928年),戊辰。七十六岁。

秋七月十七日,子寅恪与唐晓莹在沪结婚。

是年夏,国民党军队进入北京,改北京为北平。

民国十八年(1929年),己巳。七十七岁。

公历1月19日,梁启超病卒,年五十七岁。

十月,乘舟迁居牯岭新居。子隆恪夫妇及孙女小从随侍。

民国十九年(1930年),庚午。七十八岁。

三月二十一日,女新午、婿俞大维携子赴柏林,有诗送之。徐悲鸿偕夫人蒋碧薇来游牯岭,与先生登鹞鹰嘴,并为先生写照。

四月,由牯岭新居适至庐山松树林新宅,名"松林别墅"。

七月十三日,携子隆恪、登恪访琴志楼,有诗记之。十七日,诗友余肇康卒,得年七十七岁。余肇康,字尧衢,号敏斋,晚号倦知老人,湖南长沙人。

十月,离庐山,寓九江桑树岭。

《散原精舍诗》编年至此终。

民国二十年(1931年),辛未。七十九岁。

秋,由沪避暑北平,中途感不适,受欧阳竟无邀请,改赴庐山。

先生在庐山,登山临水,终日不疲,吟就各体诗百余首,汇成一卷,请姻亲张劼庄(张觐珧,字鹏霄,号劼庄,张国淦之父)用楷书缮写庐山诗作石印,名《匡庐山居诗》,分赠亲友。收诗始于《己巳十月别沪就江舟入牯岭新居》,终于《庚午十月朔别庐山》,后收入《散原精舍诗别集》。

9月,日军制造九一八事变。

是年,《散原精舍诗》由商务印书馆出版,初集两卷,续集两卷,别集一卷。别集收录1922—1931年诗作311首。

民国二十一年(1932年),壬申。八十岁。

一月,日军占上海闸北。三月,溥仪伪满洲国由日人操纵在长春市成立。

居庐山牯岭,闻日人占上海,日夕不宁。于邮局定阅航空沪报,每日望报至,至则读,读竟,则愀然若有深忧。一夕忽梦中狂呼杀日本人,全家醒。

九月二十一日,八十大寿。亲友赴庐山祝之,陈宝琛亦寄诗贺寿。诗云:"平生相许后凋松,投老匡山第几峰?见早至今思曲突,梦清特地省闻钟。真源忠孝吾犹敬,余事诗文世所宗。五十年来彭蠡月,可能重照两龙钟?"首句本事在壬午闱中。先生读之曰:"吾师正念我。"

时蒋介石亦在庐山,献巨额寿金,不受。

民国二十二年(1933年),癸酉。八十一岁。

三月,撰《庐山志序》。

是年夏,子寅恪接先生离庐山至北平,居西四牌楼姚家胡同三号。

黄节持诗稿《蒹葭楼诗》求正于先生,先生读后叹服。

民国二十三年(1934年),甲戌。八十二岁。
居北京姚家胡同。晤座师陈宝琛于北平,执弟子礼。

民国二十四年(1935年),乙亥。八十三岁。
二月朔,座师陈宝琛卒于北平,年八十八岁。先生挽之曰:"沆瀣之契,依慕之私,幸及残年赏小聚;运会所遭,辅导所系,务摅素抱见孤忠。"

十二月,齐白石为先生写照,不收润笔,以报先生长子师曾知遇之恩。

民国二十五年(1936年),丙子。八十四岁。
作为旧文学代表,被邀请赴伦敦国际笔会,以年迈不果行。

是年,《散原精舍诗》由商务印书馆出版。其中《别集》补入1931—1935年诗作14首。

民国二十六年(1937年),丁丑。八十五岁。
7月7日,日军陷北平,卢沟桥事变发生。

日军既入北平,欲招致先生,说者日环伺其门。先生终日忧愤,疾发,拒不服药,于八月初十(9月14日)去世。享年八十五岁。

先生殁后,隆恪、寅恪、方恪、登恪等编定先生所为文为《散原精舍文集》十七卷,1949年由中华书局出版。

因战火频仍,先生灵柩暂厝于北平长椿寺。卒后十一年(1948年),始归葬于杭州西湖九溪十八涧牌坊山之原。

图书在版编目(CIP)数据

陈三立诗歌选注 / 常立霓，杨剑锋选注 .— 上海：上海社会科学院出版社，2021
 ISBN 978-7-5520-3738-8

Ⅰ.①陈… Ⅱ.①常… ②杨… Ⅲ.①诗集—中国—近代 Ⅳ.①I222.75

中国版本图书馆CIP数据核字(2021)第234321号

陈三立诗歌选注

选　　注：常立霓　杨剑锋
责任编辑：董汉玲
封面设计：夏艺堂艺术设计
出版发行：上海社会科学院出版社
　　　　　上海顺昌路622号　邮编200025
　　　　　电话总机 021-63315947　销售热线 021-53063735
　　　　　http://www.sassp.cn　E-mail：sassp@sassp.cn
照　　排：南京理工出版信息技术有限公司
印　　刷：上海龙腾印务有限公司
开　　本：710毫米×1010毫米　1/16
印　　张：25.75
插　　页：2
字　　数：369千
版　　次：2021年12月第1版　2021年12月第1次印刷

ISBN 978-7-5520-3738-8/I·442　　　　　　定价：115.00元

版权所有　　翻印必究